Die Handlung und Figuren dieses Romans sind frei erfunden.
Ähnlichkeiten mit lebenden oder verstorbenen Personen
sind nicht beabsichtigt und wären rein zufällig.

Erica Spindler

Der Albtraum

Roman

Aus dem Amerikanischen von
Margret Krätzig

MIRA®

MIRA® TASCHENBUCH
Band 25169
1. Auflage: März 2006

MIRA® TASCHENBÜCHER
erscheinen in der Cora Verlag GmbH & Co. KG,
Axel-Springer-Platz 1, 20350 Hamburg
Deutsche Taschenbucherstausgabe

Titel der nordamerikanischen Originalausgabe:
Cause for Alarm

erschienen bei: Mira Books, Toronto
Published by arrangement with
Harlequin Enterprises II B.V., Amsterdam

Konzeption/Reihengestaltung: fredeboldpartner.network, Köln
Umschlaggestaltung: pecher und soiron, Köln
Redaktion: Claudia Wuttke
Titelabbildung: Getty Images, München
Autorenfoto: © by Harlequin Enterprise S.A., Schweiz
Satz: Buch-Werkstatt GmbH, Bad Aibling
Druck und Bindearbeiten: Ebner & Spiegel, Ulm
Printed in Germany
ISBN 3-89941-227-3

www.mira-taschenbuch.de

PROLOG

Das mondäne Washingtoner Viertel schlief. Nicht ein einziges Licht brannte in der Reihe teurer Stadthäuser. Lediglich die Straßenlaternen und der Dreiviertelmond sorgten für Beleuchtung. Die Novembernacht war eisig, die Luft feucht und voller Modergeruch.

Der Winter war da.

John Powers stieg die Stufen zur Haustür seiner Exgeliebten hinauf. Er bewegte sich zielstrebig, aber leise, wie jemand, der sicher war, nicht bemerkt zu werden. Vollkommen schwarz gekleidet, war er mehr Schatten als Mensch, ein Geist in der Dunkelheit.

Oben angekommen, ertastete er den Ersatzschlüssel im Versteck unter dem Blumentopf, rechts neben der Tür. Den Sommer über war der Topf mit bunten, süß duftenden Blumen gefüllt gewesen, die nun verwelkt und von Kälte geschwärzt herabhingen. Der Weg allen Lebens, das erblühte und wieder verging.

John steckte den Schlüssel ins Schloss und drehte. Der Riegel glitt zurück, und John trat ein. Viel zu einfach. Wenn man bedachte, welche Riege von Männern über die Jahre mit demselben Schlüssel aus demselben Versteck hier hereingekommen war, hätte Sylvia vorsichtiger sein müssen.

Vorsicht war allerdings nie Sylvia Starrs Stärke gewesen.

John schloss leise die Tür, verharrte und lauschte, um abzuschätzen, wie viele Menschen im Haus waren, ob und wo sie schliefen. Aus dem Wohnzimmer zur Rechten erklang das stete leise Ticken der antiken Kaminuhr, aus dem Schlafzimmer dahinter das tiefe Schnarchen eines vermutlich älteren Mannes, der zu viel getrunken hatte und wahrscheinlich zu sehr aus der Form war, um den Abend mit der temperamentvollen, manchmal anstrengenden Sylvia durchzuhalten.

Schade für ihn. Er hätte nach Hause gehen sollen zu seiner fetten, verlässlichen Ehefrau und ihren undankbaren, kuhgesichtigen Kindern. Er würde gleich zum Opfer werden, weil er sich zur falschen Zeit am falschen Ort aufhielt.

John ging aufs Schlafzimmer zu und zog die Waffe aus dem rückwärtigen Bund seiner schwarzen Jeans. Die Pistole, eine 22er Halbautomatik, war klein, leicht und auf kurze Distanz sehr effektiv. John hatte sie, wie alle seine Waffen, gebraucht gekauft. Heute Nacht würde sie ihr feuchtes Grab im Potomac bekommen.

Er betrat Sylvias Schlafzimmer. Das Paar schlief Seite an Seite. Das Bett war zerwühlt. Sie hatten sich Laken und Decken um Hüften und Beine geschlungen, die Körper nur halb bedeckt. Im silbrigen Mondlicht schimmerte Sylvias linke Brust milchig weiß.

John ging zu dem Mann und setzte ihm die Waffenmündung in Herzhöhe auf die Brust. Das Aufsetzen diente zwei Zwecken. Es dämpfte das Schussgeräusch und sorgte gleichzeitig für einen raschen und sicheren Tod. Profis gingen keine Risiken ein.

John drückte den Abzug. Die Augen des Mannes sprangen auf, sein Körper zuckte. Ein Japsen, ein Gurgeln, als sich Flüssigkeit und Sauerstoff vermischten.

Sylvia richtete sich hellwach auf. Das Laken rutschte von ihrem Körper herunter.

„Hallo, Sylvia", grüßte John und hatte den Mann bereits vergessen.

Entsetzt wimmernd wich sie zurück und presste den Rücken gegen das Kopfteil des Bettes. Sie atmete heftig, und ihr

Blick flog wild zwischen John und dem blutigen Mann neben ihr hin und her.

„Du weißt sicher, warum ich hier bin", sagte John leise. „Wo ist sie, Syl?"

Sylvia bewegte die Lippen, doch kein Laut kam heraus. Sie stand offenbar kurz vor einem hysterischen Zusammenbruch. Seufzend kam John auf ihre Seite des Bettes und blieb neben ihr stehen. „Komm schon, Liebes, reiß dich zusammen. Sieh mich an, nicht ihn." Er nahm ihr Kinn und drehte ihr Gesicht zu sich her. „Komm schon, Süße, du weißt, dass ich dir nicht wehtun könnte. Wo ist Julianna?"

Als er ihre neunzehnjährige Tochter erwähnte, wich sie noch mehr zurück. Sie warf einen Blick auf ihren stummen Bettgefährten, ehe sie John wieder ansah, sichtlich um Fassung ringend. „Ich ... weiß alles."

„Das ist gut." Er setzte sich neben sie. „Dann verstehst du auch, wie wichtig es ist, dass ich sie finde."

Sylvia begann so heftig zu zittern, dass das Bett vibrierte. „Wie alt war sie, als du anfingst, zu ihr zu schleichen?"

Er zog die Brauen hoch, erstaunt und zugleich amüsiert über ihren Vorwurf. „Haben wir jetzt plötzlich mütterliche Gefühle? Weißt du denn nicht mehr, wie sehr du es gefördert hast, dass ich mich mit ihr befasse? Wie recht es dir war, wenn dein Geliebter den Daddy spielte, damit du frei für andere Dinge warst?"

„Du Schwein!" Sie krallte die Finger ins Laken. „Ich wollte nicht, dass du dich an ihr vergehst, dass du mein Vertrauen missbrauchst und ..."

„Du bist eine Nutte", fiel er ihr schlicht ins Wort. „Dir waren immer nur Partys, Männer und hübsche Klunker wichtig. Julianna war nur ein Spielzeug für dich, ein Mittel zum Zweck, mit dem sich die müde alte Hure ein bisschen Respekt erkaufen konnte."

Sylvia wollte ihm das Gesicht zerkratzen, doch er schlug ihr mit dem Handrücken auf die Nase, so dass ihr Kopf gegen das Kopfteil des Bettes flog. Sie war benommen. Er drückte ihr den Lauf der Waffe unter das Kinn, direkt auf den heftig schlagenden Puls dort, und zielte Richtung Hirn.

„Bei Julianna und mir geht's nicht ums Vögeln, Sylvia. Obwohl ich bezweifle, dass du das verstehst. Ich habe sie leben gelehrt." Er beugte sich zu ihr hinüber und nahm den Geruch der Angst wahr, der sich mit dem von Blut und anderen Körperflüssigkeiten mischte, erdig, aber sehr lebendig. „Ich habe sie Liebe gelehrt, Loyalität, Verantwortung und Gehorsam. Ich bin alles für sie ... Vaterfigur, Freund, Mentor, Geliebter. Sie gehört zu mir. Für immer." Er fasste die Waffe fester. „Ich will sie zurückhaben, Sylvia. Wo ist sie? Was hast du mit ihr gemacht?"

„Nichts", flüsterte sie. „Sie ist ... aus freien Stücken gegangen. Sie ..." Ihr Blick schweifte wieder zu dem Toten neben ihr und dem immer größer werdenden Blutfleck auf dem weißen Satinlaken. Ihre Stimme versagte vor Entsetzen.

John griff ihr ins Haar und drehte ihren Kopf heftig wieder zu sich her. „Sieh mich an, Sylvia! Nur mich! Wohin ist sie gegangen?"

„Ich weiß nicht. Ich ..."

Er riss an ihrem Haar und schüttelte sie. „Wohin, Syl?"

Sie begann hysterisch zu kichern und legte sich eine Hand vor den Mund. „Sie kam zu mir, weil du wolltest, dass sie abtrieb. Ich sagte ihr, du wärst ein Monster, ein kaltblütiger Killer. Sie glaubte mir nicht, deshalb rief ich Clark an." Bizarr angesichts ihrer Lage, doch ihr Kichern wurde triumphierend. „Er zeigte ihr Bilder deiner Arbeit. Beweise, John. Beweise!"

John erstarrte geradezu in eiskalter Wut. Clark Russell, CIA-Spezialist, früherer Waffenbruder, einer von Sylvias Liebhabern. Einer, der zu viel über John Powers wusste.

Clark Russell ist ein toter Mann.

John beugte sich zu Sylvia hinüber. Mit der Waffe unter ihrem Kinn schob er ihren Kopf nach hinten. „Clark gibt vertrauliche Informationen preis? Dann musst du im Bett besser sein, als ich dachte." Er verengte die Augen. Ihm missfiel, wie heftig sein Herz schlug und wie seine Hände schwitzten. „Das hättest du nicht tun sollen, Syl. Es war ein Fehler."

„Zur Hölle mit dir!" schrie sie ihn an. „Du wirst sie nicht finden! Ich habe ihr gesagt, sie soll so schnell und so weit wie möglich weglaufen und sich und das Baby retten. Du wirst sie niemals finden. Niemals!"

Den Bruchteil einer Sekunde entsetzte ihn diese Vorstellung. Dann lachte er. „Natürlich finde ich sie, Syl. Das ist mein Beruf. Und wenn ich sie finde, wird das Problem eliminiert. Danach werden Julianna und ich wieder so zusammen sein, wie es sein soll."

„Du wirst sie nicht finden! Niemals! Du …"

Er drückte ab. Blut und Hirn spritzten gegen das Kopfteil des antiken Bettes und auf die Rosentapete dahinter. John sah einen Moment lang darauf und stand auf. „Goodbye, Sylvia", flüsterte er, wandte sich ab und begab sich auf die Suche nach Julianna.

TEIL I

KATE UND RICHARD

1. KAPITEL

Mandeville, Louisiana, Silvester 1998

Licht strahlte aus jedem Fenster des großen alten Hauses am Lakeshore Drive von Mandeville, das Kate und Richard Ryan bewohnten. Es war vor fast einem Jahrhundert erbaut worden, zu einer Zeit, da großzügiges Südstaatenleben noch etwas bedeutete. Eine Zeit vor MTV und allgemeinem Werteverfall. Als es noch verpönt war, wenn Politiker ihre Ehefrauen betrogen, und alltägliche Meldungen von grauenhaften Morden noch nicht zur Normalität gehörten.

Das Haus mit seinen doppelten, umlaufenden Balkonen und den deckenhohen Fenstern zeugte von Wohlstand, Status und Solidität. Es war geschaffen für eine Familie, die Kate und Richard jedoch nie haben würden.

Kate trat auf den oberen Balkon hinaus und schloss die Türen hinter sich, um den Lärm der in vollem Gang befindlichen Silvesterparty zu dämpfen. Die Januarnacht war bitterkalt und eisig für den Süden Louisianas. Kate ging zur Brüstung und blickte auf den schwarzen aufgewühlten See. Sie umklammerte die Balustrade mit den Fingern und lehnte sich in den kalten Wind, der ihr das Haar zauste und durch ihr dünnes Samtkleid pfiff.

Auf der anderen Seite des Lake Pontchartrain, verbunden durch einen sechsundzwanzig Meilen langen Damm, lag New Orleans, verfallendes Juwel einer Stadt, Heimat von Mardi Gras und Jazz und von einigen der besten Gerichte der Welt. Heimat auch der mondänen St. Charles Avenue für Privilegierte, der Armenviertel und von steigenden Kriminalität, die solche Extreme hervorbringt.

Kate stellte sich vor, welche Party am gegenüberliegenden Strand stattfand, da man nicht nur ein neues Jahr, sondern auch das Letzte dieses Jahrtausends feierte. Ein Wendepunkt, das Ende einer Ära, eine Tür, die sich schloss.

Auch für mich und Richard, dachte sie.

Vor den Feiertagen hatten sie der Tatsache ins Auge sehen müssen, dass sie nie Kinder haben würden. Die Ergebnisse ihrer letzten Tests waren endgültig. Richard war steril. Bisher hatte sie angenommen, dass sie auf Grund ihrer zahlreichen, aber korrigierbaren Probleme nicht schwanger geworden war. Als alle Eingriffe nichts nützten, hatte der Arzt darauf bestanden, dass Richard sich testen ließ.

Die Ergebnisse hatten sie niedergeschmettert. Sie war zornig geworden auf Gott und die Welt und all die Menschen um sie herum, die mühelos Babys bekamen. Sie fühlte sich betrogen und nutzlos.

Zugleich war aber auch eine Last von ihr genommen. Zwar hatten sie nicht das erwünschte Resultat bekommen, aber ein endgültiges. Die Unfruchtbarkeitsbehandlungen waren eine große Belastung gewesen, für sie persönlich und für ihre Ehe. Ein Teil von ihr war einfach nur froh, von dieser emotionalen Achterbahn herunterzukommen.

Wenn sie ihre Sehnsucht nach einem Kind doch auch so leicht in den Griff bekäme.

Starke Arme umschlangen sie von hinten. Richards Arme. „Was tust du hier draußen“, flüsterte er nah an ihrem Ohr. „Und ohne Mantel. Du holst dir den Tod.“

Sie schüttelte ihre Melancholie ab und lächelte ihren Mann, mit dem sie seit zehn Jahren verheiratet war, über die Schulter hinweg an. „Wenn du mich warm hältst, wohl kaum.“

In seinen Augenwinkeln bildeten sich kleine Fältchen, als

er lächelte. In dem Moment sah er mit seinen Fünfunddreißig so jungenhaft aus wie mit zwanzig, als sie sich kennen gelernt hatten. Er zog viel sagend ein paar Mal in rascher Folge die Brauen hoch. „Wir könnten uns ausziehen und es wild treiben, gleich hier und jetzt."

„Klingt abgedreht." Sie wandte sich um und legte ihm die Arme um den Hals. „Ich mache mit."

Lachend legte er die Stirn gegen ihre. „Und was würden unsere Gäste denken?"

„Die sind hoffentlich alle zu gut erzogen, um uneingeladen hier heraufzukommen."

„Und wenn nicht?"

„Dann würden sie uns von einer ihnen unbekannten Seite kennen lernen."

„Was würde ich nur ohne dich anfangen?" Er drückte ihr einen Kuss auf den Mund und wich leicht zurück. „Es wird Zeit für meine kleine Rede."

„Nervös?"

„Wer, ich?" Er schüttelte lachend den Kopf. „Niemals."

Das stimmte. Die Selbstsicherheit ihres Mannes erstaunte sie stets aufs Neue. Heute Nacht würde er seine Absicht verkünden, sich um das Amt des Bezirks-Staatsanwaltes von St. Tammany Parish zu bewerben, und trotzdem war er nicht nervös. Richard kannte weder Angst noch Selbstzweifel.

Warum sollte er auch? Er konnte damit rechnen, dass sein Vorhaben bei Familie, Freunden, Geschäftspartnern und Kommunalpolitikern auf Zustimmung stieß. Er würde das Rennen gewinnen, und zwar mühelos.

Richard war immer irgendwie ein Gewinner gewesen. Bei allem, worum er sich bewarb, war er immer der mit den größten Chancen. Erfolg stand ihm, und er ging lässig damit um.

„Bist du sicher, dass Larry, Mike und Chas vollkommen hinter dir stehen?“ fragte sie und bezog sich auf seine Partner in der Anwaltskanzlei Nicholson, Bedico, Chaney & Ryan.

„Absolut. Und was ist mit dir, Kate?“ Er sah ihr forschend in die Augen. „Stehst du hundertprozentig hinter mir? Wenn ich gewinne, wird sich unser Leben verändern. Wir werden ständig mit der Lupe betrachtet werden.“

„Willst du mir Angst machen?“ neckte sie und lehnte sich an ihn. „Keine Chance. Ich stehe hundertprozentig hinter dir. Und du kannst das ‚wenn‘ aus deinem Satz streichen. Du wirst gewinnen.“

„Wie kann ich verlieren mit dir an meiner Seite?“

Als sie versuchte, die Bemerkung lachend abzutun, nahm er ihr Gesicht zwischen beide Hände und sah ihr wieder tief in die Augen. „Es ist mir ernst. Du hast diesen ganz gewissen Zauber, Katherine Mary McDowell Ryan. Danke, dass du ihn mit mir teilst.“

Gerührt schalt sie sich für ihre vorherige Melancholie und ermahnte sich, dankbar zu sein. Das Mädchen mit den löcherigen Schuhen und der abgetragenen Schuluniform von St. Catherine's, das nie die Sicherheit eines gemütlichen Zuhauses kennen gelernt hatte, das die Tulane University auf Grund eines Stipendiums und mit Hilfe geliehener Bücher und nächtlicher Kellnerarbeit absolvierte, hatte es weit gebracht. Nicht zuletzt, weil Richard Ryan, Lieblingssohn einer der ersten Familien von New Orleans, sich wunderbarerweise und unfassbar in sie verliebt hatte.

„Ich liebe dich, Richard.“

„Dem Himmel sei Dank.“ Er legte wieder die Stirn gegen ihre. „Könnten wir jetzt hineingehen?“

Sie stimmte zu, und sie stürzten sich wieder ins Partygetriebe, umgeben von ihren munteren Gästen. Richard machte seine Ankündigung, die, wie erwartet, von allen, die noch nicht unterrichtet waren, mit Applaus begrüßt wurde.

Von dem Moment an schien das Fest überzuschäumen. Alle schienen von einer sonderbaren Energie befallen zu werden, von dem Wissen, dass nichts so blieb, wie es war. 1999, das Ende des Jahrtausends, brachte ein Gefühl von Unsicherheit mit sich.

Mitternacht kam. Konfetti und Luftschlangen wurden geworfen, Hörner geblasen und noch mehr Champagner getrunken. Der Partyservice hatte ein Buffet aufgebaut. Es wurde gegessen und gefeiert, doch schließlich begannen die Gäste einer nach dem anderen aufzubrechen.

Nachdem Richard den letzten Gast hinausbegleitet hatte, begann Kate gleich damit, aufzuräumen, obwohl sie einen Reinigungsdienst beauftragt hatten, der gleich am nächsten Morgen kommen würde.

„Du bist schön."

Sie blickte auf. Richard stand in der Tür zwischen Speisezimmer und vorderem Salon und beobachtete sie.

Sie lächelte. „Und du bist erhitzt vom Erfolg oder vom Alkohol."

„Von beidem. Aber es stimmt trotzdem, du bist hinreißend."

Sie wusste, das war übertrieben. Sie war attraktiv mit einem irgendwie alterslosen Gesicht. Nicht hinreißend oder sexy. Nicht umwerfend. Klasse vielleicht, solide bestimmt. „Ich freue mich, dass du das findest."

„Du kannst nie ein Kompliment einfach hinnehmen. Das geht wohl auf das Konto deines alten Herrn."

„Du hast gute Knochen, Katherine Mary McDowell", imitierte sie die Stimme ihres Vaters mit dem leichten schottischen Akzent. „Unterschätze nie die Wichtigkeit guter Knochen und Zähne." Sie lachte. „Als wäre ich ein Arbeitspferd."

Richard lächelte, und wie schon vorhin erinnerte er sie an den Jungen aus der Studentenbruderschaft, in den sie sich damals – wie fast alle Mädchen auf dem Campus der Tulane University – verliebt hatte. „Dein Vater fand doch immer die richtigen Worte."

„Allerdings. Komm, hilf mir."

Stattdessen neigte er den Kopf zur Seite und betrachtete sie erfreut. „Kate McDowell, von vielen begehrt, einschließlich meines guten Freundes Luke, doch ich habe sie an Land gezogen."

Wie immer, wenn der Name ihres gemeinsamen Freundes Luke Dallas fiel, bekam sie Schuldgefühle und leise Sehnsucht. Damals, auf der Uni, waren sie drei unzertrennliche Freunde gewesen. Luke war ihr Vertrauter geworden, an den sie sich gewandt hatte, wenn sie Trost, Rat und Unterstützung brauchte. In vielerlei Hinsicht hatte sie ihm in jenen Jahren näher gestanden als Richard.

Dann hatte sie ihre so wunderbare Freundschaft mit einem einzigen gedankenlosen, rücksichtslosen Akt der Leidenschaft und Trauer zerstört.

Die Erinnerung tat weh, deshalb widmete sie sich wieder dem schmutzigen Geschirr. „Du bist betrunken", stellte sie schlicht fest.

„Na und? Ich muss ja nicht Auto fahren." Er verschränkte die Arme vor der Brust. „Willst du leugnen, dass Luke in dich verliebt war?"

„Wir waren Freunde, Richard."

„Und sonst nichts?"

Sie sah ihm in die Augen. „Wir waren alle Freunde. Ich wünschte, das wäre so geblieben."

Richard beobachtete sie nur stumm. Etwas beschwichtigt, sagte er dann: „Du wirst die ideale Politikergattin."

„Bist du dir da so sicher, Bezirks-Staatsanwalt Ryan? Schließlich habe ich keinen noblen Stammbaum."

„Du hast Klasse, du bist schön, und du bist klug, Kate. Du brauchst keinen noblen Stammbaum, du hast mich geheiratet."

Sie stellte das Geschirr auf ein Tablett. Vermutlich hatte er Recht. Durch die Heirat mit ihm war sie in die Gesellschaft von New Orleans aufgenommen worden. Sie brauchte weder eine gute Familie im Hintergrund noch Geld. Beides hatte sie durch ihn bekommen.

Wieder einmal erinnerte sie sich, dass sie Grund hatte, dankbar zu sein: für einen liebenden Ehemann, ein schönes Heim, ihr eigenes geliebtes Geschäft – ein Café namens „The Uncommon Bean", Die ungewöhnliche Bohne – ihre Glasmalerei und viel Geld. Für all die Dinge, die sie sich immer zu ihrem Glück gewünscht hatte.

„Tut mir Leid, dass ich dich mit meiner Bemerkung über Luke verärgert habe. Ich weiß manchmal wirklich nicht, was in mich fährt."

„Es war einfach nur ein langer Abend."

Richard nahm ihr die leeren Tassen aus den Händen und stellte sie wieder auf den Tisch. „Lass das Zeug stehen. Dafür zahlen wir morgen die Putzkolonne." Er nahm sie bei den Händen. „Komm mit mir. Ich habe etwas für dich."

Sie lachte. „Kann ich mir denken."

„Das auch." Er führte sie ins Wohnzimmer. Vor dem glimmenden Kaminfeuer lagen zwei Sitzkissen, daneben kühlte

Champagner in einem Behälter. Zwei Kristallgläser standen dabei.

Sie machten es sich bequem. Richard öffnete den Champagner, schenkte zwei Gläser voll und reichte ihr eines. „Ich dachte, wir sollten unter uns feiern."

Sie stieß ihr Glas gegen seines. „Auf deine Wahl."

„Nein", korrigierte er, „auf uns."

„Das gefällt mir. Auf uns." Sie lächelte und trank.

Eine Weile plauderten sie über die Ereignisse des Abends und ihre amüsanten Gäste.

„Du stellst mich immer besser dar, als ich wirklich bin, Kate", sagte Richard, plötzlich ernst. „Das hast du schon immer getan."

„Und du bist betrunkener, als ich dachte."

„Bin ich nicht." Er nahm ihr das Glas ab, stellte es beiseite und verschränkte seine Finger mit ihren. „Ich weiß, wie schwer das letzte Jahr für dich war ... wegen der Unfruchtbarkeitstests."

Ihr wurden die Augen feucht. „Ist schon in Ordnung, Richard. Wir haben so viel. Es wäre falsch ..."

„Ist es nicht. Mit einem anderen Mann könntest du Kinder haben."

„Es liegt nicht nur an dir, ich habe auch Probleme."

„Aber deine können behandelt werden. Fehlende Hormone kann man ausgleichen. Ich hingegen bin steril. Was glaubst du, wie ich mich dabei fühle, kein ganzer Mann zu sein." Die Bitterkeit in seiner Stimme war nicht zu überhören.

Es schmerzte sie, zu sehen, wie er litt. „Das ist doch Unsinn", widersprach sie sanft und drückte ihm die Hände. „Zeugungsfähigkeit ist nicht das, was einen Mann ausmacht. Es ist nicht das, was dich ausmacht."

„Nein? Mir kommt es aber so vor."

„Ich weiß, wie du dich fühlst, weil ich dasselbe Problem habe. Kinder zu bekommen, ist für jede Frau etwas Selbstverständliches. Es nicht ohne den Einsatz medizinischer Technologie zu können, gibt einem das Gefühl, mit einem Makel behaftet zu sein."

„Ich habe dich im Stich gelassen", sagte er ruhig.

„Nein, Richard, so habe ich das nicht gemeint."

„Ich weiß, aber ich empfinde es so."

Sie wandte sich ihm voll zu und nahm seine Hände. „Wo steht denn geschrieben, dass wir einen Anspruch auf alles im Leben haben? Schau dir doch an, was wir haben: ein schönes Haus, ein erfolgreiches Berufsleben, wir haben einander und unsere Liebe. Das ist schon ein geradezu peinlicher Reichtum. Manchmal muss ich mich kneifen, um zu glauben, dass es Kate McDowell ist, die dieses Leben führt. Manchmal fürchte ich, einen richtig tollen Traum zu erleben, der jeden Moment zum Albtraum entartet."

„Das lasse ich nicht zu, Liebes. Das verspreche ich."

Sie zog seine Hände an ihre Lippen. „Es wurde schon gelogen, betrogen und getötet für das, was wir als selbstverständlich hinnehmen. Wir sollten es bewahren, indem wir es schätzen. Wir dürfen nicht vergessen, wie viel Glück wir haben. Wenn wir gierig werden, könnten wir plötzlich alles verlieren. Das darf nicht geschehen, Richard. Es ist wichtig, immer daran zu denken."

Er lachte. „Du glaubst immer noch an Zauberer, Feen und die Macht des vierblättrigen Kleeblattes, was?"

„Es ist mir ernst, Richard."

„Mir auch. Wir können alles haben, Kate. Ich möchte es für dich." Als sie etwas einwenden wollte, legte er ihr einen Finger auf den Mund. „Ich habe etwas für dich, gewissermaßen ein verspätetes Weihnachtsgeschenk." Er zog einen großen Umschlag unter einem Sitzkissen hervor und reichte ihn ihr. „Frohes neues Jahr, Kate."

„Was ist das?"

„Mach ihn auf und sieh selbst."

Sie tat es. Es war ein Brief der Agentur „Citywide Charities", worin ihnen mitgeteilt wurde, dass sie in das Adoptionsprogramm „Geschenke der Liebe" aufgenommen worden waren.

Kates Herz begann wild zu hämmern, ihre Hände zitterten. Diese Agentur, das wusste sie, war die Beste in der ganzen Gegend. Sie nahmen jedes Jahr nur wenige ausgewählte Paare auf, die dann bereits innerhalb eines Jahres ihre Adoptionsbabys bekamen.

Sie hatte sich schon früher mit dem Gedanken an Adoption befasst, doch bisher hatte Richard nichts davon wissen wollen. Sie hob den tränenfeuchten Blick. „Was ist passiert, Richard? Du wolltest doch keine Adoption …"

„Aber du."

Sie konnte vor Rührung nicht sprechen und musste sich räuspern. „Aber wenn du weiterhin gegen Adoption bist, können wir es nicht machen. Das wäre nicht richtig."

„Ich will, dass du glücklich bist, Kate. Diese Adoption wäre für uns beide gut, ich weiß das. Und es ist der richtige Zeitpunkt, eine Familie zu gründen."

Sie war sprachlos vor Freude, also küsste sie ihn innig mit all der Liebe und Dankbarkeit, die sie erfüllte.

Nächstes Jahr um diese Zeit haben wir ein Kind, wir sind Eltern, eine richtige Familie!

„Danke", flüsterte sie immer wieder zwischen Küssen. Sie

zogen sich gegenseitig aus. Das Feuer im Kamin wärmte sie in Zärtlichkeit und Leidenschaft.

„Das wird unser schönstes Jahr“, flüsterte Richard Kate ins Ohr, als er sich auf sie hob. „Nichts und niemand wird uns je trennen, Kate.“

TEIL II

JULIANNA

2. KAPITEL

New Orleans, Louisiana, Januar 1999

Der Imbiss lag an einer der lebhaftesten Ecken des zentralen Geschäftsbereichs der Stadt. „Busters Große Po'boys" hatte sich auf Shrimps- und Austern-Po'boys spezialisiert – französische Baguettestangen, mit frittierten Shrimps oder Austern oder beidem belegt. Die meisten Kunden wollten sie mit Salat, Tomaten und einer dicken Schicht Majonäse. Wer keinen Appetit auf frittierte Seefrüchte hatte, konnte sein Baguette auch mit anderem Belag haben. Außerdem gab es montags traditionelle Gerichte wie rote Bohnen mit Reis.

Busters Sandwichladen war typisch für die Stadt: in einem jahrhundertealten Gebäude untergebracht, der Gips an den Wänden geborsten, die hohen Decken verdreckt von Gott weiß was für Schmutz aus Gott weiß wie vielen Jahren. Von Juni bis September lief die Klimaanlage auf Hochtouren und schaffte es trotzdem nicht.

Überall sonst im Land wäre Busters längst von der Gesundheitsbehörde geschlossen worden. Für die Bewohner von New Orleans war Busters ein durchaus akzeptables Lokal für einen schnellen Imbiss, wenn man in der Stadt war.

Julianna Starr drückte die gläserne Eingangstür auf, trat ein und ließ den kalten Januartag draußen. Der Geruch frittierter Seefrüchte schlug ihr entgegen und verursachte ihr Übelkeit. Der Geruch, das hatte sie in den paar Wochen, die sie hier als Bedienung arbeitete, gelernt, durchdrang alles: Haare, Kleidung, sogar die Haut. Sobald sie nach Hause kam, zog sie alles aus und schrubbte unter der Dusche den Gestank ab.

Das Einzige, was noch schlimmer war als der Geruch im

Laden, war die Kundschaft. New Orleanser taten alles im Übermaß. Sie lachten zu laut und aßen und tranken zu viel und waren dabei von frenetischer Ausgelassenheit. Ein paar Mal hatte sie beim bloßen Anblick eines Kunden, der seinen riesigen, matschigen Po'boy verdrückte, auf die Toilette rennen und sich übergeben müssen. Allerdings gehörte sie zu den Unglücklichen, bei denen Morgenübelkeit weder auf den Morgen noch auf die ersten drei Monate der Schwangerschaft beschränkt blieb.

Julianna warf einen bedauernden Blick durch das Lokal. Ausgerechnet heute zu verschlafen war keine gute Idee gewesen. Der mittägliche Kundenansturm hatte offenbar früher eingesetzt. Um kurz nach elf waren bereits alle Tische belegt, und am Tresen für den Außer-Haus-Verkauf stand man bereits in zwei Reihen Schlange. Während Julianna ins Hinterzimmer des Lokals ging, warf eine andere Bedienung ihr einen unfreundlichen Blick zu.

„Du kommst spät, Prinzessin!" tadelte ihr Boss hinter dem Tresen. „Schnapp dir 'ne Schürze, und setz deinen Hintern in Bewegung. Verstanden?"

Julianna antwortete mit einem vernichtenden Blick. Aus ihrer Sicht war Buster Boudreaux bloß ein fettes Schwein mit demselben IQ wie seine dämlichen Baguettes. Aber er war der Boss, und sie brauchte diesen Job, so niedrig er auch war.

Wortlos ging sie an ihm vorbei, schnappte sich die Schürze vom Ständer gleich hinter der Küchentür und zog sie an. Die pinkfarbene Scheußlichkeit mit Rüschen legte sich über ihren runden Bauch und ließ sie aussehen wie einen rosa Wal. Sie schimpfte leise vor sich hin, wandte sich der Stechuhr zu und drückte ihre Zeitkarte.

Buster trat mit finsterer Miene hinter sie. „Wenn du ein

Problem hast, warum sagst du es mir dann nicht ins Gesicht, anstatt vor dich hin zu brabbeln?“

„Ich habe kein Problem.“ Sie steckte ihre Zeitkarte in die Halterung zurück. „Wo soll ich arbeiten?“

„Sektion eins. Bei Bedarf kannst du dann Jane am Verkaufstresen helfen.“

Julianna nickte nicht mal zustimmend, und er packte sie am Ellbogen. „Ich habe es langsam satt mit dir, weißt du das, Prinzessin? Wenn ich nicht so dringend Hilfe brauchte, würde ich dir jetzt sofort einen Tritt in deinen arroganten kleinen Hintern geben.“

Er wollte, dass sie um den Job bettelte. Sie wusste das. Sie sollte sich vor ihm im Staub winden wie eine Leibeigene. Lieber würde sie verhungern.

Sie blickte viel sagend auf seine Hand an ihrem Arm, dann in sein Gesicht. „Ist noch was?“

„Yeah.“ Er wurde rot und ließ die Hand sinken. „Kommst du noch einmal zu spät wie heute, bist du draußen. Dann kann meine Großmutter deinen Job übernehmen. Die macht ihn sowieso besser. Kapiert?“

Sicher, Blödmann. „Kapiert.“

Sie drängte sich an ihm vorbei ins Lokal. Dabei stieß sie Lorena an, eine weitere Bedienung, die ihr einen bösen Blick sandte und etwas murmelte, das Julianna nicht verstand.

Julianna ignorierte sie. Sie war nicht zum ersten Mal Opfer von Sticheleien ihrer Kolleginnen. Man lehnte sie ab, besonders Lorena tat das. Zweifellos lag es daran, dass sie keinen Hehl daraus machte, wie zuwider ihr diese Tätigkeit war. Sie dünkte sich zu gut dafür, große, matschige Baguettes Leuten zu servieren, die sie nicht mal ansahen. Sie war sich auch zu gut für ihre Kolleginnen.

Diesen gewöhnlichen Mädchen ohne Klasse war nicht klar zu machen, dass sie nicht für diese Arbeit geschaffen war. Sie sollte nicht stundenlang auf den Beinen sein, ständig müde, und Leute bedienen müssen. Sie war zu Besserem erzogen worden. Man hatte sie umsorgt und verwöhnt. Ihr ganzes Leben lang hatte sie nur lächeln, schmeicheln oder schmollen müssen, um zu bekommen, was sie haben wollte. Wenn ihr das Geld nicht ausgegangen wäre, das sie von ihrer Mutter bekommen hatte, als sie Washington verließ, hätte sie sich niemals auf das Niveau dieser Frauen begeben.

Seit drei Monaten war sie jetzt auf der Flucht und hatte kurz in Louisville, Memphis und Atlanta gelebt. Sie hatte in Mittelklassehotels gewohnt, in Restaurants gegessen und ihre Zeit in Kinos und Einkaufscentern verbracht. Erst in New Orleans war ihr aufgefallen, wie beängstigend ihr Geldvorrat schrumpfte. Sie hatte nie darüber nachgedacht, was es bedeutete, kein Geld mehr zu haben, oder wie sie etwas dazuverdienen konnte. Als ihr endlich aufging, dass ihre Geldmittel nicht ewig reichten, war ihr Vorrat bis auf fünfzehnhundert Dollar aufgezehrt.

So widerlich und entwürdigend es war, der Job bei Buster war eine Notwendigkeit, zumindest vorläufig.

Seufzend blickte Julianna sehnsüchtig zu den Münztelefonen am Gang zu den Toiletten und dachte an ihre Mutter, die so weit weg war. Die hatte immer behauptet, dass eine Frau, die Schönheit und Verstand geschickt einzusetzen wusste, mehr bewegen konnte als eine Atombombe. Mit einem sorgfältig geplanten Blick oder Lächeln könne sie Berge versetzen und Städte einebnen.

Voller Heimweh sehnte sie sich danach, mit ihrer Mutter zu sprechen oder zurückzukehren.

John stand neben ihr, während sie sich übergab, sein Gesicht eingefallen, weiß und wutverzerrt. Er warnte sie, sich ihm nicht mehr zu widersetzen, andernfalls würde er sie bestrafen. Julianna atmete tief durch. *Der Mann und die Frau auf Clark Russells Fotos hatten durchgeschnittene Kehlen von Ohr zu Ohr.*

John war zu allem fähig. Ihre Mutter hatte das gesagt, und Clark hatte es bestätigt.

Sie konnte nicht nach Hause. Vielleicht nie mehr.

„Miss? Verzeihen Sie, Miss?"

Julianna blinzelte erschrocken. Ein Kunde am Tisch rechts gab ihr Zeichen.

„Wir brauchen Ketschup."

Sie nickte, brachte dem Tisch Ketschup, einem anderen die Rechnung und einem dritten die Baguettes. Danach suchte sie das Klo auf. Das musste sie in letzter Zeit häufiger. Als sie die kleine Toilettenkabine verließ, blieb sie wie angewurzelt stehen. Eine Frau mit langem zimtfarbenem Haar stand vor dem Spiegel und legte Lippenstift auf.

Julianna schloss die Augen, und ihre Gedanken wanderten vierzehn Jahre zurück …

Ihre Mutter saß in BH, Slip und Strumpfgürtel vor der Frisierkommode. Julianna stand in der Tür und beobachtete, wie ihre Mutter sich vorbeugte und Lippenstift auflegte. Sie zog die Konturen der Lippen nach und presste sie zusammen, um die Farbe zu verteilen.

Julianna war voller Bewunderung und Ehrfurcht. „Du bist so hübsch, Mama", flüsterte sie selbstvergessen.

Ihre Mutter drehte sich lächelnd um. „Danke, Liebes. Aber denk dran, bei deiner Mama heißt das schön. Du bist hübsch, deine Mama ist schön."

Julianna senkte den Kopf. „Tut mir Leid."

„Schon in Ordnung, Süße. Denk nur das nächste Mal daran."

Julianna nickte und kam vorsichtig näher, nicht sicher, ob sie willkommen war. Da ihre Mutter nichts einwandte, setzte sie sich vorsichtig auf das satinbezogene Bett und gab Acht, ihr Kleid nicht zu verknittern.

Sie glättete die weiße Schürze und betrachtete ihre makellosen schwarzen Lackschuhe. Ihre Mutter hatte so viele Regeln für sie aufgestellt, dass es für eine Fünfjährige oft schwer war, alle zu befolgen. Doch eines wusste sie: zerknitterte, schmutzige Kleidung zog rasch Tadel und Strafe nach sich. Besonders, wenn Besuch erwartet wurde.

„Wer kommt heute Abend?" fragte sie und widerstand der Versuchung, die Füße aneinander zu reiben, obwohl ihr das Quietschen des Leders gefiel. „Onkel Paxton?"

„Nein." Ihre Mutter nahm einen Strumpf aus der Schachtel auf der Frisierkommode. „Jemand Besonderes." Sie zog das seidige Material vorsichtig an ihrem Bein hinauf. „Jemand ganz Besonderes."

„Wie heißt er?"

„John Powers", erwiderte ihre Mutter leise, dabei wirkte ihre Miene sanft und verzaubert. „Ich habe ihn letzte Woche auf einer Party hier in der Hauptstadt kennen gelernt. Ich habe dir davon erzählt."

„Wo es die Sandwiches in der Form von Schwänen gab?"

„Canapés. Ja, richtig."

Julianna neigte den Kopf zur Seite und betrachtete ihre Mutter. Er muss wirklich was Besonderes sein, dachte sie, noch nie hat Mama ein solches Gesicht gemacht, wenn sie von einem Gast sprach.

„Ich erwarte, dass du dich tadellos benimmst."

„Ja, Mama."

„Wenn du ein wirklich braves Mädchen bist, kaufe ich dir vielleicht die Puppe, die du dir gewünscht hast. Die mit den gleichen langen braunen Locken, wie du sie hast."

Julianna wusste, was ihre Mutter mit wirklich brav meinte. Es bedeutete, dass sie still zu sein hatte, entgegenkommend und scharmant. Wirklich brav zu sein wurde belohnt, nicht nur von ihrer Mutter, sondern auch von ihren Gentlemen-Freunden. Sie schenkten ihr Süßigkeiten und kleine Spielsachen, nannten sie hinreißend, süß und hübsch.

Und dann schickte Mama sie auf ihr Zimmer.

Julianna hoffte, dass sie eines Tages, wenn sie wirklich brav und scharmant gewesen war, nicht mehr aus dem Zimmer geschickt wurde. Irgendwann, wenn sie älter war, würde sie auch ganz besondere Besucher haben.

„Ich bin brav, Mama. Ich verspreche es."

„Lauf jetzt, ich muss mich fertig machen. John wird jeden Moment kommen."

„Miss? Alles in Ordnung mit Ihnen?"

Blinzelnd schreckte Julianna aus ihrer Träumerei auf. „Was?"

„Alles in Ordnung mit Ihnen?" Die Frau am Spiegel steckte ihren Lippenstift wieder ein. „Sie haben mich so merkwürdig angesehen, als wäre Ihnen ein Geist erschienen oder so."

Julianna blinzelte wieder und sah die Frau erst jetzt richtig. Sie hatte raue, narbige Haut, und ihr rötliches Haar verdankte seine Farbe einer Flasche Chemie. Und keiner guten.

Wie habe ich nur glauben können, sie sähe meiner Mutter ähnlich?

„Danke, es geht mir gut“, erwiderte sie leise, ging zum Waschbecken und wusch sich die Hände. „Ich weiß nicht genau, was mit mir los ist.“

Die Frau tätschelte ihr lächelnd den Arm. „Ich habe selbst sechs Kinder. Die Hormone machen einen ganz schön fertig. Aber es wird besser. Später machen einen dann allerdings die Kinder fertig.“ Sie tätschelte ihr noch einmal kichernd den Arm und ging hinaus.

Julianna starrte ihr verunsichert nach. Die Erinnerung war so lebhaft gewesen und hatte sie so plötzlich überfallen, dass sie sich jetzt einsam und leer fühlte. Tränen brannten ihr in den Augen. Sie sehnte sich nach ihrer Mutter, nach Washington und ihrer schönen Wohnung. Ihr fehlte das Gefühl, geborgen und umhegt zu sein.

Die Tür ging auf, und Lorena steckte ärgerlich den Kopf herein. „Willst du den ganzen Tag hier drin bleiben oder was? Die Kunden an deinen Tischen warten.“

Julianna nickte und eilte ins Lokal zurück.

Der Rest des Tages verging quälend langsam. Nachdem der mittägliche Ansturm vorüber war, merkte Julianna, wie sehr ihr Füße und Rücken schmerzten. Sie war todmüde.

Sie füllte mit den anderen Frauen die Gewürze an den Tischen auf, wischte die Platten sauber und stellte die Stühle hoch. Busters schloss um drei. Zum Dinner zu öffnen wäre Zeit- und Geldverschwendung. Dieser Teil des Geschäftsviertels wurde nach 17 Uhr, wenn die Anwaltskanzleien und andere Büros schlossen, zum Friedhof.

Am Gespräch ihrer Kolleginnen beteiligte sie sich nicht. Sie merkte, dass die anderen über sie redeten, ignorierte sie jedoch und konzentrierte sich auf ihre Arbeit, um schnell heimgehen zu können.

Endlich waren alle Vorbereitungen für den nächsten Tag getroffen, und sie hatte ihre Zeitkarte gedrückt. Als sie sich der Tür näherte, vertrat Lorena ihr den Weg. Die anderen drei Kellnerinnen stellten sich hinter Lorena und flankierten sie mit zornigen Gesichtern. „Nicht so schnell, Prinzessin. Wir haben ein Hühnchen mit dir zu rupfen."

Julianna blieb stehen und sah nervös von einer zur anderen. „Ist etwas nicht in Ordnung?"

Lorena, die offenbar zur Wortführerin erkoren war, trat vor. „Kann man wohl sagen. Uns reicht's mit dir. Du hältst dich für was Besseres, aber uns stinkt's, dauernd für dich einspringen zu müssen, weil du deinen faulen Hintern nich' in Bewegung kriegst."

Die Feindseligkeit der Frau ließ Julianna erschrocken zurückfahren. Sie blickte vergeblich über die Schulter nach Buster.

„Wieso bildest du dir ein, was Besseres zu sein als wir?" Lorena trat noch einen Schritt vor, die anderen Frauen folgten. „Nur weil du dich hast anbumsen lassen, glaubste wohl nich' mehr arbeiten zu müssen? Denkste, als gefüllte Taube biste was Besonderes?"

Suzi, eine andere Bedienung, streckte einen Finger mit blutrot lackiertem Nagel nach ihr aus. „Wenn du zu spät kommst, müssen wir deine Tische mit übernehmen. Das heißt, wir arbeiten uns halb tot und kriegen kaum Trinkgeld dafür."

„Und das haben wir satt", betonte Jane.

„Ich habe verschlafen", erwiderte Julianna steif. „Mein Gott, ich habe das doch nicht mit Absicht gemacht."

Das war offenbar nicht die Antwort, die sie hören wollten. Zornige Röte überzog Lorenas Gesicht. Sie sah aus wie ein Ballon kurz vor dem Platzen. „Ich hab 'ne Frage an dich, Prinzessin, die uns alle interessiert. Wenn du so hochwohlgeboren bist, warum arbeiteste dann in so 'nem Schuppen? Und wenn du so was Besonderes bist, wo is' dann dein Alter? Warum hat er dich sofort sitzen lassen, als du 'n Kind kriegtest?"

„Yeah", pflichtete Suzi bei, „oder weißte gar nich', wer der Vater is'?"

„Jede Wette, sie weißes nich'", höhnte Jane, ehe Julianna sich verteidigen konnte. „Sie is' nur 'ne kleine Nutte, die gern die Nase hoch trägt."

Lorena lachte. „Du bist bedauernswert, weißte das? Du tust mir Leid – uns allen." Nach Kaugummi und billigem Parfum riechend, beugte sie sich zu Julianna vor und prophezeite: „Ihr schafft es nich', niemals, du und dein kleiner Balg. Kommt, Mädchen."

Damit drehten sich die drei um und verließen das Lokal.

Julianna sah ihnen durch einen Tränenschleier nach. Beschämt und gedemütigt, legte sie die Hände auf ihren Bauch. Wurde sie so von ihrer Umwelt gesehen, als bemitleidenswerte Frau ohne Zukunft? Das traf sie bis ins Mark.

Sie schloss die Augen und dachte an Washington, an die eleganten Restaurants, in denen sie täglich gespeist hatte, an die Schönheitssalons, wo sie Massagen, Gesichtsbehandlungen und Maniküren bekommen hatte, an ihr schönes Apartment und an ihre Kleiderschränke voll mit teuren Sachen.

Doch am intensivsten dachte sie an John und legte zitternd eine Hand an den Mund. War er wirklich so ein Monster, wie ihre Mutter gesagt hatte?

Aus der Küche hörte sie Buster und den Koch die letzten Arbeiten erledigen, um für heute zu schließen. Damit die zwei ihre Tränen nicht sahen, eilte sie hinaus in die kühle Nachmittagsluft.

Sie zog ihren Mantel fester um sich. Die Gehwege waren

voller Menschen, die nach einem Arbeitstag heimkehrten. Vor ihr an der Ecke hielt die Straßenbahn der St. Charles Avenue. In ihrem Glas spiegelte sich die Sonne und blendete sie einen Moment. Eine Wolke schob sich vor die Sonne, die Straßenbahn fuhr vorüber.

Und dann sah sie John.

Er hatte sie gefunden! In Panik wich sie einen Schritt zurück. Er stand auf der anderen Straßenseite, den Kopf leicht abgewandt, und blickte suchend die St. Charles Avenue entlang. Er suchte sie – und einen Ort, an dem er sie töten konnte.

Sie war vor Entsetzen wie gelähmt und spürte ihren Herzschlag bis in den Hals. Wie damals, vor vierzehn Jahren, als sie ihn das erste Mal gesehen hatte. Er hatte toll ausgesehen, groß, stark und jugendlich. Nicht so verschrumpelt und faltig wie Senator Paxton oder fett und glatzköpfig wie Richter Lambert. John war mit keinem von Mutters anderen Freunden vergleichbar gewesen.

Ihre Mutter hatte sie herbeigerufen und miteinander bekannt gemacht, wobei man ihren Alabama-Akzent gehört hatte.

„Das ist meine Kleine“, sagte ihre Mama. „Meine Julianna.“

Julianna machte einen Knicks und hielt den Blick gesenkt, wie Mama es sie gelehrt hatte.

„Julianna, Liebes, sag hallo zu Mr. Powers.“

„Hallo, wie geht es Ihnen?“ fragte sie mit brennenden Wangen und wollte nichts lieber als ihn ansehen.

„Hallo, Julianna“, erwiderte er. „Es ist mir ein Vergnügen, dich kennen zu lernen.“

Sie warf ihm einen verstohlenen Blick zu, dann noch einen und sagte erstaunt: „Ihr Haar ist ja weiß. Wie Schnee.“

„Ja, das ist es.“

„Wie kommt das?“ Sie zog nachdenklich die Stirn kraus.

„Sie sind nicht alt und faltig wie Dr. Walters, und der hat auch weiße Haare." Sie hielt den Kopf schief. „Und Sie haben auch viel mehr davon als er."

Ihre Mutter schnappte nach Luft, und Julianna wusste, dass sie etwas Falsches gesagt hatte. Doch John Powers war nicht ärgerlich. Er lachte, und es klang angenehm. Sie mochte ihn lieber als alle anderen Freunde ihrer Mutter.

Er ging vor ihr in die Hocke und sah ihr in die Augen. Das hatte noch keiner getan. Er tat, als wäre sie etwas Besonderes, als wäre sie so wichtig wie die Erwachsenen.

„Mein Haar wurde über Nacht weiß", erklärte er. „Ich wäre bei einem Auftrag fast gestorben."

„Fast gestorben?" wiederholte sie erstaunt.

„Ja." Er beugte sich vor und senkte die Stimme. „Ich habe überlebt, weil ich Käfer gegessen habe."

„Käfer?" fragte sie fassungslos.

„Hm. Große, hässliche."

„Erzählen Sie mir davon."

„Eines Tages erzähle ich dir alles darüber."

„Okay", erwiderte sie und ließ enttäuscht den Kopf hängen.

Er betrachtete sie eine Weile und nahm ihre Hände. „Möchtest du wissen, was ich glaube, Julianna?" Sie nickte heftig. „Ich glaube, dass wir beide die besten Freunde werden. Würde dir das gefallen?"

Sie streifte ihre Mutter mit einem Blick, merkte, dass sie erfreut war, und sah John Powers an. „Ja, Mr. Powers, das würde mir sehr gefallen."

Die besten Freunde: der Vater, den sie nie gehabt hatte, ihr Beschützer, ihr Liebhaber. John Powers war alles für sie geworden. Und nun wollte er sie töten.

Ein Auto hupte, dann folgte eine laute Verwünschung. Julianna schreckte blinzelnd aus ihren Gedanken hoch. Desorientiert merkte sie, wie die Menschen an ihr vorbeiströmten. Einige warfen ihr neugierige Blicke zu. John, falls er es wirklich gewesen war, war fort.

Sie zog den Mantel noch einmal enger um sich und ging eilig davon.

3. KAPITEL

Julianna fuhr aus dem Schlaf hoch. Die Augen weit aufgerissen, sah sie sich im dunklen Zimmer um, suchte nach Bewegung, horchte auf Geräusche.

Falls John sie gefunden hatte, würde er sie umbringen. Sie aufschlitzen, wie die anderen Leute auf Clark Russells Fotos.

Widersetz dich mir nicht, Julianna, hatte John sie gewarnt, oder die Konsequenzen werden dir nicht gefallen.

Sie presste die Hände auf die Augen. Nein, John hatte sie nicht gefunden. Wie sollte er auch? Sie hatte sich fast genau so verhalten, wie Clark Russell es ihr geraten hatte. Sie war weit weggelaufen, hatte nie ihre Kreditkarten benutzt, war nie lange an einem Ort geblieben und hatte keinen Kontakt mit zu Hause aufgenommen. In Louisville hatte sie sogar ihr Auto umspritzen lassen. Clark hatte ihr auch geraten, ihren Namen zu ändern und eine neue Identität anzunehmen. Doch das war nicht möglich gewesen. Die Hotels verlangten Ausweispapiere, sie brauchte ihren Führerschein, und Buster hatte eine Sozialversicherungsnummer sehen wollen.

Nein, John konnte sie nicht gefunden haben. Der Mann auf der Straße war eine Täuschung gewesen genau wie bei der Frau vor dem Spiegel.

Sie wickelte sich aus den Laken und lehnte den Rücken ans Kopfteil des Bettes. So ganz konnte sie immer noch nicht glauben, dass John ein Killer war. Er hatte sie mit Zuneigung, Geschenken, Aufmerksamkeit und Liebe überschüttet. Er hatte sie umarmt und gestreichelt und ihr Geborgenheit gegeben.

Sie schloss die Augen und dachte daran, wie sanft, geduldig und liebevoll er zu ihr gewesen war, wenn er ihr die Welt versprochen hatte.

Für nichts weiter, als dass sie sein liebes kleines Mädchen war, gefügig und süß. Ein Kind, das zu ihm aufsah wie zu seinem Vater, das nie Fragen stellte und das sein Wort als Gesetz akzeptierte.

Tränen rollten ihr über die Wangen. Sie brauchte John und seine Liebe. Dieser letzte Monat schien ihr ein einziger Albtraum gewesen zu sein. Vielleicht könnte ich ja das Baby loswerden, dachte sie schluchzend, zu ihm zurückkehren und um Verzeihung bitten für meinen Ungehorsam. Er würde ihr bestimmt vergeben ...

Nein, würde er nicht. Er war außer sich gewesen vor Wut. Sie rieb sich die feuchten Wangen trocken und dachte an ihre letzte Nacht, als er von ihrer Schwangerschaft erfahren hatte.

Er war wochenlang beruflich unterwegs gewesen. Sie hatte es sich so schön vorgestellt, es ihm in dieser Nacht zu sagen. Aufgeregt war sie gewesen und absolut sicher, John würde sich über die Neuigkeit freuen. Stattdessen hatte er sich vor ihren Augen in einen kalten grausamen Mann verwandelt, den sie nicht wieder erkannte.

Wie üblich war sie früh in sein Apartment gekommen, damit sie im Bett auf ihn warten konnte, unter der Decke zusammengerollt wie ein schläfriges Kind. Sie trug nicht etwa ein sexy Negligee für ihren Geliebten, sondern ein langes, geblümtes Nachthemd mit Rüschen an Hals, Ärmeln und Saum. Genau das also, was ein kleines Mädchen tragen würde. Johns kleines Mädchen.

Sie kuschelte sich unter die Decke, und der weiche Flanell rieb an ihren Beinen. Sie war aufgeregt, voll nervöser Erwartung. Ihr Herz schlug schnell, und sie überlegte sich immer wieder, was sie John sagen würde. Sie malte sich aus, wie er reagieren würde, wie sie gemeinsam ihre Zukunft planten.

Tief atmete sie durch, um ruhiger zu werden.

Sie war jetzt eine Frau, endgültig. Deshalb hatte sie die Pille nicht mehr genommen, ohne es ihm zu sagen. Sie war es Leid, sein kleines Mädchen zu sein. Sie wollte als Frau akzeptiert werden und war sich sicher, das Richtige getan zu haben. John würde ihr geben, was sie haben wollte. Das hatte er immer getan.

Sie presste nachdenklich eine Hand auf den noch fast flachen Bauch und stellte sich ihre Zukunft vor. Sie wollte, dass sie und John ein richtiges Liebespaar waren wie in Fernsehserien, Büchern oder Filmen, leidenschaftlich, einander verpflichtet und … erwachsen.

Sie konnte nicht genau sagen, was ihr in ihrer Beziehung zu John fehlte. Es war nicht nur, dass sie getrennt lebten. Es war auch nicht der Altersunterschied oder dass er der einzige Mann war, mit dem sie je zusammen gewesen war. Es war auch kein Mangel an Liebe – sie liebte ihn von Herzen.

Sie rollte sich auf die linke Seite, und wieder kitzelte der weiche Flanell ihre Beine. Sehnsüchtig war sie durch die Wäscheabteilungen der Warenhäuser gegangen und hatte sich die hübschen Sachen angesehen, die andere Frauen für ihre Männer trugen. Ebenso sehnsüchtig hatte sie andere Paare beobachtet, wie sie sich ansahen und berührten.

John behandelte sie anders. Sanfter. Mit Liebe, Respekt und Zärtlichkeit. Was gut war. Und doch … sie wollte mehr. Sie wollte Leidenschaft. Lust. Sogar einen gelegentlichen Streit.

Sie hörte John an der Eingangstür. Rasch schloss sie die Augen, atmete tief und gleichmäßig und stellte sich schlafend.

Das gehörte zu dem Spiel, das sie seit Jahren trieben, seit jenem ersten Mal vor langer Zeit. Nur damals war es kein Spiel gewesen, nichts Gestelltes.

Die Schlafzimmertür ging auf, Licht fiel aufs Bett. Gleich darauf sackte die Matratze ein, als John sich auf die Bettkante setzte.

Lange sagte er nichts. Sie wusste, er sah sie nur an. Wie stets unterdrückte sie den Drang, die Augen zu öffnen, um seinen Blick zu deuten und darin zu lesen, was er dachte.

„Julianna", sagte er leise. „Ich bin es, meine Süße. Ich, John."

„John?" flüsterte sie, schlug langsam die Augen auf und heuchelte schläfrige Benommenheit. „Du bist zurück?"

„Ja, Liebes. Ich bin zurück."

„Ich habe dich vermisst", murmelte sie lächelnd. „Bist du gekommen, mir gute Nacht zu sagen?"

„Ja." Er hielt ihr Gesicht mit beiden Händen und sah ihr tief in die Augen. „Ich liebe dich, Julianna. Ich habe dich seit unserer ersten Begegnung geliebt. Wusstest du das?"

Sogar heute noch, nach all den Jahren, in denen sie dieses Spiel trieben, befiel sie ein Hauch von Panik.

Er beugte sich zu ihr hinunter und presste die Lippen auf ihre Schläfe. „Ich habe etwas für dich."

Kindlichen Eifer heuchelnd, richtete sie sich im Bett auf. „Was ist es?"

Er legte ihr beide Hände auf die Schultern. „Warst du ein braves Mädchen, während ich fort war?"

Sie nickte. Wie stets in solchen Situationen verursachte ihr die Erinnerung an frühere Erlebnisse dieser Art ein sonderbares Gefühlsgemisch aus Aufregung und Unbehagen.

„Bist du jetzt mein liebes kleines Mädchen?"

Sie nickte wieder und begann zu zittern.

„Ich kann mich nicht von dir fern halten." Er strich ihr übers Haar. „Ich habe es versucht, aber ich kann nicht. Du gehörst mir, für immer. Verstehst du das?"

„Was ... was meinst du?"

„Du wirst es bald verstehen." Ein Lächeln zuckte um seinen Mund. „Das verspreche ich dir."

Er zog langsam das Laken zurück und sagte leise: „Hübsch." Er rieb den weichen Nachthemdstoff zwischen den Fingern. „Hübsch und niedlich."

„John?" Sie bemühte sich, jung und ängstlich zu klingen.

„Schon gut, mein Liebes. Zeig John, wie sehr du ihn liebst." Mit leichtem Druck legte er sie auf die Matratze zurück. „Zeig ihm, was für ein liebes Mädchen du sein kannst."

Also tat sie es. Sie lag absolut still, so wie er es mochte, während seine Hände über ihren Körper wanderten, zart erst, dann leidenschaftlicher.

Er zog sich nicht aus. Er würde auch nicht in sie eindringen, das wusste sie. Das tat er nur selten. Stattdessen streichelte er sie, bemüht, ihr mit Händen und Mund Lust zu bereiten.

Erst als sie sich auf dem Höhepunkt aufbäumte und schwach wieder auf die Matratze sank, presste er sich an sie, schwitzend und keuchend, als hätte er einen Zehn-Meilen-Lauf hinter sich. Er zitterte vor unerfüllter Lust. „Meine süße, süße Julianna. Was würde ich ohne dich anfangen?"

Sie küsste ihn und dachte an ihr Baby. Noch einmal malte sie sich aus, wie er die Nachricht aufnehmen würde. „Ich liebe dich, John." Sie lächelte und küsste ihn wieder. „Ich liebe dich."

„Zeig mir, wie sehr." Er nahm ihre Hand und legte sie an seine Erektion. „Zeig's mir."

Sie tat es und rieb, streichelte und massierte ihn bis zum Orgasmus.

Julianna zuckte zusammen, als sie durch lautes Gelächter im Nachbarapartment aus ihren Gedanken gerissen wurde. Einen

Moment desorientiert, merkte sie, dass sie dringend zur Toilette musste.

Sie wälzte sich aus dem Bett und ging barfuß ins Bad, der Holzboden kalt unter ihren nackten Füßen. Der Spiegel über dem Waschbecken war altersfleckig. Ein Riss lief diagonal hindurch und verzerrte ihr Spiegelbild, so dass die beiden Teile ihres Gesichtes nicht zueinander passten.

Sie blickte ihr Zerrbild an und erkannte sich kaum. Die Hände auf ihrem geschwollenen Leib, wandte sie sich ab. Bemitleidenswert hatten die Kellnerinnen sie genannt. *Ihr* werdet es nicht schaffen, du und dein kleiner Balg.

Die Worte schmerzten jetzt noch. Warum tat sie das alles überhaupt? Warum war sie hier, allein und schwanger? Sie wollte nicht Mutter sein. Sie wollte nicht eine von diesen hohläugigen jungen Frauen werden, die zu Buster hereinkamen, ständig überfordert von ihrer jungen Brut. Dafür war sie nicht schwanger geworden.

Genau das stand ihr jedoch bevor.

Entsetzt legte sie eine Hand an den Mund. Sie hätte damals tun sollen, was John verlangt hatte, und das Baby loswerden. Sogar ihre Mutter hatte sich gefragt, ob es wirklich richtig war, es zu behalten. Vor John zu flüchten, ihm ständig einen Schritt voraus sein zu müssen, war auch ohne Kind schon schwierig genug. Sylvia Starr hatte ihrer Tochter angeboten, sie in eine Klinik zu begleiten, wo man sich des Problems annehmen würde.

Doch seinerzeit hatte sie immer noch die rosarote Brille aufgehabt, mit der sie ihre Schwangerschaft, das Erwachsensein und ihre Zukunft betrachtete.

Seufzend sank sie zu Boden und legte den Kopf gegen die Badezimmertür mit dem gesprungenen Holzimitat. Inzwischen sah sie klar. Die Zukunft machte ihr Angst, fast noch mehr als ihre Vergangenheit.

Sie schloss wieder die Augen und dachte noch einmal an die letzte Nacht mit John.

Sie hatten zusammen auf dem Bett gelegen, die Gesichter einander zugewandt, und leise miteinander geredet. John hatte sich interessiert erkundigt, was sie während seiner Abwesenheit so alles gemacht hatte, und sie erzählte ihm ausführlich von dem Aquarellkurs, den sie besuchte, und ihrer Jazztanzgruppe. Dabei wollte sie eigentlich lieber über ihre Schwangerschaft reden.

John hörte so aufmerksam zu, als wisse er genau, dass sie ihm etwas vorenthielt. Er beobachtete sie, und sie wurde nervös. Er kannte sie so gut wie niemand sonst.

Sag's ihm einfach. Plapper drauflos – dass du die Pille absichtlich nicht mehr genommen hast, dass die Regel ausgeblieben ist, dass du beim Arzt warst und einen Urintest gemacht hast. Erzähl ihm von deiner Freude.

Nein, noch nicht, dachte sie in einem Anflug von Panik. Noch nicht.

„Wie war deine Reise?" fragte sie stattdessen.

„Erfolgreich."

„Wo bist du gewesen?"

Er sah sie nur an. Es gab diese Regel zwischen ihnen, dass sie ihn nicht nach seinem Beruf fragen durfte. Julianna wusste, dass er für den Staat arbeitete, für die CIA oder eine ähnliche Behörde. Und sie wusste, dass seine Arbeit geheim war, aber mehr auch nicht.

Lange Zeit hatte ihr das genügt. Es war ihr gleichgültig gewesen, was er tat. Doch seit neuestem wurde sie neugierig. Sie war frustriert und verärgert wegen seiner Geheimnistuerei. Sie fühlte sich von seinem Leben ausgeschlossen und langweilte sich in ihrem.

Obwohl sie wusste, dass es ihm nicht gefallen würde, hatte sie begonnen, herumzuschnüffeln. Einmal, als er nach der Rückkehr von einer Reise gerade unter der Dusche stand, hatte sie mit hämmerndem Herzen seine Reisetasche und seine Jackentaschen durchsucht.

Beim ersten Mal hatte sie nichts Verdächtiges entdeckt, doch seit damals fielen ihr immer wieder Dinge in die Hand, die nicht zusammenpassten. In seiner Manteltasche fand sie einen geöffneten Brief, der nicht an ihn adressiert war und auch nur einen unverständlichen Satz enthielt. In seiner Reisetasche befand sich ein entwertetes Flugticket auf den Namen Mr. Wendell White nach Kolumbien, ein Land, in dem er angeblich nie gewesen war.

Der Erfolg machte sie kühner.

Wenn John nicht in der Stadt war und die allein verbrachten Nächte endlos schienen, fuhr sie heimlich in seine Wohnung und durchsuchte sie. Jede Schublade, jedes Möbelstück und jede Bodendiele klopfte sie nach Geheimverstecken ab, sah hinter jedes gerahmte Foto und hinter jedes Gemälde. Sie hatte sogar in der Tiefkühltruhe nachgeschaut und tatsächlich Erfolg gehabt. Zwischen zwei gefrorenen Fleischstücken, eingewickelt in weißes Fleischerpapier, entdeckte sie ein in schwarzes Leder gebundenes Notizbuch mit Spalten voller Daten und kodierten Einträgen.

Erst da ging ihr auf, warum John nie von seiner Arbeit sprach, warum er nie Kollegen erwähnte. Warum er in die ganze Welt flog und nie eine Nummer hinterließ, unter der er zu erreichen war.

John ist ein Spion!

Ängstlich hatte sie damals rasch das Notizbuch in sein Versteck zurückgelegt.

„Ich muss morgen wieder weg, Julianna."

Sie stützte sich auf einen Ellbogen. „Aber du bist doch gerade erst gekommen."

„Ich habe noch etwas zu erledigen. Tut mir Leid."

„Wie lange bist du diesmal weg?"

„Ich weiß nicht. Eine Woche, zwei. Vielleicht einen Monat. Hängt davon ab, wie sich der Auftrag entwickelt."

„Dann sag mir zumindest, wohin du fährst."

„Das kann ich nicht, wie du weißt."

Natürlich wusste sie das, aber das machte es nicht einfacher. Schmollend drehte sie ihm den Rücken zu.

„Sei nicht so", schalt er. „Du bist zu gut, um dich so aufzuführen."

Sie sah ihn über die Schulter wütend an. „Aber ich langweile mich so, wenn du weg bist. Ich habe nichts zu tun, und ich bin einsam!"

„Vielleicht hilft das."

Er hatte das Jackett neben das Bett geworfen und zog nun aus dessen Tasche ein blaues Samtkästchen, das er ihr reichte.

„Für mich?" fragte sie erfreut.

„Für wen sonst?" erwiderte er lächelnd. „Mach es auf."

Sie setzte sich hin, nahm ihm eifrig das Kästchen ab und öffnete es. Auf blauem Samt funkelte ihr ein Paar Diamantohrstecker entgegen. Sie betrachtete sie einen Moment sprachlos. Es waren große Steine. Jeder hatte mindestens ein Karat. „John, sie sind wunderschön", schwärmte sie schließlich.

„Nicht so schön wie mein kleines Mädchen", erwiderte er leise und nahm ihr behutsam das Kästchen ab. „Ich möchte sie dir anstecken."

Sie strich das Haar hinter die Ohren. Er führte den Steg durch die Löcher in den Ohrläppchen und befestigte sie von hinten. Sobald er fertig war, sprang Julianna aus dem Bett und lief ins Bad vor den Spiegel. Die Diamanten glitzerten feurig im Licht.

John folgte ihr ins Bad und stellte sich hinter sie. „Sie werden dir gar nicht gerecht", sagte er. „Sie sind nicht so außergewöhnlich, wie du es bist. Ihnen fehlt deine Wärme und dein Feuer."

„Ach, John!" Sie fuhr zu ihm herum und umarmte ihn. „Sie sind wunderschön. Sie gefallen mir sehr." Sie drückte ihn an sich. „Danke, vielen Dank."

„Dummchen." Lachend strich er ihr das Haar aus dem Gesicht. „Weißt du denn nicht, dass du sie verdienst?"

„Du verwöhnst mich."

„Du wurdest geboren, um verwöhnt zu werden." Ein Lächeln spielte um seinen Mund. „Damit ich dich verwöhnen kann." Er küsste sie. „Ich denke, ich lasse uns ein Bad ein. Würde dir das gefallen?"

Sie rieb sich an ihm. „Klingt wunderbar."

Er wandte sich ab und ließ die große alte, auf Klauenfüßen stehende Wanne voll laufen. John liebte es, sie zu baden, wie er es getan hatte, als sie noch ein Kind gewesen war. Er wusch ihr Haare und Körper, wickelte sie in ein großes weiches Badetuch, cremte und puderte sie ein und trocknete ihr die Haare. Das Bad begann wie immer. Er nahm einen Waschlappen und seifte sie damit ein. Dabei raunte er leise vor sich hin. Plötzlich hielt er inne und zog die Stirn kraus. „Du legst Gewicht zu", stellte er leicht vorwurfsvoll fest und fuhr ihr mit seifigen Fingern über Taille und Bauch.

Julianna erstarrte geradezu. John liebte sie spindeldürr

und mädchenhaft. Was würde er sagen, wenn er erfuhr, dass sie für die nächsten sechs Monate nicht mehr dünn werden würde?

„Schon gut“, sagte er und missverstand ihr Schweigen als Kummer. „Ich arbeite dir eine Diät und ein Trainingsprogramm aus. Du bekommst einen persönlichen Trainer. Dann bist du die zusätzlichen Pfunde im Nu wieder los.“

Er tauchte den Waschlappen ins Wasser und fuhr ihr damit über Schultern und Rücken, von dort sanft reibend nach vorn über ihre Brüste.

Wieder verharrte er. Sie sah ihn über die Schulter an. „John, ich muss dir etwas sagen.“

Sein Blick wanderte von ihren Augen zu ihren Brüsten, die er prüfend umfasste.

Sie spürte sich erröten. *Er weiß es. Er sieht und spürt die Veränderungen meines Körpers.*

Nervös sprudelte sie hervor, wie sie aufgehört hatte, die Pille zu nehmen. Dann war ihre Periode ausgeblieben, und sie hatte einen Arzt aufgesucht. „Ich bin schwanger!“ endete sie aufgeregt. „Wir werden ein Baby bekommen. Wir werden eine richtige Familie sein!“

Er starrte sie mit leerem Blick an, und an seinem Kiefer begann ein Muskel zu arbeiten.

„John?“ sagte sie nach einer kleinen Ewigkeit voller Furcht. Die Sache lief nicht so, wie sie es sich vorgestellt hatte. Er braucht Zeit, sich daran zu gewöhnen, dachte sie. Er muss sich mit dem Gedanken erst vertraut machen, Daddy zu sein.

„Und du willst es?“ fragte er. „Du hast das geplant?“

„Ja.“ Sie sah ihn flehentlich an. „Ich hoffe, du bist nicht verärgert, aber ich wollte, dass wir … ein richtiges Paar sind. Ich liebe dich so sehr, und ich wollte wie andere Frauen sein.“

„Wie andere Frauen", wiederholte er. „Du weißt nicht mal, was das bedeutet."

„Ich weiß es. Zumindest glaube ich das. Lass es mich versuchen, John. Bitte."

„Das wird nicht passieren, Julianna. Dieses Baby wird nicht geboren werden." Er ließ den Waschlappen sinken. „Also, vergiss es."

Seine Reaktion traf sie bis ins Mark. Sie griff voller Panik nach seiner Hand. „Aber warum nicht? Du sagst, du liebst mich. Du musst mich nicht heiraten, das will ich gar nicht. Ich will …"

„Was?" Er schüttelte ihre Hand ab. „Fett und überfordert und ständig müde sein? Lieber Fußabtreter sein, anstatt Prinzessin?"

„Nein!" Tränen traten ihr in die Augen. „So muss es nicht werden. So war es bei meiner Mutter auch nicht."

„Deine Mutter ist eine Nutte. Willst du das sein?"

Sie starrte ihn schockiert an. Wie konnte er so von ihrer Mutter reden? Sie waren Freunde gewesen, sie hatten sich mal geliebt.

„Ich teile dich mit nichts und niemand, Julianna. Nicht mit einem anderen Mann, nicht mit einer Karriere, einer besten Freundin oder einem Kind. Hast du mich verstanden?"

„Aber das ist nicht fair!" begehrte sie auf wie ein trotziges Kind.

„Nein?" Er lachte kalt und abweisend. „Wer behauptet, das Leben müsste fair sein?"

„Ich will das Baby, John."

„Tut mir Leid, das zu hören, aber das kannst du dir abschminken. Steig jetzt aus der Wanne. Wenn du angezogen bist, bereden wir, was du gegen dein Problem unternimmst."

„Was ich dagegen unternehme!“ schrie sie. „Du meinst wohl, was du mir sagst, was ich unternehmen soll.“

„Richtig.“ Er ging auf die Tür zu. „Ich bin in der Küche.“

„Warum bist du so?“ Sie stand auf, nahm ein Handtuch und zitterte vor Zorn und Empörung. Es war so unfair! Sie war fast zwanzig und kein Kind mehr. „Du behandelst mich wie eine Zweijährige. Das reicht mir! Ich will nicht mehr dein kleines Mädchen sein!“

John fuhr zu ihr herum und sah sie scharf an. „Ich rate dir, damit aufzuhören, Julianna, ehe es zu spät ist!“

Sie reckte trotzig das Kinn vor und ignorierte seine Warnung, obwohl sein Ausdruck und sein Tonfall ihr Angst machten. Sie streckte die Arme aus. „Sieh mich an, John. Warum kannst du mich nicht als Frau akzeptieren? So wie du andere Frauen akzeptierst. Warum kannst du nicht ein Mal ...“

Ihre Stimme erstarb, als sich Johns Gesicht in eine kalte, fast unmenschliche Fratze verwandelte. Sie erkannte ihn nicht wieder. Als er auf sie zukam, wich sie zurück und fühlte sich so klein und verletzlich wie das kleine Mädchen, das sie nicht mehr sein wollte. „John, bitte“, flüsterte sie, „sei mir nicht böse. Ich wollte nur ...“

Seine Hand schoss vor. Er griff ihr an die Kehle und drückte ihren Kopf gegen die Fliesenwand, dass sie Sterne sah. „Du willst also wie andere Frauen sein, richtig?“

Sie versuchte entsetzt, seine Finger von ihrer Gurgel zu lösen, und rang keuchend nach Atem.

„Ich verwöhne dich, behandle dich wie eine Prinzessin, aber das willst du gar nicht.“

Sie hatte ihn noch nie so erlebt. Er hob nicht mal die Stimme, und gerade diese erzwungene Ruhe machte ihr Angst. Wo war der John, den sie kannte, der zärtliche, geduldige Liebhaber?

Er beugte sich zu ihr vor, die Augen eisig. „Du willst wie andere Frauen sein? Wie deine Mutter, die Nutte?“ Er riss sie aus der Wanne und drückte sie auf den Boden. „Dann komm, ich behandle dich wie andere Frauen.“

„Nein, John! Es tut mir Leid. Bitte …“ Sie versuchte sich aufzurappeln, doch er schlug sie nieder und warf sich auf sie, dass ihr die Luft wegblieb.

„Ich behandle dich wie andere Frauen“, wiederholte er und öffnete die Hose. „Für mich warst du etwas Besonderes, aber das war dir nicht gut genug.“ Er spreizte ihr gewaltsam die Beine. „Dann sei wie jede andere, Julianna.“ Er stieß in sie, dass sie aufschrie, immer wieder, als versuche er, das Kind in ihr zu töten. Schließlich zog er sich zurück, doch der Albtraum war nicht vorüber.

Er warf sie auf den Bauch, zog sie an den Hüften hoch und drang wieder in sie ein. „Gefällt dir das … wie die Hunde, meine Süße, meine Prinzessin? Grunz für mich wie eine brünstige Sau!“ Er knetete ihre zarten Brüste. „Tu es, Julianna!“

Schluchzend und gedemütigt zwang sie sich zu einigen Lauten und wäre am liebsten gestorben.

Auf dem Höhepunkt presste er sich an sie und stieß Laute aus wie ein Raubtier, dass seine Beute überwältigt.

Endlich ließ er von ihr ab, und sie sackte auf den Boden. Von Bauchkrämpfen geschüttelt, als zerstörten ihr scharfe Messer die Eingeweide, rollte sie sich weinend zusammen wie ein Fötus und schlang die Arme um sich.

„Jetzt bist du wie andere Frauen.“ Sie hörte das Schließen von Reißverschluss und Gürtelschnalle. „Jetzt bist du wie deine Mutter. Glücklich?“

Ihr Magen rebellierte. Unfähig, es zurückzuhalten, drehte sie den Kopf zur Seite und übergab sich.

John warf ihr angewidert ein Handtuch zu. „Du lässt morgen das Kind wegmachen. Hast du mich verstanden?"

Sie nickte.

„Bisher habe ich dir völlig vertraut. War das ein Fehler?"

Sie schüttelte wimmernd den Kopf.

„Gut. Du wirst mir nie mehr trotzen oder ungehorsam sein, sonst wirst du dafür bestraft. Ernsthaft. Hast du mich verstanden?"

Sie nickte, doch das reichte ihm diesmal nicht. „Hast du mich verstanden?"

„Ja", flüsterte sie.

„Lass es morgen wegmachen, oder ich mache es selbst."

Dann war er fort.

Julianna schluchzte verzweifelt auf, als ihre Gedanken in die Gegenwart zurückkehrten. Sie hatte sich weinend auf dem Badezimmerboden zusammengerollt, ihr war kalt.

John ist genau das, was Mutter gesagt hat, ein Killer der CIA. Er ist das Monster, das Clark Russell beschrieben hat. Er hat die Menschen auf den Fotos und viele andere getötet. Und er wird auch mich töten, falls er mich je findet.

Das wird er nicht, versprach sie sich und zog sich am Waschbecken hoch. Sie würde ihm einen Schritt voraus bleiben, und wenn das bedeutete, ein Leben lang auf der Flucht zu sein.

4. KAPITEL

Julianna fand den Arzt in den Gelben Seiten des Telefonbuchs von New Orleans. Sie hatte ein halbes Dutzend Ärzte angerufen, ehe sie auf einen stieß, der sie behandelte, obwohl sie keine Versicherung hatte. Die Dame vom Empfang sagte ihr, dass sie die Rechnung nach der Behandlung bar bezahlen müsse.

Erschrocken hatte sie gehört, dass es hundertfünfunddreißig Dollar kostete, vorausgesetzt, es gab keine unvorhergesehenen Probleme, die besondere Tests notwendig machten. Das waren zehn Prozent des Geldes, das ihr noch geblieben war, für einen einzigen Arztbesuch.

Doch das war es wert. Gleichgültig, wie verzweifelt sie war, die Behandlung in der freien Klinik ertrug sie nicht, wie sie nach einem Blick in das schmuddelige, mit allerlei seltsamem Volk überfüllte Wartezimmer entschieden hatte.

Im Gegensatz dazu war Dr. Samuels Praxis hell, wohlriechend und angenehm. Im Wartezimmer saß eine Hand voll respektabel aussehender Frauen, alle sichtbar schwanger.

Obwohl alle sehr bemüht waren, ihr die Angst zu nehmen, war sie nervös. Ihre Hände schwitzten, und ihr Puls schlug schnell. Sie wusste nicht, was sie erwartete, und fragte sich, wie Dr. Samuel war und wie er auf ihre Bitte reagieren würde.

Julianna rückte sich auf dem Untersuchungstisch zurecht, und das weiße Papier unter ihr knisterte. *Beeil dich, Doc. Damit ich es hinter mir habe.*

Die Augen geschlossen, atmete sie tief durch. Nach dem heutigen Tag würden keine Arztbesuche mehr anfallen. Es würde vorbei sein. Was hatte sie sich nur all die Monate eingebildet? Schwanger zu werden war ein Riesenfehler gewesen.

Die Tür ging auf, und ein Mann in Weiß kam herein, gefolgt von der Schwester, die bei ihr Blutdruck und Gewicht gemessen und ihr einen Becher für die Urinprobe gegeben hatte. Er schüttelte ihr lächelnd die Hand. „Ich bin Dr. Samuel."

Er war noch recht jung, fast attraktiv, mit einem schmalen Gesicht und runden Brillengläsern. Er sah aus wie ein guter Doktor, klug und freundlich. Julianna entspannte sich ein wenig. „Julianna Starr", stellte sie sich vor.

„Schön, Sie kennen zu lernen." Er ließ ihre Hand los und wandte sich der Schwester zu. „Blutdruck und Gewicht sind in Ordnung. Urin ist getestet." Er blätterte weiter. „Trinken Sie? Drogen?"

„Nein, Doktor."

„Und Sie rauchen nicht. Das ist gut." Er lächelte kurz. „Von Ihrer letzten Menstruation gerechnet, sind sie 25 Wochen und drei Tage schwanger. Dann wäre der Geburtstermin der 11. Mai." Er sah sie an. „Kommt das hin?"

„Ich denke."

„Legen Sie sich bitte hin, und wir sehen mal nach, wie weit Sie sind. Er vermaß ihren Bauch, drückte ihn ab, untersuchte die Brüste und lauschte dann mit einem Doppler nach den Herztönen des Kindes. Sie klangen wie ein kleiner Pressluft-hammer in ihrem Leib.

„Könnte ein Mädchen sein", sagte er leise. „Die Herzschläge von Mädchen sind schneller." Er gab ihr eine Hand und half ihr, sich aufzusetzen.

„Das war's?" fragte sie erstaunt.

Er lächelte wieder, und die Schwester kicherte. „Sie wollen mehr? Die meisten Patientinnen können es nicht erwarten, hier rauszukommen."

„Ich dachte nur … Sie würden mehr machen."

Er sah auf ihre Kartei. „Sie sind jung und gesund. Ich sehe

hier, dass Geld eine Rolle spielt. Und da ich keinen Grund für eine Ultraschalluntersuchung entdecke, mache ich keine. Sie ist teuer." Er sah sie einen Moment an und fuhr fort: „Es gibt doch keine Probleme, die Sie noch nicht erwähnt haben? Blutungen, Schmerzen?"

Julianna sah kurz zur Schwester hin und leckte sich nervös die Lippen. „Nein, nichts in der Art."

„Gut. Dann ziehen Sie sich bitte wieder an. Wir sehen uns dann in meinem Sprechzimmer und bereden, wie es jetzt weitergeht."

Julianna nickte und war dankbar, dass sie sich ihm nicht in Gegenwart der Schwester anvertrauen musste. Die hatte etwas Großmütterliches an sich, und sie hätte vor ihr nicht völlig offen sein können.

Zehn Minuten später saß Julianna angezogen Dr. Samuel gegenüber. „Hier steht, dass Sie neu sind in der Stadt, Miss Starr. Wir brauchen Ihre bisherigen medizinischen Berichte. Sie haben auf dem Fragebogen keinen Gynäkologen angegeben."

„Ich habe noch keinen", gestand sie ihm leicht verlegen. „Den Schwangerschaftstest hat mein Hausarzt gemacht und … und …"

„Und dann haben Sie keinen Arzt mehr aufgesucht. Dann nehmen Sie also auch noch keine pränatalen Vitamine. Aber das macht nichts, das ändern wir sofort." Er schrieb ihr ein Rezept aus.

„Ich möchte eine Abtreibung vornehmen lassen."

Der Doktor hob ruckartig den Kopf. „Wie bitte?"

„Ich will dieses Kind nicht. Schwanger zu werden war ein großer Fehler."

Der Arzt schwieg einen Moment und räusperte sich dann. „Was ist mit dem Vater?"

„Ich habe mich von ihm getrennt. Und er hat von Anfang an klar gemacht, dass er dieses Kind nicht will."

Dr. Samuel faltete die Hände vor sich auf dem Schreibtisch. „Dann haben Sie ein Problem, junge Lady. Zunächst einmal, ich nehme keine Abtreibungen vor. Ich wurde Gynäkologe, um Leben in die Welt zu holen, nicht um es zu beenden."

„Aber könnten Sie mich denn dann nicht zu jemand überweisen, der ..."

„Zum anderen kommt eine Abtreibung für Sie auch gar nicht mehr in Frage", schnitt er ihr das Wort ab. „Ihre Schwangerschaft ist zu weit fortgeschritten. Laut Gesetz ist eine Abtreibung nur bis zur 24. Woche nach der letzten Regel erlaubt. Sie haben den Termin um eine Woche und drei Tage überschritten."

Anderthalb Wochen, das ist doch kaum etwas. Julianna schüttelte fassungslos den Kopf, und ihre Augen wurden feucht. „Aber Sie verstehen nicht ... ich habe niemand. Ich kann mich nicht um das Baby kümmern. Ich weiß nicht wie."

„Tut mir Leid, dass ich Ihnen nicht helfen kann."

Er stand auf, doch sie ergriff seine Hand und hielt ihn fest. „Könnte nicht jemand, der Abtreibungen vornimmt, das Datum ein bisschen manipulieren?"

Dr. Samuels Wangen röteten sich, und er entzog ihr unfreundlich die Hand. „Sie bitten einen Arzt zu lügen, das Gesetz zu brechen und seine Berufszulassung aufs Spiel zu setzen? Nicht nur das", fuhr er ärgerlich fort und sah auf seine Uhr. „Ich zeige Ihnen etwas." Er holte ein Buch aus dem Schrank, schlug es auf und legte es ihr hin.

Das Foto zeigte ein Kind im Mutterleib. „Sehen Sie, das ist die Entwicklung des Fötus mit zwei Monaten."

Das Kleine sah aus wie ein Alien, mit einem zu großen

Kopf und bläulichen spinnennetzartigen Venen unter der durchschimmernden Haut.

Der Doktor blätterte weiter und hielt inne. „Und hier ist Ihr Baby."

Julianna betrachtete das Bild mit Herzklopfen. Das hier war bereits ein vollkommen entwickelter kleiner Mensch mit Händen, Füßen, Zehen und einem Gesicht. Und es lutschte am Daumen. Sie legte die Hände auf ihren Leib und sah zu Dr. Samuel auf. „Sind Sie sicher ... ich meine ..."

„Absolut." Er räusperte sich. „Babys in diesem Alter erkennen bereits die Stimme ihrer Mutter. Sie reagieren messbar auf Licht und Geräusche, und es besteht auch bereits eine schwache Chance, dass sie außerhalb des Mutterleibes überleben können."

„Das wusste ich nicht." Sie betrachtete wieder das Bild. „Ich dachte ..." Tränen liefen ihr über die Wangen. „Was soll ich nur tun, Dr. Samuel?"

Er reichte ihr eine Packung Papiertaschentücher, und seine Miene wurde sanfter. „Julianna, Sie sagen, dass Sie nicht für das Kind sorgen wollen und können. Haben Sie schon mal daran gedacht, es zur Adoption frei zu geben?"

„Adoption?" wiederholte sie begriffsstutzig. „Nein, ich habe überhaupt noch nicht viel nachgedacht ..."

Außer über John und wie ich überlebe.

Der Arzt setzte sich ihr wieder gegenüber. „Es gibt Tausende Paare in diesem Land, die keine Kinder bekommen können. Es sind nette, solide Leute, die dem Kind ein gutes Zuhause und eine liebende Familie bieten." Er beugte sich ernst vor. „Sie sind bereits weit fortgeschritten in der Schwangerschaft. Es dauert nicht mehr sehr lange für Sie. Adoption wäre die ideale Lösung."

Julianna dachte einen Moment darüber nach. „Aber wie ... ich meine, wo finde ich diese Paare?"

„Es gibt etliche angesehene Agenturen und einige Anwälte in der Gegend, die sich auf Adoptionen spezialisiert haben. Ich arbeite mit einer der besten Agenturen zusammen. Citywide Charities."

Sie zögerte einen Moment. „Ich weiß nicht recht."

„Es wäre eine Lösung der Liebe, Julianna. Ihr Baby bekommt ein schönes Leben und Eltern, die es lieben und hätscheln." Lächelnd fügte er hinzu: „Ich weiß es, ich bin auch ein Adoptivvater."

Er nahm ein gerahmtes Foto vom Schreibtisch und zeigte es ihr. „Meine Frau und ich haben unsere drei Kinder durch Citywide bekommen." Julianna betrachtete das Foto der glücklich wirkenden Kinder. „Sie sind unser Sonnenschein", fügte der Doktor hinzu.

„Ich weiß nicht, was ich tun soll", erwiderte sie mit tränenerstickter Stimme. „Ich hatte gedacht, dass nach dem heutigen Tag ..." Sie verstummte.

„Denken Sie darüber nach und lassen Sie sich Zeit." Er stand auf, nahm eine Visitenkarte aus seinem Schreibtisch und reichte sie ihr. „Hier ist die Karte von Citywide. Fragen Sie nach Ellen. Sie kann Ihnen alle Fragen beantworten, die Sie vielleicht noch haben."

Julianna nahm die Karte und stand auf. „Danke, Dr. Samuel."

„Ich will Sie in drei Wochen noch mal hier sehen." Er musste an ihrer Miene erkannt haben, dass sie nicht vorhatte wiederzukommen, und schüttelte den Kopf. „Sie brauchen medizinische Betreuung, Julianna, ob Sie krankenversichert sind oder nicht. Sonst gefährden Sie sich und das Baby."

„Ich weiß, Doktor. Es … es ist nur so, es kostet so viel.“

„Falls Sie sich für eine Adoption entscheiden, kann City-wide Ihnen bei den Arzt- und den Lebensunterhaltskosten beistehen.“

„Sie meinen, die zahlen meine Arztbesuche und so?“

Er lächelte. „Und so. Der Grad ihrer Hilfe hängt von den persönlichen Bedürfnissen ab. Deshalb kann ich keine Summe nennen. Ich kann Ihnen aber versichern, dass Sie sich um die Arztkosten keine Gedanken mehr machen müssen. Und falls Sie sich dazu entschließen, können Sie meine Patientin bleiben.“

TEIL III

LUKE

5. KAPITEL

Luke Dallas wartete in einer abgeschiedenen Nische der dunklen, verräucherten Bar. Angetrunkene Möchtegern-Cowboys lauschten einer Tammy-Wynette-Schnulze über wahre Liebe mit einem untreuen Mann. Vom Ende der Bar drang das klickende Zusammenprallen von Billardkugeln herüber, und das gelegentliche kehlige Lachen der Frauen mit den aufgebauschten Frisuren, die ihren Männern beim Spielen zusahen.

Luke schmunzelte vor sich hin. Diese Bar hatte sein Kontaktmann als Treffpunkt ausgesucht, aber sie gefiel ihm. Sie verströmte einen gewissen Texas-Scharm. Er konnte sich vorstellen, wie Alex Lawson hier die örtlichen Jungs beim Billard schlug, ihnen nicht nur das Geld, sondern auch noch die Frauen wegnahm und sich einen feuchten Kehricht darum kümmerte, ob die Hölle losbrach.

Das liebte er an Alex, dem Typen, den er für seinen ersten Roman „Running Dead“ erfunden hatte. Er hatte Mut, war arrogant, gerissen und von einer schweren Kindheit traumatisiert. Er war ein Held für Männer, den Frauen lieben konnten.

Seine Lektorin war so begeistert gewesen von Alex Lawson und seiner Nemesis Trevor Mann, dass sie ihn gebeten hatte, das Ende umzuschreiben, so dass beide Figuren auch im nächsten Roman auftauchen konnten. Daraus waren drei Bücher geworden, drei Notierungen auf der Bestsellerliste der Times und ein Vertrag für einen großen Film.

Luke Dallas war der neue Starautor. Seine Werke wurden neu zusammengestellt und veröffentlicht. Sein Agent hatte ihm einen fetten neuen Vertrag für mehrere Bücher ausgehandelt, und Agenten für Nebenrechte überboten sich gegenseitig für alte wie neue Arbeiten.

Nicht übel für jemand, der in einer Bar hatte arbeiten müssen, um seinen Lebensunterhalt zu verdienen.

Luke nahm einen Schluck von seinem lauwarmen Bier und dachte an seinen neuen Roman und an seinen neuen Helden, der der Anlass war, weshalb er in dieser abgelegenen Hinterwäldler-Bar auf jemand wartete, der vielleicht nicht kam.

In seinem neuen Roman ging es um einen ehemaligen CIA-Killer, der zum Rächer in eigener Sache wird. Ein Antiheld. Luke hatte sich wegen einiger Hintergrundinformationen an Tom Morris gewandt, den Direktor der Abteilung „Operationen" der CIA, ein Mann, der von seinem Bestsellerstatus und seinen Hollywood-Verbindungen beeindruckt war.

Zunächst hatte Tom Morris die Existenz von Killern, die im Auftrag der Regierung handeln, geleugnet – geradezu lächerlich angesichts der Berichte ehemaliger Agenten über Anschläge auf politische Widersacher und das Schmieden zahlloser Komplotte gegen Castro.

Dokumentiertes interessierte Luke jedoch nicht. Er war auf Spekulationen aus, über die man redete oder schrieb, ohne dass sie je von der Agency bestätigt wurden. Dinge, von denen nicht mal der Präsident wusste – zum eigenen Besten natürlich. Ihn interessierte die „Farm", Ausbildungsstätte jener Killer-Elite, die ihrem Land vermeintlich dienten, indem sie dessen Widersacher eliminierten.

Luke war Zyniker genug, um zu glauben, dass derlei durchaus existierte.

Morris hatte schließlich zugegeben, dass es früher solche Killer und eine inzwischen außer Dienst gestellte Farm gab. Er hatte jedoch betont, beides sei ein Produkt des damaligen politischen Klimas gewesen – des Kalten Krieges und einer auf Verteidigung ausgerichteten konservativen Regierung.

Luke hielt das zwar für blanken Unfug, widersprach jedoch nicht. Das war das Großartige am Geschichtenerzählen. Er musste nicht beweisen, dass eine Sache stimmte. Er musste sie nur dem Leser gegenüber glaubwürdig vertreten.

Morris hatte schließlich versprochen, ihn mit einem ehemaligen, sogenannten „Techniker", einem Killer der Agency, bekannt zu machen, Deckname Condor. Er konnte allerdings nicht versprechen, dass der Mann auftauchte. Diese Typen waren eine besondere Brut, Einzelgänger, Heimlichtuer. Sie lebten nach ihren eigenen Gesetzen und am Rande der Legalität.

Condor. Luke führte das Glas wieder zum Mund. Ein Raubvogel. Furcht einflößend, majestätisch. Ein Jäger.

Eine vom Aussterben bedrohte Art.

Dieser Mann könnte ein Quell an Informationen werden. Er konnte ihm Einblick in die Psyche eines bezahlten Killers verschaffen, der für sein Land tötete.

Luke sah besorgt auf seine Uhr. Condor verspätete sich. Dieses Treffen war ein Glücksfall. Es gab nicht mehr viele von Condors Art und noch weniger, die bereit waren, mit einem Autor zu reden. Er wollte jedenfalls unbedingt, dass dieses Treffen stattfand.

„Kate! Hier drüben!"

Unwillkürlich drehte er sich um und dachte an sie, an Kate, die Frau, die er mal geliebt hatte. Er hatte gehofft, sie liebe ihn genug, um sich auf ihn einzulassen, obwohl er ihr damals nur den Glauben an sich und seine Zukunft hatte bieten können.

Wenn er an Kate dachte, musste er auch an Richard denken, und an ihre Freundschaft, die in einer hässlichen Rivalität um Kates Zuneigung geendet hatte. Und er dachte an ihre letzten Begegnungen, die nicht mehr lustig und unbeschwert gewesen waren, sondern belastet von Heimlichkeiten, Verdächtigungen und Fragen nach Sozialstatus und Einfluss. Dinge, die zwischen ihnen nie eine Rolle gespielt hatten und nicht zum Thema hätten werden dürfen.

Offenbar hatte der Bessere gewonnen. Der, der Kate bieten konnte, was ihr Herz begehrte, der ihre Träume wahr werden ließ. So hatte Richard sich jedenfalls am letzten Morgen geäußert, als er ihn im kalten Sonnenschein vor dem Studentenheim abfing, wo er auf Kate gewartet hatte, um ihr ein für allemal seine Liebe zu gestehen und sie zu bitten, es mit ihm zu versuchen.

Richard hatte darüber nur gelacht.

Der Bessere? Luke wandte sich wieder seinem Bier zu und rollte das Glas zwischen den Handflächen. Der mit dem Geld, den familiären Verbindungen und der guten Abstammung hatte gewonnen. Nicht der angehende Autor, der einem Kindheitstraum hinterhergejagt war.

Er schmunzelte. Sein Traum war gar nicht so kindisch gewesen. Er fragte sich, was Kate wohl von seinem Erfolg und ihrer damaligen Wahl heute hielt. Ob sie jemals bezweifelte, den Richtigen genommen zu haben?

Offenbar nicht. Vor vier Wochen hatte er eine Einladung zu Kates und Richards jährlicher Silvesterparty erhalten, begleitet von einem schwatzhaften, glücklich klingenden Brief von Kate. Es war ihm gewesen, als reibe man Salz in eine offene Wunde, obwohl er inzwischen reicher war als Richard und obwohl sich längst erwiesen hatte, dass der Glaube an sein Talent keine selbstgerechte Torheit gewesen war.

Am meisten schmerzte ihn wohl, dass die beiden glücklich waren. Dass sie vielleicht für sich die richtige Wahl getroffen hatten und er nur ein liebestrunkener, naiver Narr gewesen war.

Wie stets reagierte er auf ihre Einladung, indem er ihnen

über seinen Verleger das neueste Werbematerial zu seinen Büchern, Lesungen und Autogrammstunden zukommen ließ.

Es war der einzige Kontakt, den sie seit Jahren miteinander hatten. Und es bereitete ihm ein perverses Vergnügen, ihnen seine Erfolge unter die Nase zu reiben. Er kannte Richard gut genug, um zu wissen, dass der Erfolg seines ehemaligen Kumpels ihn verrückt machte. Für Richard gab es nur einen akzeptablen Sieger, und der musste Richard Patrick Ryan heißen.

Luke riss sich aus seinen Erinnerungen. Richard und Kate gehörten der Vergangenheit an. Er hatte seinen Zorn und seine Desillusionierung längst überwunden. Die Ryans und ihr Glück schmerzten ihn nicht mehr.

„Luke Dallas?"

Luke drehte sich um. Ein Mann stand hinter ihm, die Hände in den Taschen seines Cordjacketts, und sah ihn intensiv an. „Ja, der bin ich."

„Tom Morris hat mich geschickt."

Condor. Luke deutete auf den Platz ihm gegenüber. „Ich freue mich, dass Sie es geschafft haben."

Der Mann setzte sich und schätzte Luke offenbar ab. Der tat seinerseits dasselbe mit ihm. Condor sah nicht so aus wie Lukes Romanheld. Er hatte ein Durchschnittsgesicht ohne besondere Auffälligkeiten. Mittelbraunes Haar, braune Augen, mittelgroß, kantiges Kinn. Ein nettes Gesicht, angenehm, unauffällig. Er konnte jedermanns Nachbar, Bruder, Sohn sein.

Luke neigte den Kopf zur Seite. Der Mann hatte etwas Entwaffnendes, eine locker lässige Art, die zu dem Trugschluss führen konnte, er sei unaufmerksam.

Doch dieser Eindruck änderte sich, sobald man ihm in die Augen sah. Der Mann war wachsam und intelligent. Ihm entging kein Detail, so unbedeutend es erscheinen mochte.

„Ihre Bücher gefallen mir", sagte der Mann. „‚Last Dance' hat mich ganz kribbelig gemacht."

„Danke."

„Gehen wir ein Stück."

Luke bezahlte das Bier, und sie gingen hinaus. Die Nacht war kühl. Das Viertel, in dem sie sich befanden, wirkte leicht heruntergekommen. Angesichts seiner Begleitung fürchtete Luke jedoch nicht um seine Sicherheit. Er kuschelte sich tiefer in seine Bomberjacke. „Sind Sie bewaffnet?"

Der Mann lächelte. „Wäre Ihr Romanheld das?"

„Ja."

„Womit?"

„Mit einer 22er Halbautomatik. Gebraucht."

„Es gibt viele Möglichkeiten der Bewaffnung." Condor streifte Luke mit einem Seitenblick. „Eine Schusswaffe ist nicht immer die beste Lösung. Hängt von der Situation ab."

„Oder vom Auftrag."

„Ich habe heute Nacht keinen Auftrag."

Luke neigte den Kopf. „Hat Morris Ihnen gesagt, dass ich Sie interviewen will?"

„Ihr neuer Romanheld ist ein Typ wie ich."

„Ja." Sie erreichten den Block hinter der Bar.

„Held oder Bösewicht?"

„Beides. Ein Antiheld. Das Buch ist das erste aus einer Serie wie die Alex-Lawson-Geschichten."

„Also werde ich am Schluss nicht platt gemacht?"

Luke lachte. „Nein. Und Sie bekommen vielleicht sogar die Heldin."

Condor lächelte. „Das gefällt mir. Was genau erhoffen Sie sich von unserem Gespräch?"

„Ich möchte in Ihren Kopf sehen. Verstehen, was Leute

wie Sie antreibt. Ich will Ihre Gedankengänge und die Einstellung zu Ihrem Beruf verstehen. Ich möchte einen wirklichen Einblick in Dinge bekommen, von denen die meisten Leute keine Ahnung haben: Wie Sie Ihren Auftrag planen, wie Ihr tägliches Leben aussieht und wie Sie sich fühlen, wenn Sie einen Auftrag beendet haben."

„Sie wollen eine ganze Menge." Condor sah zum nächtlichen Himmel hinauf.

„Ja, aber ich nehme, was Sie mir freiwillig geben. Für meine Leser ist alles, was in meinem Buch steht, Ausgeburt meiner Fantasie."

Condor blieb stehen. Sie hatten den Block umrundet und waren wieder kurz vor der Bar. „Ich denke darüber nach. Ich melde mich bei Ihnen."

„Wann?"

„Das werden Sie erfahren, wenn ich es weiß."

Und schon war er fort.

TEIL IV

JOHN

6. KAPITEL

Yosemite National Park, Kalifornien, Januar 1999

John saß auf einem Felsvorsprung hundert Fuß über dem Merced River im Yosemite National Park. Er atmete die kalte frische Bergluft ein, die seine Lunge füllte und die Seele verjüngte.

Die Schönheit des Ortes sprach ihn an: Die unberührte Natur, der Fluss, die Sequoia-Bäume und der weite blaue Himmel, erschaffen von einer Macht weit größer als der Mensch.

John beugte sich hinunter und nahm eine Hand voll Steine auf. Sie wurden warm in seiner Hand, ihre glatte, harte Oberfläche eine Symphonie an Farben. Die Menschheit liebte es, zu zerstören. Der Mensch machte stets viel Lärm um seine Errungenschaften. Tatsache war jedoch, dass seine Geschichte auf Krieg, Zerstörung und Tod basierte. Ausgerechnet so etwas hatte er im Laufe seiner Zivilisation perfektioniert.

Atomkraft? John schüttelte den Kopf. Was für ein Witz. Diese Steine enthielten mehr Kraft als das ganze Waffenarsenal der Staaten. Wenn der Mensch es irgendwann geschafft hatte, sich selbst in die Luft zu sprengen, würde es die Wildnis immer noch geben. In irgendeiner Form würde sie jedenfalls weiterleben.

John hielt das Fernglas an die Augen und stellte es auf die einsame Gestalt ein, die fischend am Flussufer stand. Er sah, wie der Mann die Angel hin und her schwang, wie die Leine schwamm, in der Luft tanzte und sich weit in den Fluss hinein abspulte, die Bewegung reine Poesie.

John lächelte vor sich hin. Clark Russell, ehemaliger Waffenbruder. Es war schwer gewesen, ihn allein zu erwischen. Doch Russell hatte wie alle Männer einen schwachen Punkt, an dem er alle Sicherheitsvorkehrungen sausen ließ, um nach seinen Wünschen zu leben. Für einige waren das Frauen, für andere Trinken oder Spielen. Für Clark Russell aber war es das Fischen.

John hatte nie verstanden, was Menschen so am Angeln faszinierte. Welche Genugtuung konnte es einem verschaffen, ein Wesen am Maul aus dem Wasser zu ziehen? Er verstand die Freude an Ruhe und Einsamkeit, am Einssein mit der Natur, sogar am wiederholten Werfen der Angel. Doch das andere erschien ihm unnötig grausam und barbarisch zu sein. Aus Sport zu jagen verstand er genauso wenig.

Er war auch ein Jäger, aber er jagte Menschen. Das ergab Sinn. Das schloss den Kreis, hielt Ordnung im Universum. Tiere lebten nach ihren Instinkten, nicht nach ihrem Willen. Sie töteten, um zu leben. Menschen töteten zum Vergnügen oder aus Arroganz. Sie zerstörten aus Spaß.

Von allen Kreaturen auf Erden besaß einzig der Mensch die unsägliche Fähigkeit, Böses zu tun, physische und psychische Schmerzen zuzufügen. Theologen nannten diese Fähigkeit Sünde. Für John war sie die dunkle Seite der Seele.

Der Wind fegte durch Mammutbäume und Pinien, dass die Stämme knarrten. John schloss die Augen und nahm die Geräusche in sich auf. Er glaubte an eine Seele, wenn auch nicht an ein Leben nach dem Tod. Er glaubte an die Macht der Schöpfung, jedoch nicht an Gott; an das Böse, jedoch nicht an den Teufel.

Er öffnete die Augen wieder. Clark hatte einen Fisch gefangen. Der wehrte sich heftig dagegen, aus dem Wasser gezogen zu werden. Das Sonnenlicht brach sich auf seinen silbrigen Schuppen und erzeugte einen kleinen funkelnden Lichtblitz.

Perfektes und strahlendes Licht, rein wie meine Julianna.

John ballte die Hände. Juliannas Seele hatte keine dunkle Seite gehabt. Sie war rein und ohne Sünde gewesen, ein klares strahlendes Licht. Vor seinem geistigen Auge sah er sie bei ihrer ersten Begegnung, wie sie mit gesenktem Blick vor ihrer Mutter stand. Ihre langen Locken waren mit Teddyspangen zurückgehalten gewesen. Dieselben Teddys prangten auf ihrer Jacke. Dann hatte sie den Kopf gehoben und ihn angelächelt. Reinheit und Unschuld hatten aus ihr geleuchtet wie die Sonne.

Ihre Reinheit hatte ihn entzückt. Ihre Unschuld war Nahrung für seine Seele gewesen. Beides hatte etwas tief in ihm berührt, das schon verkümmert gewesen war, etwas, das nur noch auf die Erhabenheit der Natur ansprach.

Für ihn war sie ein vom Himmel gesandter Engel. Vom ersten Moment an hatte er sie geliebt, und nur sie.

Er hatte sie vor den schädigenden Einflüssen anderer zu schützen versucht, vor einer hässlichen Welt, die verrückt geworden war und sie verderben würde wie die Made eine Frucht. Er hatte sie behütet und das helle innere Licht bewahrt. Auch er hatte einmal dieses helle Licht in sich getragen. Doch es war erstickt, als seine dunkle Seite kultiviert wurde. Für Julianna hatte er sich etwas anderes gewünscht.

Ihre Mutter hingegen hatte es für richtig gehalten, ihre Seele zu verdunkeln. Sie hatte Julianna abgeschreckt, sie mit Dingen konfrontiert, von denen sie keine Ahnung gehabt hatte. Eiskalte Wut stieg in ihm auf.

Juliannas Mutter und Clark Russell waren die Zerstörer ihrer reinen Seele.

John nahm das Fernglas wieder an die Augen und betrachtete beide Flussufer und den Wald dahinter, um sicher zu gehen, dass sie allein waren.

Es war noch nicht zu spät für Julianna. Er wusste es. Er musste sie nur finden.

Doch zuerst zahlte Clark Russell für sein Verbrechen.

John stand auf und stieg zum Fluss hinab. Mühelos und fast lautlos bewegte er sich durch dichtes Unterholz. Seine Atmung verstärkte sich nur geringfügig. Sauerstoff und Adrenalin machten ihn fit für den Angriff.

Töten durfte keine persönlichen Motive haben. Finde dein Opfer, erledige den Auftrag rasch und verschwinde. Darauf war er trainiert worden, und seine Fähigkeit, es genauso auszuüben, hatte ihn zum effektivsten Spezialisten der Agency gemacht und ihm den Codenamen Eis eingetragen.

Doch das hier war anders. John verengte leicht die Augen, als er den Abstand zwischen Clark und sich verringerte. Hass loderte in ihm auf. Clark hatte ein ungeschriebenes Gesetz gebrochen und sich in seine persönlichen Angelegenheiten eingemischt. Ein Schuss in den Hinterkopf, der Einsatz von Garrotte oder Klinge waren nicht gut genug für ihn.

Nein, er sollte wissen, was geschah, wer ihn warum tötete. Er wollte Clark in die Augen sehen, wenn das Leben aus ihm wich. Das Rauschen des Wassers übertönte seine letzten Schritte. Mit einem Handkantenschlag ins Genick machte er Clark kampfunfähig. Der sackte auf die Knie, dann fiel er zur Seite. John verpasste ihm Tritte in Solarplexus und Nieren. Flach ausgestreckt daliegend, sah Clark ihn an, bei Bewusstsein, aber bewegungsunfähig.

„Hallo, Clark." John lächelte über die Todesangst, ja Todesgewissheit, die er im Blick seines Opfers las. „Du hast die

Grenze überschritten. Du hast deine Nase in meine Angelegenheiten gesteckt. Dafür zahlst du."

Mit einem Tritt auf den Kehlkopf beendete er den Job. Dann stieß er den leblosen Körper nur leicht an, um ihn ins Wasser zu bugsieren. Und sah ihm nach, als der Fluss ihn davontrug.

TEIL V

GEFAHR

7. KAPITEL

Julianna hielt ihr Versprechen an Dr. Samuel, über alles nachzudenken. Seit vierundzwanzig Stunden kreisten ihre Gedanken um dasselbe Thema. Ihre Wahlmöglichkeiten waren ohnehin begrenzt. Da ihre Schwangerschaft für eine Abtreibung schon zu weit fortgeschritten war, hatte sie kurz erwogen, es in einer anderen Klinik zu versuchen und wegen des Datums ihrer letzten Regel zu lügen. Doch als sie die Schar der Protestierer und deren Bilder von verstümmelten Föten vor der Klinik sah, hatte sie der Mut verlassen.

Sie würde das Baby bekommen.

Aber sie musste es nicht behalten.

Also saß sie jetzt hier im angenehmen Warteraum von „Citywide Charities", die Hände im Schoß, und wiederholte im Stillen, was sie der Sozialarbeiterin, mit der sie telefoniert hatte, sagen wollte.

Natürlich würde sie ihr nicht die ganze Wahrheit über John, ihre Mutter und ihr Leben erzählen. Nein, ihre Geschichte musste eine ganz gewöhnliche sein, wie die Frau sie wohl schon Dutzende Male gehört hatte. Sie hatte vergessen, die Pille zu nehmen, war schwanger geworden und wusste nicht, wer der Vater war. Sie hatte niemand, der sie unterstützte, und sie wollte nicht Mutter sein. Ende.

„Hallo. Sie müssen Julianna Starr sein."

Julianna blickte auf. Die Frau, die auf sie zukam, hatte ein keckes, hübsches Gesicht und lächelte freundlich. Leicht untersetzt und mütterlich wirkend, machte sie einen Vertrauen erweckenden Eindruck.

„Ich bin Ellen Ewing, die Direktorin von Citywide."

„Hallo." Julianna stand auf.

„Kommen Sie, gehen wir zum Reden in mein Büro." Sie deutete den Flur entlang. „Madeline", sagte sie zur Empfangssekretärin. „Stellen Sie keine Anrufe durch, ja?"

Auf dem Weg über den Flur plauderte Ellen über das Wetter. Als sie ihr modernes, in Pastelltönen gehaltenes Büro erreichten, deutete sie auf einen bequemen Sessel vor ihrem Schreibtisch. „Limo? Mineralwasser? Orangensaft?"

„Ja, bitte."

Ellen bat Madeline über die Sprechanlage, einen Orangensaft und eine Diätcola zu bringen, und wandte sich Julianna zu. Sie lachte scheu. „Ich bin geradezu süchtig nach Diätcola. Ich trinke sie den ganzen Tag. Bei meiner Figur könnte man annehmen, ich trinke die Normalcola mit viel Zucker." Sie seufzte. „Manchmal denke ich, je weniger ich esse, desto dicker werde ich."

Madeline brachte die Getränke, und während Ellen sie ihr abnahm, sah Julianna sich im Raum um. Er war hübsch, beruhigend und sehr feminin. Die linke Seite von Ellens Schreibtisch war mit einem Stapel Aktenordner belegt, die rechte mit Büchern. Neben der Lampe stand eine Kristallvase mit schönen Blumen. Und die Wand hinter dem Schreibtisch war mit Bildern von Kindern im Krabbel- bis Schulalter behängt.

Ellen reichte Julianna den Saft und folgte lächelnd ihrem Blick. „Das sind meine Kinder. In gewisser Weise jedenfalls. Sie wurden alle über Citywide zur Adoption vermittelt."

„Alle?" Julianna ließ den Blick staunend über die Bildergalerie schweifen. „Das sind aber viele."

Ellen warf lächelnd ebenfalls einen Blick auf die Wand. „Sie sind mir alle ans Herz gewachsen." Sie wandte sich wieder Julianna zu. „Wir sind stolz auf unser Mutterschafts- und Adoptionsprogramme Julianna. Familien zusammenzubringen ist eine besonders lohnende Aufgabe." Sie öffnete ihre Cola. „Sie sollen sich keinesfalls gedrängt fühlen. Unser Programm sieht vor allem vor, jungen Frauen bei der Entscheidung zu helfen, ob sie Mutter werden wollen oder nicht. Sollten Sie sich entschließen, Ihr Baby zu behalten, sind wir weder zornig noch enttäuscht. Wir werden auch unsere Unterstützung nicht zurückziehen. Ganz im Gegenteil. Wir tun, was wir können, um Ihnen bei der Entscheidung zu helfen. Wir bitten nur darum, dass Sie auf jedem Schritt Ihres Weges ehrlich mit uns sind, was Ihre Gefühle und Pläne angeht."

„Das klingt gut." Julianna stellte ihren Saftkarton auf Ellens Schreibtisch. „Aber Sie müssen sich keine Gedanken machen, ich will bestimmt nicht Mutter sein."

„Sie sind also entschlossen, Ihr Baby zur Adoption frei zu geben?"

„Ja, eindeutig."

Ellen Ewing wirkte einen Moment nachdenklich. „Erzählen Sie mir ein bisschen von sich."

Julianna wiederholte, was sie sich zurechtgelegt hatte.

„Und der Vater des Kindes?" fragte Ellen, nachdem Julianna fertig war. „Was hält er von Ihrer Schwangerschaft?"

„Ich weiß nicht, wer der Vater des Kindes ist."

Ellen schwieg einen Moment. „Bestimmt nicht? Weil der Vater in diesem Staat seine Zustimmung zur Adoption geben muss. Sogar wenn das Baby schon in einer anderen Familie lebt, hätte ein Mann, der seine Vaterschaft beweisen kann, ein Recht an dem Kind. Sie können sich vorstellen, wie schmerzlich das für alle Beteiligten wäre."

Widersetz dich mir nie wieder, Julianna, die Konsequenzen würden dir nicht gefallen!

Durchschnittene Kehlen, offen, blutig, wie im Todeskampf verzerrte Münder.

„Also ehrlich“, fuhr Ellen fort, „die Unterschrift zu bekommen, ist in der Regel kein Problem. Nach unserer Erfahrung ist Verantwortung, ob finanziell oder anderweitig, das Letzte, was diese Daddys wollen. Falls es Ihnen etwas ausmacht, in Kontakt mit dem Vater zu treten, nehmen wir Ihnen das ab und kümmern uns um alles.“

Julianna sah Ellen einen Moment an und schüttelte den Kopf. „Ich sagte Ihnen schon, ich weiß nicht, wer der Vater ist.“

Ellen betrachtete sie aufmerksam mit leicht zusammengekniffenen Augen. „Sind Sie sicher? Das ist wichtig, Julianna.“

„Nein, ich meine ... ja, ich bin sicher. Ich habe mich viel herumgetrieben.“ Sie senkte den Kopf. „Ich bin nicht gerade stolz darauf.“

„So etwas geschieht“, erwiderte Ellen tröstend. „Häufiger, als Sie denken. Aber verweilen wir nicht bei der Vergangenheit. Wichtig ist zu entscheiden, wie es von nun an weitergeht, was am besten ist für Sie und das Baby.“

Ellen beschrieb dann, wie Citywide arbeitete – sie waren eine nationale Einrichtung, die sich durch Privatspenden, Schenkungen und Sammlungen trug. Mutterschafts- und Adoptionsdienste waren nur ein Teil ihrer Arbeit. Dann erklärte sie, wie sie den leiblichen Müttern beistanden und wie Julianna die Eltern für ihr Baby aussuchen konnte.

„Wir arbeiten jährlich intensiv mit einem Dutzend Paaren zusammen. Um Sie zu beruhigen, wir überprüfen sie eingehend. Alle sind nette, verantwortungsbewusste Leute, mit dem dringenden Wunsch, Eltern zu werden. Sie sind ausnahmslos aus verschiedenen Gründen nicht in der Lage, Kinder zu bekommen. Ehe sie bei uns erscheinen, liegt schon ein langer schmerzlicher Weg hinter ihnen. Altersmäßig sind sie bis vierzig gestaffelt. Einkommen und Ausbildung sind unterschiedlich. Einige Paare sind recht wohlhabend, andere weniger, und der Rest liegt dazwischen. Unsere Paare leben alle in dieser Region, entweder in der Stadt oder auf dem Land. Wir haben eine Vielzahl unterschiedlicher Religionszugehörigkeiten."

Nach einer kurzen Pause fuhr sie fort: „Einige Frauen möchten als Mütter zu Hause bleiben, andere haben anspruchsvolle berufliche Karrieren. Einige Paare haben bereits ein Kind, entweder leiblich oder auch adoptiert. Wir möchten den Müttern, die ihr Baby abgeben wollen, eine möglichst große Auswahl bieten. Sie sagen uns, was für Sie wichtig ist, was Sie für Ihr Baby wollen, und wir finden es für Sie."

Eine ideale Familie, dachte Julianna mit einer Sehnsucht, die sie selbst erstaunte, wie ich es mir mit John ausgemalt habe.

Sie hob den Blick und merkte, dass Ellen sie mitfühlend betrachtete. Wie hatten die anderen Kellnerinnen sie noch eingestuft? Als Mitleid erregend? Sah Ellen sie etwa auch so?

Julianna richtete sich auf. Niemand brauchte sie zu bemitleiden. Ob die anderen es nun erkannten oder nicht, sie hatte einiges, das für sie sprach.

„Wie kann ich mir ein Paar aussuchen? Ist das wie in einem Interview oder stellen sich alle in einer Reihe auf, oder wie?"

Ein Lächeln spielte um Ellens Mund. „Natürlich können Sie sich mit dem ausgewählten Paar treffen, wenn Sie möchten, aber das kommt später. Unsere Paare füllen umfangreiche Fragebögen aus, über ihre Vorlieben und Abneigungen und ihre Ansichten zu Liebe, Ehe und dem Aufziehen von Kindern. Sie geben Auskunft über ihren Werdegang, ihre Familien und ihre Kindheit. Zusätzlich stellen sie ein Fotoalbum über sich und ihre Familien zusammen. Aus alledem schnüren wir für jedes Paar ein Paket, inklusive Fotoalbum und unseren Anmerkungen, wenn

Sie so wollen, zu den trockeneren Fakten ihres Lebens. Es gibt jedoch vorerst keine Informationen, die zur Identifizierung der Paare führen könnten, keine Namen, keine Adressen."

Sie machte noch eine kurze Pause und fügte hinzu: „Wenn Sie so weit sind, suchen wir die Pakete der Paare für Sie aus, die in Frage kommen. Sie können sie mit nach Hause nehmen, lesen und in Ruhe darüber nachdenken. Wir werden Sie nicht drängen. Wir wissen, wie wichtig die Entscheidung für Sie ist. Außerdem sollen Sie ja mit dem gewählten Paar zufrieden sein."

Nach kurzem Nachdenken fragte Julianna: „Und wenn mir keines der ausgewählten Paare zusagt?"

„Dann sehen Sie sich die restlichen Pakete auch noch an."

Danach erklärte Ellen ihr den Unterschied zwischen einer offenen und einer geschlossenen, also geheimen Adoption. Erstaunt erfuhr Julianna, dass es bei ihr lag, wie viel Kontakt sie zu den Adoptiveltern unterhalten wollte. Von anfänglichen Besuchen, vor der Geburt des Babys, bis zu jahrelangen Kontakten war alles möglich. Sie konnte sogar eine völlig anonyme Adoption wählen, wobei keinerlei Kontakt stattfand, nicht mal der Austausch von Briefen oder Fotos.

Natürlich mussten auch die Adoptiveltern ihre Zustimmung zu der Entscheidung geben, doch Ellen versicherte, sollte ein Paar nicht mit ihren Bedingungen einverstanden sein, dann war es ein anderes bestimmt.

„Vielleicht möchten Sie jetzt erst mal in Ruhe über alles nachdenken", sagte Ellen freundlich lächelnd. „Ich weiß, das ist alles ein bisschen viel."

„Nein, danke. Ich bin bereit, es in Angriff zu nehmen."

„Das ist auf jeden Fall ein wichtiger Schritt, die emotionalen Auswirkungen ..."

Julianna sah ihr ruhig in die Augen. „Da gibt es nichts zu überlegen. Schwanger zu werden war ein großer Fehler. Ich möchte nicht Mutter sein, und für eine Abtreibung ist es schon zu spät."

„Ich verstehe."

„Gut." Julianna atmete tief durch und fühlte sich als Herrin der Lage. „Eine Frage noch, Dr. Samuel erwähnte, die Agentur könnte mir bei den Arztkosten helfen."

„Natürlich, falls Sie keine Krankenversicherung haben."

„Habe ich nicht."

„Wir möchten, wir bestehen sogar darauf, dass Sie die bestmögliche medizinische Betreuung bekommen. Ob Sie Ihr Baby zur Adoption freigeben oder sich entscheiden, es zu behalten, spielt dabei keine Rolle. Solange Sie in unserem Programm sind, garantieren wir Ihnen die medizinische Versorgung. Wenn Dr. Samuel Ihnen zusagte, können Sie weiter zu ihm gehen. Er gehört zu den Gynäkologen, mit denen wir ständig zusammenarbeiten."

„Ich mag ihn sehr." Julianna räusperte sich. „Er sagte auch, die Agentur … hilft manchmal beim Lebensunterhalt."

Julianna hatte jetzt fast erwartet, dass Ellen sie anbrüllen würde und für eine gierige Absahnerin hielt. Sie beantwortete die Frage jedoch, als sei sie ihr schon viele Male gestellt worden.

„Wir können Ihnen eine Unterstützung zum Lebensunterhalt geben, obwohl hier die Höhe nicht so klar definiert ist wie bei den medizinischen Kosten. Erzählen Sie mir, wie Sie in dieser Hinsicht gestellt sind, und ich sage Ihnen dann, was wir für Sie tun können."

„Ich habe keine Familie, die mir helfen könnte. Im Augenblick arbeite ich als Bedienung in ‚Buster's Big Po'boys' in der

Innenstadt. Das ist okay, ich komme über die Runden. Aber manchmal bin ich schrecklich müde. Ich fürchte, wenn ich weiter bin in der Schwangerschaft, schaffe ich es nicht mehr. Und mein Boss wird keine Gnade walten lassen. Er hat mir schon gesagt, wenn ich es nicht mehr schaffe, bin ich draußen."

Ellen Ewing lächelte sie an. „Wenn sich alles, was Sie mir erzählt haben, als richtig erweist, sehe ich keinen Grund, warum wir Ihnen nicht helfen sollten. Dafür sind wir ja da, Julianna. Wir sorgen uns um Sie und Ihr Baby."

Julianna lächelte zurück und fühlte sich fast sorglos. „Und was kommt als Nächstes?"

8. KAPITEL

Washington, D.C., Januar 1999

Nur die abgehärtetsten Gäste wagten es heute, sich ins Straßencafé zu setzen. Die meisten der Gusseisentische in der Nähe von Georgetowns lebhafter 45. Straße waren leer. Obwohl die Sonne strahlte, war der heftige Wind kalt und feucht.

Condor ging schnurstracks zum Tisch von Tom Morris, der einen Latte trank. Der freundlich wirkende Mann mit den runden Brillengläsern und dem kahl werdenden Kopf erinnerte ihn an seinen leicht trotteligen Onkel Fred. Tatsächlich war Tom Morris als Direktor der Abteilung „Operationen" der CIA, der verantwortlich zeichnete für alle Geheimunternehmungen, Agententätigkeiten und paramilitärischen Einsätze, einer der gewieftesten, mächtigsten und gefürchtetsten Männer in Washington.

„Morgen, Tom."

Der Mann sah auf, und Condor erkannte sein Spiegelbild in dessen Sonnenbrille, die seiner glich.

Morris deutete auf einen Stuhl ihm gegenüber. „Setzen Sie sich."

Condor nahm Platz, und Tom Morris verlor keine Zeit, den Grund für das morgendliche Treffen anzusprechen. „John Powers ist zum Problem geworden."

„Wieso?"

„Er ist eine entschärfte Bombe. Die Agency ist in Gefahr." Tom Morris gab ein Päckchen Süßstoff in seinen Latte. „Wir müssen ihn wieder unter Kontrolle bekommen."

„Dann beschäftigen Sie ihn."

„Leichter gesagt als getan."

Condor schnaubte verächtlich. „Der Mann ist ein trainierter Jäger. Sie können nicht erwarten, dass er plötzlich zum Schoßhund wird. So funktioniert das nicht."

„Die Zeiten haben sich geändert. Das wissen Sie." Morris blickte stirnrunzelnd in die Ferne. „Außerdem sind wir über solche Dinge hinaus."

„Er arbeitet schon lange freiberuflich. Warum die plötzliche Sorge?"

Morris zog einen großen Umschlag aus seiner Aktentasche und reichte ihn Condor. „Sehen Sie selbst."

Condor öffnete den Umschlag und nahm zwei acht mal zehn große Farbfotos heraus. Ein Mann und eine Frau. Tot. Blut und Spritzer von Gewebeteilen über Wand und Bett verteilt.

„Senator Jacobson", erklärte Morris „und seine Geliebte."

Condor betrachtete die beiden Bilder genauer. „Die Tat eines Profis?"

„Scheint so."

„Powers?"

„Wahrscheinlich."

„Wer hat den Auftrag gegeben?"

„Ich weiß es nicht. Vielleicht niemand."

Condor hob die Brauen. „Ich kann Ihnen nicht folgen, Tom."

Tom Morris trank einen Schluck Kaffee, gab einen Laut des Wohlbehagens von sich und stellte den Becher ab. „Es gibt eine Verbindung. Powers und die Frau hatten mal eine Affäre."

„Könnte Zufall sein." Condor schob die Fotos wieder in den Umschlag.

„Stimmt. Aber da ist noch was. Russell ist tot. Schläge in Genick, Nieren und gegen den Kehlkopf. Es war einwandfrei Profiarbeit."

„Powers?"

Morris zuckte nur die Achseln.

„Scheiße." Condor wandte kurz den Blick ab. „Wo ist da die Verbindung?"

„Die Frau und Russell waren auch mal miteinander … verbunden."

Condor zog die Stirn in Falten. „Sie denken an einen persönlichen Rachefeldzug."

„Ja. Aber wir müssen es sicher wissen. Ein Senator der Vereinigten Staaten ist tot. Ebenso einer unserer Abteilungsleiter. Es waren Anschläge, und wir müssen wissen, wer dahinter steckt. Wenn es keinen Auftraggeber von außen gab, und Powers auf eigene Faust gehandelt hat, haben wir ein Problem, dessen wir uns annehmen müssen."

„Was wollen Sie von mir?"

„Finden Sie ihn, und finden Sie heraus, was wir wissen müssen. Wenn nötig, erklären Sie ihm die Haltung der Agency." Er sah Condor ruhig an. „Sorgen Sie dafür, dass er begreift."

Condor nickte. „Aufenthaltsort?"

„Unbekannt."

„Besondere Anweisungen?"

„Sie haben freie Hand. Aber kein Aufsehen."

„Natürlich." Condor erhob sich. „Übrigens, ich habe mich mit Ihrem Freund Luke Dallas getroffen."

„Und?"

„Ich mag ihn. Er schreibt klasse Bücher."

„Er ist in Ordnung."

„Kann man ihm trauen?"

„Ich denke schon." Morris trank noch einen Schluck Kaffee. „Werden Sie mit ihm reden?"

„Vielleicht." Condor warf den Umschlag auf den Tisch. „Ich melde mich."

9. KAPITEL

Sonnenlicht fiel durch das Erkerfenster der Frühstücksnische auf den antiken Eichentisch und wärmte seine verwitterte Oberfläche. Der Januartag war strahlend, aber kalt, der Himmel postkartenblau.

Kate saß am Tisch, ein Bein untergeschlagen, die Hände um einen Becher frisch aufgebrühten Kaffee geschlungen. Sie führte den Becher zum Mund, ohne zu trinken, und sog das Aroma tief ein.

Die Kaffeebohnen kamen aus der Goldküstenregion Afrikas. Die Röstung war dunkel und stark. Das Aroma beschrieb der Röster als kräftig, klar und komplex.

Sie probierte, schmeckte und probierte noch einmal. Der Geschmack war auch mild. Sie würde diese Sorte der Auswahl des „Uncommon Bean" hinzufügen.

„Morgen, Schönheit." Richard kam in die Küche und rückte sich seine Krawatte zurecht. Er kam zu ihr, sie hob das Gesicht zum Kuss, rückte seine Krawatte gerade und tätschelte kurz darauf, als sie richtig saß. „So, jetzt bist du vollkommen präsentabel."

Er lächelte. „Ich hasse Krawatten. Sie sind ein verdammtes Ärgernis."

„Armes Baby."

„Ich wette, unser alter Freund Luke trägt keine von diesen Boa Constrictors." Er ging zur Kanne und schenkte sich eine Tasse Kaffee ein. Danach schob er einige Scheiben Siebenkorn-Brot in den Toaster. „Ich habe definitiv den falschen Beruf. Ich hätte mich auf irgendwelche Künste wie Schreiben verlegen sollen."

Kate überhörte seinen Sarkasmus und nahm noch einen

Schluck Kaffee. Sie seufzte behaglich. „Es geht doch nichts über eine schöne Tasse heißen Kaffee an einem kalten Morgen." Sie sah zu ihm hinüber. „Ich probiere eine neue Bohnensorte aus. Sag mir, wie sie dir schmeckt."

Er trank einen Schluck. „Gut."

„Nur gut?"

„Richtig gut?"

„Wie würdest du das Aroma beschreiben?"

„Heiß und stark." Er nippte noch einmal an seiner Tasse. „Schmeckt wie ... Kaffee."

Sie wedelte in spöttischem Tadel mit dem Kaffeelöffel. „Ab morgen bekommst du Pulverkaffee."

„Okay." Er lachte über ihre offenkundige Verzweiflung. „Tut mir Leid, Liebes. Ich bin einfach kein Kaffeekenner. Mir schmeckt das alles gleich."

Er kam mit Toast und Kaffee an den Tisch und setzte sich ihr gegenüber. Kate reichte ihm den Sportteil der *Times Picayune.*

„Ich habe im Wirtschaftsteil gelesen, dass Starbucks Kaffee im großen Stil in New Orleans einsteigen will." Sie runzelte besorgt die Stirn. „Hoffentlich bleiben sie auf der anderen Seite des Sees. Ich kann keine weitere Konkurrenz um die Kaffeegäste der Gemeinde gebrauchen."

„Wie geht's denn so im Irrenhaus?" fragte Richard und entfaltete die Zeitung.

„Irrenhaus?"

„Dein ‚Uncommon Bean'."

„Ich weiß nicht, warum du mein Café immer Irrenhaus nennen musst. Wir sind alle ziemlich normal."

Er gab einen Hauch Konfitüre auf seinen Toast. „Du bist normal", korrigierte er sie. „Bei den Leuten, die für dich arbeiten, bin ich mir da nicht so sicher."

Sie lachte. Ihre Mannschaft war ein wenig unkonventionell, das konnte man nicht leugnen. „Ein Café ist nun mal keine Anwaltskanzlei."

„Tatsächlich?"

„Meine Kunden erwarten ein wenig Kreativität. Außerdem sind meine Angestellten nicht irre, es sind Persönlichkeiten, das ist ein Unterschied."

„Wenn du es sagst."

„Ich sag's." Kate schüttete Müsli in ein Schälchen, gab frische Beeren darüber und übergoss beides halb mit Milch und halb mit Sahne. „Außerdem sage ich dir, dass du viel zu steif bist und ein wenig lockerer werden musst."

„Meinen Klienten würde das kaum gefallen. Ein wenig steif zu sein, ist gut für einen Anwalt. Das weckt Vertrauen." Er zog eine Braue hoch, als sie ihr Müsli zu essen begann. „Sahne?"

„Mm." Sie leckte ihren Löffel ab und neckte: „Was ist los? Eifersüchtig?"

„Kein bisschen."

„Lügner."

Richard aß spartanisch, sie war eine hemmungslose Esserin. Er trainierte mit geradezu religiösem Eifer, aß wenig Fett und nur Vollkornprodukte und führte trotzdem einen ständigen Kampf gegen seinen Bauchansatz. Sie aß Süßigkeiten und Fett, beschränkte ihr Training auf forsche Spaziergänge am See und blieb trotzdem schlank und straff bei niedrigem Blutdruck und ebensolchen Cholesterinwerten.

Das ärgerte ihn über die Maßen, und er warnte sie ständig vor ihrem Lebensstil. In mittleren Jahren werde sie die Folgen spüren und zu leiden haben wie alle anderen. Kate lachte über seine Warnungen. Sie entstammte einer langen Reihe von Vorfahren mit ungewöhnlich gesunden Herzen. Und falls ihre genetischen Anlagen sie eines Tages im Stich ließen, konnte sie ihre Gewohnheiten immer noch umstellen.

„Armer Richard. Möchtest du nicht vielleicht einen kleinen Bissen?“

Er sah sehnsüchtig auf ihre Schüssel und schüttelte den Kopf. „Ich bin zufrieden mit meinem Toast.“

„Das sehe ich.“ Grinsend nahm sie noch einen Löffel Müsli und spülte ihn mit Kaffee hinunter. „Ach, das hätte ich fast vergessen zu erwähnen. Du kamst gestern so spät von deinem Treffen, dass ich es dir gar nicht mehr sagen konnte. Ellen hat angerufen.“ Er sah von seinem Sportteil auf und konnte ihr offenbar nicht folgen. „Ellen von Citywide. Offenbar haben wir eine Eins bekommen.“ Sie lachte. „Wir waren das erste Paar aus unserer Gruppe, das alle Papiere eingereicht hat.“

„Das erste?“ Er verzog amüsiert den Mund. „Da siehst du mal wieder, was für Streber wir sind.“

Sie strich sich das Haar hinters Ohr und ignorierte seinen Sarkasmus. „Entschlossen sind wir und begeistert. Ich will auf keinen Fall etwas versäumen, weil ich etwas verschleppe.“

„Ich bin nur froh, dass es erledigt ist.“

Kate stimmte zu. Das Ausfülllen der Papiere war grässlich gewesen. Offenbar gab es für jeden Aspekt ihres Lebens ein Formular: Familiengeschichte, persönliche Gesundheit, finanzieller und bildungsmäßiger Hintergrund. Sie mussten sogar ihre Fingerabdrücke abgeben und ein polizeiliches Führungszeugnis beibringen.

Bei weitem am schwierigsten war jedoch das Persönlichkeitsprofil gewesen. Die bohrenden Fragen verlangten, dass sie ihre intimsten Gedanken über Ehe, Adoption und Elternschaft preisgaben.

Sie hatte ihr Innerstes erforschen und ihre Gedanken zu Papier bringen müssen. Wohl wissend, dass die leibliche Mutter lesen würde, was sie schrieb, und das Geschriebene dann darüber entschied, ob sie als Adoptiveltern ausgewählt wurden oder nicht.

Für Kate war das Ganze besonders belastend gewesen, weil – wie man ihr sagte – das Persönlichkeitsprofil das Wichtigste in den Unterlagen sei, da für die meisten leiblichen Mütter die Auswahl der zukünftigen Eltern eine mehr emotionale und keine intellektuelle Entscheidung war.

Kate war über ihrem Profil ins Schwitzen geraten. Sie hatte ihr Innerstes nach außen gekehrt und über Wünsche und Sehnsüchte geschrieben, immer mit der Hoffnung, dass sie bei einer der Mütter, die das lasen, eine Saite zum Klingen brachte. Die Frauen sollten erfahren, wie sehr sie sich wünschte, Mutter zu sein, und wie innig sie ihr Baby lieben würde.

„Das Einzige, was wir noch abliefern müssen, ist unser Fotoalbum. Ich habe es gestern Abend fertig gemacht und wollte es in den nächsten Tagen bei Citywide vorbeibringen. Du bist nicht zufällig heute oder morgen am Südufer?"

„Keine Chance, aber vielleicht am Freitag."

„Ich denke dran, allerdings wollte ich eigentlich nicht so lange warten."

„Streber", neckte er.

„Findest du?" Sie lachte. „Ich will es nur erledigt haben."

„Um sich dann entspannt zurückzulehnen und zu warten, dass uns ein Baby in den Schoß fällt, was?"

„Entspannt? Du kannst das vielleicht sein. Ich bin jetzt nervöser denn je. Jetzt ist es Wirklichkeit. Es kann jeden Tag passieren."

„Atme tief durch, Liebes. Denk dran, was Ellen gesagt hat. Es kann ein Jahr dauern. Sogar länger. Und das Jahr wird sich endlos hinziehen, wenn du dauernd in den Startlöchern hockst."

Er hatte natürlich Recht, doch es änderte nichts an ihren Gefühlen. „Ich weiß, Richard. Ich erinnere mich an ihre Worte. Es ist nur …"

„Du hast so lange gewartet." Er langte über den Tisch und bedeckte ihre Hand mit seiner. „Ich weiß, Liebes."

Sie drückte seine Hand, dankbar für sein Verständnis. „Ich liebe dich."

Er lächelte. „Ich liebe dich auch."

Draußen quietschten die Bremsen des Schulbusses. Er hielt täglich genau um 8.10 Uhr an ihrer Ecke. Richard sah auf seine Uhr und fluchte leise. „Ich muss los. Ich komme zu spät."

„Ich auch." Sie standen auf, trugen ihr Geschirr zum Spülbecken, schnappten sich ihre Sachen und eilten zur Tür.

Draußen gab Richard ihr einen Kuss. „Du hast das Treffen mit Sam Petrie und seiner Frau nicht vergessen, oder?"

„Natürlich nicht. Dakota, sieben Uhr."

„Richtig. Warum ziehst du nicht das rote Seidenkleid an? Ich mag das sehr."

Sie lachte. „Das ist eine ziemlich aufreizende Wahl für einen Wochentag, Herr Anwalt."

„Und Sam Petrie könnte einer der Hauptunterstützer meiner Wahl zum Distrikt-Staatsanwalt werden." Auf ihre schockierte Miene hin grinste er. „Ich mache nur Spaß. Du siehst doch in allem hübsch aus. Zieh an, was du magst." Er küsste sie noch einmal und trat auf die Terrasse hinaus. „Ich rufe dich später an."

Sie sah ihm einen Moment nach, nahm Mantel und Tasche und ging ebenfalls.

10. KAPITEL

Einer der größten Pluspunkte ihres Cafés, das hatte Kate schon in den ersten Monaten als Besitzerin festgestellt, war die Lage. Es lag nur drei Blocks weiter als ihr Haus am Lakeshore Drive, und an den meisten Tagen konnte sie zu Fuß zur Arbeit gehen.

Vor langer Zeit war das Gebäude mal ein Gästehaus für die große Villa auf dem Nachbargrundstück gewesen. Beide Häuser waren lange vor dem Zeitalter der Klimaanlagen gebaut worden, als wohlhabende Einwohner von New Orleans vor der drückenden Sommerhitze der Stadt ans Nordufer des Lake Pontchartrain geflohen waren und dort ihre feudalen Häuser errichtet hatten.

Sie hatte das heruntergekommene Cottage gesehen und sich sofort darin verliebt. Trotz Richards Einspruch, es koste zu viel, es auszubauen, und ein Lokal in irgendeinem Einkaufsviertel oder Einkaufscenter würde sowieso mehr Kunden anlocken, hatte sie es gekauft.

Sie hatte ihr Vorhaben durchgezogen, und wie vermutet, hatten die Gäste sie gefunden. Keines der anderen Cafés in der Gegend konnte einen Panoramablick über Lake Pontchartrain bieten, dazu jahrhundertealte hohe Eichen, in denen abends Silberreiher hockten, eine geschichtsträchtige Atmosphäre und den unbezweifelbaren Scharm der Südstaaten von einst.

Ihre Stammgäste waren nicht die Einkaufscenter-Typen. Auch nicht die Familien mit zwei Kindern, Minivan und Hund, die Mandeville zu bevölkern schienen. Nein, das „Uncommon Bean“ schien die ungewöhnlicheren Bewohner des Nordufers anzulocken: Künstler, Schriftsteller, Collegestudenten und Eigenbrötler, pensionierte Akademiker, Freidenker, Debattierfreudige und Einzelgänger.

Sogar ihre Angestellten waren Unikate, wie sie wieder einmal feststellte, als sie durch die Eingangstür des „Uncommon Bean“ kam und in einen der berühmten verbalen Schlagabtausche ihrer beiden Geschäftsführer Marilyn und Blake platzte. Sie schüttelte leicht den Kopf. Wer die beiden nicht kannte, musste annehmen, dass sie nicht nur miteinander stritten, sondern sich hassten wie die Pest.

Die zwei konnten tatsächlich keine größeren Gegensätze sein. Marilyn war eine blonde Wasserstoffbombe mit der Stimme von Minnie Mouse und dem IQ von Einstein. Mit fünfundzwanzig arbeitete sie bereits an ihrem vierten Collegediplom. Blake hingegen war mit seinen Achtundzwanzig immer noch im Anfangsstadium seiner Studien. Homosexuell und stolz darauf, war er ausgesprochen unverblümt, witzig und ein bisschen zu grell für das eher konservative Nordufer. Er lebte trotzdem hier, weil er, wie er sagte, die Bäume liebte.

Ihre hitzigen Diskussionen waren legendär unter den Stammgästen. Einige schworen sogar, dass sie weniger wegen des Kaffees als vielmehr wegen des verbalen Feuerwerks kamen. Trotz allem wurden die beiden nie wirklich böse aufeinander und arbeiteten gut als Team zusammen.

„Süße“, sagte Blake gedehnt zu Marilyn, als Kate eintrat, „ich sage dir, in punkto Größe sind nicht alle Rassen gleich geschaffen.“

Marilyn schnaubte verächtlich. „Das ist nicht nur grob, du spielst mit Klischees und rassistischen Vorurteilen. Eine Zivilisation, die sich auf Stereotypien ...“

„Entschuldige mal“, unterbrach Blake sie, stemmte die Fäuste auf die Hüften und sah sie mit zur Seite geneigtem Kopf an. „Was glaubst du, woher Klischees kommen?“

„Sie entstehen aus Hass und dem Wunsch zu unterdrücken." Marilyn wischte mit geröteten Wangen an einem Wasserfleck auf dem Tresen. „Mein Gott, ich habe gedacht, als Homo wärst du sensibler in solchen Dingen."

„Genau. Ich meine, nur um der Argumentation willen, wie viele große, Schwarze ..."

„Genug, Leute!" schritt Kate ein. „Das reicht, wir haben Gäste."

„Meinetwegen ist das okay!" rief Peter, ein Stammgast, aus einer Nische in Kassennähe. „Ich fand, es wurde gerade interessant."

„Fand ich auch", bestätigte Joanie, eine Romanautorin, die gerade zum Tresen kam, um sich noch eine Tasse Kaffee zu holen. „Wasser auf meine Ölmühle und so."

„Nein", wandte Blake leise ein. „Kate hat Recht. Doch ehe wir zu weniger kontroversen Themen übergehen, fühle ich mich verpflichtet, noch etwas zu sagen. Wer behauptet, Größe sei nicht wichtig, ist entweder ein kleiner Blödmann oder hat eine Beziehung mit einem."

Marilyn japste, Joanie verschluckte sich an ihrem Kaffee, und Kate unterdrückte ein Lachen. Ehe sie ihren Angestellten tadeln konnte, warf Peter ein: „Ich habe das nie behauptet, Blake. Im Gegenteil, ich habe immer gesagt, das Wichtigste überhaupt ist die Größe."

Kichern und Lachen ringsum. Ehe die Unterhaltung endgültig ins Schlüpfrige abgleiten konnte, betraten eine Mutter und ihre zwei Kinder das Café. Marilyn und Blake besannen sich augenblicklich auf ihre Pflichten.

Kate schüttelte amüsiert den Kopf. Sie konnte sich vorstellen, wie Richard auf das Geplänkel von eben reagiert hätte. Er unterstellte ohnehin, das „Bean" sei ein Irrenhaus, aber nach dem Gespräch eben würde er alle, sie eingeschlossen, für geisteskrank halten.

Sie sah Marilyn und Blake mit den neuen Gästen reden und Bestellungen aufnehmen und lächelte. Sie liebte das „Uncommon Bean“. Ihr gefielen die Menschen, sowohl die Stammgäste als auch die Laufkundschaft. Sie mochte ihre exzentrischen Angestellten, und es machte ihr Spaß, in deren Leben einbezogen zu werden.

Obwohl ihre eigentliche Liebe der Kunst galt, hatte sie schon früh beschlossen, nicht den Weg des hungernden Künstlers einzuschlagen. Das hatte mit ihrer Kindheit zu tun. Sie hatten zu Hause von der Hand in den Mund gelebt, von einem Verkauf eines Kunstwerks zum nächsten. Sie hatte verfolgt, wie ihre Eltern mit wachsender Verbitterung vergeblich auf den großen Durchbruch und auf Anerkennung warteten und wie Enttäuschung ihr Leben und ihre Ehe aufgezehrt hatte.

In dem Jahr, als sie ihren Abschluss in Tulane machte, hatten ihre Eltern sich scheiden lassen. Ein Jahr darauf war ihre Mutter bei einem Autounfall ums Leben gekommen. Ihr Vater schloss sich danach einer Künstlerkolonie im Norden von San Francisco an. Obwohl sie oft und liebevoll miteinander redeten, hinderte die geografische Distanz sie daran, Zeit miteinander zu verbringen.

Auf Grund des Beispiels ihrer Eltern hatte sie sich für einen Abschluss in Betriebswirtschaft entschieden und ihre künstlerische Ader in einem Hobby ausgelebt. Anstatt an Galeriewänden hingen ihre Glasmalereien nun in allen Fenstern des „Uncommon Bean“. Sie schuf diese Dinge aus Spaß an der Sache, nicht um Geld zu verdienen oder Anerkennung zu erringen. Dann und wann verkaufte sie ein Stück und freute sich darüber. Es war befreiend, nicht verkaufen zu müssen.

Kate wusste, welches Glück sie hatte. Nur um ein Dach über dem Kopf zu haben, hätte sie auch in einem Job von acht bis fünf landen können, bei irgendwelchem Papierkram, der ihr keinen Spaß machte.

Und auch damit hätte sie sich abgefunden und das Beste daraus gemacht, weil sie ein praktisch denkender Mensch war.

Etwas, das Luke nie verstanden hatte.

Seltsam, dachte sie und stellte ihn sich vor. Sie stammten beide aus Familien mit geringem Einkommen. Sie waren beide mit einem Stipendium auf die Tulane University gegangen. Trotzdem war Luke seinem Traum, Schriftsteller zu werden, treu geblieben. Er hatte sich geweigert, etwas anderes, wie beispielsweise Journalismus, auch nur ins Auge zu fassen. So sehr hatte er an sich geglaubt.

Wie es wohl sein mochte, so viel Selbstvertrauen und Mut zu haben?

Nachdem die Frau und ihre Kinder bedient worden waren, winkte Kate ihre Angestellten heran. „Wenn ich mich darauf verlassen kann, dass eure Gespräche im Rahmen der Wohlanständigkeit bleiben, ziehe ich mich ins Büro zurück und arbeite an den Lohnabrechnungen." Sie sah von einem zum anderen. „Vorausgesetzt, ihr wollt heute bezahlt werden."

„Geh ... geh schon!" Blake scheuchte sie mit einer Handbewegung fort. „Ich bin pleite."

Marilyn schnalzte mit der Zunge. „Du solltest deine Finanzen besser managen, weißt du? Es gibt nämlich auch noch ein Morgen."

Er schnaubte. „Worte der Weisheit von der Königin der Studentendarlehen."

„Leck mich."

„Entschuldige Darling“, erwiderte er affektiert, „aber du bist leider überhaupt nicht mein Typ.“

„Bei mir musst du keine Sorge haben, dass mein Gerede unanständig werden könnte, Kate.“ Marilyn sah nachdrücklich zu Blake. „Ich besitze die Fähigkeit, an etwas anderes zu denken.“

Kate warf resigniert die Hände hoch. „Ihr zwei ändert euch nie. Ich mische mich nicht mehr ein. Nur verscheucht mir nicht die Gäste. Okay?“

Ohne auf eine Antwort zu warten, verschwand Kate in ihrem Büro, überprüfte die Vorräte und notierte sich, was bestellt werden musste. Die Zeitkarten waren schon sauber auf ihrem Tisch gestapelt. Seufzend setzte sie sich und machte sich an die Arbeit.

Nach einigen Minuten klopfte Blake an ihre offene Tür. „Wir haben ein Problem.“

Kate sah auf und winkte ihn herein. „Was ist los?“

„Wieder mal der Bäcker. Er ist Samstag nicht gekommen. Folglich hatten wir nur noch die Hälfte Pasteten, ehe die Leute, die nach dem Kinobesuch hier einfallen, kamen.“

„Hast du angerufen?“

„Natürlich. Zweimal, aber ich hatte immer nur den Anrufbeantworter dran.“

„Und er hat sich bisher nicht gemeldet?“ fragte Kate ungehalten. „Das wie vielte Mal ist das jetzt?“

„Das vierte Mal. Dieser Blödian.“ Blake nahm ihren schweren herzförmigen Briefbeschwerer auf, wog ihn in der Hand und stellte ihn wieder ab. Das Kristallherz war ein Geschenk von Richard zum letzten Valentinstag gewesen. „Ich hasse Unzuverlässigkeit.“

Kate lächelte schwach. Das machte ihn ja zu einem so guten Angestellten. „Ich kümmere mich darum, Blake. Es gibt noch andere gute Bäcker in der Stadt. Ich finde einen neuen für uns."

Er drohte ihr spielerisch mit dem Zeigefinger. „Und diesmal lässt du dich nicht von irgendwelchen tränenreichen Geschichten einwickeln. Egal, ob sein Hund gestorben ist oder seine Frau ihn verlassen hat, er hat eine Verantwortung uns gegenüber. Du bist viel zu nett, weißt du das?"

Einen notorischen Softie nannte Richard sie manchmal. Betrüger und Hausierer würden sie schon von weitem als potenzielles Opfer erkennen. „Keine Trauergeschichten und keine Entschuldigungen", versprach sie lächelnd. „Der Knabe von Pillsbury Dough ist erledigt."

Blake lächelte zufrieden. „Gut. Danke." Als er gehen wollte, fragte Kate:

„Wie war das Geschäft am Wochenende?"

„Ausgezeichnet, obwohl es noch besser gewesen wäre, wenn wir einen Vorrat an Desserts gehabt hätten."

„Und wie hat sich der Neue angestellt?"

„Birne?"

Birne, so genannt, weil er jeden Tag einen neuen Hut auf der Birne hatte, war das neueste Mitglied ihrer Mannschaft. Sie hatte ihn eingestellt, weil sie natürlich hoffte, dass er gut arbeitete, aber vor allem, weil dieser Job wohl seine einzige Chance auf ein anständiges Einkommen war.

„Er hat sich gut gemacht. Ich habe ihm Tess an die Seite gestellt. Folglich gab es keine größeren Probleme, die ich bemerkt hätte. Die Gäste schienen ihn auch zu mögen. Nicht übel für eine erste Schicht."

Tess, eine weitere Angestellte, war ebenfalls eine gute Arbeiterin, neigte aber zur Oberflächlichkeit. Deshalb fragte Kate: „Tess als Ausbilderin?"

Marilyn steckte den Kopf zur Tür herein. „Kate. Telefon. Es ist Ellen von Citywide."

Kate nickte nervös. „Danke." Sie nahm den Hörer auf und sah aus den Augenwinkeln, wie Marilyn Blake in die Rippen stieß. Die zwei verließen das Büro und schlossen die Tür.

Kate lächelte. Ihre Angestellten und viele der Stammgäste wussten, dass sie und Richard ein Kind adoptieren wollten. Sie wussten auch, was sie alles durchgemacht hatte, und wie sehr sie sich ein Kind wünschte. „Hallo, Ellen", meldete sie sich. „Was gibt's?"

„Gute Neuigkeiten. Wir haben eine neue werdende Mutter in unserem Programm. Sie beginnt gerade, sich die Persönlichkeitsprofile durchzulesen. Ich habe ihr unter anderem Ihre Akte mitgegeben. Aber erhoffen Sie sich nicht gleich zu viel. Auch wenn ich Sie für sehr geeignet halte, tut sie das vielleicht nicht. Vielleicht muss ich Ihre Unterlagen noch einem Dutzend anderer Mütter zeigen."

„Verstehe", sagte Kate, und die Enttäuschung war ihr deutlich anzuhören.

Ellen lachte mitfühlend. „Nein, Kate, ich verstehe. Sie haben jedes Recht, aufgeregt zu sein. Aber ich muss Sie warnen, das Adoptionsverfahren kann genauso nervenaufreibend sein wie die Unfruchtbarkeitsbehandlungen. Zügeln Sie sich ein wenig. Ich weiß, wie schwer das ist", fuhr sie fort, ehe Kate antworten konnte. „Das Warten ist die Hölle, aber versuchen Sie, die Ruhe zu bewahren."

„Sie klingen schon wie mein Mann." Kate lachte leicht verlegen. „Er sagt immer, ich soll mich entspannen. Alles zu seiner Zeit."

„Er ist ein kluger Mann."

„Ich weiß. Es ist nur …" Zu ihrem Leidwesen kamen ihr

die Tränen, und sie sprach mit gebrochener Stimme. „Wir haben so lange gewartet, Ellen." Ihr versagte die Stimme, und sie musste sich räuspern. „Tut mir Leid, Sie müssen mich für eine dämliche Heulsuse halten."

„Im Gegenteil", erwiderte Ellen leise. „Wer sich so heftig ein Kind wünscht wie Sie, wird eine sehr gute Mutter sein."

Kate erlangte ihre Fassung wieder, dankbar für das Verständnis. „Danke."

„Ich möchte Ihnen nur so viel sagen, Kate. Nach mehreren Gesprächen mit der werdenden Mutter bin ich überzeugt davon, dass sie das Kind zur Adoption freigeben wird. Ich spüre keinen Konflikt in ihr. Und sie ist an Ihnen und Richard interessiert. Sie besitzen viele Qualitäten, die ihr wichtig sind. Deshalb wollte ich Sie fragen, wann wir Ihr Fotoalbum bekommen können."

„Ich habe es gestern Abend zusammengestellt und wollte es Ihnen in den nächsten Tagen vorbeibringen."

„Je eher, desto besser."

„Dann bringe ich es sofort. Wir sehen uns in einer Dreiviertelstunde."

11. KAPITEL

Julianna saß auf dem Bett, ein Kissen in den Rücken gestopft, die Beine ausgestreckt und den Stapel Persönlichkeitsprofile von Citywide auf dem Schoß. Sie las die mit Maschine geschriebenen Worte des oben liegenden Profils, und ihr Blick verschwamm in Tränen.

Ich habe Kate vom Augenblick unserer ersten Begegnung an geliebt. Sie ist Partnerin, Geliebte, mein bester Freund. Ich kann mir ein Leben ohne sie nicht vorstellen.

Julianna holte schluchzend Atem und las die Worte noch einmal, eine tiefe Sehnsucht im Herzen. Das hatte sie sich immer gewünscht, heftig geliebt und gebraucht zu werden. Für jemand das Ein und Alles sein.

Verwirrt schloss sie die Augen. Sie hatte die Profile gar nicht lesen, sondern einfach irgendein Paar auswählen wollen. Schließlich wollte sie ihr Baby keinesfalls behalten, und Ellen hatte ihr versichert, dass alle Paare überprüft worden waren. Jedes wäre geeignet gewesen.

Dann hatte sie jedoch, nur so zum Spaß, das erste Profil durchgeblättert. Dabei war ihr etwas aufgefallen. Das Paar schrieb im Ton einer gewissen Selbstgefällligkeit, als fühlten sie sich zu gut für das ganze Verfahren, für Julianna und für ihr Baby.

Sie fasste sofort eine Abneigung gegen diese Leute, legte die Akte beiseite und nahm eine andere. Das nächste Paar hatte einen netten Eindruck gemacht, aufrichtig und voller Sehnsucht, Eltern zu werden. Sie war Hausfrau, er Buchhalter.

Doch ihre Gedanken über Lebensart, Elternschaft und über ihre Hoffnungen für die Zukunft waren entsetzlich langweilig gewesen.

Auch diese Akte hatte sie beiseite gelegt.

Dann, am Samstag, war sie auf Kate und Richard gestoßen. Alles an ihnen gefiel ihr, ihre Lebensart, ihr Glaube, ihre Hoffnungen, Träume und Pläne für die Zukunft. Sie führten das Leben und die Beziehung, von der sie immer geträumt hatte.

Und heute, am Montag, nach mehrmaligem Durchlesen ihrer Profile, wurde ihr bewusst, dass sie mehr gefunden hatte als Adoptiveltern für ihr Baby. Sie hatte den Mann gefunden, auf den sie ein Leben lang gewartet hatte, der für sie bestimmt war.

Julianna holte wieder zittrig Atem und bemühte sich, ihre Fantasie zu zügeln, als sie die Worte erneut las, die sie nun schon fast auswendig kannte.

Wir lernten uns an der Universität kennen. Sie war strahlend, lebensfroh und klug. Ich sah sie an und sah die Zukunft in ihren Augen. Meine Zukunft.

Was hatte John gesehen, wenn er in ihre Augen schaute? Ein Kind, das Schutz brauchte? Ein Unschuldslamm, das er nach seinen Wünschen formen konnte? Julianna schluckte trocken. Was hatte irgendwer je in ihren Augen gesehen?

Bei der Antwort darauf liefen ihr Tränen über die Wangen. Ihre Mutter hatte sie wie ein teures Accessoire behandelt, wie einen Schal von Hermès oder eine Tasche von Gucci. Auch John hatte ihr nur einen kleinen Raum in seinem Leben zugemessen. Und obwohl er sie angeblich liebte, hatte sie auch nur diesen kleinen Raum beanspruchen dürfen und sonst nichts.

Sie wollte mehr. Sie wollte leben wie Kate.

Ärgerlich wischte sie sich die Tränen ab und sah auf die Akte in ihrem Schoß. Sie hatte von Richards Kindheit gelesen, von seiner Familie, seinen Träumen und Erwartungen. Sie teilte seine Hoffnungen für die Zukunft, seine Ansichten zu Liebe, Ehe und Elternschaft.

Sie schlug das letzte Blatt um und merkte, dass sie zitterte.

Er brachte ihre Gedanken zum Ausdruck, ihre Hoffnungen, Träume und Gebete. Dieser fremde Mann wusste, was in ihrem Herzen und in ihrem Kopf vor sich ging. Es war, als kenne er sie. Als wären sie irgendwie miteinander verbunden, eine einzige Person, getrennt durch Zeit und Schicksal.

Richard und Julianna.

Sie ließ seinen Namen auf der Zunge zergehen, sagte ihn laut, sprach ihn zusammen mit ihrem aus. Ihre Namen klangen ... gut zusammen, als gehörten sie zueinander. Und während sie sie immer wieder vor sich hin sagte, verstand sie plötzlich ihren bisherigen Lebensweg. Alles ergab Sinn. Deshalb war sie schwanger geworden, deshalb hatte John sie vertrieben. Das Schicksal hatte sie hierher geführt. Sie glaubte an Schicksal und Vorbestimmung. Richard und Julianna, sie waren füreinander bestimmt.

Sie legte das Persönlichkeitsprofil beiseite und nahm das dazugehörige Fotoalbum zur Hand. Sie ließ die Finger über den geprägten Ledereinband gleiten, fast ängstlich, das Album zu öffnen. Vielleicht weil ihre Gefühle so neu und beängstigend waren. Weil sie glaubte, ihrer Zukunft begegnet zu sein. Ihrer Zukunft mit Richard.

Aber Kate war ein Problem. Sie wünschte ihr nichts Schlechtes. Schließlich gehörte Kate auch zu dem Puzzle, das sich plötzlich zusammenfügte. Wenn Kates dringender Wunsch nach einem Kind nicht gewesen wäre, wie hätte sie selbst dann Richard kennen lernen sollen?

Julianna betrachtete die einzelnen Fotos und las den dazugehörigen Text. Kate und Richard beim Skilaufen in Aspen, beim Segeln auf dem Lake Pontchartrain, auf Urlaub in den Tropen. Die Arme umeinander gelegt, lächelnd, einander in die Augen sehend.

Sie betrachtete die Bilder, einen Kloß im Hals. Kate war nicht umwerfend hübsch, auch nicht klassisch schön. Aber sie hatte Klasse und wirkte klug. Nicht wie ein kleines Mädchen, nicht abhängig von anderen, nicht wie eine aufgedonnerte Glamour-Königin.

Sie berührte Kates Bild mit einem Finger. Sie war die Frau, in die sich ein Mann wie Richard verliebte, die seine Partnerin und Geliebte war.

Eine Frau, die all das Gute verdiente, das sie hatte.

Julianna runzelte die Stirn. Sie war eifersüchtig und verunsichert. Aber dazu bestand kein Grund. Sie war hübscher als Kate, jünger und sexier. Klasse konnte man erwerben, Bildung vortäuschen.

Wenn sie wollte, konnte sie so sein wie Kate und all das bekommen, was sie hatte.

Sie wandte ihre Aufmerksamkeit noch einmal den Fotos zu, und vor ihrem geistigen Auge trat sie an die Stelle von Kate. Ja, sie würde werden wie Kate und ihren Besitz beanspruchen. Sie musste es nur wollen.

12. KAPITEL

Die Gästeschar des „Uncommon Bean“ bestand am Samstagmorgen hauptsächlich aus Collegestudenten und Singles. Studenten kamen, um sich mit Freunden zu treffen oder zu lernen, die Singles trafen sich mit anderen Singles.

Das waren die Gäste, die doppelten Cappuccino und Mokka bestellten, und das Geschäft lief gut. Seit dem Öffnen waren weder Kate noch Blake oder Tess vom Tresen weggekommen, es sei denn, um die Tische in Ordnung zu bringen.

„Wir haben keine Hörnchen mehr“, sagte Blake und legte das letzte auf einen Teller. „Und wenn das so weitergeht, haben wir bald auch keine Croissants und Muffins mehr.“

„Was ist los heute Morgen?“ Tess schob sich das blonde Haar hinters Ohr. „Haben wir Feiertag oder was? Ich habe noch nie so einen Andrang erlebt.“

„Ich denke, es liegt am Wetter“, erwiderte Kate, dankte einem Gast und gab ihm lächelnd das Wechselgeld zurück. „Jeder will aus dem Haus raus, wenn es so schön ist.“

„Ich nicht.“ Tess legte eine Hand über die Augen. „Ich wäre jetzt gern zu Hause im Bett bei zugezogenen Vorhängen. Dann würde ich mindestens bis drei schlafen. Ich schwöre.“

Kate warf ihr einen halb mitfühlenden, halb empörten Blick zu. So wie Tess heute Morgen aussah, hatte sie vermutlich bis in die Morgenstunden auf einer Party durchgemacht.

Tess nahm lächelnd die Bestellung eines Paares am Tresen entgegen und leitete sie weiter an Blake, der die Espressomaschine bediente. Mit einem Seitenblick zu Kate fuhr sie fort: „Ich habe gestern Nacht einen Typen kennen gelernt. Ich glaube, ich bin verliebt.“

Nicht schon wieder! Tess, eine Kunststudentin der Southeastern Louisiana University in Hammond, war hübsch, lebhaft und klug, doch was Männer anging, ein absolutes Naivchen. Sie glaubte einfach alles, was man ihr erzählte, und verknallte sich in jeden Typen mit engen Jeans. Blake, der in punkto Sex nicht gerade als konservativ gelten konnte, behauptete, sie habe die Moral eines Straßenkaters. Kate war da anderer Ansicht, sie vermutete, dass Tess Männer und Sex zur Selbstbestätigung benutzte.

Aber ein solches Verhalten war eben nicht nur selbstzerstörerisch, sondern auch gefährlich, und Kate ließ keine Gelegenheit ungenutzt, Tess das vor Augen zu führen. Wenn sie doch nur einsehen würde, wie fabelhaft sie war, brauchte sie keinen Mann, um es zu bestätigen. „Ach, Tess!“ stöhnte Kate kopfschüttelnd.

„Ich weiß überhaupt nicht, warum immer alle so reagieren“, beschwerte die sich.

„Schätzchen“, begann Blake mit dem Rücken zu ihr und schäumte Milch für einen Cappuccino auf, „sieh dir doch mal deine Liste von Eroberungen an. Du verliebst dich täglich neu wie ein Karnickel.“

„Du hast es gerade nötig, Mr. Monogam.“

„Klar, aber ich rede auch nicht dauernd von Liebe.“

„Okay, Kinder“, wandte Kate leise ein und nutzte die kurze Pause im Andrang, um die Tabletts mit Pastetchen aufzufüllen. „Lasst uns nicht streiten.“

„Außerdem ist es diesmal anders. Er ist anders. Etwas Besonderes eben. Kultiviert.“ Sie sah Kate bittend an. „Du glaubst mir doch, oder?“

„Es ist nicht wichtig, was ich glaube, Tess.“ Sie zerknüllte ein leeres Gebäckkästchen und stopfte es in den Abfall. „Wichtig ist, was du glaubst.“

„Siehst du?“ Tess schnitt Blake ein Grimasse, der sich nur achselzuckend abwandte, um mit einem Stammgast zu plaudern. Sie lehnte sich verträumt gegen den Tresen. „Manchmal sieht man jemand und weiß es einfach.“

„Was weiß man, Tess?“

„Dass er etwas Besonderes ist, eben anders. Dass er der Richtige für dich ist.“

Unwillkürlich musste Kate an ihre erste Begegnung mit Luke denken. Er hatte vor dem Büro für Studentendarlehen gestanden, trotzig, stolz und doch verletzlich.

Kate schüttelte den Kopf, einerseits, um Tess zu widersprechen, andererseits, um die Erinnerung loszuwerden. „Aber kann dieser erste Eindruck nicht auch bedeuten, dass man Freundschaft für jemand empfindet? Nur weil du dich von jemand angezogen fühlst, oder er dich zum Lachen bringt oder was auch immer, heißt das noch nicht, du musst dich in ihn verlieben oder gar intim mit ihm werden.“

Denn manchmal ist es der Anfang vom Ende, wenn du es trotzdem tust.

„So funktioniert das nicht.“ Tess runzelte nachdenklich die Stirn. „Ich weiß nur, was ich fühle. Es ist …“ Sie zögerte, um ihre Gedanken zu ordnen. „Es ist, als ob ich verrückt würde, wenn ich ihn nicht haben kann. Und dann tue ich alles, um ihn zu bekommen.“

„Alles?“ fragte Kate skeptisch. „Auch zum Beispiel lügen, betrügen oder jemand anders verletzen? Auch deine Selbstachtung aufgeben?“

„Ja, ich glaube schon“, erwiderte Tess mit roten Wangen.

Kate war entsetzt. Mit dieser Antwort hatte sie nicht gerechnet. „Das kann nicht dein Ernst sein, Tess. Und falls doch, findest du nicht, dass du dann ein Problem hast?“

„Ein Problem?“ wiederholte sie verständnislos. „Warum sollte ich?“

„Tess, du hast gerade gesagt, dass du lügen und dir selbst und anderen schaden würdest, um mit einem Mann zusammen sein zu können? Nach meiner Lesart ist das krank. Du hast ein Problem.“

„Du verstehst nicht. Ich tue das doch nur, weil das Gefühl so stark ist. Das ist Liebe, ich weiß es.“

„Woher?“ fragte Kate herausfordernd. „Du hast dich innerlich im letzten Jahr ein Dutzend Mal verliebt. Und es hast nie lange gedauert. Wenn es wirklich Liebe gewesen wäre, hätte es Bestand gehabt.“

Blake beendete den Plausch mit dem Gast und kehrte zu ihnen zurück. Er nickte. „Ich war ein paar Mal so verliebt, wie Tess es beschreibt.“

„Wirklich?“ Sie wandte sich ihm zu. „Was ist passiert?“

Er schwieg einen Moment. „Sagen wir, ich möchte so etwas nie wieder erleben.“ Kate wollte etwas Tröstliches zu ihm sagen, doch er schüttelte abwehrend den Kopf. „Ich räume die Tische ab.“

Kate sah ihm mitfühlend nach. Blake hatte kein leichtes Leben gehabt. Er musste gegen Diskriminierung und Intoleranz auch aus der eigenen Familie ankämpfen. Wie alle Menschen sehnte er sich nach Liebe und Anerkennung, doch sein Herz war mehr als einmal gebrochen worden. Trotz seines bissigen Humors und seiner sarkastischen Zunge war er tief im Innern ein Seelchen mit einem Herzen aus Gold.

„Aber empfandest du bei Richard nicht genauso, Kate?“

Kate wandte sich Tess zu und dachte fünfzehn Jahre zurück an ihre erste Begegnung mit Richard und an die folgenden Wochen und Monate, als ihre Liebesgeschichte begann. Sie war wie benebelt gewesen, überschwänglich und auf Wolke sieben. Die Erinnerung ließ sie lächeln. „Ich glaube ja. Früher mal." Tess machte daraufhin ein so enttäuschtes Gesicht, dass Kate lachen musste. „Niemand ist gestorben, Tess. Du musst verstehen, dass Liebe und Ehe aus mehr bestehen als dem Gefühl, das du beschreibst. Da geht es um Verantwortung, Teilen und Vertrauen. Es geht um die gemeinsame Arbeit, sich ein gutes Leben aufzubauen. Es geht um Familie. Was du beschreibst, ist ein neues und aufregendes, aber flüchtiges Gefühl."

„Dann bedauere ich dich."

„Nicht nötig, denn so ein Leben ist unglaublich lohnend und befriedigend." Doch noch während sie das mit Überzeugung sagte, beschlich sie das nagende Gefühl, ihrem Leben fehle etwas. Das beunruhigte sie. Allerdings fehlte ihrem Leben ja tatsächlich etwas – ein Kind. Aber das würde sich bald ändern. „Glaub mir, Tess, es ist ein gutes Leben."

Das Gespräch mit Tess ging Kate jedoch den ganzen Tag nicht mehr aus dem Sinn. Sogar während des abendlichen Dinners mit Richard in ihrem Lieblingsrestaurant musste sie daran denken und fragte sich, welcher Teil der Unterhaltung ihre Melancholie ausgelöst hatte. Sie dachte immer wieder an die Zeit des Kennenlernens zurück und versuchte, ihre damaligen Gefühle zu analysieren.

Seit der ersten Verabredung hatte Richard sie behandelt wie eine Prinzessin, wie die arme kleine Stiefschwester, die den scharmanten Prinzen gewonnen hatte. Er hatte sie an Orte ausgeführt, von denen sie bisher nur träumen konnte, und ihr einen Lebensstil gezeigt, der sie nur noch staunen ließ. Sie hatte sich daraufhin wahnsinnig in ihn verliebt, und geglaubt, er liebe sie genauso.

Geglaubt? Wie alle jungen Paare hatten sie natürlich ihre

Schwierigkeiten gehabt. Er war jung gewesen und verwöhnt, hatte seinen Willen durchsetzen und im Mittelpunkt stehen wollen. Er war immer umschwärmt worden, und zu Beginn ihrer Bekanntschaft hatte er keinen Hehl daraus gemacht, dass er es nicht auf eine feste Bindung anlegte. Trotzdem war es eine feste Beziehung geworden, denn letztlich hatte sie ihn vor die Wahl gestellt.

Er hatte sich für sie entschieden. Und obwohl er ungefähr ein halbes Dutzend Mal Schluss mit ihr machte, um auch mit anderen Frauen auszugehen, war er doch immer wieder zu ihr zurückgekehrt.

„Kate?" Richard wedelte die Hand vor ihrem Gesicht. „Möchtest du Kaffee?"

Sie blinzelte errötend. Völlig in Gedanken vertieft, hatte sie nicht mitbekommen, dass der Kellner an ihrem Tisch stand. Sie lächelte den jungen Mann an. „Ja, Kaffee bitte."

„Einen schlechten Tag gehabt?" fragte Richard, als der Kellner davonging.

„Eigentlich nicht."

„Warum bist du dann so still?"

„Bin ich das?"

„Sagen wir mal, der Leichenbestatter hat unterhaltsamere Gesellschaft."

Sie lachte. „Tut mir Leid, ich bin heute abend wohl nicht sehr amüsant."

Er beugte sich vor und bedeckte ihre Hand mit seiner. „Möchtest du darüber reden?"

„Es ist eigentlich zu albern." Sie lachte leicht verlegen. „Du wirst mich auslachen. Ich weiß es."

„Probier's."

Also erzählte sie ihre Unterhaltung mit Tess. „Und dann

hat sie mich so bedauernd angesehen, als sei unsere Ehe blutleer.“ Sie hob kurz die Schultern. „Seither habe ich irgendwie ein komisches Gefühl.“

Richard fragte verständnislos: „Du lässt dich doch nicht von ihren sonderbaren Ansichten über die Liebe beeinflussen, oder?“

„Nein, natürlich nicht. Aber ... hattest du jemals solche Gefühle für mich, dass du nicht mehr essen oder schlafen konntest, weil du ständig an mich dachtest, oder dass du glaubtest, ohne mich sterben zu müssen?“

„Kate, wie du selbst sagtest, ist Tess neunzehn oder zwanzig und hat noch nie eine ernste Beziehung gehabt. Was Liebe betrifft, ist sie völlig ahnungslos.“

„Vermutlich.“ Sie blickte einen Moment auf den See hinaus, ehe sie den Blick wieder auf Richard richtete. „Aber hattest du jemals solche Gefühle für mich?“

„Die habe ich immer noch“, erwiderte er lüstern.

„Hör auf damit. Es ist mir ernst.“

Er lehnte sich zurück. „Wie ich sehe, haben wir mal wieder eine dieser Unterredungen, in denen ich ungeachtet meiner Argumente verdammt werde.“

„Das ist nicht wahr. Ich versuche, ernst zu sein, und du kasperst hier herum.“

„Tess hat so viel Ahnung vom Leben wie eine Kuh vom Sonntag, und du lässt dich von ihrer Meinung über unsere Ehe beeindrucken. Ist das nicht ein bisschen irrational?“

Amüsiert schloss Kate die Finger um seine. „Wenn man es so sieht, ist es ziemlich albern. Übrigens ein guter Vergleich.“

„Danke.“ Lächelnd nahm er ihre Hand an die Lippen und küsste sie. Als die Rechnung gebracht wurde, gab er ihre Hand wieder frei.

„Richard?“ Sie fuhr nachdenklich mit einem Finger die Tischkante entlang.

„Hm?“ Er sah kurz vom Überfliegen der Rechnung auf.

„Du hast nicht … ich meine, dir fehlt doch nichts in unserer Ehe, oder? Du bist glücklich?“

„Was für eine Frage.“ Er holte seine Brieftasche aus dem Jackett. „Ich bin vollkommen glücklich, Kate.“

„Ich auch“, seufzte sie zufrieden und erleichtert. „Ich möchte nur nicht, dass etwas unsere Beziehung gefährdet.“

„Das wird es nicht.“ Er legte die Kreditkarte auf die Rechnung und bekräftigte lächelnd: „Das verspreche ich dir.“

13. KAPITEL

Julianna bestieg die Straßenbahn an der Haltestelle vor Busters Lokal und fuhr in die Innenstadt zum Büro von Citywide. Sie ergatterte den letzten freien Platz, der von einem stark übergewichtigen Mann freigemacht worden war, der nach Bier, Tabak und Schweiß stank.

Der Geruch blieb zurück, ebenso die Wärme seines Körpers. Angewidert rutschte sie so weit auf dem Sitz vor, bis sie nur noch auf der Kante saß. Sie sehnte sich nach den Tagen zurück, als sie sich keine Gedanken zu machen brauchte, wie sie von Ort zu Ort kam.

Jetzt war sie auf den öffentlichen Nahverkehr angewiesen und musste sich nach dem Fahrplan anderer richten, gemeinsam mit Fremden, die sie nicht kennen lernen wollte. Jetzt musste sie schreiende Kinder erdulden, dazu ständiges Anhalten und Gedränge und, damit einhergehend, Rülpsen, Mundgeruch und Schlimmeres.

All das ärgerte sie und widerte sie an, aber es sparte Geld. Bereits nach vierundzwanzig Stunden in New Orleans hatte sie gelernt, dass Parken im Innenstadtbereich oder dem French Quarter sündhaft teuer war. Die Arbeit bei Buster trug ihr nicht so viel ein, sich diesen Luxus leisten zu können. Als sie in der Nähe ihres Apartments eine freie Parkbucht entdeckte, hatte sie ihren Wagen dort abgestellt und ihn seither nicht mehr bewegt.

Sie blickte aus dem Fenster in den dunkler werdenden Nachmittag und ignorierte den fettigen Schmier auf der Scheibe. Es ist ja nicht für immer, machte sie sich Mut. Bald würde sie all die Dinge haben, die sie liebte und brauchte. Bald würde sie sich wieder fühlen wie früher.

Richard und Julianna.

Sie schloss die Augen und stellte sich ihr Leben und ihre Zukunft mit Richard vor. Es würde ideal werden. Sie lächelte vor sich hin. Letzte Nacht hatte sie von Richard geträumt. Er hatte ihr ins Ohr geflüstert, dass sie sein Ein und Alles war, seine Geliebte, seine Partnerin, sein bester Freund.

Er hatte ihr gesagt, er könne nicht ohne sie leben.

Und sie waren vereint gewesen, sexuell wie geistig. Zwei Seelen zu einer verschmolzen, die Körper in einem reinen, unbeschreiblich schönen Liebesakt verschlungen.

Auch Kate war zu ihr gekommen. Lächelnd hatte sie ihr Baby auf dem Arm gehalten, völlig zufrieden.

Das Baby bewegte sich in ihr, und sie legte erfreut eine Hand auf den Bauch.

Der Traum war ein Zeichen gewesen, ein Wink des Schicksals, nach dem sie sich richten sollte. Sie war dazu bestimmt, in Richards Armen zu sein, sein Leben auszufüllen. Sie sollte die sein, auf die er zählte, auf die er sich verließ.

Und Kate war es bestimmt, das Baby in den Armen zu haben, ihr Baby.

Sie würde Kate ihr Baby geben, und im Gegenzug würde sie ihr den Mann nehmen.

Die Straßenbahn kam rumpelnd zum Stehen. Julianna öffnete die Augen. Sie hielten vor einer Schule. Durch die schmiedeeiserne Umzäunung sah sie einen schönen Innenhof, in dessen Mitte ein Brunnen mit der Statue der heiligen Jungfrau Maria stand, ein Symbol von Güte und Reinheit.

Wieder ein Zeichen, eine Bestätigung. Zitternd legte sie eine Hand an den Mund. Das war Schicksal.

Die Bahn setzte sich wieder in Bewegung, und Julianna verrenkte sich fast den Hals, um die Statue so lange wie möglich zu sehen. Als sie ihrem Blick endgültig entschwand, drehte sie sich wieder nach vorn und legte lächelnd die Hände auf den Bauch. Heute machte sie den ersten Schritt in ihre Zukunft. Heute würde sie Ellen sagen, dass sie Kate und Richard als Adoptiveltern für ihr Baby ausgesucht hatte.

Die Bahn hielt quietschend an der Ecke St. Charles und Sechste Straße. Das Büro lag seitlich der Avenue in einem großen alten Gebäude, das entkernt und in einen Bürokomplex mit mehreren Geschäften umgebaut worden war.

Julianna stieg aus und kuschelte sich tiefer in ihren Mantel. Der Tag war für Anfang Februar ungewöhnlich warm gewesen, doch mit dem Sinken der Sonne kühlte es ab. Der Wetterbericht hatte als Folge einer Kaltfront, die übers Land zog, fallende Temperaturen vorausgesagt.

Nachdem sie bei Buster zahllose Gespräche mitgehört hatte, war sie überzeugt, dass die Einwohner von New Orleans geradezu besessen waren vom Wetter. Nicht nur, weil es sich offenbar schlagartig änderte, sondern vor allem wegen seiner Extreme. Von sintflutartigem Regen, über unerwartete Fröste bis zu unerträglicher Hitze war alles drin. Einer ihrer Gäste hatte gemeint, dass jeder, der an einem Ort lebe, der heißer werden könne als die Hölle, ein Recht habe, besessen zu sein vom Wetter.

Vermutlich stimmte das.

Julianna erreichte Citywide und betrat das Büro. Madeline, die Empfangssekretärin, saß nicht an ihrem Tisch. Wahrscheinlich war sie in der kleinen Küche am Flurende oder auf der Toilette und würde gleich wiederkommen. Julianna setzte sich.

Minuten vergingen. Aus der Richtung von Ellens Büro, ein Stück weiter den Flur hinunter, hörte sie eine Unterhaltung. Ellen war also da. Gelangweilt und etwas gereizt stand Julianna auf und ging bis zur angelehnten Bürotür der Sozialarbeiterin. Dort blieb sie stehen. Nach der einseitigen Unterhaltung zu urteilen, telefonierte Ellen. Julianna wollte schon anklopfen, verharrte jedoch, als sie die Namen Kate und Richard hörte.

Mit Herzklopfen lauschte sie an der Tür, um mehr zu verstehen, doch in dem Moment legte Ellen offenbar auf.

Mit brennenden Wangen wich sie zurück aus Angst, Ellen könnte plötzlich die Tür aufreißen. Aber dann trat sie rasch vor und steckte den Kopf zur Tür herein. „Hallo, Ellen. Madeline war nicht an ihrem Schreibtisch, deshalb bin ich durchgegangen. Ich hoffe, das ist in Ordnung."

Ellen lächelte warmherzig. „Natürlich. Kommen Sie herein, Julianna." Sie deutete auf die beiden Sessel vor ihrem Schreibtisch und schloss soeben die obere Akte auf dem Stapel. „Setzen Sie sich."

Julianna beobachtete aufmerksam, was Ellen tat. Konnte das die Akte von Kate und Richard sein? Wahrscheinlich, wenn sie gerade mit einem von beiden telefoniert hatte.

Sie musste einen Weg finden, einen Blick in die Akte zu werfen. „Danke", erwiderte sie leise. „Ich fürchtete schon, Sie wären zu beschäftigt, mich zu empfangen."

Ellen lächelte wieder. „Tatsächlich hätten Sie zu keinem günstigeren Zeitpunkt kommen können. Ich wollte Sie heute Abend anrufen."

„Ja?" Julianna rückte sich im Sessel zurecht. „Weshalb?"

„Ich habe gute Neuigkeiten für Sie." Ihr Lächeln wurde noch breiter. „Ihre Kosten werden übernommen, die medizinischen und die Lebenshaltungskosten."

„O mein Gott!" stieß Julianna begeistert hervor. „Ist das Ihr Ernst?"

„Mein völliger Ernst. Dr. Samuel wurde schon unterrichtet. Sie sollen sich wegen eines Termins an ihn wenden. Erinnern Sie mich, ehe Sie gehen, dass ich Ihnen eine seiner Karten gebe. Was Ihren Lebensunterhalt betrifft, Sie bekommen den ersten Scheck Anfang des nächsten Monats und dann jeden Monat einen bis zur Geburt des Kindes."

Julianna starrte Ellen einen Moment nur an und konnte es kaum fassen. Kein Bedienen undankbarer, schlampiger Gäste mehr, kein schmerzender Rücken, keine schmerzenden Füße und kein Frittiergeruch in den Kleidern.

Wieder ein Zeichen.

„Danke, Ellen", sagte sie mit Tränen in den Augen. „Dadurch wird es wesentlich einfacher für mich."

„Dafür sind wir ja da." Sie faltete die Hände vor sich auf dem Schreibtisch. „Also, was kann ich für Sie tun?"

Julianna atmete tief durch und mahnte sich zur Vorsicht. Ellen glaubte zweifellos weder an Schicksal noch an Vorsehung und würde nicht verstehen, dass sie und Richard füreinander bestimmt waren. Wenn Ellen auch nur eine Ahnung bekäme, was sie im Schilde führte, würde sie sie ganz bestimmt sofort hinauswerfen.

Julianna senkte einen Moment den Blick, ehe sie Ellen wieder ansah und hoffte, zögerlich und unsicher zu erscheinen. „Ich … ich habe eine Entscheidung getroffen, welches Paar mein Baby adoptieren soll."

„Wirklich?" Ellen beugte sich erfreut vor.

„Ja … es war nicht leicht. Ich hatte Mitgefühl mit jedem Paar. Es tut mir fast Leid, dass ich nicht alle auswählen konnte."

„Aber ein Paar hat Sie besonders angesprochen." Ellen lächelte aufmunternd. „Eines schien ideal."

Julianna erwiderte das Lächeln. „Ja, genau. Woher wissen sie das?"

„Es ist immer so. Ich nenne es das Wunder der Adoption." Ellen strahlte geradezu. „Also, wen haben Sie ausgewählt?"

„Bevor ..." sie zögerte und atmete tief ein, „bevor ich es Ihnen sage, habe ich noch ein paar Fragen, wie das mit den verschiedenen Arten der Adoption funktioniert."

„Sicher." Ellen begann ihr die Möglichkeiten zu erläutern und wiederholte, dass sie die Wahl hatte zwischen einer geschlossenen Adoption, bei der es keinerlei Kontakt zwischen Adoptiveltern und leiblicher Mutter gab, und einer offenen Adoption, bei der es zu regelmäßigen Besuchen zwischen Adoptiveltern, Baby und leiblicher Mutter kam, und allen Abstufungen dazwischen.

Nachdem Ellen geendet hatte, schwieg Julianna einige Augenblicke, als erwäge sie alles Gesagte. „Aber woher soll ich wissen, dass das ausgewählte Paar sich auf die von mir gewünschte Art der Adoption einlässt?"

„Die meisten Paare sind sehr flexibel. Schließlich sehnen sie sich danach, Eltern zu werden."

„Aber was, wenn das Paar, das ich ausgewählt habe, anders empfindet?" Sie gab sich nachdenklich. „Ich will mir nicht erst große Hoffnungen machen, die dann enttäuscht werden."

„Ich kann Sie verstehen. Aber ich darf Ihnen versichern, dass das noch nie passiert ist."

„Trotzdem ..." Julianna rang die Hände. „Wenn ich Ihnen sage, wen ich ausgewählt habe, können Sie mir dann verraten, für welche Art der Adoption sie sich entschieden haben?" fragte sie bittend.

Ellen zögerte, aber nur einen Moment. „Ich glaube schon. Wer ist das glückliche Paar?"

„Richard und Kate."

„Richard und Kate", wiederholte Ellen erfreut. „Sie haben

eine ausgezeichnete Wahl getroffen, Julianna. Sie sind ein hübsches Paar und haben dem Baby sehr viel zu bieten. Ihre Akte ist gleich hier." Sie tippte auf die obere Akte des Stapels. „Geben Sie mir einen Moment, und ich sehe nach, welche Art der Adoption sie sich wünschen."

Sie öffnete die Akte, blätterte einige Seiten um und verweilte. Julianna beobachtete sie mit heftig pochendem Herzen. Die Akte interessierte sie brennend.

„Sie sind bereit, sich mit Ihnen zu treffen", erklärte Ellen. „Sie sind mit dem postalischen Austausch von Briefen und Bildern und vierteljährlichen Besuchen im ersten Jahr einverstanden." Sie sah Julianna an. „Wie klingt das?"

„Gut ... recht gut. Das lässt mir eine Menge Wahlmöglichkeiten." Sie blickte einen Moment auf ihre im Schoß gefalteten Hände, hob den Kopf wieder und sagte ernst: „Ich habe mich in dieser Hinsicht noch nicht ganz entschieden. Es gibt so vieles zu bedenken. Ich möchte das Richtige tun, das Beste."

Ellen nickte. „Das ist verständlich. Aber bedenken Sie, Sie tun bereits das Beste für Ihr Baby. Er oder sie wird bei Kate und Richard ein wunderbares Leben haben."

Julianna senkte den Blick auf Kates und Richards Akte und suchte fieberhaft nach einem Weg, sie in die Hände zu bekommen. Dann hatte sie einen Einfall.

Sie stand auf. „Danke für Ihre Zeit und Ihr ... Ihr ..." Sie legte eine Hand an den Kopf. „Ich fühle mich nicht gut."

Ellen sprang auf. „Was ist los? Sie sind doch nicht ... es sind nicht die Wehen?"

„Ich weiß nicht. Aber ich glaube nicht. Ich fühle ..." Julianna ließ die Lider flattern und schwankte leicht. „Ich fühle mich ein wenig ... schwach."

„Ach herrje." Ellen kam um den Schreibtisch herum und

nahm sie in die Arme. „Kommen Sie, ich helfe Ihnen. Im Wartezimmer ist ein Sofa. Da können Sie sich hinlegen.“

Julianna schüttelte den Kopf. „Nein, wirklich, ich möchte nur einen Moment sitzen. Ein Glas Wasser oder ... Saft? Wäre das möglich?“

„Natürlich.“ Ellen nickte und half ihr, sich wieder zu setzen. „Ich bin gleich wieder zurück. Rufen Sie, wenn Sie mich brauchen.“

Sobald Ellen aus der Tür war, sprang Julianna auf, schnappte sich den Ordner dann und blätterte ihn durch. „Ryan“, flüsterte sie und las die gesuchte Information. „Lakeshore Drive 361, in Mandeville.“

Sie wiederholte die Adresse im Stillen, prägte sie sich ein und legte den Ordner genau an seinen vorherigen Platz zurück.

Kaum hatte sie sich wieder in den Sessel gesetzt, als Ellen auch schon mit einem Glas Orangensaft zurückkehrte. „So, da wären wir.“

Ellen reichte ihr den Saft, blieb neben ihr stehen und passte auf, dass sie das Glas leer trank. „Wie fühlen Sie sich jetzt?“

„Besser.“ Julianna lächelte schwach und gab ihr das Glas zurück. „Viel besser. Danke.“

Ellen schien noch nicht überzeugt. „Haben Sie gegessen? Ich könnte Ihnen noch etwas Saft holen. Und ich glaube, Madeline hat hier irgendwo ein Päckchen Kekse. Ich könnte ...“

„Es geht mir gut, wirklich.“ Da Ellen wieder etwas einwenden wollte, fügte Julianna hinzu: „Ich habe ein Sandwich mit Erdnussbutter gegessen und ein Glas Milch getrunken, ehe ich Busters Lokal verließ. Manchmal wird mir einfach ein bisschen schwindelig.“

„So was nennt man Schwangerschaft.“ Ellen lächelte, offensichtlich erleichtert. „Aber Sie müssen es in jedem Fall Dr. Samuel mitteilen."

„Das werde ich." Julianna sah zu Boden und dachte an ihre Zukunft mit Richard. „Um Ihnen die Wahrheit zu sagen", fuhr sie fort, „ich freue mich auf die Zeit, wenn ich nicht mehr schwanger bin."

„Es dauert jetzt nicht mehr lange." Ellen legte ihr aufmunternd eine Hand auf die Schulter. „Darf ich Kate und Richard die frohe Botschaft schon mitteilen? Sie werden außer sich sein vor Begeisterung."

„Nein, bitte noch nicht. Ich möchte eine Weile mit meiner Entscheidung leben." Sie verschränkte die Hände ineinander. „Und ich muss mich noch entscheiden, welche Art der Adoption ich wähle. Ich muss mir klar darüber werden, was für mich am besten ist. Verstehen Sie das?"

„Aber natürlich. Genau das möchten wir ja. Sie sollen sich alles gut überlegen. Das erspart uns später eine Menge Kummer und Verwirrung."

„Nochmals danke, Ellen. Für alles." Julianna stand auf und schlüpfte in ihren Mantel. Sie hatte es jetzt eilig, wegzukommen und ihren nächsten Schritt zu überlegen. Was sollte sie mit der neuen Information anfangen? „Ich muss gehen."

„Fühlen Sie sich wirklich wieder gut genug? Vielleicht sollten Sie noch ein wenig bleiben. Madeline muss jeden Moment zurückkommen und ich bin sicher ..."

„Ich fühle mich jetzt wieder gut", fiel Julianna ihr ins Wort. „Und ich möchte gern vor Einbruch der Dunkelheit zu Hause sein."

Ellen nickte und begleitete sie zur Tür. Dort umarmte sie sie kurz. „Meinen Glückwunsch zu Ihrer Entscheidung, Julianna. Das war eine ausgezeichnete Wahl."

„Ja", erwiderte sie leise, „das glaube ich auch. Jeder wird bekommen, was er haben möchte."

„Julianna?" Sie sah Ellen an. „Darf ich fragen, warum Sie sich für Kate und Richard entschieden haben?"

„Wie meinen Sie das?"

„Gab es etwas Besonderes, das Ihre Entscheidung beflügelte? Die beiden würden es sicher gern wissen."

Julianna sah Ellen einen Moment an und lächelte. „Ich habe mich in sie verliebt. Falls sie fragen, sagen Sie ihnen das."

14. KAPITEL

Julianna verlor keine Zeit. Gleich am nächsten Tag, nachdem sie Buster fröhlich ihre Kündigung mitgeteilt hatte, fuhr sie über den Damm nach Mandeville.

Sie wusste nicht, was sie sich von der Gemeinde am Nordufer erwartet hatte, aber sie fand sie wunderschön. Klein und scharmant, fast wie ein Kurort. Es gefiel ihr so sehr, dass sie sich darauf freute, hier zu leben.

Der Lakeshore Drive war mit Leichtigkeit zu finden, Kates und Richards Haus ebenso, obwohl sie einmal falsch abgebogen war.

Nachdem sie die richtige Hausnummer entdeckt hatte, hielt sie auf der anderen Straßenseite und sah ehrfürchtig hinüber. Ein so schönes altes Haus voller Geschichte wäre jeder Architekturzeitung würdig. Ob es wohl immer Richards Familie gehört hatte?

Ihr Blick wanderte über Haus und Grundstück, und sie nahm begierig jedes Detail in sich auf. Die raumhohen Glastüren, die auf Terrassen und Balkone führten. Die vier weißen Weidenschaukelstühle auf jeder Terrasse, zwei an jeder Seite. Der tiefe Vorgarten mit alten Eichen voll spanischem Moos. Die Schaukel, die an dem riesigen Ast nahe des Eingangstores baumelte.

Das Gefühl, alles schon einmal gesehen zu haben, hierher zu gehören, befiel sie. Es war ihr bestimmt, hier zu leben, in dieser Gemeinde und in diesem Haus. Es sprach sie an, wie Richards Worte es getan hatten.

Lächelnd legte sie den Kopf gegen die Sitzlehne und schloss die Augen. Eine Reihe von Bildern erschien in ihrer Fantasie. Sie sah sich in einem dünnen weißen Kleid auf der Schaukel schwingen und Richard anlachen, der ihr Schwung gab. Sie sah sich auf der Terrasse als Gastgeberin unter Freunden etwas Kaltes trinken.

Sie sah sich auf dem oberen Balkon mit Richard in einer Liebesumarmung, und das Plätschern vom See mischte sich mit ihrem leisen Stöhnen.

Sie liebte ihn heftig und leidenschaftlich, wie sie noch nie geliebt hatte, nicht einmal John. Schon gar nicht John.

Fast hätte sie aufgelacht bei dem Gedanken, was andere von ihren Fantasien halten würden. Man würde sie für verrückt erklären. Ein albernes Mädchen, das lächerlich verknallt war. Aber es wusste ja niemand, was sie vorhatte.

Bald würde sie mit Richard vereint sein, und er würde dankbar sein für ihre Verbindung.

Ein Hupen und ein gerufener Gruß rissen sie aus ihrer Träumerei. Sie merkte, wie sonderbar es wirken musste, dass sie hier in ihrem Auto saß und das Haus der Ryans anstarrte. Sie sah sich um. An der Seeseite der Straße war ein Uferpark mit Bänken, einem Kinderspielplatz und, ein Stück entfernt, einer Laube.

Im Park war einiges los. Paare spazierten Hand in Hand an der Sperrmauer entlang. Kinder spielten, beaufsichtigt von ihren miteinander schwatzenden Müttern. Teenager hockten lachend zusammen und teilten sich Zigaretten.

Hier falle ich keinem auf.

Julianna startete ihren Miata wieder, fuhr einen halben Block weiter und stellte den Wagen auf einem öffentlichen Parkplatz ab. Von dort ging sie zum Park zurück und setzte sich auf eine Bank mit ungehindertem Blick auf Richards Haus.

Die Zeit verging, die Sonne sank, und der Park wurde leerer. Julianna zog den Mantelkragen enger zusammen. Hände und Ohren kribbelten bereits vor Kälte.

Das Haus der Ryans lag noch im Dunkeln. Sie sah auf ihre Uhr. Fast sechs, und bis auf einen gelegentlichen Jogger war sie allein im Park. Was, wenn die Ryans nicht nach Hause kamen? Wenn sie zum Dinner aus waren oder gar nicht in der Stadt? Sie hatte so lange gewartet, sie musste sie einfach sehen.

Ihr knurrte der Magen, und sie schlang die Arme um die Taille. Warum hatte sie bloß nichts zu essen und etwas Warmes zu trinken mitgenommen? Sie hatte nicht klar gedacht. Sie hatte an gar nichts gedacht außer daran, Richard zu finden.

Sehnsüchtig blickte sie zu ihrem Wagen hinüber. Sie konnte sich am Kiosk in der Nähe ein Brötchen und eine heiße Schokolade holen. Das dauerte höchstens zehn, fünfzehn Minuten.

Doch in der Zwischenzeit konnte sie die Ryans verpassen. Wenn sie wegfuhr und wieder herkam, erregte das möglicherweise Aufmerksamkeit. Nein, sie musste bleiben. Sie bezwang Hunger und Kälte und dachte mit geschlossenen Augen an Kate und Richard und schließlich an ihre Mutter und an John. Ob er sich auf die Suche nach ihr gemacht hatte? Sie fragte sich, wie er reagieren würde, falls er erfuhr, dass sie sich in einen anderen verliebt hatte. Würde er eifersüchtig sein, zornig gar? Vermutlich.

Richtige Sorgen machte sie sich darüber jedoch nicht. Da sie alle Brücken nach zu Hause abgebrochen hatte, war sie fast sicher, dass John sie nicht fand.

Und wenn doch? fragte sie sich schaudernd. Dann würde Richard ihn zum Teufel jagen. Als Anwalt wusste er, wie man Leute fing und bestrafte. Er würde dafür sorgen, dass John sie nie mehr belästigte.

Im Haus der Ryans ging ein Licht an. Julianna straffte sich, ihr Herz pochte heftig. Eine Gestalt bewegte sich vor dem erleuchteten Fenster, dann ging ein weiteres Licht an.

Das war Kate dort im Haus. Julianna stockte einen Moment der Atem. Sie konnte kaum glauben, dass sie nur eine kurze Strecke von ihr entfernt war.

Während Julianna zusah, ging Kate von Raum zu Raum und schaltete die Lichter ein. Julianna stellte sich vor, wie sie dies und jenes berührte, den Anrufbeantworter abhörte, die tägliche Post durchsah und sich fragte, wo Richard blieb.

Wir lieben beide denselben Mann.

Der Gedanke schockierte sie, schaffte jedoch auch eine Verbindung zu Kate, genau wie ihr ungeborenes Baby. Sie waren durch etwas Wichtiges, Elementares und Machtvolles verbunden. In gewisser Weise waren sie wie ein und dieselbe Person.

Eine der oberen Balkontüren wurde geöffnet. Kate kam heraus und ging an die Brüstung. Obwohl Julianna sich anstrengte, sah sie kaum mehr als ihre Silhouette.

Kate war größer und schlanker, als es auf den Fotos ausgesehen hatte. Julianna schlang die Arme fester um sich und wünschte sich ihre schlanke Gestalt zurück. Im Vergleich zu Kate kam sie sich in ihrem derzeitigen Zustand unförmig vor.

Das Baby bewegte sich. Sie legte eine Hand auf den Leib und empfand unwillkürlich einen leichten Groll gegen das kleine Wesen. Doch dann erinnerte sie sich, dass sie ohne das Baby Richard niemals gefunden hätte. Dieses Kind war das Geschenk, das sie alle miteinander verbinden würde.

Aber sie machte sich auch nichts vor. Um gegen Kate antreten zu können, musste sie wieder schlank, straff und sexy werden. Kate ging zu der Seite des Balkons, die auf die Zufahrt zeigte, und sah um die Hausecke. Sie bewegte sich elegant. Wie schon auf den Fotos zu erkennen, war alles an Kate Ryan elegant und kultiviert.

Dabei wirkte sie jedoch nicht etwa kalt, sondern warmherzig und zugänglich. Das hatte Julianna an ihrem Lächeln erkannt und aus ihren Worten über Mutterschaft, Liebe und Vertrauen herausgelesen.

Julianna brannten Tränen in den Augen. Kate war eine nette, gefühlvolle, sensible Frau.

Und sie würde ihr wehtun. Was sie vorhatte, musste ihr wehtun. Schrecklich. Sie atmete schluchzend tief durch und verdrängte ihr schlechtes Gewissen. Es war für alle das Beste. Kate würde Richard und die ihr angetane Kränkung bestimmt vergessen, wenn sie das Baby in den Armen hielt und es aufwachsen sah.

Ein Wagen bog in die Zufahrt. Das Scheinwerferlicht schwenkte über die Hausfassade, und Kate war kurz deutlich zu sehen.

Richard! Julianna stand auf und legte eine Hand auf ihr hämmerndes Herz. Es schmerzte sie, ihm so nah und doch so fern zu sein. Sie sehnte sich so sehr danach, zu ihm zu laufen, seine Arme um sich zu spüren und seine geflüsterte Begrüßung zu hören.

Was würde geschehen, wenn sie sich begegneten? Würde er sie erkennen, so wie sie ihn erkannte hatte, als Seelenverwandte, als die, die für ihn bestimmt war?

Sie sank wieder auf die Bank und wusste, dass es nicht so sein würde. Er war ein Mann der Logik, der Vernunft und der Verantwortung. Auf Grund seiner Verpflichtung gegenüber Kate würde er Empfindungen für sie, Julianna, zunächst leugnen.

Bis er nicht mehr leugnen konnte.

Ihre Mutter hatte sie gelehrt, dass kein Mann je wirklich verheiratet war. In jedem steckte eine geheime Sehnsucht, und sobald die überhand nahm, verließ er seine Familie und sogar sein Land, um sie zu erfüllen.

Sie würde Richards geheime Sehnsucht entdecken. Das Schicksal würde sie leiten.

Eine Autotür wurde zugeschlagen. Kate rief winkend einen Gruß vom oberen Balkon. Richard antwortete, und seine Stimme wehte zu Julianna herüber und umfing sie wie eine Umarmung.

Er ging zur Frontseite des Hauses, blieb plötzlich stehen und blickte zum See, zum Park und zu ihr. Julianna spürte seinen Blick fast körperlich.

Er spürt meine Anwesenheit. Er spürte die Verbindung zwischen uns wie einen Blitz in der Dunkelheit.

Einen Augenblick später war Richard drinnen im Haus verschwunden.

Julianna stand eine Weile reglos da. Die Kälte kroch an ihr hoch, machte sie gefühllos. Doch ihre Gedanken arbeiteten fieberhaft.

Plötzlich wusste sie, wie sie Richard gewinnen konnte. Sie musste werden wie Kate. Er liebte seine Frau, alles an ihr, das war offensichtlich. Wenn sie wurde wie Kate, jedoch jünger und sexier, würde er auch sie lieben, mehr sogar. Er würde erkennen, dass sie füreinander bestimmt waren.

Sie würde beobachten, studieren und lernen. Richard gehörte bereits ihr. Über ihre glückliche Zukunft lächelnd verließ sie den Park.

15. KAPITEL

Am Samstagmorgen klingelte das Telefon, als Richard gerade ins Sportstudio aufbrechen wollte. „Könntest du bitte an den Apparat gehen, Kate?“ rief er. „Ich habe meine Sporttasche oben vergessen, und ich bin bereits spät dran.“

„Sicher.“ Sie drehte den Wasserhahn in der Küche ab, trocknete sich die Hände an einem Geschirrtuch und ging hinüber zum Telefon.

„Falls es meine Mutter ist, sie hat mich gerade verpasst. Ich rufe sie später an.“

Kate nickte und nahm den Hörer auf. „Hallo?“

Richard wartete nicht ab, wer es war, sondern lief nach oben. Er hatte um neun einen Termin mit seinem persönlichen Trainer, und der verabscheute Unpünktlichkeit. Deshalb erstattete er auch nie die ungenutzte Zeit, falls sich ein Kunde einmal verspätete.

Richard riss die Sporttasche aus seinem begehbaren Schrank, prüfte den Inhalt mit einem Blick und lief die Treppe wieder hinunter. Er steckte den Kopf zur Küchentür herein. „Ich komme gleich zurück nach … Kate? Was ist los? Ist was passiert?“

Blass und zitternd sah sie ihn an. Sie öffnete den Mund, um etwas zu erwidern, doch es kam kein Ton heraus.

Besorgt ging er zu ihr, packte ihre Ellbogen und schüttelte sie leicht. „Hat es einen Unfall gegeben? Kate, ist was mit unseren Eltern …?“

„Das war Ellen“, flüsterte sie unter Tränen. „Wir sind … eine werdende Mutter …“ Sie rang um Fassung. „Eine … werdende Mutter hat uns ausgewählt für ihr Baby.“

Richard wich verblüfft einen Schritt zurück. Das konnte doch nicht wahr sein! Nicht so schnell!

Er betrachtete forschend ihr Gesicht und suchte nach Hinweisen, dass sie ihn auf den Arm nahm. Vergeblich.

Aber ich bin noch nicht so weit!

Er bemühte sich um Haltung, um die Ruhe, die ihn selten verließ. „Bist du auch sicher, dass man uns ausgewählt hat? Ich meine, vielleicht wurden wir nur in die engere Wahl gezogen, ohne ..."

„Nein, ich bin absolut sicher. Ellen will sich Anfang nächster Woche mit uns treffen, um abzuklären, wie es jetzt weitergeht."

„Aber ..." Richard fuhr sich mit einer Hand durchs Haar. „Aber wir haben uns erst vor zwei Monaten bei Citywide eingetragen. So schnell sollte das doch gar nicht gehen. Sie sagten ein Jahr, vielleicht länger."

„Ich weiß." Kate legte die Hände vor den Mund. „Wir haben bald ein Baby, Richard. Anfang Mai. Das sind nicht mal mehr drei Monate."

Anfang Mai! Großer Gott, was mache ich bloß?

Kate umschlang ihn mit beiden Armen und presste die Wange an seine Brust. „Wir werden bald Eltern sein, Richard."

Er hielt sie fest. Er spürte genau, wie glücklich sie war, wie sehr sie sich freute. Er sah es in ihrem Blick und hörte es in ihrer Stimme.

Warum fühle ich mich dann bloß, als wäre jetzt die Falle zugeschnappt?

Sie legte den Kopf zurück, und sah ihm in die Augen. „Wie fühlst du dich?" fragte sie, als könnte sie seine Gedanken lesen.

Die Wahrheit konnte er ihr unmöglich sagen, das würde sie unendlich verletzen. „Glücklich, vermutlich."

Sie lachte. „Vermutlich?"

„Ja, entschieden glücklich." Er betrachtete ihr Gesicht und suchte nach Anzeichen von Zaudern oder jenen Zweifeln, die ihn verrückt machten, fand jedoch keine. „Es ist nur ... ich kann nicht glauben, dass es geschieht."

„Ich auch nicht. Ein Traum wird wahr."

Ein Traum wird wahr ... für dich.

Er hasste seine Gedanken und zog Kate fester an sich. Er war glücklich, natürlich war er das. Er war nur nicht so blauäugig wie Kate. Er war weder so abenteuerlustig noch so vertrauensvoll wie sie. Er war Anwalt, um Himmels willen, er sah stets mögliche Komplikationen und rechtliche Verwicklungen voraus.

Die ganze Sache konnte zur Katastrophe werden und Kate das Herz brechen.

„Du bist so still", sagte sie leise.

„Ich denke nach."

„Aha." Sie legte lachend den Kopf zurück. „Hör auf damit. Hör auf, Probleme zu suchen. Du wirst ein großartiger Daddy, Richard Patrick Ryan."

Lächelnd ließ er sich von ihrer Freude anstecken. „Wie kommst du darauf?"

„Ich weiß es eben." Sie nahm sein Gesicht zwischen beide Hände und sah ihm in die Augen. „Du wirst der beste Daddy, den es je gegeben hat."

16. KAPITEL

Kate und Richard trafen sich gleich Montagmorgen mit Ellen im Büro von Citywide. Das Treffen diente einem zweifachen Zweck. Zum einen war es eine Gelegenheit, die bevorstehende Adoption zu diskutieren, zum anderen würden sie die erste Befragung zur sogenannten „Heim-Studie" über sich ergehen lassen. Das Gesetz in Louisiana verlangte eine solche Studie, bevor ein Kind zu Adoptiveltern gegeben wurde. Auf Grund der Umstände musste diese von Kate und Richard schnell erstellt werden.

Richard setzte sich in seinem Sessel zurecht und konnte nicht erwarten, dass die Befragung begann. Er hatte ein Geschäftsessen mit einem potenziellen Unterstützer seiner Wahlkampagne. Am Nachmittag hatte er eine Besprechung mit seinen Kollegen in der Anwaltskanzlei, und nächste Woche musste er mit einer Verteidigungsstrategie vor Gericht ziehen, die mehr Löcher hatte als ein Schweizer Käse.

Doch nichts davon belastete ihn so sehr wie der Grund, weshalb sie derzeit in Ellens Büro saßen.

Seit Ellens Anruf redete Kate kaum noch von etwas anderem als der bevorstehenden Adoption. Sie hatte ihre und seine Eltern informiert und Läden mit Babykleidung durchstöbert.

Ihre Begeisterung beunruhigte ihn. Sein Anwaltsinstinkt fand die ganze Sache höchst suspekt. Eine fremde Frau hatte entschieden, dass sie die Eltern ihres Kindes sein sollten. Sie bat sie, eine lebenslange Verpflichtung gegenüber ihrem Spross einzugehen. Er und Kate wussten nichts über diese Frau, ihren Lebensstil oder ihre genetischen Anlagen. Das Ganze war weder sicher noch klug.

Seine Bedenken hatte Kate mit Gelächter quittiert. Sie sah

nur die Karotte, die vor ihrer Nase baumelte, nicht die Leine, die daran hing.

Er strich sich mit der Hand über die Stirn. Tatsache war, er hatte einer Adoption zugestimmt, um Kate eine Freude zu machen. Er wollte ihr das geben, was sie sich am meisten wünschte, denn er hatte sich ihr gegenüber schuldig gefühlt. Und die Vorstellung, ein Kind zu haben, war nicht unerfreulich.

Jetzt erschien ihm das alles nicht mehr so einfach. Er war nicht sicher, ob er das durchziehen konnte. Doch wenn er jetzt einen Rückzieher machte, würde Kate ihm nie verzeihen.

„Guten Morgen." Ellen kam ins Konferenzzimmer und balancierte eine Tasse Kaffee und ein süßes Brötchen auf einem Stapel Akten. „Tut mir Leid, dass ich mich verspätet habe. Eine unserer Mütter bekam kurz vor Mitternacht die Wehen."

Sie stellte ihr Frühstück auf den Tisch, zog sich einen Stuhl zurück und sank seufzend hinein. „Endlich." Sie trank einen Schluck Kaffee, seufzte wieder und sah die beiden lächelnd an. „Ich wette, Sie hatten ein schönes Wochenende."

Kate strahlte sie an. „Ich war zu aufgeregt, um zu schlafen. Es ist so erstaunlich."

„Ich freue mich für Sie." Lächelnd schob sie das Brötchen beiseite und öffnete den Aktenordner. „Und was ist mit Ihnen, Richard? Erstaunt, oder was?"

„Es kam schrecklich schnell, das ist mal sicher."

„Das passiert manchmal", erwiderte Ellen. „Wir nennen das Babys, die vom Himmel fallen."

Stirnrunzelnd erwiderte er: „Vom Himmel zu fallen ist, glaube ich, nicht so gesund für ein Kind."

Ellen wollte schon lachen, merkte dann aber, dass er keinen Scherz machte. Sie zog die Stirn kraus. „Tut mir Leid, ich verstehe nicht ganz, was Sie meinen."

„Dann will ich deutlicher werden. Stimmt etwas nicht mit diesem Kind?“

Ellen straffte sich. „Nicht dass ich wüsste.“

Kate wirkte empört, doch Richard ignorierte sie. „Es besteht also die Möglichkeit?“

Ellen bekam leicht rote Wangen. „Die werdende Mutter wurde gründlich von einem Arzt untersucht und wird auch weiterhin ärztlich betreut. Alles verläuft normal, und die Mutter ist jung und gesund. Natürlich kann immer etwas schief gehen, was man mit normalen Diagnosemethoden nicht bemerkt. Babys sind immer ein Unsicherheitsfaktor, Richard.“

„Aber es geht um unser Leben, Ellen. Ich nehme das nicht auf die leichte Schulter.“

„Ich auch nicht“, entgegnete sie steif. „Wenn ich Ihnen versprechen könnte, dass dieses Baby perfekt wird, würde ich es tun. Wenn ich Ihnen versprechen könnte, dass die leibliche Mutter ihre Meinung nicht ändert, würde ich das auch tun, aber ich kann es nicht. Ich kann Ihnen nur versichern, dass meines Wissens alles nach Plan verläuft.“

„Natürlich können Sie nicht mehr tun“, fiel Kate leise ein und warf Richard kurz einen missbilligenden Blick zu. „Wir sind ganz aufgeregt, dass man uns ausgewählt hat. Nicht wahr, Richard?“

„Ja, aufgeregt.“ Er rückte sich in seinem Sessel zurecht. „Allerdings habe ich noch eine Frage, ehe wir weitermachen. Warum hat diese Mutter gerade uns ausgewählt und nicht eines der anderen Paare, die schon länger im Programm sind?“

Ellen sah von einem zum anderen. „Höre ich da ein leichtes Zaudern heraus, Richard? Wenn ja …“

„Nein!“ Kate bedeckte seine Hand mit ihrer und sah ihn kurz an. „Natürlich nicht.“

„Richard?“ fragte Ellen und sah ihn forschend an. „Genauso wenig wie ich ein Baby zur Adoption freigebe, wenn die leibliche Mutter Zweifel hat, genauso wenig übergebe ich ein Kind an Adoptiveltern, die nicht voll hinter der Adoption stehen. Das wäre weder dem Kind gegenüber fair noch gegenüber seiner Mutter oder den vielen anderen Paaren, die noch auf unserer Liste stehen.“

Kates Finger waren kalt und zitterten. Richard begriff, wie viel ihr dieses Gespräch bedeutete, und drückte ihr aufmunternd die Hand. „Ich bin Anwalt und von Natur aus misstrauisch. Ich stelle immer viele Fragen, das ist mein Beruf.“ Er zwang sich zu einem Lachen. „Trotzdem frage ich mich, warum die Wahl auf uns gefallen ist.“

„Ja.“ Kate beugte sich hörbar erleichtert vor. „Hat sie gesagt, warum? Ich würde es auch gern erfahren.“

Ellen zögerte und nickte. „Sie sagte, sie hätte sich in Sie verliebt. Das waren ihre Worte.“

„Verliebt?“ wiederholte Kate und sah Richard an, der grinste.

„Ich habe ja immer gesagt, dass wir liebenswert sind, jetzt weißt du es.“

Ellen lachte. „Ich weiß, das klingt vielleicht seltsam für Sie. Schließlich ist die Frau eine Fremde. Aber Sie müssen verstehen, dass diese ganze Prozedur für die jungen Frauen sehr emotional ist. Sie meinte vermutlich, dass sie sich in Ihren Lebensstil verliebt hat. Oder in die Vorstellung von dem Leben, das Sie ihrem Kind bieten werden.“

Ellen faltete die Hände auf dem Tisch und fuhr fort: „Viele dieser jungen Frauen sind verzweifelt, einsam oder kommen aus einer sehr üblen Lebenssituation. Einige wurden von ihren Liebhabern verlassen, andere von den Eltern auf die Straße gesetzt, wieder andere müssen sich gegen die Feindseligkeit der eigenen Familie wehren, weil sie sich zur Adoption entschlossen haben. Und dann kommt noch die Angst dazu, die falsche Entscheidung zu treffen. An die Adoptiveltern zu glauben ist lebenswichtig für diese Frauen. Und diese junge Mutter glaubt an Sie, so einfach ist das."

„Wann werden wir sie kennen lernen?" fragte Kate tief bewegt. „Ich möchte ihr danken."

Ellen wandte einen Moment lang den Blick ab. „Vorläufig gar nicht. Sie hat sich inzwischen für eine anonyme Adoption entschieden."

„Völlig anonym?" wiederholte Kate bedauernd. „Ich hatte gehofft, wir könnten sie wenigstens kennen lernen. In der gesamten Literatur zur Adoption steht, es wäre das Beste für alle Beteiligten, besonders für das Baby, wenn man sich kennt."

„Wir bevorzugen es ja auch." Ellen sah von einem zum anderen. „Aber letztlich ist es immer die Entscheidung der leiblichen Mutter."

„Das verstehe ich nicht", sagte Richard und zog die Stirn kraus. „Warum hat nur sie die Wahl? Mir scheint, dass wir in dieser Sache doch Fifty-Fifty-Partner sind."

„Sehr einfach. Weil sie etwas hat, das Sie und Tausende anderer Paare haben möchten. Sie sitzt am längeren Hebel, Richard, ob es Ihnen gefällt oder nicht. So sind die Fakten."

Richard sah Kate an, dann wieder Ellen. „Mir erscheint das nicht richtig. Versucht sie etwas zu verbergen? Hat sie einen Grund, weshalb sie uns lieber nicht kennen lernen möchte?"

Ellen errötete. „Sie hat nichts zu verbergen. Und falls doch, würden wir es entdecken und sie aus dem Programm entfernen. Wir prüfen jeden, den wir hier aufnehmen, sehr sorgfältig. Uns entgeht nichts."

„Wir haben jedenfalls volles Vertrauen zu Ihnen und Ihrem Programm.“ Kate drückte ihm warnend die Hand. „Nicht wahr, Schatz?“

„Natürlich haben wir volles Vertrauen. Wir sind nur ein wenig enttäuscht wegen der anonymen Adoption.“

Ellen nickte. „Wie schon erwähnt, es ist eine sehr emotionale Erfahrung für die jungen Frauen. Manche versuchen so viel Distanz zu schaffen wie nur möglich, um das Verfahren unpersönlich zu gestalten. Einige ändern ihre Meinung, wenn sie merken, dass das nicht funktioniert.“

„Können Sie uns denn wenigstens ihren Vornamen verraten?“ fragte Kate. „Und uns sagen, wie sie aussieht und wie alt sie ist?“

„Vorläufig möchte sie nicht, dass sie auch nur ihren Vornamen erfahren. Ich kann Ihnen jedoch sagen, dass sie neunzehn ist und sehr attraktiv. Vom Typ her ähnelt sie Ihnen ein bisschen, Kate. Ich weiß, dass Ihre Neugier damit nicht gestillt ist, aber mehr darf ich Ihnen nicht sagen.“

Nach einem Seitenblick zu Richard bat Kate: „Könnten Sie mit ihr reden und ihr übermitteln, wie gern wir sie kennen lernen möchten?“

„Ich versuch’s“, versprach Ellen. „Aber ich glaube nicht, dass das viel nützt. Sie ist eine sehr entschlossene junge Frau. Wie ich sie einschätze, ist sie von einem einmal gefassten Entschluss nicht mehr leicht abzubringen.“

„Sie bekommt, was sie haben möchte“, bemerkte Richard ruhig.

„Und in diesem Fall will sie Sie.“

17. KAPITEL

Julianna zog nach Mandeville, um in der Nähe von Kate und Richard zu sein. Sie fand eine kleine schäbig möblierte Wohnung, nur sechs Blocks von den Ryans entfernt, und nahm sie trotz des überhöhten Preises.

Sie hielt es für einen geschickten Schachzug, in der Nachbarschaft der Ryans zu leben. So fiel es nicht auf, wenn sie sich im Uferpark aufhielt, mehrmals täglich an ihrer Villa vorbeiging oder -fuhr und dieselben Läden und Restaurants frequentierte wie Kate und Richard.

Und so verbrachte sie die nächste Zeit vor allem damit, die Ryans zu beobachten und ihnen zu folgen.

Beides erwies sich als erstaunlich einfach. Kate und Richard kamen und gingen, ohne ihre Anwesenheit zu bemerken. Sie lernte rasch ihren Tagesablauf und ihre Vorlieben und Abneigungen kennen. Sie wusste, mit wem sie sich beruflich trafen und mit wem privat. Richard liebte Golf, und Kate las gern, vor allem Krimis. Wenn sie zum Essen ausgingen, bestellte Richard häufiger Fisch als Fleisch. Kate liebte Schellfisch und Desserts. Die Liste von Juliannas Entdeckungen wurde immer länger. Alles Neue fügte sie ihrem Gedächtnis liebevoll hinzu. Je mehr sie sich mit dem Leben ihrer neuen Familie befasste, desto mehr wuchs sie ihr ans Herz.

Nach den ersten zwei Wochen richtete Julianna ihre Aufmerksamkeit mehr auf Kate. Sie studierte ihre Bewegungen, ihre Gestik und Mimik und merkte sich, wann und wie sie lachte. Sie entdeckte, welches Parfum sie benutzte, welchen Kaffee sie bevorzugte und studierte ihre Sprechweise.

Julianna ging auch ins „Uncommon Bean“, allerdings zu Zeiten, wenn Kate nicht anwesend war. Sie lauschte den Unterhaltungen der Angestellten, während sie vorgab zu lesen, und blieb so lange, wie sie keine Aufmerksamkeit erregte. Kate wurde von ihren Angestellten gemocht und respektiert. Sie hatte offenbar Humor und eine schier unendliche Energie und schien rundherum ein netter Mensch zu sein.

Julianna fühlte sich von Kate inspiriert. Doch von all ihren Qualitäten beeindruckte sie am meisten das künstlerische Talent. Bei ihrem ersten Besuch im „Uncommon Bean“ hatte sie die Glasmalereien auf jedem Fenster, die das Innere des Cafés in buntes Licht tauchten, voller Ehrfurcht betrachtet.

Sie hatte Kate beneidet, zumal sie selbst einmal davon geträumt hatte, Künstlerin zu werden und in Paris oder New York zu studieren. John hatte sie jedoch gezwungen, der Wahrheit ins Gesicht zu sehen: dass sie weder das Talent noch die Disziplin besaß, um als Künstlerin zu bestehen.

Kate hingegen hatte alles, wie es schien, allerdings nicht mehr lange.

Es war inzwischen April geworden. Dr. Samuel sagte, der Geburtstermin sei nah, es könne jeden Tag losgehen. Das Baby hatte sich gesenkt und in die richtige Lage gedreht. Es ist bereit, genau wie ich, dachte Julianna und stand bis auf Slip und BH nackt vor dem Badezimmerspiegel.

Sie drehte sich zur Seite und betrachtete ihren bis zum Äußersten gespannten Leib. Kate konnte vielleicht mit Glas und Blei wunderbare Bilder schaffen, aber sie konnte kein Leben schenken.

Das Baby strampelte unter ihren Händen. Julianna lachte, zum ersten Mal erfreut über den unbehaglichen Zustand, genannt Schwangerschaft. Das Baby gab ihr das Gefühl, etwas Besonderes und wichtig zu sein.

Zeit, sich an die Arbeit zu machen. Sie schloss die Augen

und stellte sich Kate vor: ihre Bewegungen, ihre Gestik und Mimik. Dann öffnete sie die Augen wieder und versuchte, wie Kate zu lachen und zu sprechen. Sie imitierte sie in allem, immer wieder, so lange, bis sie ihr ähnlich wurde.

Das Licht wurde grell gegen Mittag und schwächer, als der Tag sich dem Ende neigte. Julianna übte immer noch. Ihr Rücken schmerzte, und der Kopf tat ihr weh. Da sie etwas essen und trinken musste, nutzte sie die Gelegenheit, zu üben, wie Kate aß, und kontrollierte sich dabei mit einem Handspiegel.

Nach dem Essen begab sie sich wieder vor den großen Spiegel im Bad, obwohl ihr Körper nach Ruhe verlangte. Sie öffnete die Mitteltür des Badezimmerschrankes und entfernte ein Foto von Kate, eine Nahaufnahme, die sie aus dem Album des Paares gestohlen hatte. Dann nahm sie die kleine Kosmetiktasche mit den am Vortag gekauften Schminksachen in warmen Erdfarben, die Kate so liebte. Sie befestigte Kates Foto am Spiegel und begann sich in ihrer Art zu schminken.

Dass sie nie Kates Zwilling werden würde, war ihr klar. Dafür sahen sie zu unterschiedlich aus. Aber sie imitierte ihren Stil. Nach einer Weile hatte sie es so ziemlich geschafft. Sie ähnelte Kate tatsächlich.

Julianna wollte jubeln, beugte sich jedoch plötzlich vornüber, als ein scharfer Schmerz sie durchfuhr. Sie sank zu Boden und Flüssigkeit umgab sie. Die Fruchtblase war geplatzt.

Das Baby kam.

18. KAPITEL

Nach fünfzehn Stunden Wehen brachte Julianna ein Mädchen zur Welt. Anderthalb Wochen zu früh geboren, wog es nur gut fünf Pfund. Doch was der Kleinen an Gewicht fehlte, machte sie an Lungenkapazität wett.

Julianna hatte sie im Kreißsaal kurz gehalten, ohne es zu wollen. Die Schwester hatte ihr das schreiende Kind einfach an die Brust gelegt, sie albern angestrahlt und geschwärmt, wie hübsch die Kleine sei. Julianna fand, sie sah eher aus wie ein rotgesichtiger Frosch, und wollte lieber nichts mit ihr zu tun haben.

Sie hatte den Blick abgewandt und die Schwester gebeten, ihr das Kind abzunehmen. Ellen, die während der ganzen Tortur bei ihr geblieben war, hatte das rasch erledigt. Julianna beobachtete dann, wie sie die Kleine mit Tränen in den Augen wiegte, und fragte sich, was einen daran so rühren konnte.

Das fragte sie sich immer noch, als Ellen den Kopf zur Tür hereinsteckte und leise „Hallo“ sagte. „Wie fühlen Sie sich?“

„Müde.“

„Verständlich. Darf ich hereinkommen?“

„Sicher. Ist die für mich?“ Julianna deutete auf die Vase mit der einzelnen rosa Rose, umgeben von weißem Schleierkraut.

„Natürlich.“ Ellen stellt die Vase auf den Nachttisch. „Herzlichen Glückwunsch, Julianna. Sie haben das großartig gemacht.“

In dem Moment schob die Schwesternhelferin das Kinderbett mit dem Baby herein und sagte lächelnd: „Ich dachte, Sie möchten vielleicht noch ein bisschen Zeit mit Ihrer Tochter verbringen.“ Sie nahm das Kind vorsichtig hoch und legte es Julianna in die Arme. „Klingeln Sie im Schwesternzimmer an, wenn wir die Kleine wieder abholen sollen. Nochmals Glückwunsch, sie ist entzückend."

„Jeder beglückwünscht mich", sagte Julianna leise, sobald die Schwester gegangen war.

„Weil die Geburt eines Kindes ein Grund zum Feiern ist."

„Vermutlich." Julianna blickte auf das in eine rosa Decke gewickelte Bündel in ihrem Arm. Das kleine Gesicht war von der Strickmütze fast verdeckt. Sie betrachtete das schlafende Kind. Seine Atmung ging rasch, aber gleichmäßig, die Hände waren zu Fäusten geballt, die geschwollenen Augen fest zugepresst. „Sie ist wirklich schön, was?" stellte sie mit einem unerwarteten Stich im Herzen fest.

„Ja, das ist sie."

Julianna berührte die Wange der Kleinen mit einem Finger. Die Haut war unbeschreiblich zart. „Das ist mein Werk", sagte sie leise. „Ich habe sie gemacht, ganz allein. Und sie ist perfekt, absolut perfekt."

„Das ist sie", bestätigte Ellen und räusperte sich gerührt. „Ein kleines Wunder."

„Ja." Julianna lächelte. „Das begreife ich erst jetzt."

Ein besorgter Ausdruck schien kurz über Ellens Gesicht zu huschen. „Wie fühlen Sie sich? Es war keine leichte Geburt für Sie."

Julianna bestätigte das. Allerdings hatte sie ab einem bestimmten Punkt der Wehen keine genaue Erinnerung mehr. Der Schmerz war unglaublich intensiv gewesen, hatte sich aufgebaut und war wieder abgeklungen. Schließlich waren die Wehen so rasch gekommen, dass sie zwischendurch nur noch Zeit fand, Luft zu holen. Merkwürdigerweise hatte sie den Schmerz geradezu willkommen geheißen und ihn als reinigend empfunden. Eine Teilnarkose hatte sie abgelehnt.

„Irgendwann sind Sie bewusstlos geworden. Glauben Sie mir, Sie haben uns damit allen einen ziemlichen Schrecken eingejagt."

„Wirklich?" erwiderte sie leise und betrachtete immer noch das Baby. „Ich erinnere mich nicht."

„Julianna, sind Sie nun, nach der Geburt Ihrer Tochter, immer noch bereit, sie abzugeben, oder haben Sie es sich inzwischen anders überlegt?"

„Warum sollte ich es mir anders überlegen?"

Ellen zögerte einen Moment und zuckte die Achseln. „Das Baby ist jetzt da. Sie haben es in den Armen gehalten. Das ist der Zeitpunkt, an dem viele Frauen erkennen, dass sie es doch nicht weggeben können."

„Ich bin nicht so. Ich weiß, dass ich nicht ihre Mutter sein kann." Unerwartete Rührung wollte sie überwältigen, und sie kämpfte dagegen an. „Kate ist ihre Mutter."

„Sind Sie sicher? Falls Sie irgendwelche Zweifel haben, ist jetzt der Zeitpunkt, sie zu äußern. Später, wenn das Baby erst mal übergeben wurde, wird es schwer für alle Beteiligten."

Julianna zögerte einen Moment. „Ich habe keine Zweifel."

Wie könnte ich? In diesem Moment endet das alte Leben der Julianna Starr, und ein neues beginnt. Von nun an bin ich die Frau, die Richard lieben wird.

„Klingeln Sie nach der Schwester, sie soll die Kleine jetzt wieder abholen. Und sagen Sie Kate und Richard, ihre Tochter wurde geboren."

19. KAPITEL

Kate betrachtete ihre neue Tochter, die sie zum ersten Mal in den Armen wiegte. Ein Bündel in Rosa und Weiß. Sie war vor zwei Tagen, am 29. April, auf die Welt gekommen.

Kate und Richard hatten ihr dann den Namen Emma Grace gegeben.

Sie ließ den Blick über das Gesicht ihrer schlafenden Tochter wandern und nahm jedes Detail in sich auf: die kleine Stupsnase, den winzigen Mund, die noch leicht verquollenen, fest geschlossenen Augen, die Kappe aus seidigem dunklem Haar und die zarte weiße Haut.

Als Kate ihr mit einem Finger über die Wange fuhr, drehte Emma sofort den Kopf zur Seite und suchte instinktiv die Brust zum Saugen.

Kate holte zittrig Atem, als eine Mischung aus heftiger Liebe und Beschützerinstinkt sie durchflutete. Bis zu diesem Moment hatte sie nicht gewusst, was Mutterliebe bedeutet. Es war ein ehrfurchtgebietendes, mächtiges Gefühl. Ihr wurde klar, dass sie bis zur Selbstaufopferung absolut alles für dieses Kind tun würde.

Sie hob den tränenfeuchten Blick zu Richard und sah, dass auch ihm Tränen in den Augen standen. In diesem Moment liebte sie ihn mehr denn je.

„Sie ist so hübsch“, flüsterte Kate, „so perfekt.“

„Du bist perfekt. Und ihr seid ein hübsches Paar.“

Vor Rührung konnte sie nicht sprechen. Als sie ihre Stimme wieder fand, konnte sie nur danke sagen.

20. *KAPITEL*

Die ersten sechs Wochen waren verwirrend und anstrengend für Kate. Die Sorge für Emma beanspruchte sie jeden Augenblick des Tages. Die Kleine musste alle paar Stunden gefüttert werden, schrie viel und das anscheinend grundlos.

Oft trug Kate sie auf den Armen herum, sang ihr leise etwas vor oder setzte sich mit ihr in den großen Schaukelstuhl, den Richard ihr gekauft hatte. Emma schrie trotzdem.

Frustriert und verunsichert weinte Kate mit ihr. Sie zweifelte an ihrer Befähigung, Mutter zu sein. Vielleicht stimmte etwas nicht mir ihr, vielleicht fehlte ihr etwas an mütterlichen Instinkten, um ein Baby optimal zu versorgen. Vielleicht war sie deshalb nicht schwanger geworden. Vielleicht hatte die Natur ihr damit etwas sagen wollen.

Doch so plötzlich, wie es begonnen hatte, hörte das Schreien auch auf. Und dann sah Emma ihr vertrauensvoll in die Augen und lächelte sie entzückend an. Ein Lächeln, das nur ihr galt.

In solchen Momenten änderte sich alles. Dann fühlte Kate sich wahrhaftig als Emmas Mutter. Für diesen Augenblick lohnte sich alles, der Schlafmangel, das stundenlange Herumtragen, die eingefallenen Wangen und die Selbstzweifel.

Kate betrachtete ihre schlafende Tochter, und das Herz quoll ihr über vor Liebe. Sie streichelte ihr mit einem Finger das seidige Köpfchen und konnte nie genug davon bekommen, Emma zu halten und zu berühren. Alles andere in ihrem Leben verblasste, und sie war fasziniert von den winzigsten Änderungen im Ausdruck des Kindes.

Unten öffnete und schloss sich die Eingangstür. Richard war zu Hause. Kate sah verblüfft auf ihrer Uhr, wie spät es schon war.

Vorsichtig erhob sie sich aus dem Schaukelstuhl, um Emma nicht zu stören. Nachdem sie das Baby in die Wiege gelegt hatte, ging sie hinunter, um ihren Mann zu begrüßen.

Er war in der Küche und sah die Tagespost durch. „Hallo, Schatz", sagte sie und ging zu ihm.

„Hallo." Er unterbrach seine Tätigkeit, beugte sich zu ihr und küsste sie. „Wie war dein Tag?"

„Großartig. Und deiner?"

„Okay. Ich hatte viel zu tun."

Sie schenkte jedem ein Glas Wein ein und stellte seines auf den Tresen neben die Post. „Hungrig?"

„Ausgehungert. Ich habe das Mittagessen ausgelassen."

„Ein Jammer." Sie lächelte entschuldigend. „Ich hoffe, du hast nichts gegen aufgewärmte Pizza einzuwenden."

„Habe ich denn eine Wahl?"

„Sicher." Sie öffnete den Kühlschrank und holte den Rest der Riesenpizza vom Vortag heraus. „Ein Tunfisch-Sandwich. Aber ich fürchte, das Brot fängt schon an zu schimmeln."

Richard sagte darauf nichts, und sie machte sich daran, ihr Essen zu bereiten, so karg es auch war. „Emma hat heute etwas ganz Erstaunliches gemacht." Sie lachte auf. „Ich wünschte, du wärst dabei gewesen. Es war großartig." Kate schob das Backblech mit der Pizza in den vorgewärmten Ofen. „Sie hat gelacht, richtig herzhaft, nicht etwa bloß gegurgelt oder gekräht."

Richard antwortete immer noch nicht. Aus den Augenwinkeln sah sie, dass er einen Brief öffnete, den Inhalt stirnrunzelnd las und ihn in den Abfalleimer beförderte.

„Von wem war der?" fragte sie.

„Von der Vereinigung ehemaliger Studenten. Es ging um eine Feier zu Ehren eines berühmten Kommilitonen."

Wie er das sagte, verriet ihr, wer die Berühmtheit war. Trotzdem fragte sie: „Wer ist der Star?"

„Wer schon? Der großartige Luke Dallas. Er hält eine Lesung und signiert danach seinen neuen Roman, der aufgeblasene Blödmann."

Wenn Luke etwas nicht war, dann aufgeblasen. Auch wenn sie ihn zehn Jahre nicht gesehen hatte, wusste sie das. „Was macht dich so sauer?"

Er sah sie kampflustig an. „Wie bitte?"

„Du hast mich verstanden. Warum bist du so gereizt?"

„Aufgewärmte Pizza."

„Entschuldige, aber ich hatte nicht die Zeit, einkaufen zu gehen. Ich war sehr beschäftigt."

„Tatsächlich?"

„Und das heißt?"

„Dass du dir die Zeit vielleicht nehmen solltest."

„So einfach ist das nicht."

Er verschränkte die Arme vor der Brust. „Nein? Dann hätten wir ausgehen können."

„Nicht mit Emma."

„Babys in Restaurants mitzunehmen ist durchaus gestattet, weißt du?"

„Ich weiß. Aber es ist ihre Schlafenszeit. Ich möchte sie nicht stören, sonst wird sie quengelig." Kate atmete tief durch und versuchte die Atmosphäre aufzulockern, weil Richard so verärgert war. „Wenn du bei deinem Nickerchen gestört wirst, bist du auch sauer."

Er schnaubte verächtlich. „Ich sage dir, wann ich sauer werde: wenn ich zwei Tage lang aufgewärmte Pizza bekomme, wenn mich meine Frau am Abend in Räuberzivil begrüßt, und wenn sie kein anderes Thema mehr kennt als das Baby."

Kate starrte ihn an, plötzlich so wütend, dass sie ihn am liebsten geohrfeigt hätte. „Glaubst du, es macht mir Spaß, den ganzen Tag so herumzulaufen?“ Sie deutete auf die ausgebeulte Trainingshose und das alte Hemd, das sie heute Morgen übergeworfen hatte. „Wenn du mir gelegentlich mal helfen würdest, hätte ich vielleicht genügend Zeit, einkaufen zu gehen und mich morgens richtig anzuziehen.“

„Das Baby ist deine Verantwortung, das haben wir so abgemacht.“

Sie zog die Brauen hoch. „Meine Verantwortung? Verstehe. Heißt das, da ich die Hauptsorge für sie trage, entlastest du mich keine Minute, damit ich mal auf den Markt gehen oder in Ruhe eine Dusche nehmen kann? Dass du mir nie die nächtliche Fütterung um zwei abnimmst, damit ich mal mehr als drei Stunden an einem Stück schlafen kann?“ Ihre Stimme brach. „Dass ich nie erwarten darf, dass du ihr ein bisschen Zeit widmest? Sie ist auch deine Tochter, Richard.“

„Wirklich?“

Kate stockte einen Moment lang der Atem. „Was soll das heißen?“

Er überhörte ihre Frage, kam zu ihr und nahm ihre Hände. „Wie wäre es mit einem Rendezvous, Kate? Du weißt schon, du und ich, Kerzenschein und Küsse.“

„Und Sex.“

„Da du es erwähnst, ja, auch ein bisschen Sex. Wann haben wir das letzte Mal miteinander geschlafen, vor zwei Wochen, vor drei?“ Er senkte die Stimme. „Du hast mir gefehlt. Unser Zusammensein hat mir gefehlt.“

Ihre Augen glitzerten feucht. „Ich bin einfach schrecklich müde, Richard. Es ist schwer, sich sexy zu fühlen, wenn ...“

Der Babymonitor knackte, da Emma sich in ihrer Wiege bewegte. Kate wusste, dass sie gleich wach werden und schreien würde, weil sie Hunger hatte.

Sie holte eine Flasche Babymilch aus dem Kühlschrank und stellte sie zum Erwärmen in die Mikrowelle. Als das Gerät sich mit Klingelzeichen ausschaltete, begann Emma auch schon zu weinen.

„Na, großartig!“ Richard fuhr sich ungehalten mit einer Hand durchs Haar. „Einfach großartig!“

„Was soll ich denn tun?“ fragte Kate, holte die Flasche aus dem Gerät und befestigte den Nuckel oben. „Soll ich sie schreien lassen?“

„Ja, vielleicht.“

Kate japste schockiert. „Ich werde so tun, als hättest du das nicht gesagt. Entschuldige mich.“

Die Flasche in der Hand, verließ sie das Zimmer.

„Kate, warte!“ Er hielt sie am Arm zurück. „Tut mir Leid. Ich habe das nicht so gemeint.“

Sie sah ihn scharf an. „Nein?“

„Es ist nur … du fehlst mir so. Mir fehlt unser gemeinsames Leben.“

„Wie gesagt“, erwiderte sie mit tränenverschleiertem Blick, „wenn du mir mehr helfen würdest, hätte ich vielleicht mehr Zeit für uns.“

„Stell jemand ein. Schließlich können wir es uns leisten.“

Sie sah ihn ungläubig an. „Das möchte ich nicht. Wir haben so lange darauf gewartet, Eltern zu werden, und nun soll ich die Sorge für das Baby einem anderen überlassen? Außerdem möchte ich, dass du hilfst. Du musst sie halten, füttern und mit ihr spielen. Du versäumst etwas, Richard. Du musst deine Tochter kennen lernen. Sie ist wirklich großartig.“

„Ich habe keine Zeit.“

„Aber du hast Zeit, um mit mir auszugehen oder übers Wochenende wegzufahren?“ Emmas Geschrei oben wurde langsam hysterisch. „Lass mich gehen, Richard, sie braucht mich.“

„Ich brauche dich auch!“

„Du bist erwachsen, Richard. Du …“

Plötzlich sah sie klar. Es war nicht nur das Füttern und Windeln wechseln, vor dem Richard sich drückte. Die letzten Wochen liefen wie ein Film vor ihrem inneren Auge ab. Richard hatte Emma kaum auf den Arm genommen. Er ging nicht zu ihr, wenn er von der Arbeit heimkehrte, und er erkundigte sich nicht nach ihr und ihren Fortschritten. Kate legte entsetzt eine Hand an den Mund. Richard beachtete die Kleine kaum.

Gekränkt wandte sie sich ab und lief hinauf ins Kinderzimmer. Sie nahm Emma vorsichtig hoch und wiegte sie auf dem Arm. Sofort beruhigte sich die Kleine und suchte nach dem Nuckel.

„Mami ist da“, tröstete Kate leise und setzte sich mit ihr in den Schaukelstuhl. „Jetzt wird alles gut.“ Sie gab ihr die Flasche, und Emma begann sofort gierig zu saugen.

Nach einem Moment sah Kate auf. Richard stand in der Tür und beobachtete sie. Er wirkte so verloren, dass es sie schmerzte, ihn anzusehen.

„Was ist los mit dir, Richard?“ Ihre Stimme bebte. Kate musste sich räuspern, ehe sie weitersprechen konnte. „Wünschst du dir, wir … bedauerst du, dass wir …“ Sie brachte die Worte nicht heraus. Sie fürchtete die Antwort.

Er beendete ihren Satz. „Ob ich bedaure, dass wir sie adoptiert haben?“

„Ja.“

Er wandte kurz den Blick ab und sah sie wieder an. „Wie könnte ich. Es ist nur … so eine große Umstellung.“ Er seufzte tief. „Plötzlich hast du nur noch Zeit für das Baby, und ich hänge hier nutzlos herum."

„Weil du dich nicht um das Baby kümmerst. Das solltest du aber, dann würdest du anders empfinden. Du würdest Anteil nehmen an ihrer Entwicklung und ihrem Leben."

„Ich weiß." Er fuhr sich müde mit einer Hand über das Gesicht. „Ich hatte in der Kanzlei sehr viel zu tun mit neuen Fällen und mit meiner Wahlkampagne. Tut mir Leid, Kate. Du weißt, dass ich allergisch auf Veränderungen reagiere. Und die hier ist gewaltig."

Sie musste lachen. Es stimmte, er mochte Veränderungen nicht. Sie hingegen genoss sie in vollen Zügen. Er würde sich schon in das Neue fügen, irgendwann. „Vermutlich hat der Liebe Gott werdenden Eltern deshalb neun Monate Zeit gelassen, um sich an die Umstellung zu gewöhnen."

Er kam zum Schaukelstuhl und ging daneben in die Hocke. „Danke, dass du so verständnisvoll bist." Er küsste dem Baby den Kopf und Kate die Hand. „Es wird besser werden, Liebes. Ich werde jemand einstellen, der mir bei der Wahlkampfarbeit hilft. Ich gewöhne mich schon an das neue Leben." Er sah ihr ins Gesicht. „Aber hör nie auf, mich zu lieben, ja? Nicht mal, wenn ich mich wie ein Mistkerl benehme."

Sie lächelte unter Tränen. „Nicht mal dann."

21. KAPITEL

Lange, nachdem Emma eingeschlafen und Kate zu Bett gegangen war, saß Richard im Kinderzimmer im Schaukelstuhl und betrachtete die Wiege. Der Raum war dunkel bis auf den sanften Schimmer des Nachtlichtes. Das Kind bewegte sich gelegentlich, wimmerte, schlief jedoch gleich weiter.

Müde und entmutigt fuhr er sich mit einer Hand über die Stirn. Kate zuliebe hatte er sich heute Abend um Emma gekümmert, sie auf den Armen gehalten, ihr das Fläschchen gegeben und sogar die Windeln gewechselt. Zumindest hatte er es versucht, er hatte sich furchtbar ungeschickt angestellt.

Kate hatte ihn beobachtet, ganz aufgeregt vor Freude, Glück und Stolz. Emma hatte gestrampelt, Gurgellaute von sich gegeben und mit den Armen gerudert. Und beim Füttern hatte sie ihn mit ihren blauen Augen groß und vertrauensvoll angesehen. Dieser Blick ließ das kälteste Herz schmelzen.

Seines jedoch nicht.

Was ist nur los mit mir?

Richard stand auf und ging zur Wiege. Lange sah er intensiv auf das Kind. Meine Tochter, erinnerte er sich. Meine und Kates. Warum empfand er dann nichts als Ärger, Abneigung und das Gefühl, versagt zu haben?

Weil er immer bekommen hatte, was er haben wollte? Weil er immer entschieden hatte, wie es weitergehen sollte? Diesmal jedoch nicht. Diesmal hatte er die Situation nicht nach seinem Willen gestalten können. Und das missfiel ihm.

Er verließ das Kinderzimmer, vergewisserte sich, dass Kate schlief, holte sich eine Flasche Jack Daniels und ein Glas aus der Bar und ging in sein Arbeitszimmer. Dort schenkte er sich ein Glas ein, leerte es auf einen Zug und schenkte sich nach.

Er ging zu den gläsernen Balkontüren, schob die Vorhänge beiseite und sah in die dunkle Nacht. Dabei stieß er einen leisen Fluch aus. Anfangs hatte er Kate und Emma mit Freude und Zuneigung betrachtet. Die beiden gaben ein bezauberndes Bild ab, und Kates Glück hatte sein Herz erwärmt.

Doch im Laufe der Tage und Wochen hatten Abneigung und Eifersucht die Oberhand gewonnen. Er war eifersüchtig auf die Zeit, die Kate dem Kind widmete, und auf die offensichtlich tiefe Liebe, die sie ihm schenkte.

Er ertappte sich bei dem Wunsch, das Baby würde einfach … verschwinden. Er wünschte sich, eines Morgens beim Aufwachen festzustellen, dass Emmas Adoption nur ein beunruhigender Traum gewesen war und er sein altes Leben und seine Frau wieder hatte.

Was sagen solche Gedanken über mich und meinen Charakter aus?

Er presste die Handballen auf die Augen, angewidert von sich und der Antwort auf seine Frage. Er kam sich wie eine falsche Schlange vor, wie ein Versager und Nichtsnutz.

Unter keinen Umständen konnte er Kate erzählen, was in ihm vorging. Sie wäre entsetzt und würde ihn nicht verstehen. Keines Blickes würde sie ihn mehr würdigen.

Ich könnte es nicht ertragen, sie zu verlieren.

Wenn er doch nur Vatergefühle aufbringen und bei Emmas Anblick Stolz und Liebe empfinden könnte. Doch das Gegenteil trat ein. Emma zu sehen, machte ihm nur das eigene Versagen bewusst. Er hatte Kate nicht schwängern können, er war nur ein halber Mann.

Schließlich riss er die Balkontüren auf und ging an die frische Luft. Die nächtliche Kühle beruhigte ihn, klärte den Kopf. Es ist die Veränderung in unserem Leben, die mich so unsicher und zornig macht, sagte er sich immer wieder. Seine Gefühle für Emma würden sich vertiefen, zärtlicher werden. Schließlich war er ein erwachsener Mann. Er konnte sich dazu zwingen. Er würde sich dazu zwingen.

Und dann würde seine Beziehung zu Kate wieder wie früher sein. Er würde wieder Kontrolle über ihr Leben haben, und sie würden wieder glücklich sein.

22. KAPITEL

Von ihrem Aussichtspunkt im Café auf der gegenüberliegenden Straßenseite sah Julianna, wie die Angestellten das Büro von Nicholson, Bedico, Chaney & Ryan verließen. Sie lachten und scherzten miteinander, einige entfernten sich paarweise, um offensichtlich noch etwas zu unternehmen, andere wünschten sich fröhlich einen guten Abend und eilten zu ihren Autos.

In den zehn Wochen seit der Geburt des Babys war Julianna sehr aktiv gewesen. Sie beherrschte Kates Lächeln, Lachen und Sprechweise. Sie hatte ihren Gang geübt, bis er ihr zur zweiten Natur geworden war. Dann hatte sie Kleidung und Accessoires eingekauft, die Kate gewählt hätte, und die Discountläden durchstöbert, bis sie einige gute Kleidungsstücke fand. Sie hatte sich dieselbe Frisur schneiden lassen wie Kate und bis zum Umfallen trainiert, um die Muskeln wieder zu straffen, die während der Schwangerschaft schlaff geworden waren.

Nun war sie bereit für den nächsten Schritt, der sie Richard sehr viel näher bringen würde.

Ihr Herz schlug schneller vor freudiger Erwartung. Diese letzten Wochen, in denen sie sich von ihm fern halten musste, waren eine Qual gewesen. Zwar sehnte sie sich danach, bei ihm zu sein, doch sie musste für die erste Begegnung den richtigen Augenblick wählen und Vorsicht walten lassen. Sie liebte und begehrte ihn bis zum Wahnsinn.

In ihren Träumen verbrachten sie heiße Liebesnächte miteinander, und sie malte sich ihre gemeinsamen Zukunft in den glühendsten Farben aus. Wenn sie morgens erwachte, war das Laken zerwühlt und das Kopfkissen nassgeweint von sehnsüchtigen Tränen.

Trotz aller Sehnsucht siegte ihre Vernunft. Julianna setzte ihren Plan klug und zurückhaltend in die Tat um und erwog genau, wann und wo sie sich zum ersten Mal begegnen sollten. Ein zufälliges Zusammentreffen in einer Bar, seinem Countryclub oder Sportstudio kam nicht in Frage. Dabei ergäbe sich kaum die Möglichkeit, sich in sein Leben zu drängen und seine Zuneigung zu gewinnen.

Nein, sie und Richard mussten sich auf beruflicher Ebene kennen lernen, am besten in seiner Kanzlei. Somit brauchte sie eine Art Eintrittskarte in die Firma, eine vertrauenswürdige Person, die für sie bürgte und sie einander vorstellte.

Und da kam dieses Mädchen ins Spiel.

Julianna richtete ihre Aufmerksamkeit wieder auf Nicholson, Bedico, Chaney & Ryan und deren Angestellte. Das hier waren die Leute, die immer um fünf gingen: Sekretärinnen, Assistenten und andere Mitarbeiter, die die Zeitkarte drücken mussten.

Weder Richard noch einer seiner Partner verließen die Kanzlei um fünf. Entweder sie gingen sehr früh, oder aber sie blieben viel länger. Das war Zeichen ihres Status in der Firma, ihrer Wichtigkeit.

Julianna hatte rasch die Hierarchie der Kanzlei durchschaut. Das war nicht schwierig gewesen. Die meisten Menschen merkten gar nicht, wie viel sie der Umwelt preisgaben, ohne auch nur ein Wort zu sagen. Zum Beispiel über ihre Lebenseinstellung, wie sie sich fühlten, ob sie gemocht oder abgelehnt wurden, geduckt oder aggressiv waren.

Die Chefs hatten einen forschen Schritt und eine aufrechte Haltung, die ihren Platz in der Welt verriet. Sie trugen teure, makellose Anzüge, und an ihren Handgelenken glitzerten goldene Uhren. Die Chefs verließen die Kanzlei entweder zu zweit oder in Begleitung eines überarbeiteten Assistenten, der eifrig Notizen kritzelte, während er sich bemühte, mit den langen energischen Schritten seines Vorgesetzten mitzuhalten.

Julianna nippte an ihrer Limonade und hielt Ausschau nach der bewussten jungen Frau. Endlich entdeckte sie sie. Sie kam aus dem Gebäude und eilte hinter ihren Kollegen her, als fürchte sie, eine Einladung zu versäumen, wenn sie nicht aufschloss.

Sie erreichte die Gruppe, doch niemand von ihnen nahm Notiz von ihr.

Die junge Frau tat Julianna beinah Leid. Es war kaum mit anzusehen, wie sie nach Aufmerksamkeit lechzte.

Julianna nahm noch einen Schluck aus ihrem Glas und beobachtete weiter, was geschah. Die junge Frau schien nicht viel älter zu sein als sie selbst. Sie hatte glattes, mittellanges dunkles Haar und trug eine Brille mit Metallrahmen. Die Aktentasche in ihrer Hand sollte vermutlich den Anschein erwecken, sie wäre eine leitende Angestellte und keine Subalterne. Sie hatte meist schlecht sitzende Kostüme an, die sie offenbar professioneller, klüger und älter wirken lassen sollten. Der Effekt war jedoch genau gegenteilig. Sie wirkte Mitleid erregend wie ein verlorenes kleines Mädchen in der Kleidung seiner Mutter.

Bedauernswert, dachte Julianna. Ein typischer Möchtegern, der mehr sein wollte als Sekretärin und nach Liebe und Akzeptanz in der Gruppe gierte.

Kein Zweifel, das ist die Richtige.

Julianna beobachtete sie schon seit Tagen. Immer kam sie allein aus dem Gebäude. Während die anderen miteinander schwatzten und Pläne schmiedeten, hielt sie schweigend den Kopf gesenkt und warf ihnen nur sehnsüchtige Blicke zu, was die jedoch nicht bemerkten oder schlicht ignorierten.

Julianna legte zwei Dollarscheine auf den Tisch, erhob sich

und verließ das Lokal. Sie folgte der jungen Frau in angemessener Entfernung und ohne Hast. Sie wusste, dass sie ihren Wagen auf einem Parkplatz um die Ecke abgestellt hatte, dass sie in einem Apartment in Covington lebte und ihre Abende meistens in einem Café namens „Bottom of the Cup“ verbrachte.

Dort werden wir uns anfreunden, hatte Julianna beschlossen. Sie würden beste Freundinnen werden. Und diese Freundschaft begann heute Nacht.

23. KAPITEL

Das „Bottom of the Cup“ war ein Single-Treff, die Neunziger-Version einer Abschleppbar. Die Spezialität des Hauses war Koffein anstatt Alkohol, die Musik war eher Folk als Rock, und Rauchen war absolut tabu.

Es war vor allem ein Ort, an dem die endgültig Unbeliebten allein, aber hoffnungsvoll sitzen konnten, ohne sich zu sehr fehl am Platze zu fühlen und gänzlich zu verzweifeln.

Seit Julianna die junge Frau beobachtete, hatte sie nur ein einziges Mal erlebt, dass jemand Kontakt mit ihr aufnahm, als ein Typ am Nachbartisch sie bat, ihm einige Päckchen Zucker herüberzureichen.

Julianna schmunzelte. Das Glück würde sich für sie bald wenden.

„Hallo“, sagte Julianna und blieb an ihrem Tisch stehen. „Wie gefällt es Ihnen?“

Die junge Frau blickte verblüfft von ihrem Buch auf. „Reden Sie mit mir?“

„Natürlich.“ Julianna hielt ihr Exemplar von „Dead Drop“ hoch, das sie vor einer Stunde extra zu diesem Zweck gekauft hatte. „Ich lese auch Luke Dallas’ Neuesten. Wie finden Sie ihn denn so?“

Die Wangen der jungen Frau röteten sich ein wenig. „Er gefällt mir sehr. Obwohl ich gewöhnlich diese Art Romane nicht lese. Ich bevorzuge sonst Bücher mit ein bisschen mehr Substanz.“

Julianna hatte zwar keine Ahnung, was sie damit meinte, lächelte aber strahlend. „Ich eigentlich auch. Darf ich mich zu Ihnen setzen?“

„Sicher.“

Sie stellte ihre Tasse ab, legte das Buch hin und setzte sich der jungen Frau gegenüber. „Ich bin Julianna."

„Ich bin Sandy Derricks. Nett, Sie kennen zu lernen."

Julianna nahm ein Päckchen Zucker und süßte ihren Mokka. Sie warf einen Blick auf Sandys Tasse und heuchelte Erstaunen. „Wir mögen ja denselben Kaffee." Sie beugte sich vor und sagte im Verschwörerton: „Dann sind wir praktisch Schwestern. Also, Schwesterchen, erzählen Sie mir, was Sie sonst für Bücher lesen."

Scheu, aber erfreut ratterte Sandy eine Liste von Autoren und Büchern herunter, von denen Julianna noch nie gehört hatte. Interesse heuchelnd trank sie ihren Kaffee und überlegte fieberhaft, was sie als Nächstes sagen und wie sie die Anwaltskanzlei Nicholson, Bedico, Chaney & Ryan in die Unterhaltung einfließen lassen konnte. Die Gelegenheit ergab sich kurze Zeit später.

„Ich bin Ihnen wirklich dankbar, dass ich bei Ihnen sitzen darf. Ich bin neu in der Stadt und kenne hier niemand. Ich habe noch nicht mal einen Job."

„Wirklich? Ich habe mein ganzes Leben hier verbracht. Nun, nicht hier, sondern in New Orleans. Ich bin hergezogen, weil ich hier einen Job bekam."

„Tatsache?" Julianna führte die Tasse mit übersüßtem Kaffee an die Lippen. „Wo arbeiten Sie?"

„In einer Anwaltskanzlei. Nicholson, Bedico, Chaney & Ryan." Offenbar stolz setzte sie sich ein wenig gerader hin. „Ich bin Chas Bedicos Assistentin. Er ist einer der Partner."

Julianna riss die Augen auf. „Mensch, haben Sie ein Glück. Für einen Job wie den würde ich alles tun." Sie seufzte übertrieben frustriert. „Ich hoffe, dass ich bald etwas finde."

Danach redeten sie lange über Belanglosigkeiten. Der Kaffee

war längst getrunken, als Julianna auf ihre Uhr sah. „Ich kann nicht glauben, wie spät es ist. Ich gehe wohl besser." Sie stand auf. „Sollen wir uns morgen wieder treffen?"

„Morgen?" wiederholte Sandy. „Sie und ich?" Sie sah dabei so ungläubig aus, dass Julianna fast lachen musste.

„Warum nicht?" Sie zuckte die Achseln. „Sagen wir, morgen acht Uhr, wieder hier? Dann reden wir noch ein bisschen über das Buch."

24. KAPITEL

Kate saß in ihrem Büro im „Bean". Obwohl sie noch Mutterschaftsurlaub hatte, war sie zur Abrechnung der Stundenzettel und Gehaltszahlungen hergekommen. Vor ihr auf dem Tisch lag die Einladung der Studentenvereinigung von Tulane zu Lukes Lesung und Signierstunde. Ohne Richards Wissen hatte sie sie aus dem Abfall herausgefischt. Sie konnte nicht mal sagen, warum sie ihm das verheimlichte. Vielleicht, weil sie wusste, dass er es nicht verstehen würde. Weil er mit unvernünftiger und grundloser Eifersucht reagieren würde.

Ihr war Lukes Freundschaft jedoch wichtig. Sie fehlte ihr. Er fehlte ihr. Sie wollte die Gelegenheit nutzen, die Dinge wieder ins Lot zu bringen, und ihm sagen, wie Leid ihr alles tat.

Sie langte nach dem Telefon, überlegte es sich jedoch anders und zog die Hand zurück. Sie hatte ihn bereits drei Mal angerufen und drei Mitteilungen hinterlassen, er solle sich unbedingt mit ihr und Richard treffen, wenn er in der Stadt sei.

Er hatte nicht reagiert.

Seine Antwort war Schweigen gewesen. Luke wollte ihre Freundschaft nicht. Für sie war offenbar kein Platz mehr in seinem Leben.

Lass es sein. Lass ihn los.

Sie schob sich vom Schreibtisch weg und ging zu Emma, die in der Ecke in ihrer Auto-Babyliege schlief. Kate lächelte und machte sich klar, welches Glück sie hatte, nicht zwischen Job und Mutterschaft wählen und ihr Baby nicht jeden Tag allein lassen zu müssen. Es hätte ihr missfallen, dadurch viel von der Entwicklung ihres Kindes zu versäumen.

So wie Richard.

Seit ihrem Streit über aufgewärmte Pizza und Emma vor etlichen Wochen war er abends öfter weg als gewöhnlich. Wenn er zu Hause war, widmete er sich jedoch zu ihrer Erleichterung dem Kind. Endlich schien er Vergnügen an seiner Tochter und seiner Vaterrolle zu finden.

Eltern zu werden war für beide eine große Umstellung gewesen, stressbeladen und Angst produzierend. Sie hatte sich so sehr danach gesehnt, Mutter zu sein, dass sie alle Probleme, die diese Rolle mit sich brachte, ignoriert hatte.

Sie kehrte an den Schreibtisch zurück, und ihr Blick fiel wieder auf die Einladung. Unwillkürlich dachte sie darüber nach, ob Luke gern Vater wäre. Sie wusste aus der Kurzbiografie auf seinen Büchern, dass er immer noch Single war. Sehnte er sich nach einem Leben mit Kindern?

Wohl kaum, dachte sie leicht lächelnd. Bei seinem Erfolg und auf Tuchfühlung mit Hollywood waren Frau und Kinder bestimmt das Letzte, wonach er sich sehnte. Vermutlich ging er gerade mit irgendeinem zwanzigjährigen Starlet.

„Kate?“

Sie blickte auf. Marilyn stand lächelnd in der Tür. „Was ist?“ fragte sie.

„Nichts Besonderes. Es ist draußen gerade nicht viel los, und ich dachte, ich schwatze mal ein bisschen mit dir. Du hast mir gefehlt.“

„Komm herein.“ Kate schob lächelnd die Stundenzettel beiseite. „Ich komme sowieso nicht recht weiter.“

„Habe ich bemerkt.“ Marilyn machte es sich im Sessel vor Kates Schreibtisch bequem. „Du wirktest etwas abwesend.“

„Ich muss gestehen, mir geht einiges durch den Kopf.“ Kate blickte kurz auf die Einladung. „Hast du mal einen guten Freund verloren? Jemand, dessen Freundschaft dir wirklich wichtig war?“

„Ja, in der High School hatte ich ein paar richtig gute Freundinnen. Wir standen uns so nah wie Schwestern, aber nach dem Abschluss drifteten wir auseinander."

„Fehlen sie dir?"

„Nein, nicht die Personen, aber unsere Freundschaft."

„Hast du mal daran gedacht, sie anzurufen, dich wieder mit ihnen zu treffen?"

„Das haben wir gemacht. Wir haben uns zum Lunch getroffen." Marilyn lächelte bedauernd. „Es war nicht mehr dasselbe. Wir hatten nichts mehr gemeinsam." Sie zuckte die Achseln. „Wir saßen da herum und suchten nach einem Gesprächsthema. Schließlich redeten wir über die Vergangenheit. Und warum suhlst du in Erinnerungen?"

„Ein alter Freund." Kate reichte ihr die Einladung. „Er kommt in die Stadt, und ich würde ihn gern wieder sehen."

„Du kennst Luke Dallas? *Den Luke Dallas?* Den Autor?" Sie neigte den Kopf und betrachtete eingehend das Pressefoto. „Er ist einfach süß."

„Wir waren zusammen in Tulane. Er, Richard und ich waren die besten Freunde."

Marilyn gab ihr die Einladung zurück. „Wo liegt dann das Problem?"

„Wir hatten kurz vor dem Abschluss einen Streit und haben seither nicht mehr miteinander gesprochen. Das belastet mich seit einiger Zeit. Vielleicht liegt es daran, dass ich Mutter geworden bin. Ich möchte den Riss kitten."

„Und da er nach New Orleans kommt, hältst du das für die ideale Gelegenheit."

„Ja, aber er sieht das offenbar anders. Ich habe ihm bereits drei Mitteilungen hinterlassen, er hat auf keine reagiert."

Marilyn schwieg eine Weile stirnrunzelnd, ehe sie fragte:

„Wenn dir die Sache so wichtig ist, warum holst du dann seine Genehmigung ein?"

„Wie meinst du das?"

„Du hast eine Einladung. Dies ist ein freies Land. Geh einfach hin."

„Du meinst, ich soll in der Signierstunde aufkreuzen?"

„Warum nicht? Erzwinge eine Konfrontation. Sieh ihm ins Gesicht und zwing ihn, dich anzuhören."

„Und wenn ..."

„Wenn er dich abwimmelt, meinst du?"

„Ja, das wäre schrecklich für mich, demütigend."

„Aber dann kannst du dir wenigstens nicht vorwerfen, du hättest nicht versucht, eure Freundschaft zu kitten." Marilyn stand auf und ging zur Tür. Dort blieb sie noch einmal stehen und sah zu Kate zurück. „Denk darüber nach. Was hast du schließlich zu verlieren?"

25. KAPITEL

Kate entschied, dass sie nichts zu verlieren hatte. Am folgenden Samstagmorgen, nachdem Richard zum Golf gefahren war, zog sie sich und Emma an und fuhr zur Signierstunde. Vierzig Minuten später stand sie mit einer sich windenden Emma wieder vor der Haustür und mühte sich aufzuschließen.

Sobald sie ins Haus gingen, krähte Emma vor Vergnügen. Kate fragte empört: „Warum ausgerechnet heute, du kleiner Stinker? Willst du mich daran hindern, an der Signierstunde teilzunehmen?“ Die Kleine strahlte sie an, und Kate eilte kopfschüttelnd ins Schlafzimmer. Sie legte Emma hin, die begeistert mit Armen und Beinen strampelte. Zur Feier des Tages hatte Kate einen hellen Leinenanzug und eine passende Seidenbluse angezogen. Auf halbem Weg in die Stadt hatte Emma sich dann übergeben, und als sie sie reinigte, ihr auch noch die Bluse bespuckt. „Okay, dann kommen wir eben zu spät“, sagte Kate amüsiert, da Emma glucksend lachte. „Stehen wir nicht so lange in der Schlange herum.“

Sie öffnete den Schrank, um eine neue Bluse herauszuholen, und sah im Spiegel an der Tür, dass das Bett leicht zerwühlt war.

Sie zog die neue Bluse über und ging zum Bett. Jemand schien darauf gelegen zu haben. Beide Kopfkissen hatten Eindrücke.

Merkwürdig, sie hatte kurz vor dem Aufbruch mit Emma die Betten gemacht, und sich danach auch nicht mehr auf die Decke gesetzt, geschweige denn gelegt.

Jemand war im Haus gewesen! Ein Fremder hatte sich auf ihr Bett gelegt und den Kopf fest in Richards, dann in ihr Kissen gedrückt.

Schaudernd sah sie sich um. Nichts war verändert. Sie musste sich das alles einbilden. Wie hätte jemand ins Haus gelangen und schnell wieder verschwinden können? Sie war nicht mal eine Stunde fort gewesen.

Sie glättete die Tagesdecke, und ihr Blick fiel auf einen ihrer gepolsterten Satinbügel, auf den sie stets ihre gute Unterwäsche hängte. Er lugte unter dem Bett hervor. Wie war er dorthin gelangt? Sie nahm ihn auf und hängte ihn wieder in den Schrank. Nervös, aber entschlossen ging sie zum Bett zurück und sah darunter.

Das Telefon läutete.

Erschrocken stieß sie einen leisen Schrei aus und wich zurück. Emma begann zu weinen. Sie nahm sie auf und drückte sie tröstend an sich.

Beim vierten Klingeln schaltete sich der automatische Anrufbeantworter ein, und die Stimme von Richards Mutter schallte durchs Haus. Kate atmete erleichtert auf. Niemand konnte einen so schnell wieder auf den Boden der Tatsachen zurückbringen wie Mom Ryan.

Kate lachte über ihre Nervosität. Unter ihrem Bett waren nur Staubflocken und ein Paar von Richards Socken gewesen. Was hatte sie zu finden gehofft? Einen Mörder, einen Einbrecher? Offenbar hatte sie zu viel Fantasie.

Wahrscheinlich war sie nur nervös wegen des Wiedersehens mit Luke. Sie sah auf ihre Uhr und stöhnte auf. Wenn sie nicht bald losfuhr, war die Signierstunde zu Ende, ehe sie dort ankam. Emma hatte sich inzwischen beruhigt. Sie legte sie kurz ab, zog sich fertig an, nahm das Kind wieder hoch und eilte aus dem Haus.

26. KAPITEL

Der Manager des Buchladens der Tulane University brachte Luke und seine Verlegerin an einen Tisch mitten im Laden. Von dort bis zu den gläsernen Eingangstüren hatte man einen breiten Pfad leergeräumt. Lukes Buch „Dead Drop“ war auf und unter dem Tisch und auf den Ablagen ringsum gestapelt.

„Hoffentlich haben wir genug davon“, sagte der Manager, als er Lukes Erstaunen über die große Zahl der Bücher bemerkte. „Einige der Leute warten schon über zwei Stunden da draußen. Die wären jedenfalls nicht glücklich, wenn uns die Bücher ausgingen.“

Luke sah durch die Glastüren auf die Menschenmenge. Die waren alle seinetwegen hier? Er hatte vermutet, sie stünden für Konzertkarten an.

„Verdammt“, sagte Helena, seine Verlegerin, leise, „ich bin hin und weg. Du weißt, was das heißt“, fügte sie mit sichtlicher Begeisterung über den Andrang hinzu. „Du hast es geschafft, Mr. Dallas. Einen solchen Menschenauflauf gibt es nur bei Top-Autoren: Clancy ... King, such’s dir aus. Mein Gott, das ist ja fantastisch!“

Luke schüttelte den Kopf, zu erstaunt, um zu antworten. Es war noch gar nicht lange her, dass er im Buchladen einer Einkaufspassage gesessen und über Stunden hinweg gerade mal zwei Bücher signiert hatte. Er erinnerte sich noch, mit welch großer Erwartung er jedem Kunden entgegengeblickt hatte, der sich seinem Tisch näherte, nur um dann nach dem neuen Clancy, Grisham oder der Toilette gefragt zu werden.

„Bleib cool, Mr. Macho“, riet sie ihm, als sie ihre Plätze einnahmen. „Ich weiß, du könntest dir vor Begeisterung in die Hose pinkeln.“

Luke warf ihr einen amüsierten Seitenblick zu. „In die Hose pinkeln, Helena? Ist das nicht ein bisschen drastisch, selbst für deine Verhältnisse?“

Sie beugte sich mit lustig blitzenden Augen zu ihm herüber. „Ich bin New Yorkerin, also scheiß drauf.“

Er lachte. Drastisch oder nicht, sie hatte Recht. Für einen Autor gab es nichts Anregenderes als zu wissen, dass seine Bücher gelesen und geliebt wurden.

Sogar ein fetter Honorarscheck war nicht so befriedigend wie der Brief eines glühenden Verehrers. Obwohl er zugeben musste, dass ein Scheck auch nicht wehtat.

Der Manager öffnete die Türen, und die Menge strömte herein. In den nächsten anderthalb Stunden signierte Luke ein Buch nach dem anderen. Helena und der Manager halfen ihm dabei, indem sie ihm die Bücher anreichten, bereits auf der Titelseite geöffnet.

Die Menschen waren freundlich, und er bedauerte, nicht die Zeit zu haben, mit ihnen allen zu plaudern. Wenn er nicht einen Aufstand der hinteren Ränge riskieren wollte, musste er sich kurz fassen.

Das Ende der Schlange kam in Sicht, und Luke blickte auf, um abzuschätzen, ob sie genügend Bücher hatten und wann er seine Finger entkrampfen durfte. Da entdeckte er das schöne Gesicht in der Menge, das er sofort erkannte, obwohl er es seit mindestens zehn Jahren nicht gesehen hatte. Ihm stockte kurz der Atem, und einen Moment lang war sein Gehirn wie leer. *Kate ist hier.*

Helena beugte sich zu ihm. „Ich brauche eine Zigarette. Hast du was dagegen, wenn ich für eine Minute hinausschlüpfe?“

Luke blinzelte und hatte Mühe, sich auf seine Tätigkeit zu konzentrieren. Eine Leserin stand mit erwartungsvoller

Miene vor dem Tisch. Er erkundigte sich nach ihrem Namen, signierte das Buch für sie und wandte sich lächelnd dem nächsten zu.

„Was hast du gesagt?“ fragte er seine Verlegerin und drehte ihr kurz das Gesicht zu.

„Ich will eine rauchen. Hast du was dagegen, wenn ich rausgehe?“

„Mach nur.“ Er richtete den Blick wieder auf die Schlange und auf Kate. Sie hatte ein Baby auf dem Arm. Nach dem rosa Strampelanzug zu urteilen, ein Mädchen. *Richards Baby.* Er wollte die Gefühle von Abneigung und Eifersucht nicht wahrhaben, die ihn bei diesem Gedanken befielen, und deutete sie stirnrunzelnd in Zorn um. Begriff Kate denn nicht, dass es einen Grund gab, warum er ihre Mitteilungen ignoriert hatte? Er wollte sie nicht hier haben.

Lügner. Du hast dich doch sogar danach gesehnt, sie wieder zu sehen.

Er musste sich auf seine Tätigkeit konzentrieren. Dies war seine Stunde des Triumphes. Lächelnd sagte er sich, dass Kate nur irgendeine Leserin war. Er würde ihr Buch signieren und sie fortschicken.

Die Begegnung kam schneller, als er gehofft hatte. Plötzlich stand Kate vor ihm, leicht erhitzt, nervös und hoffnungsvoll. Vor allem das Letzte ließ ihn nicht unberührt.

Sie lächelte. „Hallo, Luke.“

„Kate.“ Sein Ton blieb unpersönlich. Der Ladenmanager reichte ihm ein neues Buch. „Was soll ich hineinschreiben?“

„Für Kate und Richard, deren Freundschaft mir einmal alles bedeutet hat“, sagte sie ernst.

Sie hatte nie um den heißen Brei herumgeredet. Das gehörte zu den vielen Dingen, die er an ihr bewundert hatte. Heute jedoch machte ihre Offenheit ihn zornig. Trotzdem tat er wie gewünscht und gab ihr das Buch.

„Ich hatte gehofft, wir könnten reden“, sagte sie, ließ das Buch in ihren Einkaufswagen fallen und tätschelte das Baby, das quengelig zu werden begann.

„Das ist weder der geeignete Ort noch der richtige Zeitpunkt dafür.“

„Das weiß ich. An der Ecke St. Charles und Carrollton Avenue gibt es ein La Madeline. Können wir uns da treffen, wenn du hier fertig bist?“ In der Schlange hinter ihr wurde man ungeduldig. „Bitte, Luke!“

Weigere dich und schick sie weg.

Er atmete tief durch. „Es dauert noch eine Weile, eine Stunde, vielleicht länger.“

„Ich warte auf dich.“

Er wandte kurz den Blick ab. „Ich versuch’s. Aber ich kann nichts versprechen.“

Sie nickte, und er beobachtete, wie sie mit Emma davonging. Er dachte an ihre gemeinsame Vergangenheit, an gemachte Versprechen und an seine Überzeugung, nicht ohne sie leben zu können.

Letztlich schaffte er es doch nicht, ihre Verabredung zu ignorieren, und redete sich ein, hinzugehen, um einen endgültigen Schlussstrich unter das Kapitel Kate Ryan zu ziehen.

Doch seine Gefühle sagten ihm etwas anderes. Als er anderthalb Stunden später das französische Café betrat und sich suchend nach ihr umschaute, kam er sich vor wie ein Zwanzigjähriger, der unglücklich in ein Mädchen verliebt ist, das seine Gefühle nicht erwidert.

Das ärgerte ihn. Er straffte sich und ging an ihren Tisch, wo sie ihrem Baby die Flasche gab.

Kate hob den Blick. „Ich dachte schon, du würdest nicht kommen."

Er setzte sich ihr gegenüber in die Nische. „Ich wollte auch nicht."

„Aber du bist hier." Sie zog die leere Flasche zurück, nahm das Baby hoch, hielt es an die Schulter und klopfte ihm den Rücken. „Warum?"

„Morbide Neugier."

„Lustig."

„Ich lache nicht."

Einen Moment saß sie wie erstarrt, dann spielte der Hauch eines Lächelns um ihren Mund. „Du warst immer schon brutal ehrlich."

„Ich habe Durst." Er stand auf. „Möchtest du denn noch etwas?"

„Noch einen Kaffee bitte."

Er ging zum Tresen, holte Kate einen Kaffee, sich selbst eine Cola und kam an den Tisch zurück. Emma hatte ein Bäuerchen gemacht, und Kate legte sie schlafend wieder in die Auto-Babyliege. Sie befestigte den Sicherheitsgurt und breitete eine weiche Decke über die Kleine.

„Sie ist wunderschön", sagte Luke und stellte die Getränke auf den Tisch. „Glückwunsch."

„Danke", erwiderte sie lächelnd. „Sie heißt Emma."

„Mutterschaft bekommt dir." Obwohl er das leichthin sagte, hatte er das Gefühl, an den Worten zu ersticken. „Richard muss … sich freuen." *Vermutlich ist er so aufgeblasen vor Stolz, dass er kurz vor dem Platzen steht.*

Sie zögerte. „Ja, das tut er natürlich."

„In deinem ausführlichen Weihnachtsbrief hast du nicht erwähnt, schwanger zu sein."

„Das war ich auch nicht.“ Nach einer Pause erklärte sie: „Emma ist adoptiert.“

Das verlangte geradezu nach weiterer Erklärung. Er müsste sie fragen, was sie zur Adoption bewogen hatte. Stattdessen sah er ihr nur ruhig in die Augen. „Was willst du, Kate?“

„Dich sehen. Ist das so sonderbar? Wir waren mal die besten Freunde.“

„Vor vielen Jahren. In einem anderen Leben. Wir haben nichts mehr miteinander zu tun.“

„Ich weiß. Ich ...“ Sie verstummte und strich die Babydecke glatt. „Ich bedaure das. Du fehlst mir, Luke. Mir fehlt unsere Freundschaft.“

Das ging ihm unter die Haut. „Hör auf damit.“

„Es ist wahr.“ Sie holte zittrig Atem. „Ich wollte dich sehen, weil ich dir erklären wollte, was damals geschehen ist.“

„Ich weiß, was geschehen ist, Kate! Ich war dabei!“ Zornig spannte und entspannte er die Finger. „Hast du das schon vergessen?“

Sie schluckte trocken, senkte jedoch nicht den Blick. „Ich habe gar nichts vergessen, Luke. Nicht einen Augenblick.“

Das schmerzte ihn, da es ungerechtfertigte Hoffnung weckte. Er ärgerte sich, weil sie ihn nach all den Jahren immer noch nicht kalt ließ.

„Was sagst du da?“ fragte er vorwurfsvoll. „Genügt dir Richard plötzlich nicht mehr? Willst du mal mit ’nem anderen ins Bett?“ Zornbebend beugte er sich zu ihr vor. „Willst du die Vergangenheit wiederholen?“

Gekränkt wich sie zurück. „Du weißt es besser. Du kennst mich besser.“

„Tue ich das?“

„Tut mir Leid, Luke.“ In ihren Augen standen Tränen. „Tut

mir Leid, dass ich dich verletzt und unsere Freundschaft damit zerstört habe."

„Mir tut es auch Leid." Er stand auf. „Aber genau das hast du getan. Und es ist zu spät, daran noch etwas zu ändern."

„Warte! Bitte!" Sie ergriff seine Hand. „Die Nacht ... als wir zusammen waren ... das war keine List von mir. Ich war niedergeschlagen. Richard hatte mal wieder Schluss mit mir gemacht. Ich hatte mir geschworen, dass es das letzte Mal sei. Ich wollte ihn unter gar keinen Umständen zurücknehmen. Ich glaubte, wir wären fertig miteinander. Ich habe mich dir zugewandt, weil ..."

„Du hast mich benutzt, um Richard eifersüchtig zu machen. Um es ihm heimzuzahlen wegen der Blondine – wegen der vielen Blondinen." Er schüttelte ihre Hand ab. „Nun, es hat funktioniert. Ich hoffe, du bist glücklich in dem Leben, das du dir geangelt hast."

„Das war nicht so! Bitte Luke, hör mich zu Ende an!"

Emma begann leise zu wimmern. Luke setzte sich wieder hin und nickte angespannt. „Also sag, was du zu sagen hast, aber beeil dich."

„Am nächsten Morgen kam Richard zu mir, so wie immer, kleinlaut, mit gesenktem Kopf. Ich sagte ihm, dass wir fertig wären miteinander, dass ich genug hätte. Er bat mich, ihm zu verzeihen. Er flehte mich an, Luke, und er weinte. Er sagte, dass er mich liebe und mich heiraten wolle, damit wir für immer zusammen wären."

„Und du bist weich geworden." Luke schnippte mit den Fingern. „Einfach so."

„Ich habe ihn geliebt, schon seit vielen Jahren. Ich hatte immer davon geträumt, ihn zu heiraten. Wie hätte ich ihm nicht vergeben können?"

„Wie?“ Luke spie das Wort geradezu aus. „Indem du dich erinnert hättest, mit wem du die letzte Nacht verbracht hast. Indem du dich an die Versprechen erinnert hättest, die du mir damals gabst.“

„Ich habe dir kein Versprechen gegeben. Ich ...“

„Das ist Bockmist, Kate! Du hast mit mir geschlafen. Das bedeutete etwas. Für jemand wie dich bedeutete das etwas. Wir haben über Richard gesprochen, über die Vergangenheit. Und über unsere Zukunft.“

„Tut mir Leid.“ Sie faltete die Hände. „Wenn ich diese Nacht rückgängig machen könnte, würde ich es tun. Das habe ich mir oft gewünscht. Ich war damals nicht bei klarem Verstand, ich habe mich unverantwortlich verhalten. Ich habe dich verletzt und Richard auch.“

Luke schnaubte wütend. „Erzähl mir bloß nicht, wie sehr du Richard verletzt hast. Ist dir nie in den Sinn gekommen, dass er wusste, wo du in jener Nacht warst? Er wusste von uns beiden! Hast du dich nie gefragt, warum er dir am nächsten Tag einen Heiratsantrag gemacht hat?“

„Was sagst du da? Dass Richard mir einen Antrag gemacht hat, um dir eins auszuwischen? Um dich auszustechen?“

„Denk mal darüber nach. Richard war besessen davon, gewinnen zu müssen. Er konnte es nicht ertragen zu verlieren und besonders nicht gegen mich.“

„Nein.“ Kate schüttelte bleich den Kopf. „So war das nicht. Er hat mir einen Antrag gemacht, weil er mich liebte. Weil, wie er sagte ...“

Sie beendete den Satz nicht, und Luke lächelte. „Weil er dich nicht verlieren wollte. Ist es das, was du sagen wolltest?“

„So habe ich das nicht gemeint.“

„Denk mal daran, wie ich mit Richard wegen so unwichtiger Dinge wie Tennis oder Poker aneinander geraten bin. Denk daran, wie wir um gute Noten gewetteifert haben. Er wollte sich nicht von mir, dem armen Stipendiaten, dem wertlosen Träumer, überflügeln lassen. Ich weiß, wie er über meinen Traum, Schriftsteller zu werden, gelacht hat.“ Luke beugte sich vor und verengte die Augen. „Und wer lacht jetzt?“

„Das ist alles nicht wahr“, widersprach sie mit tränenverschleiertem Blick. „Du hast vielleicht so empfunden, aber nicht Richard.“

„Wie kannst du mir ins Gesicht sehen und derart lügen?“

„Er ist mein Mann. Wir führen eine gute und glückliche Ehe. Mich zu heiraten hatte nichts mit unreifem Wettkampf mit dir zu tun.“

„Bewahre dir deine Illusionen, Kate.“

Jetzt stand sie auf, um zu gehen, und Luke hielt sie an der Hand zurück. „Und was ist mir dir, Kate? Hast du aus Liebe Ja zu Richard gesagt oder weil er dir eine sicher abgefederte Zukunft bieten konnte?“

„Lass mich los.“

„Erst wenn du mir geantwortet hast.“

„Warum tust du das?“

„Du wolltest Ehrlichkeit, Süße. Du wolltest die Vergangenheit aufwühlen. Nun, hier ist sie in all ihrer Schönheit.“

Einen Moment sah sie ihn nur stumm an. Er merkte, wie sehr er sie gekränkt hatte. Es tat ihm Leid, und er wünschte, jedes Wort zurücknehmen zu können.

Dann erinnerte er sich jedoch, wie sie ihn benutzt hatte, und fühlte sich in seinem Verhalten bestätigt. Er ließ die Hand sinken. „Siehst du, manchmal ist es besser, die Vergangenheit ruhen zu lassen.“

„Ja“, flüsterte sie. „Ich sehe es ein. Ich werde dich nicht

mehr belästigen.“ Sie packte ihre Sachen und nahm das Baby-Tragegestell hoch. Mit einem letzten Blick zu ihm sagte sie: „Gemein warst du früher nie, Luke. Heute bist du es. Das tut mir Leid.“

„Hast du es noch nicht gehört? Die netten Jungs enden als Letzte.“

„Auf meiner Werteskala warst du nie der Letzte, Luke. Niemals.“

Er sah ihr nach, wie sie hoch erhobenen Hauptes aus seinem Leben schritt, und unterdrückte den Drang, ihr nachzulaufen.

Kate Ryan gehörte nun endgültig der Vergangenheit an.

27. KAPITEL

Am späten Nachmittag kehrte Kate erschöpft und mit schwerem Herzen heim. Richard war zum Glück noch nicht da. Sie wusste nicht, was sie ihm über ihr Treffen mit Luke heute sagen sollte.

Seufzend legte sie den Schlüsselbund auf den Tisch im Flur und rückte ihre schlafende Tochter auf dem Arm zurecht. Richard nahm an, sie sei heute im „Uncommon Bean“ gewesen. Wenn er von ihren Plänen gewusst hätte, wäre er eifersüchtig und wütend geworden und hätte ihr sicher untersagt, Luke zu treffen.

Sie seufzte. Warum war sie bloß so überzeugt davon gewesen, das Richtige zu tun? Sie hatte fest damit gerechnet, Richard heute Abend stolz verkünden zu können, dass der Bruch in ihrer Freundschaft zu Luke gekittet war. Jetzt kam sie sich dumm und naiv vor. Manche Dinge ließen sich eben nicht ändern, sie wurden durch zeitlichen Abstand und gute Absichten nicht besser. Genau wie manche Wunden nicht heilten, sondern stetig eiterten.

Emma wimmerte und kuschelte sich behaglich an ihre Schulter. Es war ein langer Tag für uns beide, dachte Kate und legte die Kleine ins Kinderbett. Vorsichtig zog sie das Schutzgitter hoch, doch Emma regte sich nicht.

Kate atmete tief durch und betrachtete das hübsche friedliche Gesicht ihrer schlafenden Tochter. Es stimmte nicht, was Luke über Richards Motiv, sie zu heiraten, gesagt hatte. Sie waren seit zehn Jahren ein glückliches Ehepaar. Ihre Ehe basierte auf Liebe, nicht auf irgendeinem jugendlichen Konkurrenzdenken. Richard nahm sein Ehegelöbnis ernst, genau wie sie.

Kate wandte sich vom Bett ab und räumte das Kinderzimmer auf. Sie hatte das Haus heute Morgen so eilig verlassen, dass die Spielsachen noch herumlagen. Sie sammelte Rassel und Plüschtiere ein und trug sie zum Korb neben ihrem Schaukelstuhl. Ihre Gedanken wanderten zu dem Gespräch mit Luke zurück. Sie fragte sich, ob sie sich bei der Partnerwahl wirklich von anderen Motiven hatte leiten lassen als Liebe? Von Gier etwa, wie Luke angedeutet hatte?

Luke hielt sie offenbar für eine Mitgiftjägerin. Er glaubte, sie habe Richard wegen des Geldes und seines gesellschaftlichen Status' geheiratet.

Mit Tränen in den Augen erinnerte sie sich an jene aufregende, tumulthafte Zeit des Kennenlernens. Sie versuchte, sich genau an ihre damaligen Gefühle zu erinnern, um sie ehrlich zu analysieren.

Sie hatte Richard vom Augenblick ihrer ersten Begegnung an geliebt. Sicher, er hatte sich manchmal schlecht benommen. Er war jung gewesen und sehr von sich überzeugt. Und er war es gewöhnt gewesen, seinen Kopf durchzusetzen. Ja, und er hatte ihr mehr als einmal das Herz gebrochen.

Doch trotz all seiner Fehler hatte sie sich gewünscht, ihn zu heiraten, und gehofft, er würde ihr einen Antrag machen. Mit ihm auszugehen war aufregend gewesen. Die meiste Zeit gab er sich scharmant und aufmerksam, lustig und großzügig. Er hatte ihr das Gefühl gegeben, etwas Besonderes, etwas Behütenswertes zu sein.

Hatten sein Geld und seine bedeutende Familie ihre Gefühle für ihn beeinflusst? Auch. Wie könnte es anders sein? Denn beides gehörte zu Richard. Was aber nicht bedeutete, dass sie den Menschen Richard nicht geliebt hätte. Vor allem bedeutete es nicht, dass sie eine Mitgiftjägerin war.

Kate ging zur Kommode und rückte einigen Deko-Krimskrams und die gerahmten Fotos zurecht. Stirnrunzelnd merkte sie, dass ihr Lieblingsfoto fehlte. Das, auf dem Richard Emma an ihrem ersten Tag zu Hause auf dem Arm hielt.

Sie sah auf dem Boden und hinter der Kommode nach. Als sie es auch an anderen Plätzen nicht fand, blieb sie verwundert mitten im Raum stehen. Es musste da sein. Sie hatte es sich noch heute Morgen angesehen, nachdem Richard zum Golf gegangen war.

Sie legte eine Hand an den Kopf und versuchte sich zu erinnern. Sie war mit Emma hier drin gewesen und hatte auf der Steppdecke mit ihr gespielt. Richard war hereingekommen, sich zu verabschieden. Sie war aufgestanden und hatte ihm einen Kuss gegeben. Dann war sie zu Emma zurückgekehrt. Ihr Blick war auf das Foto gefallen, und sie hatte gelächelt.

Also, wo war das Foto jetzt?

Auf dem Flur draußen vor dem Kinderzimmer knarrte leise eine Bodendiele. Erschrocken legte Kate eine Hand an die Kehle. Bilder von den Kopfkissen mit den Eindrücken jagten ihr durch den Kopf und vom Wäschebügel, der unter dem Bett hervorlugte.

Langsam wandte sie sich der Tür zu, ging zitternd hin und blickte in den Flur. Leer.

„Richard?“ rief sie. „Bist du das?“

Schweigen. Sie hielt den Atem an und lauschte auf Geräusche, ein leises Rascheln oder Knarren. Zugleich schalt sie sich eine alberne Gans. Alte Häuser machten nun mal Geräusche, sie stöhnten und seufzten.

Fotos verschwanden allerdings nicht von selbst. Und Bügel legten sich nicht selbstständig unters Bett.

Ich bin nicht allein!

Mit heftig pochendem Herzen nahm sie vorsichtig ihre

Tochter aus dem Bett, um sie nicht zu wecken. Emma wimmerte und stöhnte ein wenig, kuschelte sich dann aber schlafend an Kates Schulter.

Kate trug sie leise aus dem Zimmer zur Eingangshalle. Auto-Babyliege und Windeltasche standen noch im Flur. Vorsichtig legte sie Emma in die Babyliege, ließ den Gurt zuschnappen und wandte sich der Haustür zu.

Hinter der Milchglasscheibe erschien in der Dämmerung die dunkle Silhouette eines Mannes. Kate wich unwillkürlich zurück und stieß einen leisen Schreckensschrei aus.

„Kate?“ Der Mann klopfte. „Ich bin es, Joe von nebenan.“

Sie legte zitternd eine Hand an den Mund und lachte verlegen. Sie kam sich töricht vor. Der alte Joe, wie ihn alle nannten, war an die Achtzig und ein Wichtigtuer. Darüber hinaus war er so harmlos, wie ein Mensch nur sein konnte.

„Sie haben mich erschreckt“, sagte sie, als sie die Tür öffnete. „Ich wollte gerade gehen.“

„Tut mir Leid.“ Er sah an ihr vorbei ins Haus. „Alles in Ordnung hier bei Ihnen?“

Als er das fragte, wurde ihr klar, wie albern sie sich benommen und wie sehr sie sich in eine Wahnvorstellung hineingesteigert hatte. Das Haus hatte geknarrt, und sie hatte gleich die Flucht ergreifen wollen. „Natürlich ist alles in Ordnung.“ Sie bat ihn lachend herein. „Kommen Sie.“

Er trat ein und sah sich um. „Richard ist noch nicht vom Golf zurück?“

„Noch nicht.“ Sie unterdrückte ein Schmunzeln. „Er wollte nach dem Golfen noch mal in die Kanzlei. Müssen Sie ihn sprechen?“

„Nein.“ Er zog die buschigen Brauen zusammen. „Wie geht's dem Baby?“

„Fein.“ Sie deutete auf die Trage. „Schläft fest.“

„Es tat mir Leid zu hören, dass die hübsche Kleine krank war. Was hat der Doktor gesagt?“

„Sie war nicht …“ begann Kate verwirrt. „Von wem haben Sie das gehört, Joe?“

„Von Ihrer Freundin heute Morgen. Sie sagte, Sie wären mit dem Baby beim Arzt.“

„Freundin?“ wiederholte Kate nachdenklich. „Jemand aus dem ‚Uncommon Bean‘?“

„Die Freundin, die Sie besucht hat. Sie saß auf der Schaukel und wartete auf Ihre Rückkehr.“

Kate hatte das Gefühl, ihr sträubten sich die Nackenhaare. „Jemand saß auf unserer Schaukel?“

„Ein hübsches junges Ding, vielleicht zwanzig. Sie wirkte sehr erstaunt, als ich sie ansprach.“ Er neigte den Kopf zur Seite. „Ich habe sie dann gefragt, was sie in Ihrem Garten zu suchen hat.“

Das fehlende Foto! Das zerdrückte Bett! Das Gefühl, beobachtet zu werden, nicht allein zu sein.

Sie ließ sich nicht anmerken, wie unbehaglich ihr war. „Was hat sie gesagt, als Sie sie ansprachen?“

„Sie sagte, sie wäre eine Freundin von Ihnen auf Besuch aus der Stadt. Und Sie wären gerade mit dem Baby beim Arzt. Ihren Namen hat sie mir nicht genannt, und ich habe auch nicht danach gefragt. Ich fand, es ging mich nichts an.“ Er zog die Stirn kraus und fügte hinzu: „Vielleicht hätte ich sie doch besser gefragt?“

„Sie war keine Freundin von uns.“ Kate schluckte trocken. „Um welche Zeit war das, Joe?“

„Ich führte gerade Beauregard aus.“ Er kratzte sich am Kopf. „Es muss gegen Mittag gewesen sein.“

Gegen Mittag war sie in der Stadt gewesen und Richard wahrscheinlich am neunten Loch.

Joe schnaubte. „Ich wusste doch, dass etwas mit ihr nicht stimmte. Aber, ich meine, sie kannte Ihre Namen und wusste, dass Sie ein Baby haben. Also glaubte ich, dass sie auf dem Laufenden war. Tut mir Leid, dass ich nicht mehr getan habe."

Sie zwang sich zu einem Lächeln, damit er sich keine weiteren Vorwürfe machte. „Ich bin sicher, das war harmlos."

„Das denke ich auch. Aber ich wollte es Ihnen und Richard doch sagen, für alle Fälle."

„Ich danke Ihnen. Ich bin froh, dass Sie es uns mitgeteilt haben." Kate brachte ihn zur Tür und sah Richards Mercedes die Einfahrt heraufkommen. „Ich fühle mich sicherer, weil ich weiß, dass Sie in der Nachbarschaft sind, Joe."

Er strahlte sie an, sehr zufrieden mit sich. „Ich halte auf jeden Fall die Augen offen und sage es Ihnen, falls ich sie wieder in der Gegend entdecke."

Kate dankte ihm noch einmal, verabschiedete sich und wartete an der Tür auf Richard. Vom Gartenweg hörte sie ihn Joe begrüßen, einen Moment später war er an ihrer Tür. „Hallo, Schatz." Er beugte sich zu ihr und küsste sie. „Wie war dein Tag, alles okay?"

Sie sah ihn erstaunt an. „Wie bitte?"

„Das Café, läuft das Geschäft gut?"

Ihr Herz schlug schneller, und sie wollte ihm schon von ihrem Treffen mit Luke berichten, doch stattdessen sagte sie: „Am Samstag läuft das Geschäft immer gut."

Sie bedauerte die ausweichende Antwort, die einer Lüge gleichkam, sofort. Doch sie jetzt zurückzunehmen, wäre noch schlimmer gewesen.

Schlafende Hunde soll man nicht wecken, sagte sie sich und

spürte Schamröte in den Wangen. Warum sollte sie Richard wegen etwas aufregen, das längst erledigt war?

„Alles in Ordnung mit dir?“ fragte er und holte sich ein Bier aus dem Kühlschrank. „Du siehst ein wenig mitgenommen aus.

Sag's ihm. Sag ihm das mit Luke. „Wirklich?“

„Mm.“ Er öffnete das Bier und trank. „Was wollte denn der alte Joe?“

Sie erzählte ihm von der Frau auf der Schaukel, dem fehlenden Foto, dem Bügel unterm Bett, den eingedrückten Kopfkissen und dem Gefühl, beobachtet zu werden. Während sie sprach, kehrte ihre Angst zurück. „Ich glaube, jemand im Haus gehört zu haben, Richard. Ich habe mir eingeredet, das sei alles Einbildung, aber jetzt ...“

„Fehlt sonst noch was außer dem Foto?“ fragte er und zog die Stirn kraus.

„Ich weiß nicht.“ Sie schlang die Arme um sich. „Mir war zu unheimlich, um mich gründlich umzusehen. Und dann kam der alte Joe.“

Richard stellte sein Bier ab, ging zu seiner Golftasche und holte seinen neuen Ping-Putter heraus. Dann sagte er mit ernster Miene: „Solltest du noch mal den Verdacht haben, dass ein Fremder im Haus ist, lauf sofort nach draußen, Kate. Hast du verstanden? Nimm Emma und geh ... ins Café oder zu den Nachbarn und ruf die Polizei.“

Sie nickte, die Kehle trocken, der Puls beschleunigt. Seine Besorgnis flößte ihr jetzt mehr Angst ein als das Geräusch vorhin. „Ich habe verstanden.“

„Gut. Sehen wir uns mal um.“

Sie gingen durchs Haus, Richard mit dem Putter bewaffnet und Kate mit Emma in der Trage. Sie nahmen sich jeden Raum vor, sahen unter die Betten, überprüften das Silber und Kates Schmuck und schließlich Richards Büro.

Nichts fehlte oder schien verändert.

Wieder in der Küche, steckte Richard den Golfschläger in die Tasche zurück. „Es scheint alles in Ordnung zu sein. War die Seitentür verschlossen, als du nach Hause gekommen bist?"

„Ich weiß nicht." Emma begann sich zu regen und nuckelte im Schlaf, ein Zeichen, dass sie nicht nur bald aufwachen würde, sondern auch Hunger hatte. Kate holte Babymilch aus dem Schrank. „Ich bin zur Vordertür hereingekommen."

„Dann sehe ich jetzt nach."

Einen Moment später kam er zurück. „Die Tür ist verschlossen. Der Schlüssel liegt in seinem Versteck."

Kate füllte das Fläschchen, stellte es in die Mikrowelle und wandte sich wieder an Richard. „Warum sollte jemand einbrechen, um ein Foto zu stehlen?"

„Gute Frage. Könntest du dich geirrt haben? Ich meine, ein Bügel auf dem Fußboden, ein paar Knitter auf dem Bett, das ist alles nicht besonders bedenklich. Und wir wissen beide, dieses alte Haus ächzt und stöhnt mehr als eine Uroma."

Kate wusste nicht mehr, was sie davon halten sollte. Vorhin hatte sie das Gefühl einer realen Bedrohung gehabt, doch jetzt kam ihr alles ziemlich weit hergeholt vor. „Ich bin normalerweise nicht so ängstlich. Und meine Fantasie geht eigentlich auch nicht mit mir durch."

„Ich weiß. Aber du hast in letzter Zeit viel mitgemacht. Schlafentzug fördert ja bekanntermaßen ungewöhnliches Verhalten."

Emma erwachte und begann zu quengeln. Kate nahm sie auf, ging mit ihr zur Mikrowelle und holte die Flasche. Was

Richard sagte, war nicht von der Hand zu weisen, trotzdem blieb ein unbehagliches Gefühl zurück. Während sie Emma die Flasche gab, wurde ihr plötzlich das Motiv ihrer Furcht klar. Insgeheim fürchtete sie, dass Emmas leibliche Mutter ihre Adresse herausgefunden hatte und ihnen nachstellte, weil sie ihre Tochter zurückhaben wollte.

Als sie Emma nach dem Füttern den Pyjama anzog, hatte sie sich bereits in eine panikartige Angst hineingesteigert. Damit sich ihre Panik nicht auf Emma übertrug, legte sie sie rasch ins Bett und ging zu Richard.

Sie fand ihn in der Küche. Er marinierte Steaks für den Grill. „Richard?“ Sie kam herein, die Hände vor sich gefaltet, und konnte kaum sprechen vor Angst.

Er sah auf, und sein Lächeln schwand, als er ihre Miene bemerkte. „Was ist los?“

Sie schlang die Arme um sich. „Ich ... ich habe so ein schreckliches Gefühl, Richard. Was ist, wenn nun Emmas leibliche Mutter uns gefunden hat? Was ist, wenn sie diejenige war, die ...“

„Die was? Die eingebrochen ist und ein Foto von Emma gestohlen hat?“

„Ja“, flüsterte sie mit zittriger Stimme.

„Und warum hätte sie das tun sollen?“

„Weil sie vielleicht ihre Meinung geändert hat“, sagte Kate mit Tränen in den Augen. „Vielleicht will sie Emma jetzt zurückhaben.“

„Und sie kam heute her mit dem bizarren Wunsch, Emma zu stehlen?“

„Ich könnte es nicht ertragen, sie zu verlieren, Richard.“ Die Tränen rollten ihr über die Wangen.

„Komm her.“ Er breitete die Arme aus. Sie ging zu ihm,

presste die Wange an seine Brust, und er umarmte sie fest. „Jetzt benimmst du dich albern, Liebes. Das wird bestimmt nicht passieren."

„Woher willst du das wissen?" Sie legte den Kopf zurück und sah Richard an.

„Weil es nicht logisch ist", erwiderte er lächelnd. „Zunächst mal, sie hat sich für eine geheime Adoption entschieden. Sie weiß also nichts über uns, weder Namen noch Adresse. Zum zweiten, wenn sie das Baby zurückwollte, würde sie sich an Citywide wenden. Sie würde Ellen anrufen und einen Anwalt einschalten. Sie würde nicht in unser Haus schleichen und uns aus Gott weiß was für Gründen belauern."

Er hatte natürlich Recht, doch ihr Unbehagen blieb.

„Wo ist das Bild, Richard?"

Er schüttelte leise lachend den Kopf. „Vielleicht ist es irgendwie in eine Schublade gefallen, oder der Reinigungsdienst hat es verlegt."

„Aber ich habe es mir heute Morgen noch angesehen. Ich weiß es."

„Du könntest dich irren." Als sie den Mund öffnete, um zu widersprechen, legte er ihr einen Finger auf die Lippen. „Es wird auftauchen, Kate."

„Und wenn nicht?"

„Dann machen wir ein neues", sagte er amüsiert. „Oder wir lassen einen zweiten Abzug machen und kaufen einen neuen Rahmen."

„Sehr witzig." Sie legte kurz die Stirn gegen seine Brust, hob dann aber noch einmal den Blick. „Es war vorhin so unheimlich, als ich das Gefühl hatte, beobachtet zu werden. Und als Joe mir dann noch von der Frau erzählte ..." Sie atmete tief durch. „Sie war im richtigen Alter. Und es war ein so großer

Zufall. Außerdem, was hatte sie denn in unserem Garten zu suchen?"

Er nahm ihr Gesicht zwischen beide Hände. „Interpretiere da nicht zu viel hinein, Kate. Es hätte jeder sein können. Das Tor ist nicht verschlossen, und wir leben an einer stark befahrenen Straße. Direkt gegenüber ist ein Park. Jemand sah unsere Schaukel, fand sie einladend und probierte sie aus."

„Aber sie kannte unsere Namen und wusste, dass wir ein Baby haben."

„Das wissen eine Menge Leute in der Gegend. Vielleicht war es eine aus dem Bekanntenkreis, die sich schämte, von Joe ertappt worden zu sein. Vielleicht hatte sie Angst, er würde es uns erzählen." Richard küsste sie zart auf den Mund. „Deine Fantasie geht mit dir durch. Glaub mir, Liebes. Es besteht kein Grund zur Sorge. Gar keiner."

28. KAPITEL

Die Stunden nach dem Treffen mit Kate verbrachte Luke im French Quarter und erneuerte seine Vertrautheit mit all den Ansichten, Geräuschen und Gerüchen, die New Orleans ausmachten. Er genoss Beignets und Café au Lait im Café du Monde, ging den Moonwalk entlang, setzte sich am Jackson Square auf eine Bank und beobachtete die Menschen.

Währenddessen kehrten Erinnerungen an seine Tage in Tulane zurück. Ein junger Mann, der an die Macht seiner Träume glaubte, war er gewesen. Und zu jeder dieser Erinnerungen gehörte Kate. Er dachte an gemeinsame Unternehmungen, an ihr Lachen und an das schöne Gefühl, das sie ihm gab, wenn sie nur an seiner Seite war.

Teilweise bedauerte er, was er vorhin Kränkendes zu ihr gesagt hatte. Fast wäre er ihr nachgelaufen und hätte um Entschuldigung gebeten.

Doch er hatte diesen Drang unterdrückt, als er sich erinnerte, dass sie zu ihm gekommen war, um ehrlich mit der Vergangenheit abzurechnen. Ehrliche Antworten hatte sie jedenfalls erhalten.

Seine Verlegerin hatte ihn in einer Suite im Royal Orleans Hotel einquartiert, einem der großartigsten Häuser im French Quarter, das in der Tradition des alten Südens geführt wurde.

Als er das Hotel betrat, umfingen ihn verblüffende Kühle und Stille. Auf den Straßen des Quarters hatte inzwischen der Schichtwechsel begonnen, die Tagesausflügler wurden durch Nachtschwärmer ersetzt, die Einkäufer durch Partylöwen.

Luke durchquerte die geräumige Lobby mit ihren schweren Kristalllüstern und ging auf den Empfangstresen zu. Helena hatte mit dem örtlichen Verkaufsrepräsentanten und dem hiesigen Großhändler ein Dinner im Commanders Palace arrangiert. Sie hatte versprochen, beim Empfang eine Nachricht zu hinterlassen, wann und wo sie sich treffen würden. Er sah auf seine Uhr. Wenn er sich sputete, konnte er rasch duschen, sich umziehen und noch zwei Stunden am Laptop arbeiten.

Er blieb am Tresen stehen, und Aimee, die exotisch aussehende Dame vom Empfang, begrüßte ihn mit Namen. Er lächelte. „Irgendwelche Mitteilungen für mich?"

Sie erwiderte das Lächeln. „Ja, ich glaube, Mr. Dallas. Lassen Sie mich nachsehen." Sie ging zum Fach mit seiner Zimmernummer und sah ihn über die Schulter hinweg an. „Ja, da ist etwas. Sie haben außerdem ein Paket bekommen. Es ist hinten. Ich kann es Ihnen aufs Zimmer bringen lassen. Falls Sie eine Minute Zeit haben, hole ich es Ihnen rasch."

„Ich warte, danke." Sie reichte Luke einen Umschlag und verschwand durch eine Tür hinter der Rezeption. Er riss den Umschlag auf und las, dass er bis zur Dinnerverabredung tatsächlich noch einige Stunden Zeit hatte.

Aimee kam zurück und reichte ihm eine kleine Tragetasche. Darin lag ein Exemplar von „Dead Drop", am selben Tag von ihm signiert für den „Vogelmann".

Stirnrunzelnd überlegte Luke, dass er am Morgen zahllose Bücher signiert und ebenso viele Gesichter gesehen hatte. Es hatte Dutzende Marys, Stevens' und Daves gegeben, allerdings nur einen Vogelmann. Zwar erinnerte er sich, das Buch signiert zu haben, aber merkwürdigerweise nicht an den Mann, dem er es gegeben hatte. Mit einem solchen Namen müsste er sich ihm förmlich ins Gedächtnis gebrannt haben.

Er wusste, dass er den Mann angesehen hatte. Er war mittleren Alters und unauffällig gewesen. Doch so sehr er sich auch bemühte, mehr fiel ihm dazu nicht mehr ein.

„Mr. Dallas?" Luke sah von dem Buch auf und blickte in Aimees exotische Augen. Leicht errötend fuhr sie fort: „Ich wollte Ihnen nur sagen, dass mir Ihre Bücher sehr gefallen. Ich kann es gar nicht erwarten, Ihr Neuestes zu lesen."

Er lächelte erfreut. „Danke. Übrigens ..." Er hielt die Tasche hoch. „Können Sie sich erinnern, wer das hier für mich hinterlassen hat?"

„Tut mir Leid. Ich habe meinen Dienst gerade eben erst angetreten."

„Es war keine weitere Mitteilung dabei?"

„Ich habe keine gesehen. Aber ich schaue noch mal nach."

Es gab keine Nachricht, also ging Luke in sein Zimmer hinauf. Sobald er es betrat, klingelte das Telefon. Er beeilte sich, den Hörer abzunehmen, ehe sich der Telefonservice des Hotels einschaltete, um etwaige Mitteilungen aufzunehmen. „Hallo?"

„Wir treffen uns in zwanzig Minuten in der Bar des Vieux-Carré-Waffenclubs."

„Wer spricht da?"

„In zwanzig Minuten", wiederholte der Mann, „falls Sie immer noch reden wollen."

Die Leitung war tot, und Luke hielt den Hörer noch einen Moment lang in der Hand, ehe er ihn auf die Gabel legte. Condor! erkannte er mit einem Schmunzeln. Der Vogelmann. Natürlich.

Der Vieux-Carré-Waffenclub war eine private Einrichtung und wurde, nach Fassade und Lage zu urteilen, von extrem wohlhabenden Kunden frequentiert.

Der Türsteher ließ Luke herein und verwies ihn an den Empfangstisch. Die Frau dort, eine hübsche Blondine im makellosen Chanelkostüm, stand auf, als er näher kam, und begrüßte ihn mit Namen. Sie bat ihn, sich in die Gästeliste einzutragen, und führte ihn weiter in die Lounge.

Luke entdeckte Condor sofort. Der saß allein an einem Ecktisch mit dem Rücken zur Wand.

„Der Vogelmann, nehme ich an?"

Condor lächelte. „Neckisch, aber ich konnte nicht widerstehen." Er deutete auf den Sessel ihm gegenüber. „Wie lange haben Sie gebraucht, es herauszufinden?"

„Zu lange, wie ich bedauernd gestehen muss." Er ließ sich in den Ledersessel sinken. „Das waren Sie in der Signierstunde? Hätte ich nie vermutet."

Condor gab der Serviererin ein Zeichen. „Achten Sie auf die Augen, die verraten die Menschen immer."

Die Bedienung wollte ihre Bestellung aufnehmen, und Luke sah auf Condors Drink. Als errate er Lukes Gedanken, erklärte Condor: „Ich trinke nie Alkohol. Er benebelt die Sinne und verzögert die Reaktionszeit."

„Was genau der Grund ist, weshalb die meisten Menschen trinken. Mir persönlich behagt der Geschmack." Luke bestellte lächelnd ein Bier und wandte sich wieder an Condor. „Ziemlich schicker Laden hier."

„Schäbig ist er nicht, das ist mal sicher." Er führte sein Glas Tomatensaft an die Lippen.

„Und Sie sind Mitglied?"

„Sagen wir, ich habe Freunde an höherer Stelle."

Einige Minuten plauderten sie nur belanglos daher. Luke spürte, dass Condor ihn immer noch einzuschätzen versuchte.

„Ich bin neugierig", sagte Luke schließlich. „Warum haben Sie sich entschieden, mit mir zu reden?"

Condor zuckte die Achseln. „Mir gefallen Ihre Bücher. Meiner Frau gefallen Ihre Bücher."

„Sie sind verheiratet?“

„Das klingt erstaunt. Darf ich das nicht sein?“

Luke trank von seinem Bier. „Vermutlich schon. Nur passt es nicht zum Bild des Auftragskillers.“

„Zu Ihrem Bild“, korrigierte er, und ein Lächeln zuckte um seine Mundwinkel. „Zu Hollywoods Bild.“

„Weiß Ihre Frau, was Sie tun?“

„Natürlich nicht. Ich bin Vertreter für Software und reise daher viel.“

„Kinder?“

„Zwei Jungs, sechs und acht.“

Luke dachte einen Moment darüber nach. „Haben Sie sich je gefragt, was geschieht, wenn sie es herausfinden?“

„Das wird nicht passieren. Es gibt keinen Grund dafür.“

„Und wenn Sie bei einem Auftrag getötet werden?“

„Deckt mich die Agency.“ Condor stand auf. „Schießen Sie viel, Dallas?“

Luke erhob sich ebenfalls. „Genug, um mit einiger Sachkenntnis darüber zu schreiben.“

„Gut.“ Condor lächelte. „Dann lassen Sie uns ein bisschen Spaß haben.“

Der Luxus der allgemeinen Aufenthaltsräume endete, sobald sie die Schießhalle erreichten. Garagenartig, fensterlos und gut isoliert, war sie mit sechs Schießständen ausgerüstet, auf denen mechanische Anlagen die Papierzielscheiben vor und zurück bewegten.

Sie waren allein. Auf dem Tisch am ersten Schießstand lagen zwei Päckchen mit Munition und eine Waffe.

Condor ging zum Tisch und nahm die Waffe auf. „Eine 9 mm Beretta Halbautomatik.“ Während er sprach, begutachtete er die Waffe, prüfte das Magazin, zog den Entriegelungshebel vor und zurück, wog sie in den Händen und ließ die Finger fachmännisch über das Metall gleiten. Er handhabte die Waffe ehrfürchtig und vertraut, als sei sie eine alte Bekannte. Er nahm drei Munitionsstreifen und lud einen ins Magazin. „Besitzen Sie eine Waffe, Dallas?"

„Eine 44er Magnum."

Condor sah ihn erstaunt an. „Das ist eine Menge Feuerkraft. Mehr, als ein Autor meiner Ansicht nach benötigt."

Luke lachte. „Ich habe sie gekauft, als ich ‚Last Dance' schrieb. Was soll ich sagen. Ich mag Dirty-Harry-Filme. Ich sah meinen Helden als eine Art Harry Callahan, einen ruppigen Einzelgänger, einen Renegaten."

Condor protestierte: „Ein Renegat ist ein Gesetzloser. Callahan war der ultimative Gesetzeshüter. Er lebte nach seinem Gerechtigkeitscode. Auge um Auge, bekämpfe Feuer mit Feuer, Gewalt mit Gewalt. Ganz einfach."

„Ist das wirklich so einfach? Ist das auch der Code, nach dem Sie leben?"

„Im Prinzip. Wir leben in einer gewalttätigen Gesellschaft, Luke. Doch gleichgültig, wie groß und böse jemand ist, er besteht aus derselben verwundbaren Hülle wie wir alle. Sehen Sie den Tod als den ultimativen Problemlöser an."

„Und wie sehen Sie sich selbst? Auch als Problemlöser?"

„Und als Patrioten, ja. Schauen wir mal, was dieses Baby leisten kann." Er befestigte eine Papierzielscheibe, die schwarze Silhouette eines menschlichen Torsos, schickte sie mit der Mechanik auf fünfzig Fuß Entfernung und setzte die Ohrschützer auf. Dann schoss er das Magazin leer, so schnell, dass die Explosionen fast gleichzeitig ertönten.

Condor holte die Zielscheibe heran. Er hatte der Silhouette den Kopf weggeschossen und ihr Herz durchlöchert. Er befestigte eine neue Zielscheibe, drehte sich zu Luke und reichte ihm die Waffe. „Sie sind dran."

Luke lud sie und ging zur Feuerlinie. Die Waffe fühlte sich schwer und kalt an. Er zielte und schoss, jedoch weder so schnell noch so gut wie Condor.

Er leerte das Magazin und prüfte die Zielscheibe. Die meisten seiner Schüsse hatten, wie immer, ihr Ziel erreicht.

„Nicht schlecht für einen Zivilisten."

Luke gab ihm schmunzelnd die Waffe zurück. „Danke."

„All die ausgebufften Waffen, die in Filmen benutzt werden, das ist reine Hollywood-Fantasie", erklärte Condor weiter und lud erneut. „Für einen Profi ist das Einfache immer das Beste."

Er setzte die Ohrschützer auf und trat wieder an die Feuerlinie. Wie zuvor zielte er und leerte das Magazin in Sekundenschnelle. Er nahm die Ohrschützer ab und kam wieder zu Luke. „Ein Gewehr, ein Messer, eine Garrotte. Einfach, wirkungsvoll, schnell."

Er lud erneut mit automatischen, sparsamen Gesten. Offenbar hatte er das schon so viele Male getan, dass die einzelnen Bewegungen routinemäßig abliefen.

„Das Entscheidende ist", fuhr Condor fort, „der Profi muss Feuerkraft und Effektivität gegen praktische Handhabung, Nachweisbarkeit und Kosten abwägen. Ihre 44er hat weit mehr Durchschlagskraft, als ich brauchen würde, aber sie ist keine schlechte Wahl, wenn Sie mit dem Rückschlag klarkommen. Ist beispielsweise ein Einbrecher im Haus, Sie haben nur einen Schuss – und wer weiß, wo der landet – muss er ziemlich viel Schaden anrichten."

„Danke für das Vertrauensvotum."

Condor lachte und fuhr fort: „Eine Waffe ist ein Werkzeug, nichts weiter. Keine Geliebte und kein Spielzeug. Man sollte sich nicht an eine Waffe gewöhnen – man benutzt sie deswegen nie zweimal."

„Nie?"

„Nie. Dieselbe Waffe würde eine Verbindung zwischen den Aufträgen herstellen. Ein Gewehr zerlege ich, wenn möglich, immer in seine Einzelteile, ehe ich es wegwerfe. Die einzelnen Teile entsorge ich dann an verschiedenen Orten. Kolben in den Abfall, Lauf in den Fluss, Sie verstehen, was ich meine. Auf die Art kann ich sicher sein, dass die Waffe nie entdeckt wird."

„Warum beseitigen Sie nicht die Leiche? Die ist doch auch ein Beweis. Keine Leiche, kein Mord, keine Untersuchung."

„Ja, aber es ist schwerer, sie loszuwerden, oder?" Er gab Luke die Beretta. „Bedenken Sie, dass sich alle Polizisten an dieselbe Theorie der Aufklärung halten: Motiv, Mittel und Gelegenheit müssen nachgewiesen werden. Laut Statistik gibt es bei den meisten Gewaltverbrechen eine Beziehung zwischen Opfer und Täter. Die Leute kannten sich also. Also sucht die örtliche Polizei zuerst im Bekanntenkreis. Entledige dich der Waffe, und wir haben ein Verbrechen, aber ohne Motiv und ohne Waffe. Ich bin schon weg, ehe die Polizei mit der Befragung von Ehefrau, Geschäftspartnern und Freunden fertig ist."

Luke nahm die Waffe, legte Munition ein und trat vor. Er zielte und feuerte. Diesmal sicherer und genauer. Er nahm den Ohrschützer ab und gab Condor die Waffe zurück.

„Was geht Ihnen durch den Kopf, bevor Sie einen Auftrag erledigen?"

„Hinfahren, schießen, abhauen. Ein Profi hat zwei Ziele. Den Auftrag erledigen und wegkommen. Mehr nicht."

„Was ist, nachdem Sie den Auftrag erledigt haben? Denken

Sie nie an Frau und Kinder des Opfers? Stellen Sie nie in Frage, ob Sie das Richtige tun?“

„Das sind für mich keine Menschen, Dallas. Das sind Ziele, ein Name und ein Gesicht auf einem Stück Papier.“ Er legte die Waffe auf den Tisch. „Ich bin kein Mörder, kein amoralischer Irrer. Solche Typen machen mich krank. Sie besitzen weder Loyalität noch Selbstkontrolle. Das sind selbstsüchtige Bastarde, die aus einer Laune heraus und ohne Ehre handeln. Ich bin ein Patriot, ein Soldat. Ich arbeite für mein Land und zweifle meine Aufträge nicht an.“ Lukes skeptische Miene brachte ihn zum Lachen. „Seien Sie nicht naiv. Viele Regierungen dieser Welt beschäftigen Männer wie mich. Wir sind eine politische Notwendigkeit.“

Nach einer kurzen Pause fügte er hinzu: „Ich liebe meine Familie und mein Land wie jeder andere. Und ich tue, was nötig ist, um sie zu schützen.“

Es erstaunte Luke, diesen Mann von Loyalität, Patriotismus und Ehre reden zu hören, und die Zärtlichkeit zu hören, mit der er von Frau und Kindern sprach.

Luke war sich bewusst, dass er Grund hatte, Angst zu haben. Dieser Mann könnte ihn auf viele Arten umbringen und würde nicht zögern, es zu tun. Er arbeitete außerhalb des Gesetzes und doch irgendwie innerhalb.

Condor erzählte ihm seine Geheimnisse und teilte ihm seine Gedanken mit. Damit wurde er angreifbar, was für einen Mann wie ihn sehr beunruhigend sein musste.

Trotzdem empfand Luke keine Angst. Er spürte, dass er von diesem Mann nichts zu befürchten hatte. Auf eine seltsame Art respektierte er ihn, mochte ihn sogar. In jedem anderen Gewerbe wären sein Ehrenkodex und die Liebe zu seiner Familie bewundernswert gewesen.

„Haben Ihre Taten jemals persönliche Motive?“

„Persönliche Motive?“ fragte Condor und furchte die Stirn. „Nein, niemals. Diese Grenze überschreite ich nie.“

„Was ist, wenn jemand wie Sie es doch tut? Wenn etwas geschieht, und aus einem Profi wird plötzlich ein Rächer in eigener Sache?“

Condor schwieg einen Moment, als überlege er genau. „Das wäre sehr schlimm, Dallas. Dann sprächen wir von einer Tötungsmaschine. Er ist aufs Töten trainiert.“ Condor beugte sich zu ihm, und die Kälte in seinem Blick ließ Luke frösteln. „Er könnte Menschen auf hundert verschiedene Arten umbringen und hätte keine Skrupel dabei. Er befasst sich nicht mit moralischen Aspekten, wie Sie das vielleicht tun. Er denkt nicht an Himmel oder Hölle, an richtig und falsch. Er glaubt nicht an jemandes Recht auf Leben oder an Menschlichkeit. Menschen sind Ziele für ihn, schlicht und einfach. Das Einzige, was einen Auftragskiller in Schach hält, ist sein Ehrgefühl, sein Ehrenkodex. Wenn sie ihm das nehmen, rennt eine Killermaschine durch die Straßen. Jemand, für den Rache ein anderes Wort für Gerechtigkeit ist.“

29. KAPITEL

Julianna traf sich eine Woche lang jeden Abend mit Sandy im Kaffeehaus. Dann schlug sie vor, dass sie ihr Treffen auf Dinner und Filmbesuch am Freitag ausdehnten. Danach gingen sie samstags gemeinsam einkaufen und zum Lunch.

Sie wurden die besten Freundinnen.

Und wie Julianna vorausgesehen hatte, war Sandy dankbar für ihre Freundschaft. So dankbar, dass sie Juliannas Motive nie anzweifelte und sich nie fragte, warum sie nach ihren langen und erfolglosen Bemühungen um Freundschaft plötzlich jemand gefunden hatte, der alles an ihr mochte.

Julianna fand es nun an der Zeit, den nächsten Schritt zu wagen.

Sie wählte den Freitagabend für ihr Vorhaben. Sie hatten soeben Salat und Dessert in einem Café zu sich genommen, das für beides berühmt war, und machten Pläne für den Einkaufsbummel am nächsten Tag.

Julianna zählte seufzend das Geld für ihren Teil der Rechnung ab. „Ich muss wirklich bald einen Job finden."

„Immer noch kein Glück gehabt?"

„Es sei denn, ich will Hamburger verkaufen."

„Schrecklich."

„Kein Scherz. Ich hätte nie vermutet, dass es so schwer sein würde, einen anständigen Job zu bekommen." Sie sah Sandy hoffnungsvoll an. „Was ist mit der Kanzlei, in der du arbeitest? Gibt es da nicht eine freie Stelle?"

Sandy schüttelte den Kopf. „Ich glaube kaum. Jedenfalls nichts, wofür du qualifiziert wärst."

„Woher willst du das wissen?" Sie beugte sich zu ihr vor. „Ich besitze viele Qualitäten."

„Beide freie Stellen erfordern einen Collegeabschluss und Berufserfahrung in einer Anwaltskanzlei. Tut mir Leid."

Julianna zeigte deutlich, wie niedergeschlagen sie war. Sie hatte angenommen, dass es in einer so großen Firma wie Nicholson, Bedico, Chaney & Ryan eine für sie geeignete Tätigkeit gäbe. Vielleicht war Sandy nicht ganz ehrlich mit ihr. Vielleicht brauchte sie mehr Anreiz. „Das höre ich immer." Julianna sah mit tränenfeuchtem Blick auf ihre Hände. „Ich fürchte, ich muss zurückgehen."

„Zurück?" wiederholte Sandy. „Du meinst doch nicht zurück nach Washington?" Als sie nickte, war Sandy entsetzt. „Aber das geht nicht! Wir sind doch gerade erst Freundinnen geworden."

„Ich will ja auch nicht, aber was soll ich denn machen? Ich bekomme hier keinen Job. In Washington habe ich wenigstens Verbindungen, aber hier bist du die Einzige, die ich kenne, und du kannst nicht ..." Bekümmert ließ sie den Satz unbeendet. „Es wäre sicher schön gewesen, zusammen zu arbeiten. Wir hätten immer zusammen zum Lunch gehen können. Wir könnten uns auch kleine Botschaften schicken, wenn die Chefs gerade nicht hinsehen."

„Das hätte mir wirklich sehr gefallen", flüsterte Sandy traurig. „Du bist die beste Freundin, die ich je hatte."

„Und du bist meine beste Freundin, Sandy. Du wirst mir sehr fehlen."

Sie verfielen in trübsinniges Schweigen. Sandy sackte in ihrem Sessel zusammen und schien gleich in Tränen ausbrechen zu wollen. Dann straffte sie sich plötzlich und sah Julianna an. „Warte, mir ist da gerade etwas eingefallen. Eine Möglichkeit gibt es vielleicht."

Dann erzählte sie rasch, wie sie Richard Ryans Sekretärin

hatte klagen hören, sie sei überlastet. „Er bewirbt sich für das Amt des Distrikt-Staatsanwaltes, und sie hat schon mit Kündigung gedroht wegen der vielen Mehrarbeit. Ich hörte, wie er ihr versprach, eine Assistentin einzustellen, die ihr bei der Sekretariats- und Laufarbeit hilft, die mit seinem Wahlkampf einhergeht."

Richard braucht eine Assistentin. Das ist wieder ein Zeichen. „Wann war das?"

„Diese Woche." Sandy dachte kurz nach. „Dienstag, glaube ich. Ja ..." Sie nickte. „Es war Dienstag. Im Pausenraum. Allerdings weiß ich nicht, ob er eine Annonce aufgegeben oder ob er schon jemand im Auge hat."

Julianna legte eine Hand an die Brust. Sie war so aufgeregt, dass es ihr fast den Atem verschlug. *Direkt mit Richard zu arbeiten, das ist zu schön, um wahr zu sein.*

„Das wäre einfach ideal." Sie beugte sich zu Sandy hinüber und bedeckte deren Hand mit ihrer. „Du musst mich mit Mr. Ryan bekannt machen. Du musst einfach, Sandy!"

Sandy machte eine bedenkliche Miene. „Ich weiß nicht, Julianna. Ich meine, dich vorstellen, das wäre ..."

„Ein Vertrauensvotum", fiel Julianna ihr ins Wort. „Du glaubst doch an mich, oder?"

„Ja, natürlich. Es ist nur ..."

Julianna drückte ihr die Hand. „Ich brauche den Job, Sandy. Ganz dringend. Verstehst du? Sehr dringend."

„Du tust mir weh", flüsterte Sandy und zog ihre Hand zurück. „Lass los."

Julianna wich zerknirscht zurück. „Tut mir Leid." Sie seufzte tief. „Ich verzweifle nur langsam. Das verstehst du doch, oder?" Sandy nickte und wand sich in ihrem Sitz. „Und dieser Job wäre ideal für mich. Ich bin sehr an Politik interessiert."

Sandy sah sie erwartungsvoll an. Sie braucht noch mehr Anstöße, dachte Julianna und suchte nach etwas, womit sie Sandy überzeugen konnte. Dabei fielen ihr ihre Mutter und deren Liebhaber ein.

Senator Jacobson. Natürlich!

„Ich war eine der Assistentinnen in Senator Jacobsons Wahlkampf." Eine kleine Lüge ... sie war einige Male in seinem Wahlhauptquartier gewesen. Der Wahlkampfleiter hatte sie und ihre Mutter herumgeführt und die Aufgaben der vielen freiwilligen Helfer erläutert.

Sandy merkte auf. „Das warst du?"

„Ja." Julianna lächelte. „Er würde mir bestimmt eine Empfehlung geben."

Sandy schwieg eine Weile. Sie sah Julianna an, und es war ihr vom Gesicht abzulesen, was in ihr vorging. Sie wollte es tun, hatte aber Angst, sich zu sehr aus dem Fenster zu lehnen. Sie hatte Angst, sich zu schaden und Schwierigkeiten mit ihren Chefs zu bekommen.

Sie brauchte noch einen kleinen Anstoß. „Denk nach, Sandy. Wenn Mr. Ryan mich einstellt, arbeiten wir im selben Gebäude. Wir könnten jeden Tag zusammen zum Lunch gehen. Wir könnten zur selben Zeit Pause machen ... und uns nach der Arbeit auf einen Drink treffen." Sie sah Sandy ernst in die Augen. „Ich habe noch nie mit meiner besten Freundin zusammen gearbeitet. Das wäre einfach cool."

„Das würde Spaß machen", räumte Sandy zögernd ein.

„Dann tust du es?" Julianna ergriff noch einmal Sandys Hand. „Stellst du mich Mr. Ryan vor? Legst du ein gutes Wort für mich ein?"

Sandy gab schließlich seufzend nach. „Also schön, Julianna. Ich mach's."

30. KAPITEL

Sandy hatte zugestimmt, ihre Bewerbung gleich Montag an Richard weiterzuleiten. Julianna verbrachte das gesamte Wochenende damit, ihren Lebenslauf auszuarbeiten, und nahm sich dabei so viel dichterische Freiheit, wie sie glaubte, ungestraft verbreiten zu dürfen. Sie änderte ihr Alter auf zweiundzwanzig, listete alle Kontakte und ehemaligen Liebhaber ihrer Mutter als Empfehlungen auf, in der Hoffnung, Richard würde das nicht überprüfen, und verstieg sich schließlich zu der Behauptung, Senator William „Billy" Jacobsons Wahlkampfassistentin gewesen zu sein.

Die Leute vom Kopierladen hatten ihr geholfen, alles ins richtige Format zu bringen. Dann hatte sie sich Zeit am Computer gemietet und die Endfassung am Laserdrucker ausgefertigt. Das sieht verdammt gut aus, sagte sie sich. Besonders gefiel ihr der Teil, wo sie ihren Job für den Senator beschrieb. Wer hätte je gedacht, dass jahrelanges Mithören der Gespräche der Freunde ihrer Mutter und einige Führungen durch Wahlkampfhauptquartiere solchen Erfolg zeitigen würden?

Sie hatte sich vorgenommen, nach dem Vorstellungsgespräch bei Richard, je nachdem, wie es lief, ihre Mutter anzurufen und ihr die Sache mit dem Senator zu erläutern, damit sie gedeckt war, falls Richard es doch überprüfen sollte.

Montagmorgen rief Julianna Sandy an, um ihr Glück zu wünschen. „Hallo, ich bin's."

„Hallo."

„Bist du bereit?"

„Ich denke."

Julianna zog die Stirn in Falten. Sie hatte sich am Vorabend mit Sandy getroffen und ihr die Bewerbung gegeben. Zugleich hatte sie ihr genaue Anweisungen erteilt, was sie Richard sagen sollte. Sandy war munter und ganz aufgeregt gewesen. Heute klang sie nervös und zögerlich, als wolle sie ihr Versprechen nicht einlösen.

Julianna fasste den Hörer fester. „Sandy, du hast es dir doch nicht anders überlegt, oder?“

„Natürlich nicht“, erwiderte sie nach einem kurzen Moment. Und die zögerliche Art, wie sie das sagte, strafte ihre Worte Lügen.

Doch Julianna war nicht bereit nachzugeben. „Gut, denn du klingst nicht gerade begeistert. Wenn ich den Job bekommen soll, musst du Begeisterung zeigen. Du musst mich positiv präsentieren.“

„Ich weiß. Es ist nur ...“ Sandy zögerte und seufzte. „Mr. Ryan ist einer der Partner. Wenn dieser Schuss nach hinten losgeht, könnte es mich den Job kosten.“

„Was sollte denn da nach hinten losgehen?“ Julianna senkte vertraulich die Stimme. „Du kennst mich, Sandy. Wir sind die besten Freundinnen. Und ich sage dir, ich kann diesen Job ausfüllen, und zwar gut. Wenn Richard Ryan mich einstellt, wird er so glücklich sein, dass du wahrscheinlich eine Gehaltserhöhung bekommst und befördert wirst.“

„Und wir werden jeden Tag zusammen zum Lunch gehen, nicht wahr?“

„Und wir machen die Kaffeepausen zusammen.“ Julianna lächelte und wusste, sie hatte gewonnen. „Ich würde nie etwas tun, das dir schadet, Sandy. Wenn ich nicht wüsste, dass ich der Aufgabe gewachsen bin, würde ich dich nicht um diesen Gefallen bitten. Das musst du mir glauben.“

„Das tue ich.“ Sandy wirkte erleichtert und kicherte, wie von Juliannas Aufregung angesteckt. „Ich benehme mich blöd.“

„Erwähne, wie gut wir uns kennen, und dass ich für Senator Jacobson gearbeitet habe."

„Mach ich."

„Bestimmt? Du vergisst es nicht, und lässt mich nicht im Stich?"

„Natürlich nicht."

„Und erzähl ihm nicht, wo und wann wir uns kennen gelernt haben. Es sei denn, er fragt."

„Verstanden."

„Denk dran", fuhr Julianna fort, plötzlich so nervös, dass ihr schlecht wurde, „du tust ihm einen Gefallen. Ich bin die Idealbesetzung für diesen Job. Wenn du davon überzeugt bist, ist er es auch." Als Sandy schon auflegen wollte, sagte Julianna noch: „Und ruf mich sofort an, wenn du etwas weißt. Ich weiche nicht vom Telefon."

Sandys Anruf kam nachmittags um halb fünf. „Er empfängt dich zu einem Vorstellungsgespräch", sagte sie aufgeregt. „Morgen früh, genau um acht."

31. KAPITEL

„Mr. Ryan", sagte Julianna, betrat sein Büro und streckte ihm freundlich die Hand hin. „Es ist mir ein Vergnügen, Sie kennen zu lernen."

„Das Vergnügen ist auf meiner Seite." Er gab ihr die Hand und deutete dann auf die Ledersessel vor seinem Schreibtisch. „Setzen Sie sich."

„Danke." Julianna nahm Platz, bemüht, ihre Nervosität zu verbergen. Richard Ryan würde kaum ein nervöses Mädchen einstellen. Sie musste die ruhige, intelligente und kompetente Frau abgeben.

Ich muss sein wie Kate.

Zu diesem Zweck hatte sie ihr bestes „Kate-Kostüm" angezogen, ihrem Make-up besondere Aufmerksamkeit gewidmet und einige Minuten vor dem Spiegel Kates Hallo, ihr Lächeln und ihre Gestik geübt.

Die Verwandlung war erstaunlich gewesen.

Richard räusperte sich und hob den Blick von ihren Bewerbungsunterlagen. „Hier steht, dass Sie für Senator Jacobson gearbeitet haben. Sie scheinen mir ein bisschen jung, um in seinem Stab gewesen zu sein."

Sie straffte sich. „Ich bin zweiundzwanzig, so jung auch nicht mehr."

Er schmunzelte. „Warten Sie zehn Jahre, dann sehen Sie das anders." Er richtete seine Aufmerksamkeit wieder auf ihre Unterlagen. „Ich bin erstaunt, dass er Sie ohne einen College-abschluss eingestellt hat."

Sie bekämpfte ihre aufsteigende Panik und faltete die Hände im Schoß. „Billy ist ein Freund der Familie. Er hatte die Güte, mir eine Chance zu geben, obwohl ich keine Erfahrung mitbrachte." Sie sah Richard ruhig an. „Ich habe ihn nicht enttäuscht. Und wenn Sie mich einstellen, werde ich auch Sie nicht enttäuschen."

Wieder verzog Richard den Mund zu einem angedeuteten Lächeln. „Sie haben Selbstvertrauen und wirken selbstsicher. Das ist wichtig."

Sie beugte sich leicht vor und sagte eindringlich: „Wenn Sie mich einstellen, werde ich sehr hart für Sie arbeiten. Es wäre nicht bloß ein Job für mich. Ich glaube an Ihre politischen Ziele, Ersttäter hart zu bestrafen und als letztes Mittel den Handel zwischen Anklage und Verteidigung zuzulassen, um ein Geständnis zu bekommen."

Er schien erfreut, deshalb fuhr sie leidenschaftlich fort: „Es wäre mir eine Ehre, mit einem Mann wie Ihnen zu arbeiten, Mr. Ryan. Einem Mann von Intelligenz und Integrität. Es wäre aufregend, Ihnen zu helfen, St. Tammany Parishs nächster Distrikt-Staatsanwalt zu werden."

Eine Weile sagte er nichts, sah sie nur an und blickte dann wieder auf ihre Unterlagen. „Wie ich sehe, haben Sie eine Reihe von Aufgaben für Senator Jacobson erledigt. Spendenwerbung, Postdienst, Öffentlichkeitsarbeit, Wahlresultate prüfen." Er zog die Brauen hoch. „Das ist wirklich ein breites Spektrum an Tätigkeiten."

Sie bemühte sich um eine Erklärung und merkte plötzlich, dass sie vielleicht ein wenig übertrieben hatte. „Ich war zweifellos in untergeordneter Stellung. Hauptsächlich habe ich dort ausgeholfen, wo ich gebraucht wurde. Ich rangierte einen Tick über den Laufburschen." Sie betrachtete einen Moment ihre gefalteten Hände und hob den Blick wieder. „Ich will ehrlich sein, damals war es ganz schön anstrengend. Aber heute merke ich, dass meine Erfahrung auf so vielen Gebieten ein Vorteil ist."

„Da stimme ich Ihnen zu, Miss Starr." Er betrachtete sie mit leicht zur Seite geneigtem Kopf. „Sie kommen mir irgendwie bekannt vor. Sind wir uns schon begegnet?"

„Nein. Jedenfalls glaube ich das kaum. Ich lebe noch nicht so lange in Mandeville."

Er lehnte sich in seinem Sessel zurück. „Was hat Sie den weiten Weg von Washington hierher geführt?"

Seine Frage überraschte sie, sie war nicht darauf vorbereitet. Auf der Suche nach einer sinnvollen Antwort senkte sie einen Moment den Blick und sah ihn wieder an. „Meine Mutter starb letztes Jahr nach ..." Sie räusperte sich. „Nach einem langen Kampf gegen Krebs. Ich habe weiter keine Familie. Und nach ihrem Tod wollte ich einfach nicht mehr bleiben."

„Das tut mir Leid."

Sie neigte in Anerkennung seines Mitgefühls kurz den Kopf. „Jedenfalls hatte ich viel von New Orleans, dem Mardi Gras und dem French Quarter gehört und wollte immer schon mal herkommen." Sie lächelte. „Und hier bin ich."

„Aber Sie leben in Mandeville."

Sie lächelte wieder. „New Orleans entsprach nicht ganz meinen Vorstellungen. Dann fuhr ich eines Samstags über den See und verliebte mich."

Er erwiderte ihr Lächeln. „Das kann ich verstehen. Ich bin in New Orleans aufgewachsen. Aber heute möchte ich nirgends anders leben als am Nordufer." Er stand auf und streckte ihr die Hand hin. „Es war mir ein Vergnügen, Sie kennen zu lernen, Miss Starr, und ich werde Sie bei der Besetzung des Jobs zweifellos in die engere Wahl ziehen."

Sie hatte Mühe, ihre Enttäuschung zu verbergen. Sie hatte gehofft, dass er ihr den Job gleich anbot. „Haben Sie eine ungefähre Vorstellung, wann Sie Ihre Entscheidung treffen werden?"

„Bald. Wenn Sie in einer Woche nichts von mir gehört haben, rufen Sie meine Sekretärin an. Sie heißt Nancy."

Nachdem sie ihm die Hand gegeben hatte, ging sie zur Tür, wandte sich jedoch noch einmal zu ihm um. „Ich möchte diesen Job, Mr. Ryan. Ich brauche ihn. Ich werde sehr hart arbeiten und auch die geringsten Tätigkeiten übernehmen. Ich werde Sie nicht enttäuschen, das verspreche ich."

Ihre kleine Ansprache schien ihm zu gefallen. „Ich werde das bedenken. Ach, Miss Starr?" Sie drehte sich noch einmal hoffnungsvoll um. „Mein Beileid zum Tod des Senators."

„Wie bitte?"

„Senator Jacobson. Ich war immer ein Anhänger seiner Politik. Seine Ermordung war empörend. Ein großer Verlust für Amerika."

Julianna starrte ihn an, und der Raum schien sich zu drehen. Ein Schauer durchlief ihren Körper. „Ermordet?" flüsterte sie. „Billy ... ist tot?"

Richard kam um den Schreibtisch herum und erfasste ihren Arm. „Sie sind weiß wie die Wand. Kommen Sie, setzen Sie sich. Ich bringe Ihnen ein Glas Wasser."

Er führte sie wieder zum Sessel. Sie sank nieder, legte den Kopf auf die Knie und atmete tief durch. Nach einer Weile verschwand das Schwindelgefühl, doch der Schock blieb.

Billy ist tot. Ermordet. Großer Gott, was ist mit Mutter?

„Es tut mir sehr Leid", sagte er und reichte ihr das Glas. „Ich hätte nichts erwähnt ... ich dachte, Sie wüssten es. Es stand in allen Zeitungen."

Sie nahm ihm zitternd das Glas ab, trank und sah ihn an. „Ich wusste es nicht. Ich habe keine ... mit dem Umzug ..." Sie trank noch einen Schluck. „Wann ist es ... wie ...?"

„Etwa vor vier Monaten. Er wurde erschossen. Allerdings

erinnere ich mich nicht mehr an alle Details. Ich glaube, der Täter wurde nie gefasst. Falls doch, habe ich es nicht gehört."

Mutters Liebhaber ermordet, und sie finden den Täter nicht? John!

Julianna zitterte heftig, obwohl sie es zu unterdrücken versuchte. Sie zwang sich zur Ruhe, sah jedoch beim Aufstehen an Richards mitfühlender Miene, dass es ihr anscheinend nicht besonders überzeugend gelang. Ihre aufkommende Panik hielt sie in Schach, indem sie sich immer wieder sagte, dass sein Tod nichts mit ihr oder John zu tun hatte. Warum sollte er auch? Heutzutage wurden ständig irgendwo Menschen ermordet. Das war die Tragik unseres modernen Lebens. Hatte John das nicht immer gesagt?

Richard brachte sie zur Tür. „Tut mir Leid, dass ich Ihnen keine weiteren Einzelheiten nennen kann. Vielleicht können Sie im Zeitungsarchiv der Bibliothek die alten Ausgaben der *Times Picayune* lesen?"

Die Zeitung, natürlich! „Danke, Mr. Ryan. Das werde ich tun." Sie lächelte schwach. „Ich freue mich auf Ihren Anruf."

Irgendwie schaffte Julianna es, von Richards Büro zur Zweigstelle der St. Tammany Parish Bibliothek in Covington zu gelangen. Die Bibliothekarin half ihr, das Gesuchte auf Mikrofilm zu finden, und ließ sie allein.

Julianna überflog den Artikel. Es war am 16. November geschehen. Der Senator war laut Zeitung erschossen in seinem Washingtoner Hotelzimmer aufgefunden worden. Jemand hatte Schüsse aus nächster Nähe auf ihn abgegeben, und der Senator war auf der Stelle tot gewesen. Als der Artikel geschrieben wurde, hatte die Polizei noch keine Verdächtigen, obwohl man verschiedenen Spuren folgte.

Julianna starrte den Monitor an. Ihre Augen schwammen

in Tränen, und sie schlang fröstelnd die Arme um sich. Etwas an der Meldung störte sie. Warum war Billy in dieser Nacht im Hotel gewesen? Normalerweise lebte er bei seiner Familie in Virginia. Doch wenn er in der Stadt war, blieb er stets bei ihrer Mutter.

„Alles in Ordnung mit Ihnen?"

Julianna hob den Blick. Die Bibliothekarin war zurückgekehrt und sah sie besorgt an. „Entschuldigung", flüsterte Julianna, „was haben Sie gesagt?"

„Kann ich etwas für Sie tun?"

„Nein, ich ..." Sie versuchte, die Tränen zu unterdrücken. „Sie sagten, ich könnte mir eine Kopie davon machen?"

„Das ist richtig. Sie kosten einen Vierteldollar pro Seite."

Julianna nahm zwei Vierteldollarmünzen aus der Tasche und ließ sich die Titelseite mit der Schlagzeile von Billys Ermordung und den Artikel auf der Rückseite kopieren.

Sie dankte der Bibliothekarin und ging, die Kopien an die Brust gepresst. Sie schaffte es nach Hause, konnte sich jedoch nicht erinnern, ins Auto gestiegen, geschweige denn gefahren zu sein. Mit hämmerndem Herzen wählte sie die Nummer ihrer Mutter. Das Telefon begann zu läuten. Während sie wartete, sagte sie sich immer wieder, dass Billys Tod nichts mit ihr, ihrer Mutter oder John zu tun hatte.

Beim dritten Klingeln wurde sie von einem Band informiert, dass dieser Anschluss nicht mehr benutzt wurde. Den Hörer noch in der Hand, sank Julianna auf die Knie. Das kann nicht sein, dachte sie. Sie musste sich verwählt haben. Sie wählte noch einmal und achtete genau auf die Zahlen.

Dasselbe Band ertönte.

Gegen Hysterie ankämpfend, erkundigte sie sich bei der Auskunft nach der Telefonnummer von Sylvia Starr. Man teilte ihr mit, dass im Gebiet von Washington keine Sylvia Starr eingetragen sei.

Kein Telefonanschluss für Mutter, und Billy ist tot!

Julianna kippte mit dem Oberkörper vornüber, den Hörer noch am Ohr. O Gott, was sollte sie jetzt tun? Sie musste sich vergewissern, dass mit ihrer Mutter alles in Ordnung war. Sie musste sie finden.

Clark Russell. Natürlich!

Sie wischte sich die Tränen ab, rief noch einmal die Auskunft an und wählte schließlich die Nummer der CIA in Langley, Virginia.

„CIA. An wen darf ich Sie weiterverbinden?"

„Bitte könnte ich …", flüsterte sie mit tränenerstickter Stimme. „Ich muss mit …"

„Sagen Sie bitte, was Sie wünschen", bat die Frau am anderen Ende. „Ich kann Sie nicht verstehen."

Julianna räusperte sich. „Clark Russell bitte."

„Und wer wünscht ihn zu sprechen?"

„Julianna Starr."

Ein Augenblick Schweigen am anderen Ende, dann eine Reihe von Klickgeräuschen. Es meldete sich ein Mann. „Hier spricht Todd Bishop. Kann ich Ihnen helfen?"

„Ich war … ich muss mit Clark Russell sprechen bitte."

„Tut mir Leid, Mr. Russell ist nicht mehr bei der Agency. Kann ich Ihnen helfen?"

„Nicht mehr bei …" Julianna atmete tief durch. „Aber wo … wann ist er …"

„Er ist im Januar in den Ruhestand gegangen, der Glückliche. Kann ich vielleicht …"

Julianna warf leise aufstöhnend den Hörer auf die Gabel. Sie sank vornüber, zog die Knie an die Brust, und schlang die

Arme darum. Das Gesicht auf die Knie gepresst, wiegte sie sich vor und zurück und versuchte ihre Angst zu bekämpfen.

Billy war tot, drei Wochen nach ihrem Verschwinden ermordet. Clark war nicht mehr bei der CIA. Ihre Mutter war unauffindbar.

John machte offenbar klar Schiff. Er führte einen persönlichen Rachefeldzug.

Mutter ist auch tot.

Nein. Sie presste die Hände auf die Ohren, als könnte sie damit ihre Gedanken unterdrücken. Nein, ihrer Mutter ging es bestimmt gut. Vielleicht lebt sie jetzt mit dem arabischen Millionär, den sie kurz vor meiner Abreise aus Washington kennen gelernt hat, auf dessen Yacht. Eigentlich hatte sie den Kerl nicht leiden können, aber vielleicht hatte er sich durch Geschenke eingeschmeichelt. Das war schon früher passiert.

So musste es sein. Julianna wischte sich die Tränen von den Wangen. Ihre Mutter hatte die Beziehung mit Billy beendet, war mit dem Millionär weggefahren und hatte das Stadthaus in Washington geschlossen. Deshalb hatte Billy auch im Hotel übernachtet. Deshalb war die Nummer ihrer Mutter nicht mehr im Telefonverzeichnis aufgeführt. Und Clark Russell war eben nur in den Ruhestand getreten, genau wie der Mann gesagt hatte.

Das ergab alles Sinn. Jedenfalls mehr als zu glauben, John sei auf einem Rachefeldzug.

Sie wurde langsam ruhiger, stand lächelnd auf und schalt sich für ihre überhitzte Fantasie. Von Billys Tod zu hören, war natürlich ein Schock gewesen, doch von jetzt an würde sie ihre Aufmerksamkeit fest auf Richard und ihre gemeinsame Zukunft richten.

32. KAPITEL

Auf der Heimfahrt an diesem Abend musste Richard ständig an das Mädchen denken, das er morgens zu einem Vorstellungsgespräch bei sich gehabt hatte. Auch tagsüber hatte er immer mal wieder an die junge Frau gedacht, ohne recht zu wissen, warum.

Sie hatte sich im Vorstellungsgespräch gut präsentiert, kein Zweifel. Und sie war so qualifiziert wie die anderen, mit denen er gesprochen hatte. Ihm gefiel, mit welchem Eifer und welcher Entschlossenheit sie sich um den Job bemühte.

Trotzdem hatte er gegen sie entschieden. Sie war zu jung, zu hübsch und zu unerfahren.

Dennoch musste er immer wieder an sie denken, und je öfter er das tat, desto schwankender wurde er in seiner Entscheidung gegen sie. Sie besaß eine Entschlossenheit, die er bei den anderen Bewerberinnen vermisst hatte. Das vor allem ließ ihn vermuten, dass sie ihre Arbeit gut machen würde, besser vielleicht als die anderen.

Außerdem besaß sie ein sicheres Auftreten und eine Weltgewandtheit, die man einer Zweiundzwanzigjährigen nicht unbedingt unterstellte. Fast so, als hätte sie schon mehr erlebt, als ihrem Alter entsprach.

Richard bog in die Gerard Street und fuhr auf den See zu. Lächelnd erinnerte er sich, wie sie ihn angesehen – wie sie zu ihm aufgesehen hatte. Als glaube sie unerschütterlich an ihn. Als hätte sie keinen Zweifel an seinen Fähigkeiten und Gewinnchancen.

Seine Gedanken amüsierten ihn. Als sie ihn so angesehen hatte, war ihm eingefallen, wie er als junger Mann in Tulane gewesen war. Unerschütterlich, frech und von keinem Zweifel an sich selbst, seinen Fähigkeiten und seiner goldenen Zukunft angekränkelt. Damals hatte er nur mit dem Finger schnippen müssen, und seine Wünsche waren in Erfüllung gegangen.

Richard verzog voller Selbstironie das Gesicht. Ein hübsches Ding, über zehn Jahre jünger als er, sah ihn ehrfürchtig an, und schon plusterte er sich auf wie ein Pfau.

Grund genug, sie nicht einzustellen.

Er wurde ernst, als er daran dachte, wie der Tod des Senators sie entsetzt hatte. Das arme Mädchen hatte ihm wirklich von Herzen Leid getan.

Er hielt an einer Ampel, die auf Rot sprang, und dachte an Kate. Auch sie hatte ihn mal so angesehen, wie Julianna es heute getan hatte, als habe sie grenzenloses Vertrauen in seine Fähigkeiten und seine Unfähigkeit, Unrecht zu tun. Sie hatte ihm das Gefühl gegeben, stark und unverwundbar zu sein.

Nachdenklich runzelte er nachdenklich die Stirn. Wann hatte das aufgehört? Wann hatte er aufgehört, für sie ein Held zu sein?

Das Baby, dachte er mit einem Gefühl von Abneigung. Seit sie das Baby hatten, war nichts mehr wie früher.

Die Ampel sprang um, und er bog auf den Lakeshore Drive ein. Als er seine Einfahrt erreichte, winkte er ihrer Nachbarin zu, die ihre Myrten stutzte. Kate saß lesend auf dem oberen Balkon, und das Baby schlief in seiner Wiege. Er stellte den Wagen ab, nahm seine Aktentasche und stieg aus. Kate sah ihn und rief ihm einen Gruß zu.

Das ist es, fiel ihm auf, als er den Gruß erwiderte, etwas an Julianna Starr erinnerte ihn an Kate, obwohl sie sich nicht ähnlich sahen. Kate besaß eine klassische, unaufdringliche Schönheit. Julianna Starr erinnerte ihn mehr an die Supermodels, die von großen Designern berühmt gemacht wurden, kindliche

Madonnen, irgendwie unschuldig und zugleich sinnlich. Trotz dieser Unterschiede hatte Julianna etwas an sich, das ihn an seine Frau erinnerte ... die Art, wie sie sich bewegte, wie sie lächelte und sprach.

Er öffnete die Haustür und fand Kate in der Küche, als sie eine Flasche Merlot öffnete. Er ging zu ihr, umschlang sie von hinten mit den Armen und presste seine Lippen an ihr Ohr. „Hallo, meine Schöne."

Sie drehte sich in seiner Umarmung und legte ihm lächelnd die Arme um den Nacken. „Hallo."

Er küsste sie, betrachtete ihr Gesicht und bemerkte die dunklen Ränder unter ihren Augen. „Du siehst müde aus."

Kate verzog das Gesicht. „Ich bin müde. Emma hatte ihren mäkeligen Tag."

Er ließ sie los und holte zwei Weingläser aus dem Schrank. „Sie ist jetzt ruhig."

„Dem Himmel sei Dank. Heute konnte ich ihr einfach gar nichts recht machen. Ich schwöre, ich habe sie die meiste Zeit herumgetragen."

Er schenkte zwei Gläser voll und reichte ihr eines. „Dann bist du wohl nicht ins ‚Uncommon Bean' gegangen, wie du vorhattest."

„Keine Chance. Emma hat mir keine zwei Sekunden Ruhe gegönnt." Sie nippte an ihrem Glas und seufzte. „Das habe ich jetzt gebraucht." Sie trank noch einen Schluck und stellte dann das Glas ab. „Wie geht es mit den Vorstellungsgesprächen voran?"

„Merkwürdig, dass du danach fragst. Ich habe heute mit einer interessanten jungen Frau gesprochen."

Kate vergewisserte sich mit einem Blick auf den Babymonitor, dass er eingeschaltet war. „Erzähl mir von ihr."

Das tat er. Als er fertig war, sah Kate ihn an. „Das klingt ja nach einer Idealbesetzung. Stellst du sie ein?“

„Ich weiß nicht recht. Sie ist sehr jung und nicht erfahren genug.“ Er beobachtete ihr Mienenspiel und lachte. „Wie ich sehe, gefällt dir etwas nicht.“

„Nein, nein, es ist nur ... glaubst du, dass sie ihre Arbeit schaffen würde?“

Er dachte einen Moment darüber nach und nickte. „Ja, das glaube ich.“

„Und du denkst, du kannst mit ihr zusammenarbeiten?“

„Zweifellos. Obwohl ...“ Er warf seiner Frau einen amüsierten Seitenblick zu. „So viel Heldenanbetung könnte ein bisschen anstrengend werden.“

„Heldenanbetung?“ Kate warf lachend ein Geschirrtuch nach ihm. „Jetzt mach aber halblang.“

Er lehnte sich lachend gegen den Tresen. „Also, was meinst du? Soll ich ihr den Job geben?“

„Es ist natürlich deine Entscheidung.“ Aus dem Monitor kamen die Geräusche einer sich regenden Emma. Kate straffte sich. „Nach allem, was du sagst, klingt sie nicht übel. Außerdem erinnert sie dich angeblich an mich, demnach muss sie gut sein.“ Diesmal warf er das Geschirrtuch nach ihr. Kate fügte ernst hinzu: „Denk mal nach, Richard. Wir waren auch mal jung und unerfahren. Warum gibst du ihr nicht eine Chance? Stell sie zur Probe ein und sieh dir an, was sie kann. Sag ihr, dass du ihre Arbeit nach dreißig Tagen bewerten wirst.“

Er dachte einen Moment nach und nickte. „Ich denke, du hast Recht. Ich sollte ihr eine Chance geben. Ich werde ihr den Job anbieten.“

33. KAPITEL

Während der nächsten zwei Wochen stürzte Julianna sich regelrecht in ihre Arbeit, um Richard zu beeindrucken. Ihre Aufgaben waren todlangweilig – Termine für Ansprachen festlegen, Kontakt zu Unterstützern herstellen, kleine Botengänge erledigen – doch die Zusammenarbeit mit Richard war der Himmel auf Erden.

Sie nutzte jede Gelegenheit, sich seine Zuneigung zu erwerben. Ihr Angriffsplan hatte zwei Stufen. Sie wählte ihre tägliche Kleidung mit besonderer Sorgfalt und achtete auf die Balance zwischen sexy und professionell. Sie trug ihre Röcke eine Spur zu kurz und ließ, wenn möglich, einen zusätzlichen Knopf an der Bluse offen, jedoch niemals so aufdringlich, dass es Gerede heraufbeschworen hätte. Allerdings steckte durchaus die Absicht dahinter, sexy, feminin und einladend zu wirken. Der zweite Teil ihres Planes schloss ein, sich unentbehrlich zu machen und ihm jeden Wunsch von den Augen abzulesen.

Er sollte sich auf sie verlassen, sich freuen, sie zu sehen, sie begehren. Er sollte schließlich erkennen, dass er nicht ohne sie leben konnte.

An manchen Tagen, wenn er sie auf diese besondere Art anlächelte oder ihr eine Hand auf die Schulter legte, oder einen verstohlenen Blick auf ihre Beine oder ihre Brüste warf, war sie überzeugt zu gewinnen. An anderen, wenn sie ihn kaum sah oder er sie kaum beachtete, sank ihre Siegesgewissheit und damit ihr Mut. Dann musste sie sich erinnern, dass sie füreinander bestimmt waren, dass Richard ihr Schicksal war. Und sie verdoppelte ihre Anstrengungen.

„Julianna?“

Den Telefonhörer zwischen Schulter und Ohr geklemmt,

hob sie den Blick. Sandy stand mit hoffnungsvoller Miene an der Tür zu ihrem winzigen Büro. „Ja?“ fragte Julianna stirnrunzelnd.

„Ich dachte … wir könnten heute vielleicht zusammen zum Lunch gehen.“

„Tut mir Leid. Ich gehe heute mit Mr. Ryan zum Lunch.“

„Du und Mr. Ryan? Dein Boss, Mr. Ryan?“

„Ja, Sandy.“ Julianna seufzte. „Wir haben Geschäftliches zu besprechen.“

„Oh.“ Sie räusperte sich. „Wann können wir denn mal zusammen zum Lunch gehen? Morgen vielleicht?“

„Ich weiß nicht. Vielleicht.“

„Das hast du gestern auch gesagt“, wandte Sandy wie ein bockiges Kind ein. „Und den Tag davor auch.“

Julianna sah sie mit leicht zusammengekniffenen Augen an. „Und das soll heißen?“

„Seit du hier arbeitest, sind wir noch nicht ein einziges Mal zusammen zum Lunch gegangen. Und das sind jetzt schon zwei Wochen.“

„Ich hatte sehr viel zu tun. Die Arbeit geht vor.“

„Verstehe … wie wäre es mit Dinner? Oder Kaffee im ‚Bottom of the Cup‘? Wir sehen uns überhaupt nicht mehr.“

„Tut mir Leid. Ich kann nicht.“

Julianna widmete sich wieder dem Anruf, den sie dringend machen musste, und ignorierte Sandy wortlos.

Sandy wich nicht vom Fleck. „Ich habe dich gestern mit Laura und Bruce gesehen. Um mit ihnen essen zu gehen, hattest du nicht zu viel Arbeit.“

Julianna schnaubte ungeduldig. Sandy war wie ein lästiges Insekt. Die kleine graue Maus war so ungefähr die Letzte, mit der sie sich in der Firma abgeben wollte. Auch Richard sollte nicht den Eindruck bekommen, dass sie dicke Freundinnen waren. Andererseits war es unklug, sich Sandy zum Feind zu machen.

„Meine Güte, Sandy, das klingt ja, als wärst du eifersüchtig. Als würde ich dich hintergehen oder so etwas."

Sandy bekam rote Flecken auf die Wangen. „Das war nicht meine Absicht … aber als ich dir diesen Job besorgt habe, hast du versprochen …"

„Warte eine Minute. Du hast mir diesen Job nicht besorgt. Ich habe ihn auf Grund meiner Kenntnisse und Fähigkeiten bekommen. Was sollen denn die Leute denken, wenn sie dich so reden hören?"

Sandy wich zurück. „Tut mir Leid. Es ist nur …" Sie rang die Hände, Tränen glitzerten ihr in den Augen. „Es ist so, als würdest du mich fallen lassen."

Julianna schloss den Terminkalender, beugte sich hinunter und holte ihre Handtasche unter dem Schreibtisch hervor. Sie schlang sich den Riemen über die Schulter und sah Sandy wieder an. „Das bildest du dir ein. Ich bin einfach zu beschäftigt." Sie sah auf ihre Uhr. „Ich muss mich sputen. Richard wartet."

Sandy starrte sie einen Moment nur an, dann huschte der Ausdruck plötzlichen Verstehens über ihr Gesicht. „Du hast mich benutzt", flüsterte sie mit zittriger Stimme, „um diesen Job zu bekommen, damit du bei Mr. Ryan sein kannst."

„Sei nicht albern." Julianna bemühte sich, ihre Nervosität zu verbergen. „Als wir uns kennen lernten, wusste ich nichts von dir. Auch nicht, wo du arbeitest."

„Woher soll ich das wissen? Du hättest mir seit Wochen folgen können, um alles Notwendige auszukundschaften."

Julianna war wie vom Donner gerührt und verbarg es so gut sie konnte. „Und warum hätte ich das tun sollen?"

„Weil du in ihn verliebt bist. Ich merke, wie du ihn ansiehst, alle merken das.“

„Du brauchst professionelle Hilfe, Sandy. Entweder das oder ein eigenes, interessantes Privatleben.“ Julianna blieb vor ihr stehen. „Du bist wirklich bemitleidenswert, weißt du das? Du tust mir Leid.“ Sie drängte sich an ihr vorbei.

Sandy blieb in der Tür stehen, und ihre Schultern bebten, als sie weinte.

34. KAPITEL

Julianna und Richard gingen in das Café gegenüber der Anwaltskanzlei. Die Hostess führte sie an einen Fenstertisch und Julianna blickte in den Patio hinaus. „Ich liebe es, im Kühlen zu essen."

Richard lachte. „Stimmt ja, es ist Ihr erster August in Süd-Louisiana. Wie gefällt es Ihnen? Heiß genug?"

„Wie es mir gefällt? Ich schmelze, so verflixt heiß ist es." Sie stützte das Kinn auf die Faust, etwas das Kate oft tat, und Richard war wieder einmal verblüfft, wie sehr sie ihn an seine Frau erinnerte. „Kühlt es denn hier nie richtig ab?" fragte sie.

„Wir haben für gewöhnlich einige kühle Tage im Oktober."

Sie nahm die Speisekarte auf und verzog den Mund zu einem scheuen Lächeln. „Sie necken mich."

„Ich wünschte, es wäre so." Er lächelte ebenfalls. „Stellen Sie sich vor, wie es hier vor Erfindung der Klimaanlage war."

Das war in er Tat unvorstellbar, und so studierten sie schweigend den Speisekarte. Sie hatten die Karten kaum beiseite gelegt, als die Kellnerin erschien, um ihre Bestellungen aufzunehmen.

Richard beobachtete Julianna, während sie bestellte, und dachte wieder darüber nach, wie sehr sie ihn an Kate erinnerte. Stirnrunzelnd neigte er den Kopf leicht zur Seite. Diese Übereinstimmug war schon unheimlich.

Sie ertappte ihn dabei, wie er sie anstarrte, und errötete. „Was ist?"

„Sie erinnern mich an jemand."

„An wen?"

„So verrückt das klingt, an meine Frau."

„Warum sollte das verrückt klingen?"

Er lachte. „Weil Sie ihr kein bisschen ähnlich sehen." Die Kellnerin brachte ihre Eistees. Richard sah, dass Julianna zwei Stück Zucker hineingab, und schüttelte den Kopf. „Sie gibt auch immer zwei Stück in ihren Tee."

„Es macht mir nichts aus, mit ihr verglichen zu werden", sagte Julianna leise. „Nach dem Bild auf Ihrem Schreibtisch zu urteilen, ist sie eine sehr anziehende Frau."

„Ja, das ist sie." Er nippte an seinem Tee. „Sie sollten sie irgendwann einmal kennen lernen. Ich bin sicher, Sie werden sie mögen."

„Haben Sie keine Kinder?"

„Wie bitte?"

„Ich habe keine Bilder bemerkt ..."

„Ich habe eine kleine Tochter", erklärte er rasch. „Sie ist drei Monate alt." Während er das sagte, merkte er, wie linkisch und unecht das klang, als erzähle er eine Lüge. „Sie heißt Emma Grace."

„Dann sollten Sie ein Bild von ihr auf den Schreibtisch stellen. „Zeigen Sie sie ein bisschen herum. Ich bin sicher, sie ist zauberhaft."

„Natürlich ist sie das." Er räusperte sich, bemüht, rasch das Thema zu wechseln und zum Geschäftlichen zu kommen. „Ich sitze den ganzen Nachmittag mit Prozessvorbereitungen im Gericht fest und dachte, wir sollten besser ein paar Dinge besprechen, bevor es zu hektisch wird."

„Ich bin bereit." Sie bückte sich, holte Notizblock und Schreibstift aus der Tasche und legte beides auf den Tisch. „Schießen Sie los."

„Sie haben beim örtlichen Shriner's Verband angerufen und bestätigt, dass ich einen Vortrag halten werde?"

„Erledigt." Sie sah rasch in ihren Notizen nach. „Der Präsident, ein Jay Summers, wird Sie ankündigen. Ich habe ihm eine Kurzbiografie geschickt. Außerdem habe ich den Inhalt Ihrer Rede bestätigt. Sie werden über den Platz des Distrikt-Staatsanwaltes im juristischen System sprechen und Ihre Vorhaben erläutern. Er bat mich, Sie daran zu erinnern, dass Sie am Ende noch zwanzig Minuten für Fragen und Antworten einplanen."

„Gut." Richard trank von seinem Tee. „Wie Sie wissen, habe ich nächste Woche eine Gerichtsverhandlung. Es wird absolut stressig werden, und Sie werden mich vermutlich nicht zu Gesicht bekommen. Wenn möglich, melde ich mich bei Ihnen, aber am meisten werde ich mit Nancy in Kontakt sein. Sollte sich etwas Dringendes ergeben, sagen Sie es ihr."

Julianna nickte und machte Notizen, während er fortfuhr. Er bat sie, sich mit den Veranstaltern mehrerer Festivals in Verbindung zu setzen und jeweils eine Loge zu buchen. Dann sollte sie sich bei Druckern nach Ansteckern, Kühlschrankmagneten und Handzetteln erkundigen.

„Haben Sie alles?" fragte er, als er fertig war.

Sie nickte. „Nur noch eine Frage, wie lange, schätzen Sie, dauert der Prozess?"

Die Kellnerin brachte ihre Sandwiches. Als sie fortging, erklärte Richard: „Ich rechne mit zwei bis drei Wochen. Es gilt eine Menge Beweise zu präsentieren, darunter einige heikle DNA-Ergebnisse."

„Also keine Termine zum Reden halten, keine Dinnerverabredungen, bis der Prozess zu Ende ist?"

„Genau."

Sie nahm einen Bissen von ihrem Geflügelsalat-Sandwich und spülte ihn mit Tee hinunter. „Es muss schwierig sein, bei einem Fall wie diesem alle Beweise zu sichten." Sie schauderte.

„Ich meine, wird der Angeklagte nicht beschuldigt, seine Freundin in Stücke gehackt zu haben?“

Die Medien hatten seinen Klienten Dr. Tod getauft, zum einen wegen der Art des Verbrechens und zum anderen, weil Dr. Robert Wellever in New Orleans ein prominenter Chirurg war. „Einige Beweise sind ziemlich grauenvoll“, stimmte er zu. „Aber es ist meine Aufgabe, und es muss gemacht werden.“

„Glauben Sie, dass Sie ihn frei bekommen?“

„Ich hoffe es. Er ist unschuldig.“

„Aber was ...“ Sie beendete den Satz nicht. „Ach, egal.“

„Fahren Sie fort, Julianna. Was wollten Sie sagen?“

„Was wäre, wenn er nicht unschuldig ist. Besser gesagt, was wäre, wenn Sie von seiner Schuld überzeugt wären?“

„Dann würde ich ihn trotzdem vertreten. In diesem Land ist man unschuldig, bis die Schuld bewiesen ist. Jeder Amerikaner hat Anrecht auf einen fairen Prozess und vorurteilsfreie Vertretung seiner Interessen.“

Er sah ihr in die Augen und entdeckte den Eifer, die Ehrfurcht und die Bewunderung der Jugend. Er gestand sich ein, dass es ihm gefiel, so verehrt zu werden. Er fühlte sich wieder jung, als könnte er die Welt erobern. „Und das ist genau der Grund, weshalb ich mich um das Amt des Distrikt-Staatsanwaltes bemühe. Ich möchte einmal auf der anderen Seite des Gesetzes stehen. Ich habe Typen verteidigt, die so schuldig waren wie die Sünde. Ich wusste es, weil sie es mir gestanden hatten. Trotzdem präsentierte ich den Fall, so gut es bei den gegebenen Beweisen möglich war, und bekam sie frei. Mir gefiel nicht, wie ich mich dabei fühlte. Etwa so, als brauchte ich dringend ein Bad.“ Er lachte eine Spur befangen, als wundere er sich, wieso er ihr diese Gedanken anvertraute. „Ein paar Mal habe ich mir gewünscht, die kranken Bastarde selbst einbuchten zu können. Ich wäre gern an den Richtertisch getreten und hätte die ganze Wahrheit erzählt."

„Puh." Sie lehnte sich mit blitzenden Augen zu ihm vor. Dabei klaffte der Ausschnitt ihrer Bluse ein bisschen weiter auseinander und gab die Wölbung einer Brust frei. Verlangen durchzuckte ihn wie ein Blitz. Schuldbewusst riss er den Blick von ihr los. Julianna betrachtete ihn unter leicht gesenkten Lidern hinweg und sagte: „Es ist wirklich eine Ehre, für Sie zu arbeiten."

Er lachte. „Das klingt, als wäre ich ein faltiger, arthritischer Richter am Obersten Gerichtshof."

Sie fiel in sein Lachen ein. „Das sind Sie ganz und gar nicht. Sie sind der sexieste Mann ..." Verlegen schlug sie sich mit einer Hand auf den Mund und errötete. „Ich kann nicht glauben, dass ich das gesagt habe. Es tut mir sehr Leid."

„Entschuldigen Sie sich nicht, um Himmels willen. Ich bin zwar alt, aber noch nicht tot. Ein solches Kompliment von einer schönen Frau ist verdammt nett." Besser als nett, fügte er im Stillen hinzu. Aufregend. Belebend. Es schien Ewigkeiten her, seit jemand ihn so bewundert hatte wie Julianna. Auch Kate tat das nicht mehr. Heutzutage sah sie in ihm zuerst den Vater, dann den Mann. Er war nicht mal sicher, ob sexy als Beschreibung seiner Person auf ihrer Top-Ten-Liste in die Ränge käme.

„Danke", sagte sie leise, „für die schöne Frau."

„War mir ein Vergnügen", erwiderte er lächelnd und merkte, dass er mit ihr flirtete, und das nicht zu knapp. Obwohl er sich ermahnte, die Unterhaltung wieder auf Berufliches zu lenken, beugte er sich zu ihr vor. „Erzählen Sie mir etwas von sich, Julianna. Sie arbeiten seit zwei Wochen für mich, und ich weiß nicht mehr von Ihnen als an dem Tag, als wir uns kennen lernten."

Sie schob ihr halb gegessenes Sandwich zurück. „Was möchten Sie wissen?"

Alles, dachte er. Was du magst und nicht magst, wie deine Kindheit war, welche Qualitäten du bei einem Mann suchst.

Verunsichert schluckte er trocken. Solche Gedanken hatte er seit seiner Heirat nicht mehr gehabt. Sicher, er hatte gelegentlich im Vorbeigehen den Busen oder Hintern einer Frau bewundert und sich flüchtig gefragt, wie sie im Bett sein mochte. Das tat wohl jeder.

Aber das hier war anders. Er hatte ernsthaftes Interesse an der Person Julianna. Das ging tiefer als die flüchtige Erregung über einen kurzen Rock oder ein bisschen nackte Haut.

Interesse an einer Person zu haben, die zufälligerweise eine hübsche Sekretärin war, war zum Glück kein Verbrechen. Es bedeutete nicht, dass er sich zum Betrüger, geschweige denn Ehebrecher entwickelte.

So einer war er ohnehin nicht. Er liebte seine Frau und glaubte an die Heiligkeit des Ehegelöbnisses. Er hatte sich ausgetobt, ehe er vor den Traualtar getreten war.

Und das war gut so, dachte er. Andernfalls könnte es sich als ausgesprochen gefährlich erweisen, tagein, tagaus mit Julianna Starr zusammen zu sein.

35. KAPITEL

„Komm her, meine Süße", raunte Kate Emma zu, die kräftig mit Armen und Beinen strampelte. „Wir wollen doch schön sein für unseren Gast und für Daddy."

Als Antwort strampelte Emma heftiger, krähte lauter und lachte über die vergeblichen Versuche ihrer Mutter, sie anzuziehen. Kate schüttelte in belustigter Empörung leicht den Kopf. „Du bist wohl anderer Meinung, du kleiner Racker."

Sie presste ihrer Tochter die Lippen auf den nackten Bauch und blies. Emma stutzte und lachte gurgelnd los. Kate nutzte die Gelegenheit, ihr das Kleidungsstück über den Kopf zu ziehen und die Arme hineinzustecken. Ehe Emma protestieren konnte, hob sie ihr Beine und Po hoch. Dann grinste sie ihre Tochter an. „Hab dich überlistet."

Da sie merkte, dass ihr die Zeit davonlief, sah sie auf ihre Uhr. Richard und seine neue Assistentin konnten jeden Moment kommen ... und sie war noch nicht mal umgezogen. Nachdem sie das Gitter am Bettchen hochgezogen hatte, bewegte sie das bunte Mobile über Emmas Kopf und wusste, dass sie es jetzt eine Weile fasziniert betrachten würde. Sie eilte ins Schlafzimmer, um etwas Passables anzuziehen.

Kaum hatte sie den letzten Knopf an dem leichten, schwingenden Kleid geschlossen, als sie Richard kommen hörte.

„Ich bin gleich unten, Schatz!" rief sie von der Schlafzimmertür. „Im Kühlschrank steht eine Flasche Weißwein, im Gestell liegt roter. Schenk mir ein Glas Roten ein, ja?"

Kate trat vor den Spiegel, um ihr Äußeres ein letztes Mal zu prüfen. Sie gestand sich ein, wegen der Begegnung mit Julianna ein wenig nervös zu sein. Richard hatte ihr Lob in den höchsten Tönen gesungen, und als er die Notwendigkeit einiger Überstunden erwähnte, hatte sie vorgeschlagen, sie sollten hier zu Hause arbeiten. Sie könnten zusammen zu Abend essen, danach konnte er mit Julianna in sein Arbeitszimmer gehen, während sie abräumte und sich um Emma kümmerte. Schließlich hatte sie ihn geneckt, sie wolle sein Protegee kennen lernen. Und er hatte gespottet, sie sei nur eifersüchtig auf all die Zeit, die er mit einer anderen Frau verbringe.

Sie hatte ihn lachend geküsst.

Das Lachen verging ihr Minuten später, als Julianna sich zu ihr umdrehte und ihr die Hand reichte. „Sie müssen Kate sein“, sagte sie leise.

Kate rückte Emma auf ihrem Arm zurecht und gab Julianna die Hand. Nach Richards Beschreibung hatte sie eine junge, eifrige, noch unkultivierte Frau erwartet. Dass sie hübsch war, hatte sie vermutet, ihre Schönheit verblüffte sie jedoch. Sie wirkte geheimnisvoll und sexy. Und ihr ruhiges, selbstsicheres Auftreten war erstaunlich.

Vor allem hatte sie nicht erwartet, wie besitzergreifend Julianna Richard ansah.

„Und Sie sind Julianna“, erwiderte sie. „Es ist schön, Sie endlich kennen zu lernen.“

Die junge Frau sah Emma an, und ihr Mund verzog sich zu einem schwachen, wissenden Lächeln. „Und diese kleine Schönheit ist Richards Baby, Emma Grace.“

Kate zuckte leicht zusammen. „Ja, das ist Emma, *unsere* Tochter.“

Julianna sah Richard an. „Ich würde sie gern mal halten.“

Er lächelte. „Nur zu.“

„Nein.“ Kate wich instinktiv zurück, als Julianna die Arme ausstreckte. Sie räusperte sich verlegen wegen ihrer unwillkürlichen Reaktion und erklärte: „Emma reagiert manchmal abweisend auf Fremde. Sie braucht Zeit, sich an jemand zu gewöhnen."

„Seit wann?" fragte Richard lachend und ging hinaus, um den Grill anzuzünden. „Lass Julianna sie nur nehmen. Sie gibt dir Emma sicher gern zurück, wenn sie schreit."

Himmel, er hat Recht, du benimmst dich wie eine ängstliche Glucke.

Kate übergab Emma mit unguten Gefühlen. Als sie sah, wie die junge Frau die Kleine knuddelte und mit ihr sprach, hätte sie ihr Emma am liebsten entrissen.

Was hat sie nur an sich, dass sich mir alle Nackenhaare sträuben, fragte Kate sich im Stillen. Warum habe ich augenblicklich eine so große Abneigung gegen sie entwickelt?

Du bist kleinlich und eifersüchtig, sagte sie sich. Negative Gefühle, die man offenbar entwickelt, wenn man zu viel Zeit allein mit einem Kind verbringt.

Mochte das sein, wie es wollte, als Emma zu quengeln begann, nahm sie sie zurück. „Sie wissen wie Babys sind", sagte sie leichthin und erzwang ein Lächeln. „Bei keinem fühlen sie sich so wohl wie bei der Mutter."

„Richard sagte mir, dass sie adoptiert ist."

Kate betrachtete Julianna, die wieder dieses wissende Lächeln aufgesetzt hatte. Nein, eher ein selbstzufriedenes Grinsen. Als kenne sie ein süßes Geheimnis, das ihr ein Überlegenheitsgefühl gab.

Kate hätte am liebsten gegiftet, dass sie Emmas Mutter sei, adoptiert oder nicht. Doch sie beherrschte sich, weil diese junge Frau eine von Richards Angestellten war. „Das stimmt", erwiderte sie ruhig. „Wenn Sie mich bitte entschuldigen. Ich hole die Vorspeisen."

Im Stillen zählte Kate bis zehn. Für gewöhnlich ließ sie sich von den oft schmerzlichen Bemerkungen über Emmas Adoption nicht beeindrucken. Die Adoption gehörte untrennbar zu Emma und machte sie zu etwas Besonderem und Einmaligem. Wenn jemand etwas Dummes oder Verletzendes sagte, geschah das oft aus Unkenntnis, und Kate nutzte die Gelegenheit meist zur Aufklärung der Leute.

Aber an dieser jungen Frau kam ihr irgendetwas hinterhältig und verschlagen vor. Juliannas Bemerkungen zeugten nicht von Naivität, sondern von Bösartigkeit. Kate mochte diese Frau kein bisschen. „Wir haben sie nicht irgendwo gefunden, Julianna, sondern sie durch eine angesehene Agentur vermittelt bekommen."

„Der Grill ist heiß", verkündete Richard und kam Hände reibend in die Küche. Er ging zu dem Tablett mit Brie, Erdbeeren und Crackern und schnitt sich ein Stück Käse ab.

„Ich sprach gerade mit Kate über Adoptionen. Ich finde es wunderbar, dass Sie Emma adoptieren konnten."

Er strahlte die junge Frau an, und Kate verschluckte sich fast an einer Erdbeere. Offensichtlich teilte er ihre Einschätzung von Julianna nicht.

„Das finden wir auch", bestätigte er. „Wir halten es für ein kleines Wunder." Er wandte sich an Kate. „Nicht wahr, Schatz?"

Kate lächelte ihn an und liebte ihn in diesem Moment so sehr, dass es ihr den Atem verschlug. „Ja, das tun wir."

„Warum führst du Julianna nicht durchs Haus, während ich die Steaks brate?"

Das war zwar das Letzte, was sie wollte, sie sah jedoch keine Möglichkeit, es mit Anstand abzulehnen. Während sie von Zimmer zu Zimmer gingen, gewann Kate den sonderbaren Eindruck, dass Julianna sich hier auskannte, mit Grundriss und Einrichtung vertraut war.

Beunruhigt blieb sie ein wenig zurück und beobachtete, was ihr Gast tat. Wie erwartet, übernahm Julianna die Initiative, so dass Kate eine Führung durch ihr eigenes Haus bekam. Ihr wurde unheimlich zu Mute.

„Und das ist Richards Arbeitszimmer", sagte Julianna leise, ging in den Raum, schloss die Augen und atmete tief durch die Nase ein. „Es riecht nach ihm."

Kate konnte es nicht fassen. „Wie bitte?"

„Er ist ein wunderbarer Mann", stellte Julianna fest und wandte sich ihr zu. „Sie haben großes Glück gehabt."

„Das klingt, als wäre mein Glück bald zu Ende", erwiderte Kate und ließ es wie einen Scherz klingen.

„Tut mir Leid, so war das nicht gemeint." Julianna ließ den Blick durch den Raum schweifen, ehe sie wieder Kate ansah. „Ich würde mir gern das Kinderzimmer anschauen. Ich wette, es ist ein Stück den Flur hinunter."

„Stimmt. Aber da gibt es nichts Interessantes ..."

„Seien Sie nicht albern, Kate. Ich muss mir das Zimmer der zauberhaften kleinen Emma einfach ansehen."

Sie lächelte die Kleine an. Kate nahm Emma instinktiv auf den anderen Arm, möglichst weit weg von Julianna. „Also schön, hier entlang."

Vor dem Kinderzimmer angelangt, eilte Julianna begeistert hinein. „Das ist ja ein Traum für ein Mädchen. Alles in Rosa und sehr hübsch."

Sie ging hinüber zur Kommode und betrachtete neugierig die gerahmten Fotos darauf. Nach einem Moment blickte sie über die Schulter zu Kate. „Es gibt keines von Emma mit ihrem Daddy?"

Kate lief es kalt über den Rücken. „Wir hatten eines", erklärte sie leise. „Es wurde gestohlen."

„Gestohlen?“ Julianna legte entsetzt eine Hand an die Brust. „Sie meinen, jemand hat hier im Haus eingebrochen? Wie furchtbar.“

Kate lachte leicht befangen. „Ich sollte wohl besser sagen, vielleicht wurde es gestohlen. Vielleicht haben wir es auch verlegt. Plötzlich war es nicht mehr da.“

„So was passiert mir andauernd. Ich hasse das. Bestimmt taucht es irgendwann wieder auf.“

Kate erwiderte, sie hoffe das auch. Nachdem der Rundgang durch den Hauptwohntrakt beendet war, führte Kate ihren Gast hinab in ihr Atelier. Julianna wanderte umher und berührte dies und das.

Kate ließ sie gewähren und nutzte die Gelegenheit, sie zu beobachten. Richard hatte behauptet, Julianna erinnere ihn an sie. Zunächst hatte sie das nicht nachvollziehen können, doch inzwischen verstand sie, was er meinte. Julianna anzusehen war, wie sich selbst in einem Zerrspiegel zu betrachten. Sie trug denselben Haarschnitt wie sie. Ihr Kleid, obwohl in Stoff und Farbe anders, war im selben Stil gearbeitet wie ihres. Juliannas Lachen und ihre Gestik erinnerten Kate an sich selbst.

Beunruhigt überlegte sie, dass es fast so war, als wäre diese junge Frau nachts in ihr Schlafzimmer gekrochen, um sich ihre Identität auszuborgen. Unwillkürlich fragte sie sich, was Julianna sonst noch von ihr haben wollte. Sie sah auf ihre Uhr.

„Ich wette, die Steaks sind durch. Wir sollten hinausgehen zu Richard und nachsehen.“

Julianna tat, als hätte sie nichts gehört. „Ich wollte auch Künstlerin werden“, vertraute sie ihr an. „Aber …“ Sie ließ den Satz unbeendet und nahm Kates signierten Band von „Dead Drop“ in die Hand. „Das habe ich gerade gelesen. Sie auch?“

„Nein, noch nicht.“

Sie öffnete das Buch und las die Inschrift. Wieder spürte Kate den Drang, ihr etwas zu entreißen.

„Sie und Richard kennen den Autor?"

„Ja, er ist ein alter Freund von uns." Kate ging zu ihr und streckte die Hand nach dem Buch aus. Julianna gab es ihr, und sie legte es aufs Regal zurück. „Jetzt müssen wir aber wirklich nach oben gehen. Ich bin sicher, Richard erwartet uns."

Stunden später, nachdem Julianna gegangen und Emma längst am Schlafen war, stand Kate in ihrem Badezimmer vor dem großen Spiegel und dachte über Julianna Starr nach. Richard lag schon im Bett und überflog seine Notizen für den Prozess am nächsten Tag. Sie sah kurz zu ihm hin. „Ich mag sie nicht, Richard."

Er blickte auf. „Wen magst du nicht?"

„Julianna."

Er schien völlig verblüfft. „Warum denn nicht, um Himmels willen?"

„Sie hat etwas an sich ..." Kate betrachtete wieder ihr Spiegelbild und erinnerte sich an ihren Eindruck, Julianna habe ihre Identität gestohlen. „Etwas Heimlichtuerisches. Ich glaube kaum, dass sie dir alles über sich erzählt hat."

Er lachte leise. „Natürlich hat sie das nicht. Schließlich bin ich nur ihr Boss."

Kate runzelte die Stirn. „So sieht sie dich aber nicht an."

„Um Himmels willen, Kate. Sie ist ..."

„Du merkst das nicht." Sie drückte Zahnpasta auf ihre Zahnbürste, mit der sie dann in seine Richtung wedelte. „Sie sieht dich an, als würde sie dich am liebsten auffressen."

Er brach in Gelächter aus. „Das ist vielleicht eine Idee!"

Kate warf ihm einen wütenden Blick zu. „Es ist mir ernst. Hast du gesehen, wie sie Emma betrachtet? Als gehörte sie ihr und nicht uns.“ Sie begann sich die Zähne zu putzen und hielt noch einmal inne. „Als ich sie durchs Haus geführt habe, wurde sie ganz sentimental.“ Auf seine amüsierte Miene hin fuhr sie fort: „Sie hat sich benommen, als wäre sie schon mal hier gewesen, als würde sie das Haus kennen.“

„Wahrscheinlich hat sie so etwas in ihren Träumen schon mal gesehen.“ Da Kate ihn nur vernichtend ansah, zuckte er die Achseln. „Welcher junge Erwachsene am Beginn seiner Karriere würde nicht sehnsüchtig auf das schauen, was wir besitzen? Oder davon träumen, eines Tages mal so etwas zu haben? Ein schönes Heim mit schönen Dingen, eine ideale Ehe und beruflichen Erfolg.“ Er lächelte, um seinen Worten die Spitze zu nehmen. „Anstatt argwöhnisch zu sein, solltest du dich vielleicht geschmeichelt fühlen.“

Geschmeichelt? Ich fühle mich bedroht! „So war das nicht“, widersprach sie frustriert. „Du verstehst das nicht.“

„Nein, tue ich nicht.“ Er klopfte neben sich aufs Bett. „Komm her. Du bist erschöpft und überarbeitet. Morgen wirst du dir wegen deines Argwohns bestimmt ziemlich albern vorkommen.“

Doch am nächsten Morgen kam Kate sich keineswegs albern vor. Sie war beunruhigt, hatte schlecht geschlafen und wurde von dem Albtraum gequält, eine Unbekannte verfolge und bedrohe sie, um ihr alles zu nehmen, was sie liebte.

Als sie in der Küche saß, ihren Kaffee trank und versuchte, wieder einen klaren Kopf zu bekommen, erkannte sie, dass es möglicherweise ein Fehler gewesen war, Richard zu drängen, er solle Julianna Starr einstellen.

36. KAPITEL

In den zwei Nächten seit ihrem Dinner mit Richard und Kate hatte Julianna nicht schlafen können. Sie hatte im Bett gesessen, die Knie angezogen, und mit starrem Blick darüber nachgedacht, was sie über Kate, Richard und ihre Beziehung zueinander erfahren hatte.

Und sie verstand jetzt, was Richard brauchte, wie sie ihn für sich gewinnen konnte. Nach dem Abend mit den beiden war alles ganz offensichtlich gewesen.

Julianna überlegte, dass ihre Mutter ganz Recht gehabt hatte. Jeder Mann hatte einen wunden Punkt. Sie hatte Richards gefunden. Kate liebte ihn nicht genug.

Jedenfalls nicht so, wie sie, Julianna, ihn liebte. Nicht genug, um ihre eigenen Bedürfnisse seinen unterzuordnen, nicht genug, um sich anbetend zu seinen Füßen zu legen. Richard brauchte eine Frau, die ihm das Gefühl gab, stark und sexuell potent zu sein. Eine Frau, die sich an ihn lehnte, die ihn nicht nur um seine Meinung bat, sondern sich auf ihn verließ.

Kate war dafür viel zu unabhängig und hatte einen zu starken eigenen Willen. Und sie war so sehr auf Emmas Bedürfnisse fixiert, dass sie sich nicht genügend ihrem Mann widmete. Julianna schnaubte verächtlich. Kate hatte das Kind den ganzen Abend über kaum vom Arm genommen. Sogar während des Dinners hatte sie die Kleine auf den Knien gewiegt. Sie hatte sie gestreichelt und geküsst und in jeder Weise umhegt. Im Gegensatz dazu hatte sie ihrem Mann nur flüchtig den Mund zum Kuss hingehalten.

Kate macht es mir leicht. Schicksal.

Julianna begann zu kichern und legte sich eine Hand auf den Mund, als müsse sie verhindern, gehört zu werden. Kates

Unaufmerksamkeit gegenüber ihrem Mann war nur ein Ansatzpunkt im Kampf um Richard. Die zweite Waffe hieß Luke Dallas. Beim Dinner hatte sie das Gespräch auf den Autor und Kates signiertes Exemplar seines neuesten Buches gebracht.

Richard war bei der Erwähnung von Luke Dallas fast erstarrt, und zornige Röte hatte sein Gesicht überzogen. Kate war in die Defensive geraten und hatte ihn darüber belogen, wie sie an das Buch gelangt war. Eine Freundin sei bei der Signierstunde gewesen und habe ihr ein Exemplar mitgebracht. Er erinnere sich doch an Meg Martin, oder?

Julianna kannte die Wahrheit. Sie war an jenem Samstagmorgen im „Uncommon Bean" gewesen und hatte gehört, wie Marilyn Blake erzählte, wo Kate war. Sie war nach New Orleans gefahren zu Luke Dallas. Dass sie ihrem Mann in diesem Punkt die Wahrheit verschwiegen hatte, ließ sich gut gegen Kate verwenden. Das und Richards Eifersucht würden einen Keil zwischen die beiden treiben.

War das erst mal geschafft, würde sie die nächste Phase der Eroberung einläuten.

Es war ganz leicht. Sie musste nur für ihn da sein, sich um ihn kümmern und zu ihm aufsehen. Sie musste ihm das Gefühl geben, ein Mann zu sein. Vor sich hin lächelnd kroch sie unter die Decke. Sei nur immer verständnisvoll und bewundere ihn, sagte sie sich.

Richard würde bald anfangen, sich ihr anzuvertrauen. Kleine Geständnisse führten zu größeren. Und mit jedem Mal würde ihre Beziehung enger werden und sich festigen.

Und wenn der Bruch zwischen den Eheleuten erst mal deutlich spürbar war, dann würde sie ihn mit offenen Armen empfangen.

37. KAPITEL

John stand auf dem Gehweg vor „Busters Big Po'boys". Sein Puls schlug schnell. Schweißperlen bildeten sich auf seiner Oberlippe und Schweiß rann ihm über den Rücken. Er atmete tief durch, um das leichte Zittern der Erregung zu beherrschen. Er hatte acht Monate gebraucht, doch endlich hatte er sie gefunden. Seine Julianna. Seinen Engel.

Er prüfte noch einmal die Adresse, die er über seinen Kontakt bei der Steuerbehörde bekommen hatte, sah, dass sie korrekt war, und ließ den Blick über die verfallene Fassade wandern. Er konnte nicht glauben, dass Julianna hier arbeitete, dass sie so tief gesunken war. Doch ein Irrtum war ausgeschlossen. Ihr Arbeitgeber hatte sie unter ihrer Sozialversicherungsnummer angemeldet.

Glück für mich.

Ein leichtes Lächeln spielte um seine Lippen. Acht Monate Jagd nach Julianna waren nun endlich vorüber. Monate, in denen er jeder erdenklichen Spur gefolgt war, jedes Mal frustriert, wenn sie doch wieder ins Leere führte. Monate der Sorge und der Sehnsucht.

John betrat den Imbiss. Eine blonde Bedienung mit aufgetürmten Haaren rauschte an ihm vorbei und schmatzte dabei laut mit ihrem Kaugummi. „He, Süßer, setz dich irgendwo hin. Bin gleich bei dir."

Als ob ich mich jemals in so einen Laden setzen, geschweige denn hier essen würde!

Die Lunchzeit war vorüber, und es waren kaum noch Kunden da. John ging zur Kasse und lächelte das Mädchen, das dort offenbar tödlich gelangweilt saß, an. „Hallo. Ist der Besitzer oder Manager zu sprechen?"

Das Mädchen sah ihn von oben bis unten an und nickte. „Buster!“ rief sie. „Hier will einer was von dir!“

Kurz darauf kam ein Mann mit schmutziger Schürze aus der Küche. „Ich bin Buster Boudreaux, der Besitzer. Was kann ich für Sie tun?“

„Ich bin Anwalt in der Kanzlei Reed, Reed und White.“ John reichte ihm eine Visitenkarte. „Ich verwalte den Besitz des verstorbenen Jonathan Starr und suche seine Tochter Julianna. Arbeitet sie hier?“

Der Mann betrachtete die Karte einen Moment und sah dann neugierig zu ihm auf. Offenbar überlegte er, was für ihn dabei herausspringen konnte.

John lächelte. „Miss Starr hat ein ansehnliches Vermögen geerbt, Mr. Boudreaux, und wir versuchen sie ausfindig zu machen. Für Hinweise, die zu ihrem Aufenthaltsort führen, wurde eine großzügige Summe ausgesetzt.“

Mit angewiderter Miene steckte Buster die Visitenkarte ein. „Sie hat hier gearbeitet bis vor vier, fünf Monaten. Aber dann ist sie plötzlich auf und davon.“

„Wissen Sie, wohin sie gegangen ist?“ fragte John und ließ sich seine Aufregung nicht anmerken. Er war ihr so nah, dass er sie fast riechen konnte.

„Tut mir Leid. Sie hat keine neue Adresse hinterlassen. Aber warten Sie, ich frage eines der Mädchen. Lorena!“ rief er und sah an John vorbei. „Komm ’ne Minute her, ja?“

John drehte sich um und sah die wasserstoffblonde Serviererin von vorhin auf sich zukommen.

„Der Typ hier sucht Julianna. Er sagt, sie hat ’ne Menge Geld geerbt. Hast du ’ne Ahnung, wo sie ist?“

„Ich weiß nich’, und es is’ mir auch egal.“ Die Frau schürzte abfällig ihre grell geschminkten Lippen. „Die kleine Prinzessin hielt sich für was Besseres. Dabei war sie nich' besser als 'ne Nutte, schwanger und ohne Mann."

Eiskalte Wut stieg in John hoch. Er sah die Frau aus leicht verengten Augen genau an. Er konnte nicht zulassen, dass dieses Miststück so über seine Julianna redete.

„Ich kann Ihnen die Adresse geben, wo sie wohnte, solange sie hier gearbeitet hat."

„Danke, das wäre hilfreich."

Der Mann ging in die Küche und kam kurz darauf mit einer Geschäftskarte zurück, auf deren Rückseite er ihre Anschrift notiert hatte. „Sie sagten, es gibt eine Belohnung für den, der hilft, sie aufzuspüren?"

„Allerdings." John nahm ihm die Karte ab, und sein Blick wanderte zu der Blondine. „Ich werde dafür sorgen, dass Sie auch noch ein bisschen was abbekommen, Süße. Glauben Sie mir."

Es war spät geworden, und die Straßen des French Quarter leerten sich allmählich. John stand im Dunkel gegenüber der Bar und sah wartend zu, wie innen ein Licht nach dem anderen ausging.

Endlich wurde seine Geduld belohnt. Zwei Gestalten kamen heraus, ein Mann und die Blondine vom Po'Boys Imbiss mit der großen Klappe. Die zwei verabschiedeten sich und gingen in verschiedene Richtungen davon.

John trat aus dem Dunkel und folgte der Frau. Er hielt Distanz, seine Schritte waren leise.

Sie sah sich nur einmal um, als er sie fast eingeholt hatte. Dann begann sie zu laufen, aber es war zu spät. Er schlug ihr auf den Hinterkopf, und sie stürzte nach vorn, lang ausgestreckt mit dem Gesicht in den Straßenschmutz. Wo sie hingehört, dachte er und umrundete sie angewidert.

Während sie dalag und schluchzend um ihr Leben bettelte, trat er ihr in die Rippen. Dabei wurde sie jedes Mal ein Stück vom Boden hochgehoben. Dann trat er tiefer. Er tötete sie nicht, allerdings wünschte sie, er hätte es getan.

„Das nächste Mal“, sagte er leise, „solltest du ein wenig Respekt vor denen zeigen, die was Besseres sind als du.“

38. KAPITEL

Richard saß Julianna gegenüber am Ecktisch des Cafés. Ihr Kopf war gesenkt, während sie die Speisekarte studierte, und er nutzte die Gelegenheit, ihren Anblick zu genießen. In letzter Zeit waren ihm einige Dinge an seiner jungen Assistentin aufgefallen. Nette Dinge. Ihre taufrische Haut, ihr melodisches Lachen, die Art, wie sie ihn ansah, bewundernd und ehrfürchtig.

Er dachte an Kate und ihr Urteil über Julianna. Manipulativ. Heimlichtuerisch. Er hatte inzwischen ziemlich viel Zeit mit ihr verbracht und sie immer nur süß, direkt und ehrlich gefunden.

Richard trank einen Schluck Eistee und unterdrückte ein Lächeln. Zweifellos würde Kate es leugnen, aber er war überzeugt, dass bei ihr Eifersucht ihr Urteil über Julianna trübte. Wer konnte es ihr verdenken. Julianna war jung, attraktiv und ungebunden.

Das ergab Sinn. Obwohl Kate Emma sehr liebte und ihre Mutterrolle genoss, war es doch eine große Umstellung. Das nächtliche Füttern, das Schreien des Kindes, der Mangel an persönlicher Freiheit. Sie war bisher nicht wieder zur Arbeit gegangen, und er konnte sich nicht erinnern, wann sie das letzte Mal in ihrem Glasatelier gewesen war.

„Ich denke, ich nehme das gegrillte Hühnchen Cäsar", sagte Julianna, schloss die Speisekarte und hob den Blick. Sie merkte, dass er sie betrachtete und errötete. „Stimmt etwas nicht?"

Es war schon lange her, dass er eine Frau zum Erröten gebracht hatte, und er lächelte erfreut. „Alles in Ordnung."

„Warum ..." Ihre Röte vertiefte sich. „Warum starren Sie mich so an, Richard?"

Er stützte das Kinn auf eine Faust. „Tue ich das?“

„Das wissen Sie sehr gut.“ Sie seufzte resigniert. „Starren Sie nur, es macht mir nichts.“

Er legte lachend die Speisekarte beiseite. Es war ihnen zur Gewohnheit geworden, so oft wie möglich zusammen zum Lunch zu gehen. Das war eine gute Gelegenheit, den Wahlkampfkalender durchzugehen und über die gemachten Fortschritte zu reden.

„Haben Sie diese Woche schon mit Leo gesprochen?“ fragte sie Richard, nachdem die Bedienung ihre Bestellungen aufgenommen hatte.

Leo Bennett war der politische Berater für Richards Wahlkampf. Da es bis zur Wahl noch anderthalb Jahre waren, fungierte Leo bislang nur als Berater und überließ die täglichen Wahlkampfangelegenheiten Richard und Julianna. Ein halbes Jahr vor der Wahl, wenn vermutlich die Hölle losbrach, würde er sich aktiver ins Geschehen einschalten.

„Er ist nicht in der Stadt. Aber er hat mir eine Liste von gemeinnützigen Gruppen gegeben, denen ich mich als Redner anbieten soll.“ Er nahm die Liste aus der Tasche und reichte sie ihr.

Julianna überflog sie, faltete sie wieder zusammen und legte sie in ihr Notizbuch. „Ich fange gleich heute Nachmittag damit an.“

Die Bedienung brachte die Vorspeisen. Sobald sie wieder allein waren, fragte Richard: „Wie war Ihr Wochenende?“

Sie zuckte die Achseln und trank einen Schluck von ihrem Tee. „Okay.“

„Nur okay?“ neckte er. „Keine heiße Verabredung?“

„Keine. Und wie war’s bei Ihnen?“

„Ein weiteres ruhiges Wochenende zu Hause mit Kate und dem Baby.“

Sie fragte mitfühlend: „Kate will sie immer noch nicht in der Obhut eines Babysitters lassen?"

Vor einer Woche hatte er Julianna anvertraut, wie frustriert er über Kates Weigerung war, Emma allein zu lassen. Er war selbst erstaunt darüber gewesen, dass er die profesionelle Ebene verlassen und etwas so Privates mit ihr besprochen hatte. Doch Julianna war großartig gewesen, verständnisvoll und unterstützend.

Seither hatte er ihr Dutzende anderer Dinge anvertraut, seine Hoffnungen für den Wahlkampf, Sorgen über die Gesundheit der Eltern, Ärger über einen Richter und die unglaubliche Inkompetenz seines Anwaltsgehilfen. Inzwischen freute er sich auf ihre Gespräche. Im Gegensatz zu Kate hatte Julianna immer Zeit für ihn. Sie verstand ihn.

„Sie wird es irgendwann tun, aber es wird ein Kampf werden. Sie möchte keinen Teenager aus der Nachbarschaft als Babysitter nehmen. Die sind ihr zu jung. Sie hat zwei Frauen gefunden, die sie sehr mag, aber die sind immer ausgebucht. Es ist praktisch unmöglich, sie kurzfristig anzurufen und um ihre Dienste zu bitten. Deshalb versucht Kate es gar nicht mehr. Ich verstehe das einfach nicht." Er seufzte tief. „Ich verstehe sie nicht mehr."

„Sie verstehen sie nicht?" wiederholte Julianna ungläubig. „Das ist bestimmt nicht wahr, Richard. Sie ist Ihre Frau. Sie sind seit Jahren zusammen."

„Sie hat sich verändert", sagte er nach einem Moment. „Früher sind wir ausgegangen. Wir haben Gäste eingeladen. Heute hat sie nur noch Zeit für ..." Er verkniff sich die Worte und errötete leicht, weil er wie ein bockiger, selbstsüchtiger Junge klang. „Eltern zu werden ist eine große Umstellung. Es braucht seine Zeit, bis alles wieder seinen geregelten Gang geht."

„Natürlich ist es eine große Umstellung“, pflichtete sie leise bei. „Allerdings frage ich mich … wie alt ist Emma?“

„Vier Monate.“

„Oh.“ Sie schürzte die Lippen.

„Was ist?“

Sie hob kurz die Schultern. „Ich war natürlich nie Mutter, aber ich habe gehört, dass manche Frauen …“ Sie verstummte kurz. „Ach, egal, es geht mich nichts an.“

„Unfug.“ Er beugte sich zu ihr vor. „Es geht Sie etwas an, weil ich das Thema aufgebracht habe. Sagen Sie mir, was Sie gehört haben?“

„Dass manche Frauen in dieser Phase so depressiv werden, dass die eigenen Männer sie nicht wieder erkennen. Könnte das auch mit Kate passiert sein? Ich meine, glauben Sie, dass sie glücklich ist?“

„Sie waren zum Dinner bei uns“, erwiderte er stirnrunzelnd. „Was glauben Sie?“

Sie zögerte, als wähle sie ihre Worte mit Bedacht. „Sie schien … dem Baby sehr zugetan zu sein.“

Mehr als mir. Julianna brauchte ihm das nicht zu sagen, er wusste es bereits.

„Haben Sie Geduld“, riet sie leise. „Ich bin sicher, das geht vorüber.“

Und wenn nicht, fragte er sich, während ihr Essen serviert wurde. Was, wenn er und Kate weiter auseinander drifteten, bis sie sich gar nicht mehr verstanden oder nichts mehr miteinander gemein hatten?

Sie aßen eine Weile schweigend. „Richard?“

Er blickte auf, und sie legte eine Hand auf dem Tisch über seine. Kurz blickte er auf ihre vereinten Hände, erstaunt über die Geste und das angenehme Gefühl, das sie ihm verursachte.

Er sagte sich, er müsse die Hand zurückziehen, rührte jedoch keinen Muskel.

„Ich wollte schon eine Weile mit Ihnen über etwas reden, aber ich … ich …“ Sie verstummte und räusperte sich, offenbar um Mut zu sammeln. „Ich habe hin und her überlegt, ob ich es Ihnen sagen soll oder nicht. Aber jetzt, da Kate sich so merkwürdig verhält …“

„Es geht um Kate?“

„Ja.“ Sie senkte den Blick und hob ihn wieder. „Und um Luke Dallas.“

Richard wurde hellhörig. „Wovon reden Sie?“

„An jenem Abend in Ihrem Haus … da hat Kate Ihnen nicht die Wahrheit gesagt wegen des signierten Buches. Ich habe sie gesehen, Richard.“

„Was soll das heißen? Wo haben Sie sie gesehen?“

„In Luke Dallas’ Signierstunde. Sie hatte Emma dabei. Die Schlange war unheimlich lang, und ich erinnere mich, dass mir Kate mit dem Baby Leid getan hat. Sie stand ganz weit hinten. Sie sah so müde aus.“

Richard hatte Mühe, seinen Zorn zu verbergen. Verbittert erkannte er, dass er hintergangen worden war.

Julianna lehnte sich bekümmert zurück. „Ich hätte nichts sagen sollen. Es tut mir Leid. Ich dachte nur, Sie müssten vielleicht wissen …“

Dass seine Frau sehr wohl Zeit fand, hinter einem alten Freund herzujagen, jedoch keine, um mit ihrem Mann zum Dinner auszugehen. Dass sie ihn belogen hatte.

„Tut mir Leid“, wiederholte Julianna, und ihre Augen füllten sich mit Tränen. „Ich sehe, dass Sie aufgebracht sind, und ich kann es Ihnen nicht verübeln.“ Sie beugte sich vor und sagte in flehendem Ton. „Bitte vergessen Sie, was ich gesagt habe. Vielleicht habe ich mich auch geirrt. Es wäre mir schrecklich, wenn Sie und Kate meinetwegen streiten würden."

„Unsinn", erwiderte er und zwang sich zu einem steifen Lächeln. „Ich bin froh, dass Sie es mir gesagt haben. Es ist keine große Sache. Wir drei waren damals in Tulane gute Freunde. Sie hat einfach vergessen, es mir zu sagen."

„Sicher."

Beide wussten, das war gelogen. Richard sah auf seine Uhr, winkte die Bedienung heran und zahlte. „Wir gehen besser zurück. Es wird ein arbeitsreicher Nachmittag."

„Mit Sicherheit."

Julianna schob ihren Stuhl vom Tisch zurück und wollte aufstehen.

Richard hielt sie zurück, und sie sah ihn an. „Julianna, danke, dass Sie mir zugehört haben. Das gehört eigentlich nicht zu Ihren Aufgaben."

Sie lächelte lieb und eine Spur traurig. „Ich bin immer für Sie da, Richard. Gleichgültig, was Sie brauchen. Vergessen Sie das nicht."

39. KAPITEL

Richard kam spät. Kate hatte in der letzten Stunde wohl hundertmal auf die Uhr gesehen. Zehn war es inzwischen. Wo steckte er bloß? Als sie kurz vor dem Lunch mit ihm gesprochen hatte, hatte er gesagt, er sei früh zu Hause.

Besorgt nagte sie an ihrer Unterlippe. Es sah ihm nicht ähnlich, sich nicht zu melden. Von einem Geschäftsessen oder einem anderen Termin in letzter Minute hätte er sie unterrichtet.

Fast krank vor Sorge, begann sie hin und her zu gehen. Sie hatte schon alle angerufen, die ihr einfielen, seine Partner, Golffreunde und seine Eltern. Sogar im Sportstudio und in der Bar seines Countryclubs hatte sie nachgefragt. Dann hatte sie sich bei der Polizei und in den örtlichen Notaufnahmen erkundigt. Niemand hatte ihn gesehen.

Beunruhigt holte sie Atem und stellte sich einen zerstörten Wagen am Straßenrand vor und Richard, der darin verblutete.

Es wurde Viertel nach zehn, dann elf, Richard kam nicht.

Als sich schließlich der Schlüssel im Schloss drehte, lief Kate zur Tür und riss sie auf. „Richard, Gott sei Dank! Ich war krank vor Angst. Wo bist du gewesen?"

„Also, wenn das mal kein hingebungsvolles, liebendes Eheweib ist."

Er wankte an ihr vorbei, und sie hielt eine Hand vor die Nase, als sie die Ekel erregende Mischung aus Schnaps und Zigaretten roch. „Du hast getrunken."

„Meine kleine Lady bekommt heute den Preis fürs Schnellmerken."

Er warf die Aktentasche auf die Couch und verfehlte sie. Sie landete mit dumpfem Aufprall auf dem Boden. Kate blickte nervös zum Kinderzimmer. „Leise. Du weckst das Baby auf."

„Das Baby", imitierte er höhnisch ihren Ton. „Immer geht es nur ums Baby."

Er hat nicht nur getrunken, erkannte sie traurig, er hat sich betrunken und gegrübelt. Im College hatte er das auch manchmal gemacht, und dann war immer ein Mensch zum Vorschein gekommen, den sie verabscheute.

„Wo bist du gewesen, Richard?"

„Aus." Er schwang zu ihr herum. „Die entscheidendere Frage ist, wo bist du gewesen?"

„Hier. Ich habe auf dich gewartet und war fast wahnsinnig vor Sorge."

„Ich brauche was zu trinken."

Er ging an ihr vorbei, und sie hielt ihn am Arm zurück. „Ich glaube, du hattest genug."

„Du erzählst mir nicht, was ich zu tun habe!" Er schüttelte grob ihre Hand ab. „Das tut niemand."

Schockiert wich sie einen Schritt zurück. Diesen Richard hatte sie vor vielen Jahren einige Male erlebt. Allerdings wusste sie aus Erfahrung, dass es keinen Sinn hatte, auf Konfrontationskurs zu gehen, wenn er in dieser Verfassung war. Sein Geduldsfaden riss dann blitzartig, und das war beängstigend.

Tief durchatmend bat sie: „Sprich mit mir, was ist passiert?"

„Warum hast du es mir verschwiegen?" Er machte einen Schritt auf sie zu. „Reden wir über das Buch, Kate. Erzähl mir von ‚Dead Drop'."

„Lukes Buch? Ich verstehe nicht."

„Na sicher." Er schnaubte verächtlich. „Wie bist du an das Autogramm gekommen?"

Ihr Puls reagierte unruhig. Das Letzte, was sie jetzt wollte, war, über Luke reden. Nicht solange Richard vom Alkohol schon halb durchgedreht war. „Ich habe dir gesagt wie ..."

„Bockmist!“ schrie er. „Du bist nach New Orleans gefahren, um ihn zu sehen. Hinter meinem Rücken!“ Er machte noch einen Schritt auf sie zu. „Was hast du gemacht? Hast du die Scheißeinladung aus meinem Abfall geholt?“

Sie hob das Kinn und sah ihm ruhig in die Augen. „Ja, ich wollte ihn sehen. Ich wollte versuchen, unsere Freundschaft zu kitten.“

Er stieß ein kurzes Lachen aus. „Freundschaft, meine Fresse!“

„Es stimmt. Ich wollte, dass wir alle wieder zusammenkommen. Ich habe ihn mehrmals angerufen. Und da er nicht zurückrief, habe ich mich entschlossen, ihn aufzusuchen.“

„Und weil das alles so absolut harmlos war“, sagte er schleppend, „hast du mich angelogen.“

Sie faltete die Hände und wünschte, die unselige Lüge unterlassen zu haben. „Zuerst habe ich dir nichts gesagt, weil ich wusste, dass du so reagieren würdest. Und an jenem Abend wollte ich nicht vor unserem Gast darüber reden. Es tut mir Leid, Richard. Glaub mir, ich wünschte, ich wäre von Anfang an ehrlich gewesen.“

„Sicher.“ Er machte einen schwankenden Schritt auf sie zu. „Du hast mich angelogen, damit du ihn heimlich sehen konntest, diesen Bastard.“

„Ich werde jetzt nicht mit dir darüber streiten“, erwiderte sie, um Ruhe bemüht. „Du bist betrunken.“

Sie wollte sich an ihm vorbeidrängen, doch er versperrte ihr den Weg, das Gesicht wutverzerrt vor Eifersucht. „Wenn ich dich brauche, hast du weder Zeit noch Energie, aber du bringst beides auf, um mit Emma in die Stadt zu fahren und sein Scheißbuch signieren zu lassen!“

„Du bist total betrunken“, wiederholte sie. „Wir reden morgen weiter darüber.“

„Den Teufel werden wir tun. Wir reden jetzt!“ Er fuhr sich mit einer Hand durchs Haar. „Sie hat dich dort gesehen. An jenem Abend kannte sie die Wahrheit über dich und Dallas. Du kannst dir nicht vorstellen, wie demütigend …“

„Wer hat mich da gesehen? Und von welcher Wahrheit sprichst du? Dass Luke und ich mal Freunde waren und es jetzt nicht mehr sind?“

„Du weißt genau, wovon ich spreche.“ Er beugte sich schwankend zu ihr vor.

„Wer hat mich gesehen“, wiederholte sie ihre Frage. „Deine Assistentin?“ Sein Ausdruck sagte alles, und Kate wurde schlecht. Kein Wunder, dass sie solches Interesse an dem Buch gehabt hatte und Luke ins Gespräch einfließen ließ. „Sie ist eine Schlange, Richard. Du bist nur zu hingerissen von ihr, um das zu bemerken.“

„Du wünschst dir, ihn geheiratet zu haben, nicht wahr? Jetzt, da er ein großer, berühmter Autor ist und mehr Geld hat als ich.“

Kate erschrak über seinen kränkenden Vorwurf. „Wie kannst du so etwas sagen nach all den Jahren, die wir nun zusammengelebt haben?“

„Du hast ihn aufgesucht, um ihm zu sagen, dass du einen Fehler gemacht hast.“

„Das ist doch lächerlich. Ich höre mir das nicht länger an.“

Sie wollte sich abwenden, doch er packte ihren Oberarm und hielt sie fest. „Warum hast du mich geheiratet, Kate? Wegen meines Geldes? Weil du Mrs. Richard Ryan sein und in einem großen, schicken Haus leben wolltest?“

„Hör auf damit!“ schrie sie ihn an und verlor endgültig die Geduld. Zuerst Luke und jetzt auch Richard. Kannten diese beiden Männer sie denn überhaupt nicht? „Hör auf damit, ehe es zu spät ist! Ehe wir beide etwas sagen, das wir nicht zurücknehmen können."

Über den Babymonitor an ihrem Gürtel hörte sie Emma sich regen. Einen Augenblick später wurde aus leisem Schnuffeln ein Wimmern und schließlich lautes Wehklagen.

Kate riss ihren Arm los. „Emma braucht mich."

„Ich brauche dich auch. Was ist mit *mir,* Kate?"

Sie sah ihn ungläubig an. „Sie ist ein Kind, Richard. Du bist erwachsen!"

Sie ging aufs Kinderzimmer zu.

„Geh nur!" rief er ihr nach. „Offenbar hast du für jeden Zeit außer für mich, nicht wahr? Für Luke Dallas, für dein Café, für deine Tochter."

Sie blieb stehen und drehte sich zu ihm um. „Unsere Tochter", korrigierte sie mit zitternder Stimme. *„Unsere.* Obwohl das niemand annehmen würde bei der wenigen Zeit, die du ihr widmest."

„Warum sollte ich mir Zeit für sie nehmen? Du verbringst bereits vierundzwanzig Stunden am Tag mit ihr. Was bleibt da noch für mich, Kate?"

Sie war sprachlos über seine Eifersucht. Dass er Luke den Erfolg missgönnte, war schon schlimm genug. Aber eifersüchtig zu sein auf die eigene Tochter, auf ein hilfloses Baby, das machte sie krank.

„Werde endlich erwachsen, Richard, und führ dich nicht auf wie der verwöhnte reiche Junge, der immer bekommt, was er haben möchte."

Sie eilte ins Kinderzimmer, wo Emma nun aus voller Kehle schrie. Richard folgte ihr. Ehe sie das Kind hochnehmen konnte, packte er wieder ihren Arm und riss sie an seine Brust. „Du gehörst mir, Kate! Ich habe dich für mich gewonnen, und ich lasse nicht zu, dass Luke oder irgendwer sonst dich mir wegnimmt."

„Du hast mich gewonnen?" wiederholte sie mit brüchiger Stimme und dachte an Lukes Bemerkung über Richards Konkurrenzdenken. „War unsere Eheschließung etwa die Folge eines Wettbewerbs?"

Er antwortete nicht, und sie wollte sich von ihm losreißen. „Lass mich gehen, Richard. Emma schreit."

„Du gehörst mir", wiederholte er und packte noch fester zu.

Plötzlich presste er die Lippen auf ihre und schob ihr die Zunge in den Mund. Seine Aufdringlichkeit und der Geschmack nach Bourbon waren Ekel erregend.

Emmas Schreien in den Ohren, drehte sie heftig den Kopf zur Seite. „Lass mich, Richard!"

Er hielt ihren Hinterkopf mit einer Hand, damit sie sich ihm nicht entziehen konnte, und presste wieder den Mund auf ihren. Gewaltsam schob er ihr die Zunge in den Mund und drängte seine Hüften an ihre, seine Erektion – und seine Absicht – offenkundig.

Kates Herz begann zu hämmern, als sie sich, der Hysterie nahe, fragte, wer dieser Mann war. Sie stieß ihn zurück, trat und versuchte, sich ihm zu entwinden. Wo war der liebende, zärtliche Richard, den sie vor zehn Jahren geheiratet hatte?

Sie drehte sich zur Seite und stemmte sich mit beiden Armen gegen ihn. Dann trat sie ihm mit der Hacke auf den Fuß. Aufstöhnend ließ Richard von ihr ab und taumelte zurück. Der Schmerz schien sein vom Alkohol benebeltes Hirn zu klären. Er sah sie aus blutunterlaufenen Augen an, und ihm dämmerte offenbar mit wachsendem Entsetzen, was er getan hatte.

Kate wandte sich rasch ab, nahm Emma hoch, presste sie

an sich und tröstete sie mit leisen Worten. Sie war den Tränen nahe.

„Kate?“ flehte Richard leise mit gebrochener Stimme. „Kate?“

Sie konnte sich weder überwinden, die Qual, die in seinem Ton anklang, zur Kenntnis zu nehmen, noch ihn anzusehen. Nicht jetzt, da ihre Lippen noch von seinem brutalen Übergriff brannten und ihre Muskeln von der Anstrengung, ihn abzuwehren, zitterten.

„Sie ist nicht mal unser eigenes Kind“, flüsterte er, „und trotzdem liebst du sie mehr als mich.“

Kate war, als stürze ihre Welt ein. Sie war nie so außer sich und verletzt gewesen wie jetzt. Sie sah ihren Mann an und merkte, dass er ihr vollkommen fremd war.

„Was ist los mit dir?“ Ihre Stimme schwankte. „Wie kannst du so etwas sagen? Natürlich ist sie unser Kind. Eltern sein bedeutet, ein Kind lieben und großziehen. Es hat nicht nur mit dem körperlichen Akt der Zeugung zu tun.“ Mit tränenerstickter Stimme fügte sie hinzu: „Ich dachte, das hätten wir beide gewusst, Richard.“

Als er sie nur schweigend anstarrte, liefen ihr die Tränen übers Gesicht, und ihr Herz tat so weh, dass sie fürchtete, es würde zerspringen. Sie legte die Wange auf Emmas Köpfchen. „Raus“, sagte sie zu Richard. „Raus mit dir. Ich will dich nicht in Emmas Nähe haben. Ich kann dich nicht mehr sehen!“

Schweigend wandte er sich von ihr ab und verließ das Kinderzimmer.

Kurz darauf hallte das Echo der zuschlagenden Haustür durchs Haus.

Kate ließ sich mit Emma, die sich in ihre Arme kuschelte, in den Schaukelstuhl sinken und weinte.

40. KAPITEL

Richard fand sich vor Juliannas Tür wieder. Minutenlang stand er unschlüssig davor, wollte klopfen und wusste, dass es falsch war. Es war spät. Er war ihr Boss. Hier aufzutauchen überschritt eine unsichtbare Grenze, eine, die Chef von Angestellter, beruflich von privat trennte.

Er sagte sich, er sollte umkehren und zerknirscht heimfahren. Stattdessen blieb er wie festgewachsen stehen. Er schloss die Augen und stellte sich vor, wie Julianna ihm öffnete und ihn einließ. Sie würde zu ihm aufblicken, wie sie es immer tat, und ihm das Gefühl geben, überlebensgroß und unverwundbar zu sein. Sie würde ihm zuhören und ihn verstehen.

So wie Kate es früher getan hatte.

Er hob die Hand und klopfte leise an. Zugleich durchzuckten ihn Vorfreude und leichte Panik. Panik siegte und brachte ihn wieder zur Vernunft. Was zum Teufel tat er da bloß? Er war ein verheirateter Mann. Julianna war seine Angestellte. Mal abgesehen von den moralischen Aspekten seines Verhaltens, was war mit den rechtlichen? Das hier konnte man sicher als sexuelle Belästigung auslegen. Er war Anwalt, um Gottes willen, und er hoffte, mal der Bezirks-Staatsanwalt von St. Tammany Parish zu werden.

Er wich zurück, wandte sich ab und wollte die Eingangsstufen hinuntergehen, dankbar für den letzten Rest Vernunft in seinem Alkohol benebelten Hirn.

Doch es war zu spät. Die Tür ging auf, und Licht fiel in die Nacht hinaus. „Richard? Sind Sie das?“ Er drehte sich um und sah sie an. „Was in aller Welt tun Sie denn hier?“

Er errötete und wünschte, klar denken zu können und weniger getrunken zu haben. „Tut mir Leid, Julianna. Kate und ich … wir hatten einen Streit, und ich wusste nicht, an wen ich mich sonst wenden …“ Er seufzte tief. „Ich komme mir entsetzlich blöd vor. Ich hoffe, Sie können mir diesen schrecklichen Bruch beruflicher Etikette verzeihen.“

Sie öffnete die Tür ein bisschen weiter und trat deutlicher in das Rechteck aus Licht. „Sie hatten einen Streit mit Kate?“

So von hinten beleuchtet, wurde ihr Nachthemd fast durchsichtig. Er ließ den Blick tiefer wandern, obwohl er sich ermahnte, es nicht zu tun. Der Mund wurde ihm trocken, und sein Puls beschleunigte sich.

„Ja.“ Er riss den Blick los und sah ihr ins Gesicht, verlegen und erregt. „Ich brauchte jemand zum Reden … und da fielen Sie mir ein.“

Sie drückte die Tür ganz auf. „Ich hole meinen Morgenmantel.“

Ihr Apartment war klein und schäbig möbliert, aber makellos sauber. Trotz Erschöpfung und Trunkenheit bemerkte er stilvolle Highlights hier und da, eine Vase mit exotischen Blumen, einen schimmernden weichen Überwurf auf dem Sofa, Gruppen von Duftkerzen in unterschiedlichen Größen und Formen.

Einige Augenblicke später kehrte Julianna in einem weißen Chenillebademantel zurück mit zwei Bechern Kaffee in den Händen.

„Setzen Sie sich“, bat sie leise, und ein Lächeln zuckte um ihren Mund.

Richard merkte, dass er an der Tür stehen geblieben war. Er ging zur Couch und setzte sich. „Ich sollte nicht hier sein. Ich komme mir unmöglich vor.“

„Wir sind Freunde. Ich bin doch froh, dass ich für Sie da sein kann.“

Sie beugte sich hinunter und reichte ihm den Kaffee. Dabei

klaffte der Ausschnitt ihres Bademantels auseinander und erlaubte ihm einen Blick auf ihre Brüste bis zu den festen rosigen Spitzen.

Erregung durchzuckte ihn und nahm ihm fast den Atem. Er riss den Blick los und sah Julianna ins Gesicht. „Danke."

Sie richtete sich auf, und ihr Bademantel zog sich wieder zusammen. „Nehmen Sie Sahne oder Zucker?"

Er starrte kurz in seinen Becher, ehe er den Blick zu ihr hob. „Schwarz ist in Ordnung, danke."

Sie setzte sich ans andere Ende der Couch und schlug die Beine unter. „Erzählen Sie mir, was passiert ist."

Nach kurzem Zögern begann er: „Sie hatten Recht, Kate hat wegen des Buches gelogen. Sie ist zu Dallas gefahren."

Julianna schwieg einige Sekunden und erwiderte bedauernd: „Das tut mir Leid."

„Damals, in Tulane, waren wir alle Freunde. Das dachte ich jedenfalls. Dann entdeckte ich, dass Luke Dallas in Kate verliebt war. Die ganze Zeit, während er vorgab, mein Freund zu sein, plante er also, mir mein Mädchen auszuspannen. Dieser Mistkerl."

„Und trotzdem blieben Sie sein Freund?"

„Ich habe erst kurz vor dem Abschluss herausgefunden, was los war. Er hat es mir geradeheraus gesagt." Er sah Julianna in die Augen. „Der hat Nerven, was?"

„Allerdings. Aber ich bin sicher, Luke Dallas hat Kate nichts bedeutet. Schließlich hat sie sich für Sie entschieden."

Er dachte an den Streit mit Kate, als er sie gefragt hatte, ob sie ihn wegen seines Geldes geheiratet habe. Natürlich hatte sie das wütend und beleidigt bestritten. Er wollte ihr glauben, doch eine höhnische innere Stimme sagte ihm, dass sie ihn aus genau diesem Grund geheiratet hatte.

„Im College besaß Luke nicht das Schwarze unter dem Nagel. Heute ist er reich und berühmt und mit allen möglichen Hollywoodgrößen bekannt."

Trotz meines Familienvermögens und meiner Verbindungen hat Luke mich überholt, dachte Richard zornig. So wie er es immer angekündigt hat. Überheblicher Mistkerl. Er hasste ihn mit einer Inbrunst, die außer Kontrolle zu geraten schien.

„Er hat Glück gehabt", sagte er, stellte seinen Kaffee beiseite und stand auf. Er begann hin und her zu gehen. „Glück", wiederholte er, „weiter nichts. Das kann jedem passieren. Wenn man Kate reden hört, könnte man allerdings meinen, er wäre der neue Heiland. Ein paar Bücher zu verkaufen bedeutet sicher nicht, dass man was Besonderes ist. Oder dass er auf ein gottverdammtes Podest gehört."

„Natürlich nicht", tröstete sie. „Ich weiß, dass einige Frauen Ruhm und Geld für sehr anziehend halten, obwohl ich das nicht verstehe." Sie zögerte, als wähle sie ihre Worte mit Bedacht. „Ich bin sicher, Kate würde sich von solchen Oberflächlichkeiten nicht beeindrucken lassen."

Er blieb stehen und sah sie an. „Das glauben Sie wirklich?"

„Das tue ich. Was macht es da schon aus, wenn Luke Dallas eine Schwäche für Kate hatte. Es wäre etwas anderes, wenn sie mal ein Liebespaar gewesen wären. Aber das waren sie nicht, richtig?"

Es wäre nicht nur etwas anderes, es machte den Unterschied schlechthin aus.

Er setzte sich wieder, da seine Beine nachzugeben drohten. Er legte den Kopf zurück auf die Sofalehne und starrte an die Decke. All die Jahre hatte der Verdacht an ihm genagt, dass Luke und Kate mal miteinander im Bett waren. Es war mehr als ein bloßer Verdacht, es war fast schreckliche Gewissheit.

Er war den Argwohn jedoch losgeworden, indem er sich gesagt hatte, dass er und nicht Luke Dallas die Beute bekommen hatte.

Kate hat mich belogen, damit sie zu Luke fahren konnte.

„Richard?"

„Das ist richtig", bestätigte er ihre vorangegangene Frage. „Sie hatten nichts miteinander, sie waren nur Freunde."

„Dann haben Sie nichts zu befürchten. Haben Sie Geduld. Ich bin sicher, Kate liebt Sie sehr."

„Ich weiß nicht recht. Vor ein paar Monaten habe ich das auch noch geglaubt. Ich bildete mir ein, eine ideale Ehe zu führen. Und jetzt scheint mir alles auseinander zu brechen."

Angewidert vom eigenen Gejammer und seinem Selbstmitleid, stand er auf und ging zum Fenster. Juliannas Straße war dunkel und leer. Da keine Straßenbeleuchtung brannte, merkte er erst, wie spät es sein musste. Ob Kate noch wach war und sich Sorgen machte?

Julianna trat hinter ihn. Sie legte ihm die Hände auf die Schultern und begann seine verspannten Muskeln zu massieren. Es fühlte sich herrlich an, und er stöhnte leise auf vor Behagen.

„Ich sollte gehen", sagte er leise, obwohl es das Letzte war, was er wirklich wollte.

„Ja."

Er drehte sich um und sah ihr ins Gesicht. „Danke für heute Nacht. Ich weiß nicht, was ich getan hätte, wenn ich Sie nicht gehabt hätte, um mich auszusprechen."

Sie lächelte traurig. „Wie könnte Kate Sie nicht lieben? Sie sind alles, was eine Frau …" Die Stimme versagte ihr, und sie wandte rasch den Blick ab.

„Julianna?" Er legte ihr eine Hand an die Wange. „Sehen Sie mich an."

Sie tat es, und er sah, dass sie weinte. „Was ist los, Kleines?“ fragte er erstaunt.

Sie wich einen Schritt zurück. „Nichts. Gehen Sie einfach.“

Er ergriff ihre Hand und hinderte sie daran, sich ihm zu entziehen. „Sie weinen. Etwas ist nicht in Ordnung.“

Eine einzelne Träne rollte ihr über die Wange. „Es ist nicht recht, wenn ich es sage. Sie sind ein verheirateter Mann.“

„Ich gehe nicht eher, bis Sie mir sagen, was los ist.“ Er nahm ihr Gesicht zwischen beide Hände. „Reden Sie mit mir, Julianna.“

Sie holte schluchzend Atem und rieb ihre Wange an seiner Handfläche. „Mein ganzes Leben habe ich auf einen Mann wie Sie gewartet. Und Kate ... es ist, als würde sie Sie zurückstoßen ... sieht sie ... sieht sie denn nicht, dass Sie etwas Besonderes sind?“

Ein Gefühl großer Zärtlichkeit für diese junge Frau durchströmte ihn. „Liebes.“ Der Kosename kam ihm ganz natürlich über die Lippen. Sie sah ihm in die Augen, und sein Herz quoll über. In ihrem Blick las er Sehnsucht – und Bedauern darüber, dass es nicht sein konnte.

In diesem Moment konnte er nur noch daran denken, wie sich ihre Lippen anfühlen, wie sie schmecken würden, wenn er sie küsste. Er neigte den Kopf und presste den Mund zart auf ihren.

Ihre Lippen bebten und öffneten sich. Leise aufstöhnend, küsste er sie leidenschaftlicher, eroberte und erkundete ihren Mund mit der Zunge.

Sie umschlang einen Moment seine Schultern, dann legte sie die Handflächen gegen seine Brust und schob ihn zurück.

„Nein, Richard.“ Sie atmete tief durch. „Das dürfen wir nicht. Sie haben Frau und Kind.“

Er rang um Fassung, bemüht, das innere Gleichgewicht zurückzugewinnen, das ihn nur selten verließ.

„Ich würde alles geben, um mit Ihnen zusammen zu sein", sagte sie leise. „Aber nicht so. Sie würden sich später hassen. Und das könnte ich nicht ertragen."

„Julianna ..."

„Nein." Sie legte ihm einen Finger auf den Mund. „Sagen Sie jetzt nichts, Richard. Gehen Sie einfach heim zu Kate und zu Ihrer kleinen Tochter."

Er wusste, dass sie Recht hatte. Er hatte Verantwortung gegenüber seiner Familie. Trotzdem war er hin und her gerissen. Sie war so süß, so verletzlich, das berührte ihn tief.

Er öffnete den Mund, ohne jedoch zu wissen, was er ihr sagen sollte. In der Tat, er war ein verheirateter Mann.

Mit einem letzten Blick ging er davon.

41. KAPITEL

Lange, nachdem Richard gegangen war, saß Julianna noch im Dunkeln und durchlebte erneut seinen Besuch und seinen Kuss. Sie legte eine Hand auf den Mund und spürte den Druck seiner Lippen, heiß, forschend, verzweifelt.

Sie hatte ihn heftig begehrt. Ihn zurückzuweisen, war ihr unendlich schwer gefallen. Sie hatte sich dazu nur durchringen können, weil sie sich an die Ratschläge ihrer Mutter hielt, wie man einen Mann eroberte: ihn langsam einkreisen, sich nie zu früh auf Sex einlassen. Nichts schickt ihn schneller zu seiner Frau zurück als Schuldgefühle. Ein Mann muss das Gefühl haben, sein Verhalten sei gerechtfertigt, auch wenn er betrügt. Er muss sich voller Selbstgerechtigkeit sagen können, dass er so lange standgehalten hat, wie es menschenmöglich war.

Julianna schmunzelte. Richard war einmal gestrauchelt und würde es wieder tun und dabei immer stärker in ihren Bann geraten. Wie könnte es anders sein, jetzt, da er einen Vorgeschmack darauf bekommen hatte, wie es sein würde. Kates flüchtige Küsse und der eilige Sex würden ihn immer weniger zufrieden stellen.

Außerdem konnte sie einfach nicht verlieren. Sie hatte das Schicksal auf ihrer Seite.

Richard wusste es noch nicht, aber er gehörte bereits ihr.

42. KAPITEL

Am nächsten Morgen war Richard zerknirscht und zerstreut. Er bat Kate und Verzeihung, knuddelte Emma und beteuerte, wie sehr er sie liebe. Er gab Stress und Alkohol die Schuld an seinem Verhalten. Er sagte, er müsse den Verstand verloren haben, und schwor, dass es nie wieder vorkommen würde. Tagsüber schickte er Kate einen riesigen Blumenstrauß und kam abends mit einem Teddy für Emma heim.

Kate war bereit, ihm zu verzeihen. Was hätte sie auch anderes tun können? Er war ihr Mann, und sie hatte vor Familie, Freunden und Gott geschworen, ihn in guten wie in schlechten Tagen zu lieben.

Im Moment haben wir offenbar ein paar von den schlechten Tagen, dachte sie am Abend, als sie auf dem oberen Balkon stand und auf den dunklen See blickte. Sie hatte ihm verziehen, doch vergessen konnte sie den Vorfall nicht. Vor allem ging ihr nicht aus dem Kopf, was er über Emma gesagt hatte.

Sie konnte das Gefühl nicht abschütteln, dass in ihrer Ehe etwas schrecklich schief lief. Als würden sie von Kräften, auf die sie keinen Einfluss hatten, auseinander gezerrt.

Dieses Gefühl plagte sie schon seit Wochen. Seit dem Tag, als sie sich das Buch von Luke signieren ließ. Das war der Tag gewesen, an dem das Foto von Richard und Emma verschwand und der alte Joe ihr von dem Mädchen auf der Schaukel erzählte.

Das Mädchen auf der Schaukel ... Julianna ... Emma.

Trotz der lauen Sommernacht rieb sie sich fröstelnd die Arme. Sie musste daran denken, wie plötzlich Emma in ihr Leben getreten war, dann war Richards neue Assistentin aufgetaucht. Sie dachte auch an Richards Reaktion, als sie ihm hilflos von dem fehlenden Foto erzählt hatte.

Offenbar hatte eines nichts mit dem anderen zu tun. Doch alles zusammen ergab eine beunruhigende Kombination von Ereignissen, die sie offenbar gerade aus der Bahn warfen.

„Kate?“

Sie drehte sich um. Richard stand in der Tür, jungenhaft, schuldbewusst. Sie konnte den Zorn nicht ganz beherrschen, der bei seinem Anblick wieder in ihr aufstieg.

„Kannst du nicht schlafen?“ fragte er.

„Nein.“

Er kam zu ihr, ohne sie zu berühren. Sie blickte wieder auf den See hinaus. Standen die Dinge so schlecht zwischen ihnen, dass er nicht einmal mehr wagte, sie anzufassen, und schlimmer noch, es ihr letztlich egal war?

„Es tut mir Leid, Kate.“ Er wandte sich ihr zu. „Wirklich sehr Leid.“

Sie hatte solche Entschuldigungen in exakt diesen Worten schon vor vielen Jahren gehört. „Ich weiß.“

„Wirst du mir je verzeihen?“

„Ich versuch's.“ *Aber das ist nicht mehr so leicht, wie es mal war. Und das macht mir Angst.*

Er nahm ihre Hand. „Komm mit ins Bett. Schlaf mit mir. Ich möchte dir zeigen, wie sehr ich dich liebe.“ Da sie zögerte, brachte er ihre Hände an seine Lippen. „Es wird alles wieder gut werden mit uns. So wie es immer war. Vertrau mir.“

Kate gab nach, und er führte sie ins Schlafzimmer und ins Bett. Sie liebten sich, und sie klammerte sich an das Vertraute, an den Richard, den sie schon so lange kannte und liebte. Der Richard, mit dem sie glücklich gewesen war.

Trotzdem fürchtete sie, dass nichts mehr so sein würde, wie es einmal war.

43. KAPITEL

Richard lag auf seiner Seite und beobachtete Kate beim Schlafen. Zwei Wochen waren vergangen seit dem großen Streit, als er zu Julianna gelaufen war und sie in den Armen gehalten hatte. Zwei Wochen reine Hölle.

Er ließ den Blick über das vertraute Gesicht wandern. Sie waren lange genug zusammen, sich in- und auswendig zu kennen. Er liebte und bewunderte sie. Er wünschte auch, er hätte ihre Güte und Kraft. Er konnte sich ein Leben ohne sie nicht vorstellen.

Doch selbst jetzt, als er neben ihr im Bett lag, spürte er, wie er sich von ihr entfernte und sich zu Julianna hingezogen fühlte. Das war falsch. Er wusste es. Jeden Tag, wenn er zur Arbeit ging, wappnete er sich durch die vorangegangene Nacht mit Kate, durch das Wissen um seine Verantwortung und seine moralische Verpflichtung. Ein Mann war schließlich nur so gut wie sein Wort.

Doch sobald er Julianna sah, lösten sich seine guten Vorsätze in Luft auf. Sie gab ihm das Gefühl, wieder jung und sexuell potent zu sein. Sie weckte Gefühle und Sehnsüchte in ihm, die er seit Jahren nicht gekannt hatte.

Er war geradezu besessen von ihr. Er dachte ständig an Sex mit ihr, wie sie schmecken würde, wie es sich anfühlen würde, in ihr zu sein, wie sie sich verhielt, wenn sie den Höhepunkt erreichte.

Es waren zwei Wochen reine Qual gewesen, hin und her gerissen zwischen zwei Frauen, zwischen richtig und falsch, zwischen Liebe und Lust.

Richard rollte sich auf den Rücken und starrte an die Decke mit dem sich langsam drehenden Ventilator. Erst vor einer

Stunde hatten er und Kate sich geliebt, und beim Höhepunkt hatte er an Julianna gedacht. Er stellte sich vor, wie sie sich unter ihm wand, sich aufbäumte und seinen Namen rief.

Doch es war seine Frau gewesen, die seinen Namen rief, und die Schuldgefühle waren ihm wie bittere Galle hochgestiegen.

Angewidert von sich legte er einen Arm über die Augen. Was war nur los mit ihm? Er liebte Kate. Er liebte ihr gemeinsames Leben.

Doch er begehrte Julianna. So heftig, dass er manchmal glaubte, den Verstand zu verlieren, falls er sie nicht bekam.

Julianna hatte ihn nicht ermutigt. Im Gegenteil, sie hatte ihn auf Distanz gehalten und war sich seiner Verantwortung und moralischen Verpflichtung offenbar mehr bewusst als er.

Sie hatten über den Kuss gesprochen und waren überein gekommen, dass es falsch gewesen war und nicht wieder vorkommen durfte.

Leichter gesagt als getan, dachte er und hätte fast gestöhnt. Die Atmosphäre zwischen ihnen war elektrisiert vor erotischer Spannung und unbefriedigtem Verlangen. Mitten in einer Besprechung starrte er plötzlich auf ihren Mund, erinnerte sich und wurde erregt. Wenn sich ihre Hände oder Schultern bei der Arbeit berührten, blickten sie gleichzeitig auf und sahen sich tief in die Augen.

Und er entdeckte das Verlangen in ihrem Blick.

Wenn es nur um Sex ginge, dachte er nicht zum ersten Mal und bekam Kopfschmerzen, könnte ich es überwinden. Doch sie sprach ihn als Mensch an. Wenn er sie nur ansah, sehnte er sich danach, sie zu umarmen, sie zu beschützen und zu besitzen, wie es immer zwischen Mann und Frau gewesen war. Sie war alles, was eine Frau sein sollte – bezaubernd, verletzlich, klug und sexy.

Sie hatte ihm angeboten zu kündigen, hatte ihn sogar gedrängt, jemand anders für den Job zu suchen. Seine Familie stehe an erster Stelle, hatte sie gesagt. Sie müssten stark sein und das Richtige tun.

Er hatte abgelehnt, sie zu entlassen. Es wäre ihr gegenüber weder fair noch richtig gewesen. Abgesehen davon, dass sie ihren Job gut machte, war sie auch darauf angewiesen.

Nein, er war derjenige, der stark sein und Selbstbeherrschung an den Tag legen musste. Es würde für sie beide nicht leicht werden, aber sie konnten es schaffen.

Das Telefonklingeln holte ihn aus seinen Gedanken. Er schnappte sich den Hörer, ehe es ein zweites Mal läutete, damit weder Kate noch Emma geweckt wurden.

Es war Julianna. Sie weinte, fast hysterisch.

„Was ist los?“ fragte er besorgt.

„Ich weiß nicht, was ich tun soll! Ich habe solche Angst!“

Richard sah über die Schulter zu Kate. Sie regte sich, wachte jedoch nicht auf. Er setzte sich und presste den Hörer fester ans Ohr. „Erzähl mir, was passiert ist.“

„Jemand hat versucht einzubrechen. Ich schlief und ...“, sie holte schluchzend Atem, „... er rüttelte am Türknauf. Und ich sah jemand ... eine Gestalt am Fenster.“

„Ich bin gleich bei dir. Vergewissere dich, dass alle Türen und Fenster verschlossen sind, und verhalte dich ruhig.“

Er legte auf und kletterte aus dem Bett.

„Richard?“ murmelte Kate. „Was ist los?“

„Das Büro. Es hat dort einen Einbruch gegeben.“ Die Lüge kam ihm so glatt und überzeugend über die Lippen, dass es ihn selbst ängstigte. Er wünschte sofort, sie zurücknehmen zu können. Doch das ging nicht. Da er es nun gesagt hatte, musste er dabei bleiben.

„Ein Einbruch?“ Besorgt richtete Kate sich auf einen Ellbogen gestützt auf.

„Ich werde es nachprüfen.“ Um ihr nicht in die Augen sehen zu müssen, wandte er ihr den Rücken zu, als er Khakihosen und ein Golfshirt überzog.

Völlig wach nun, setzte Kate sich auf und schob sich das Haar aus dem Gesicht. „Ist das nicht gefährlich? Ich weiß nicht, ob das eine so gute Idee ist, wenn du …“

„Die Polizei ist da. Sie brauchen einen der Inhaber, der sich alles ansieht, den Alarm wieder einschaltet und solche Sachen.“ Er lächelte ihr über die Schulter aufmunternd zu. „Ich war der Glückliche. Meine Nummer muss als Erste auf der Liste zu benachrichtigender Personen stehen.“

„Wenn du überzeugt bist, dass es ungefährlich ist“, erwiderte sie stirnrunzelnd.

„Bin ich.“ Er hatte Herzklopfen, als er zum Bett ging und ihr einen Kuss gab. Dabei wurde ihm bewusst, wie viel sie ihm bedeutete, wie lange sie zusammen waren, wie sehr er sie liebte und wie nahe er daran war, alles zu verlieren.

Nein, er würde nicht zulassen, dass das geschah. Seine Fantasie ging mit ihm durch. Er half lediglich einer Freundin in Not, die allein war und Angst hatte. Er hatte nur gelogen, weil es schon so spät war und er eine Szene vermeiden wollte. Das war alles.

Richard beugte sich hinunter und küsste Kate noch einmal innig. „Ich liebe dich, Kate“, flüsterte er bewegt. „Glaube mir.“

Als er zurückweichen wollte, hielt sie ihn einen Moment lang fest und sah ihm forschend in die Augen. „Ich habe Angst, Richard.“

Er wusste, dass sie sich damit nicht auf seinen angeblichen

Ausflug in die Kanzlei bezog, um dort nach dem Rechten zu sehen. Sie sprach über den Fortbestand ihrer Beziehung, die sie beide immer für unangreifbar und stabil gehalten hatten.

Er küsste sie ein letztes Mal, vor allem, um sich selbst Mut zu machen. „Es gibt nichts, wovor du dich fürchten müsstest", beteuerte er und zwang sich zu einem Lächeln. „Ich bin schneller wieder da, als du ahnst."

44. KAPITEL

Julianna öffnete, und Richard betrat ihr Apartment. Er schloss die Tür hinter sich und verriegelte sie. Dann drehte er sich zu Julianna um und sah ihr in die Augen. Sie waren beide erwachsen und wussten genau, was los war – warum er sofort zu ihr gekommen war, warum er seine Frau belogen und dreimal geküsst hatte, ehe er ging.

Sie sprachen kein Wort. Julianna kam in seine Arme und presste sich an ihn. Durch ihr dünnes Nachthemd spürte er jede Kontur ihres Körpers. Er schob die Hände auf ihr Gesäß und zog sie an sich, damit sie seine heftige Erregung spürte.

Tief durchatmend, rieb sie sich an seiner Erektion und umklammerte ihn zitternd.

Er zog ihr das Nachthemd aus, sie ihm seine Sachen. Nackt sanken sie zu Boden. Sie streichelte ihn mit Händen und Mund und machte Dinge mit ihm, von denen er bisher nur hatte träumen können.

Keuchend rollte er sich schließlich auf den Rücken, hob Julianna auf seine Hüften und drang in sie ein. Sie schob das Becken vor und zurück und trieb sie beide zu einem fiebrigen Höhepunkt. Als sie den Rücken durchdrückte und aufschrie, löste sich seine Spannung in einem heftigen Orgasmus.

Augenblicklich dämmerte ihm, dass er soeben Ehebruch begangen hatte. Und diesmal konnte er nichts durch Alkohol oder Kates Unaufmerksamkeit entschuldigen. Nicht mal Luke Dallas konnte er eine Schuld anlasten. Was er getan hatte, war bei klarem Verstand geschehen und in vollem Bewusstsein der Konsequenzen.

Die Konsequenzen. Er holte tief Luft.

Großer Gott, er hatte soeben sein Bilderbuchleben ruiniert.

Für eine junge Frau und einen raschen hitzigen Beischlaf hatte er gerade alles weggeworfen.

Julianna rieb sich schnurrend an ihm. Er jedoch fühlte sich elend, wegen dem, was er getan hatte, und vor allem, weil er es, so wahr ihm Gott helfe, wieder tun wollte, heute, morgen und übermorgen.

Sein Körper kühlte ab. Richard schloss die Arme um Julianna. Während er noch überlegte, wie er aus seiner Misere herauskam und wieder zu dem ehrenwerten Mann wurde, der er noch vor Minuten gewesen war, wurde ihm klar, dass es kein Zurück gab. Er wünschte es sich nicht einmal.

Da er Julianna einmal gehabt hatte, konnte er sich nicht vorstellen, zukünftig auf sie zu verzichten.

TEIL VI

DER KILLER

45. KAPITEL

John stand in Juliannas winzigem Apartment und lächelte zufrieden in Vorfreude auf ihre Wiedervereinigung. Es wird gut werden, schwor er sich und konnte ein Erschauern nicht unterdrücken. Sehr gut sogar.

Es gab keine Anzeichen für ein Baby hier, weder Spielsachen noch Wiege, noch der beklemmende Geruch von Babymilch und Puder. Wie erwartet, hatte Julianna sich nach reiflicher Überlegung offenbar für eine Abtreibung entschieden.

Schließlich war sie verwöhnt. Sie war umsorgt worden und man hatte ihr jeden Wunsch erfüllt. Tag und Nacht für ein schreiendes Baby da zu sein, schmutzige Windeln und Lätzchen zu wechseln, das war nicht ihr Stil.

Dass sie Stil hatte, würde man ihr bei diesem schäbigen Apartment und den miesen Jobs, die sie in den letzten Monaten angenommen hatte, ohnehin kaum unterstellen. Allerdings erstaunte ihn inzwischen nichts mehr, von dem, was sie tat, seit sie sich seiner Obhut entzogen hatte.

Sie wäre längst wieder zu Hause bei ihm, wenn ihre Mutter und Russell ihr nicht solche Angst gemacht hätten. Man hatte ihr Dinge über ihn erzählt, die sie nichts angingen. Sie war dadurch nur verwirrt und verängstigt worden.

Er schloss die Augen und amtete tief ein und aus. Sein Engel war gestrauchelt. Aber sie hatte den Preis dafür bezahlt, indem sie so leben musste. Allerdings nur einen Teil des Preises. Die restliche Strafe stand ihr noch bevor, ausgeführt von seinen liebenden Händen.

John sah die Post auf dem Schreibtisch in der Ecke durch: Werbung, Rechnungen der Energieversorger und der Telefongesellschaft. Er öffnete sie und überflog die Liste der Ferngespräche. Einige nach New Orleans, alle an dieselbe Nummer, zwei an die Auskunft und einer nach Langley in Virginia.

Die Agency. John blickte stirnrunzelnd auf die vertraute Nummer. Warum hatte sie das CIA-Hauptquartier angerufen?

Er schob die Rechnung in seine Tasche und erinnerte sich an einen weiteren Grund, weshalb er Julianna aufgesucht hatte. Sein Notizbuch. Es enthielt Informationen, die für ihn wichtig waren: Namen, Daten, Orte und Summen. Er hatte die Aufzeichnungen als mögliches Tauschobjekt behalten, als eine Art Freikarte aus dem Gefängnis.

Eine ganze Reihe von Leuten würden sie liebend gern in die Hände bekommen, einschließlich seiner alten Kumpel bei der CIA. Er wollte das Buch zurückhaben.

Als er sein Fehlen bemerkt hatte, war er außer sich gewesen vor Wut. Nicht nur wegen der Tat an sich, sondern weil er Julianna unterschätzt, ihr zu sehr vertraut hatte.

Den Fehler würde er nicht wieder begehen.

John begann mit der Suche im Schreibtisch, dehnte sie auf das ganze Wohnzimmer aus und ging dann zu Küche und Bad über. Er arbeitete methodisch, suchte an den offensichtlichen Stellen und erst recht an solchen, die sie für ein geschicktes Versteck halten würde. Er tastete Fußleisten und Bodendielen ab, suchte im Tiefkühler, im Küchenschrank, im Wasserkasten der Toilette und zwischen dem Stapel Badetücher darüber.

Schließlich nahm er sich ihr Schlafzimmer vor und sah zuletzt in ihrer Kommode nach. Er öffnete die obere Schublade und erstarrte. Sie war voller durchsichtiger Nachthemden und Unterwäsche. Benommen nahm er ein paar schwarze String-Tangas aus Nylon und Polyesterspitze hoch. So etwas wurde von Frauen getragen, die hemmungslos herumhurten. Frauen, deren Seelen verfault, deren inneres Leuchten erloschen war.

Nicht von seiner Julianna. Nicht von dem süßen Mädchen, das er so lange und so sehr geliebt hatte.

Er krallte die Finger in den Stoff. Der eigene Pulsschlag dröhnte ihm in den Ohren. Die Vorstellung, wie sein geliebtes Mädchen diese Hurenkleidung trug, machte ihn krank. Und falls sie sie trug, für wen trug sie sie?

Wut stieg in ihm auf, dass ihm der Atem stockte, und beraubte ihn kurzzeitig der Fähigkeit, klar zu denken. Stück für Stück zerstörte er die beleidigende Wäsche, indem er Bänder, Spitzen und Nylon mit Händen und Zähnen zerriss.

Sie hatte in jener letzten Nacht offenbar nichts gelernt. Er musste ihr eine weitere Lektion erteilen. Er würde ihr zeigen, wie fehlgeleitet sie war. Jedes Kind rieb sich an den Vorschriften der älteren Generation. Das hier war ihre Form der Rebellion.

Er atmete tief, um ruhiger zu werden, und spannte die Finger. Er würde sie bestrafen, und dann würden sie weitermachen wie zuvor. Besser als zuvor.

Er würde warten, auf Zeit setzen, mit ihr spielen und die heile kleine Welt, die sie für sich geschaffen hatte, erschüttern.

Doch zunächst – ein Geschenk.

Er ging zum Bett, schlug Tagesdecke und Oberbett zurück und kniete sich auf die Bettkante. Er öffnete die Hose und begann mit geschlossenen Augen zu onanieren. Dabei stellte er sich Juliannas zarten Körper vor, die weiche Haut, die zarten Brüste, ihre Scham. Keuchend streichelte er sich heftiger und ejakulierte aufstöhnend auf ihr Laken.

Er schloss die Hose wieder, holte ein Messer aus der Tasche und fügte sich mit der scharfen Klinge einen Schnitt an der Hand zu. Er ließ das Blut auf das Laken tropfen, es mischte sich mit Sperma. Leben und Tod. Anfang und Ende. Sie würde es verstehen.

46. KAPITEL

„Was haben Sie für mich?“ fragte Tom Morris Condor ohne Einleitung.

Sie saßen auf einer Bank in der Haupthalle von Washingtons belebter Union Station. Menschen strömten vorbei: Pendler, Touristen und Geschäftsleute wie sie selbst. Die Geräusche der Menschenmenge wurden von der fassförmigen, neunzig Fuß hohen Decke zurück geworfen.

„Nicht viel“, sagte Condor und wischte sich einen Kekskrümel vom Schoß. Eine Etage tiefer gab es nämlich einen Stand mit den besten Schokokeksen der Welt. Condor hatte sich eingedeckt.

Er hielt Morris die Tüte hin. „Keks?“

Morris sah kurz in die Tüte und bediente sich. „Danke.“

„Powers war noch nicht wieder in seinem Apartment“, fuhr Condor fort und sah flüchtig zu den Menschen, die ihn umgaben. „Er ist unter keinem seiner üblichen Decknamen gereist. Ich habe Nachforschungen betrieben und nichts entdeckt. Der Mann ist untergetaucht.“

„Das glaube ich weniger.“

Condor blickte auf. „Was?“

Morris brach sich ein Stück Keks ab. „Vor einigen Monaten kam ein Anruf in der Agency an. Die Anruferin meldete sich als Julianna Starr. Sie suchte Clark Russell.“

„Julianna Starr“, wiederholte Condor. „Irgendeine Beziehung zu der Toten?“

„Ihre Tochter. Ich hätte es früher weitergegeben. Aber der Agent, der den Anruf annahm, war neu. Und so fiel die Information durch die Ritzen.“

„Was wollte sie von Russell?“

„Gute Frage. Das hätte ich auch gern gewusst." Morris räusperte sich. „Interessant ist, diese Julianna war nicht auf der Beerdigung ihrer Mutter, und sie hat ihr Erbe nicht angetreten. Keiner der Nachbarn oder Freunde ihrer Mutter hat sie seit Monaten gesehen. Seltsam eingedenk der Umstände."

Condor zog nachdenklich die Brauen zusammen. „Vielleicht weiß sie nichts vom Tod ihrer Mutter. Vielleicht hat sie aber auch mit angesehen, wie ihre Mutter und der Senator umgebracht wurden, und rannte um ihr Leben. Vielleicht wollte sie Informationen oder Hilfe von Russell."

„Genau meine Gedanken."

„Einige Monate sind eine lange Zeit. Diese Julianna könnte inzwischen sonst wo sein." Condor legte den Kopf zurück und blickte zu der herrlichen Decke hinauf. „Haben Sie eine Adresse?"

„Und ein Bild." Morris übergab ihm einen großen Umschlag. „Waren Sie schon mal in Süd-Louisiana?"

„Ich bin gerade von dort zurückgekommen."

„Hoffentlich hat Ihnen das Wetter gefallen, mein Freund. Sie kehren nämlich dorthin zurück."

47. KAPITEL

Julianna schloss die Tür ihres Apartments auf und ging rasch hinein. Sie und Richard hatten es geschafft, sich für einen gemütlichen Lunch davonzuschleichen. Lunch in ihrem Apartment, im Bett. Aber zuerst würden sie sich ausgiebig und genüsslich lieben.

Sie machte die Tür zu, ohne sie zu verriegeln. Richard würde gleich nachkommen. Er hatte es übernommen, im Café an der Straße einige Sandwiches zu besorgen.

Sie würde im Bett auf ihn warten, nackt und bebend vor Erwartung.

Diese letzten drei Wochen als Richards Geliebte waren der Himmel gewesen. Er behandelte sie als Frau und als gleichberechtigt. Er ermutigte sie, ihre Meinung zu sagen, und war nicht sauer, wenn sie von seiner abwich.

Der Sex mit ihm war wunderbar, hitzig und erfüllend. Nicht zu vergleichen mit dem, was sie mit John erlebt hatte. Zunächst hatte sie ihm nur zögernd ihre Wünsche mitgeteilt. Inzwischen wusste sie, dass er es genoss, wenn sie die Initiative übernahm, seinen Körper kühn erkundete und ihm sagte, wie er sie streicheln sollte.

Es war befreiend. Sie fühlte sich lebendig und zum ersten Mal im Leben als richtige Frau. Sie animierte ihn überall zum Sex – überall dort, wo sie glaubte, unentdeckt damit durchzukommen – in seinem Büro, zwischen Besprechungen, in seinem Auto am Seeufer – die Fenster heruntergelassen, damit die kühle Herbstluft hereinkam – auf der Restauranttoilette und einmal in Kates Bett, als sie nicht da war.

Wenn sie zusammen waren, sprachen sie nicht von Kate oder Emma. Sie sprachen auch nicht von seiner Ehe oder ihrer

Zukunft. Vorläufig genügte ihr das. Sie hielt sich an die Ratschläge ihrer Mutter, und sie würde ihn auf keinen Fall drängen. Er musste von selbst zu der Erkenntnis gelangen, dass er nicht ohne sie leben konnte.

Außerdem musste sie nicht unbedingt über etwas reden, von dem sie wusste, dass es zwangsweise eintrat. Sie und Richard waren füreinander bestimmt. Und sie würden für immer zusammen sein.

Sie ging zum Bett und zog sich bis auf BH und Tangaslip aus. Sie schlug das Oberbett zurück, erschrak und schrie auf. Als sie den Ekel erregenden Fleck auf dem Laken sah, wurde ihr übel.

Was ist das? Sie streckte die Hand aus, riss sie jedoch zurück, als ihr dämmerte, was es war.

Fast hätte sie wieder aufgeschrien und wandte sich vom Bett ab. Ihr Blick fiel auf die Kommode und auf die Wäsche, die aus der oberen Schublade gerissen worden war. Mit hämmerndem Herzen ging sie langsam durch den Raum und klaubte die zerrissenen Reste zusammen.

John! Er hat mich gefunden!

„Julianna!" rief Richard. „Baby, ich habe unseren Lunch."

„Richard!" Sie stolperte zur Tür, riss sie auf und schlug sie hinter sich zu, damit er nicht sah, was John angerichtet hatte. „Richard!" Er drehte sich zu ihr um, und sie warf sich in seine Arme. „Gott sei Dank bist du da."

„Du zitterst." Er schob sie auf Armlänge von sich und betrachtete sie besorgt. „Was ist los? Was ist passiert?"

Sie schüttelte den Kopf und presste sich wieder an ihn, um ihm nicht in die Augen sehen zu müssen. Sie hätte ihm gern von John erzählt, damit er sie tröstete und beruhigte, aber sie wagte es nicht. Falls er die Wahrheit erfuhr – über sie und John – würde er sie vielleicht nicht mehr wollen. Und sie konnte es nicht ertragen, ihn zu verlieren.

Sie würde ihm einen Teil der Wahrheit erzählen. Sie klammerte sich an ihn und versuchte, ruhiger zu werden.

„Julianna?" drängte er. „Kleines?" Er schob sie wieder zurück, und zwang sie, ihn anzusehen. „Sprich mit mir."

Ihre Augen schwammen in Tränen. „Damals in Washington gab es einen Mann, einen schrecklichen Mann. Er war der eigentliche Grund, weshalb ich von dort weggegangen bin. Ich wollte vor ihm fliehen." Ihre Stimme brach, und sie musste sich räuspern, um weitersprechen zu können. Richard wartete und beobachtete sie dabei genau. „Er ist ein schlimmer Mensch, Richard. Wenn er mich findet, wird er mir was antun. Ich weiß es."

„Und du denkst, er hat dich gefunden?"

„Ja, ich kam nach Hause und ich ..." Sie nahm ihn bei der Hand und führte ihn ins Schlafzimmer. Dort zeigte sie ihm das Bett und die Wäschekommode.

Während er den Schaden betrachtete, wurde seine Miene immer finsterer. „Woher willst du wissen, dass das dieser ehemalige Freund von dir war?"

„Ich weiß es nicht ... ich nehme es nur an. Wer sonst sollte mir so etwas antun?"

„Das könnte jeder kranke, hergelaufene Bastard von der Straße gewesen sein. Jemand, der dich gesehen hat, dir folgte und eingebrochen ist. Mir gefällt das nicht."

Sie fröstelte, nahm den Bademantel vom Haken am Schrank und zog ihn über.

„Waren Türen und Fenster verschlossen?"

„Vermutlich. Die Eingangstür war zu, denn ich musste aufschließen, als ich heimkam."

Richard überprüfte die Hintertür, die abgeschlossen war, verriegelte dann sämtliche Fenster und kehrte in den Wohnraum zurück. „Ich möchte, dass du von jetzt an wirklich vorsichtig bist. Hol dir eine Dose Tränengas und geh abends nicht allein aus. Achte auf jeden, der dir anscheinend folgt oder sich auffällig hier herumdrückt. Siehst du jemand immer wieder, beispielsweise auf dem Markt oder an der Tankstelle, ruf die Polizei."

„Polizei?" wiederholte sie. „Muss das sein?"

„Ja." Er sah ihr ernst in die Augen. „Ich gehe jetzt, Julianna. Ich möchte, dass du dich jetzt anziehst und die Polizei informierst."

Ihre Augen füllten sich wieder mit Tränen. „Du lässt mich allein?"

„Ich kann nicht bleiben, wenn die Polizei kommt. Wenn man die Umstände bedenkt. Das verstehst du doch, oder?"

Sie nickte, fühlte sich elend und schlang die Arme um sich. „Ich habe Angst, Richard."

Er zog sie wieder an sich, presste ihren Kopf an seine Brust und küsste ihr den Scheitel. „Es wird alles wieder gut, Kleines. Ich lasse nicht zu, dass dir jemand etwas antut."

„Versprochen?" flüsterte sie und sah zu ihm auf.

Richard nahm ihr Gesicht mit beiden Händen. „Du hast keinen Grund, dich zu fürchten, Julianna", sagte er leise und küsste sie auf den Mund. „Nie mehr."

48. KAPITEL

„Willkommen, Kate!" riefen Blake, Marilyn und Tess wie aus einem Mund, als sie am Montagmorgen zur Tür ihres Cafés hereinkam. Der selbst verordnete Mutterschaftsurlaub war offiziell vorüber. Obwohl sie aus der Ferne viel gemanagt hatte und gelegentlich einen Tag hier gewesen war, würde das heute ihr erster voller Arbeitstag werden.

Verblüfft und überwältigt blieb Kate wie angewurzelt stehen. Ihre Angestellten hatten oben hinter dem Tresen ein Banner gespannt mit der Aufschrift „Sie ist wieder daaa!" Ein Luftballon dekorierte jeden Tisch, und ein ganzer Strauß davon hing neben der Kasse.

Ihre drei Angestellten eilten ihr lachend entgegen, um sie zu begrüßen. Marilyn nahm ihr Emma ab, Tess die überquellende Windeltasche, und Blake führte sie am Arm weiter. „Komm rein, Schatz", sagte er, „die Überraschungen haben gerade erst angefangen."

Sie wurde in den hinteren Teil des Cafés geleitet. In einer Ecke hatte man aus ziehharmonikaartig aufgestellten Babygittern eine Spielecke mit buntem Spielzeug eingerichtet. Auf dem Fliesenboden lag ein Patchwork-Teppich, und darüber hing ein Schild „Baby-Zentrale in Wahlfarben".

Ihre Angestellten sprachen plötzlich alle auf einmal.

„Wir haben zusammengelegt …"

„… einige der Stammgäste auch …"

„… davon haben wir die Spielsachen gekauft."

„Ich habe das Schild gemacht", sagte Tess.

„Wir wollten etwas für dich und Emma tun und dachten auf diese Weise …"

„… wäre die Arbeit viel leichter …"

„… für euch beide.“ Marilyn strahlte sie an. „Wir sind so glücklich, dass du zurück bist, Kate. Wir haben dich wirklich vermisst.“

Kate erwidert gerührt: „Ich weiß gar nicht, was ich sagen soll. Ihr seid einfach die Besten.“

„Schön, dass du so denkst“, erwiderte Blake grinsend. „Denn wir sind noch nicht fertig.“ Er nahm sie bei der Hand. „Und jetzt zu deinem Büro.“

„Mein Büro?“

Kichernd wie die Kinder führten sie sie hinein. Dort standen ein transportables Kinderbett und ein alter Schaukelstuhl.

„Der Stuhl gehörte mal meiner Schwester“, erklärte Marilyn. „Sie sagte, du kannst ihn benutzen, so lange du ihn brauchst.“

Kate schüttelte den Kopf. „Das ist einfach zu viel, Leute. Wirklich.“

„Richard hat uns geholfen.“

„Er wusste von dieser Sache?“

„Und ob.“ Tess lachte. „Er hat mir und Marilyn freie Hand gelassen im Babyladen. Es hat irren Spaß gemacht, auf Kosten anderer einzukaufen.“

Von vorne ertönte ein Klopfen, dann ein Rufen: „Hallo, ist jemand da?“

Blake sah auf seine Uhr. „O Mann, schon so spät. Wir haben seit zehn Minuten geöffnet.“

„Wir hätten vor zehn Minuten öffnen sollen“, korrigierte Kate ihn und eilte bereits nach vorn ins Café. „Bitte sagt mir, dass die Speisekarten geschrieben sind und der Kaffee fertig ist.“ Natürlich war beides nicht geschehen, und sie beeilten sich wie lange nicht mehr, um das Versäumte nachzuholen.

Im Verlauf des Tages sahen mehrere Stammgäste herein, um Kate wieder willkommen zu heißen, und machten viel Aufhebens um Emma. Die Lieferungen kamen spät, die Cappuccino-Maschine gab ihren Geist auf, und eine Mutter-Kind-Gruppe kam herein und ließ die Kleinen Amok laufen.

Mit anderen Worten, alles war wie immer. Kate fand es herrlich, wieder dabei zu sein.

Nachdem sich der erste Trubel gelegt hatte, kam Marilyn zu ihr. „Wie stehen die Dinge mit Richard?"

Kate betrachtete alle Angestellten als Freunde, doch Marilyn stand ihr besonders nahe. Sie erzählten sich oft aus ihrem Privatleben und waren einer des anderen Klagemauer. Vor einiger Zeit hatte Kate ihr anvertraut, wie schwer Richard sich mit der Vaterrolle tat.

Kate lächelte glücklich, weil sie wahrheitsgemäß erwidern konnte, die Dinge stünden gut. Zwar war er viel fort – er hetzte zwischen seinen Wahlvorbereitungen und etlichen schwierigen Fällen für die Kanzlei hin und her – doch wenn er daheim war, verhielt er sich aufmerksam und liebevoll zu ihr und Emma. Es hatte ihr Herz erwärmt, als er endlich anfing, auf seine Tochter zu reagieren und liebevoll mit ihr umzugehen. Oft brachte er Emma eine Kleinigkeit mit, wenn er heimkam: ein Spielzeug, eine Rassel oder ein Bilderbuch. Kate lächelte vor sich hin. Richard war sogar dazu übergegangen, ihr gelegentlich etwas mitzubringen, Blumen, eine besondere Flasche Wein oder ein Dessert, das sie besonders liebte.

Es war, als hätte ihr letzter schrecklicher Streit nicht nur sein Verhalten, sondern auch seine Gefühle grundlegend verändert. Er war wie ein neuer Mann.

„Ich bin so froh", sagte Marilyn, nachdem Kate ihr alles erzählt hatte, umarmte sie und fügte grinsend hinzu: „Es geht doch nichts über ein schlechtes Gewissen, um einem Mann den Kopf gerade zu rücken."

Blake kam dazu, einen Karton Servietten unter dem Arm. „Bist du sicher, dass du nicht lieber was anderes gerade rücken möchtest, Schätzchen?"

„Warum dreht sich bei dir bloß immer alles um Sex?"

Blake lächelte. „Du weißt, was man sagt, mein Mädchen: Jeder ist für irgendetwas gut. Ich bin nun mal der Prinz des Pen..."

Kate hielt beide Hände hoch, um das Geplänkel zu beenden. „Kein Zweifel, ich bin wieder da."

„Dann bist du bereit, auf den neuesten Stand gebracht zu werden?" Er verstaute den Karton unter dem Buffet und wandte sich wieder den Frauen zu. „Das geht hier richtig wüst zur Sache."

„Wüst zur Sache? Klärt mich auf, falls draußen gerade Flaute herrscht."

„Ralph hat sich von seiner Frau getrennt", erklärte Tess und bezog sich auf einen Stammgast. „Sie bekam den Jeep und die Katze."

„Ralph war am Boden zerstört", fügte Blake hinzu. „Er liebte den Wagen und hatte gerade die letzte Rate bezahlt."

Sie berichteten ihr weiter von einer überraschenden Schwangerschaft, vom Erfolg ihrer praktisch im Café wohnenden Autorin, die ein Buch verkauft hatte, und von Big Burt Beals, der dank einer neuen Diät 25 Pfund leichter geworden war. „Ganz zu schweigen von den fünf neuen Freunden, die Tess jedesmal für die Liebe ihres Lebens gehalten hat."

„Ich glaube, es waren sechs", korrigierte Marilyn lachend.

„Das habe ich gehört." Plötzlich tauchte Tess mit Emma auf dem Arm hinter ihnen auf. Offenbar fasziniert von ihren blonden Haaren hatte sich Emma eine Hand voll genommen. Tess schien es nicht zu bemerken. „Kann ich was dafür, wenn so viele Typen schwere Charakterfehler haben?“ Sie wandte sich an Marilyn und Blake. „Habt ihr schon von den Neuen erzählt?“

„Sie meint unsere neuen Stammgäste“, erklärte Marilyn vom Tresen her, wo sie eine Bestellung aufnahm. „Es sind drei.“

„Alles Männer“, sagte Tess leise. „Aber nur einer ist richtig umwerfend. Nick Winters.“

Kate nahm Emma und befreite Tess’ Haare. „Dann erzählt mir von ihnen. Zuerst von Nick Winters.“

„Er ist richtig süß.“ Tess ging zum Tresen, um Marilyn zu helfen, nahm eine Bestellung auf und sagte mit einem Seitenblick zu Kate: „Ein Single.“

„Und zu alt für dich.“ Marilyn verdrehte die Augen. „Aber sie hat Recht, er ist attraktiv. Er ist ein Raubein, aber auch ein Intellektueller. Bis vor kurzem hat er als Professor für Philosophie am Cleveland State College gearbeitet. Dann hat er eine Erbschaft gemacht, verkaufte seinen ganzen Besitz und ist nun ständig unterwegs.“

„Und was macht er hier unten?“

„Das hier ist nur einer seiner Stopps auf seiner Tour durch Amerika.“

„Dann ist da noch Steve Byrd“, sagte Blake, „mein persönlicher Favorit. So ein übrig Gebliebener aus den Sechzigern, inklusive Pferdeschwanz. Er ist in den letzten zwanzig Jahren den Grateful Dead nachgereist und bestritt seinen Lebensunterhalt damit, auf ihren Konzerten ihre Souvenirs zu verkaufen. Er behauptet, seit Jerry Garcias Tod habe das Leben keine Bedeutung mehr.“

„Es dürfte wohl kein Zweifel bestehen, dass der Typ seine kleinen grauen Zellen mit Drogen ruiniert hat.“ Marilyn schauderte. „Diese ganze Szene habe ich nie begriffen.“

„Klingt, als würde er unserem bunt gemischten Völkchen zusätzliche Farbe verleihen.“ Kate lachte. „Was ist mit dem Letzten. Ihr spracht von dreien.“

Ihre Angestellten tauschten Blicke. Blake räusperte sich. „Er ist ein bisschen Furcht einflößend. War mal beim Militär. Er redet nicht viel. Er kommt jeden Tag vorbei und wirft Steve vernichtende Blicke zu. Steve und jedem anderen, der ein bisschen nach Gegenkultur aussieht.“ Blake schauderte. „Er trägt das ‚Homo-Hasser‘ direkt auf die Stirn geschrieben.“

„Wie heißt er?“ fragte Kate.

„Keine Ahnung. Ich sagte schon, er redet nicht viel.“

„Ich habe versucht, ihn anzusprechen“, erklärte Tess, „aber er war richtig fies zu mir, und da habe ich mich schnell verdrückt.“

„Da muss ich Blake ausnahmsweise zustimmen“, sagte Marilyn. „Der Typ hat was Eiskaltes an sich.“

Eiskalt, überlegte Kate stirnrunzelnd. Warum sollte so jemand überhaupt Vergnügen an einem Café wie dem „Uncommon Bean“ finden? Sie hatte dafür nur eine Erklärung, der Mann suchte Ärger. Dann würde sie dafür sorgen müssen, dass er ihn nicht fand.

49. KAPITEL

John saß auf einer Parkbank im Sonnenschein des milden Oktobertages. Vor ihm lag Lake Pontchartrain, in dessen funkelnde Oberfläche dann und wann eine Möwe auf Nahrungssuche eintauchte. Über ihm reckten sich die Äste jahrhundertealter Eichen zum Himmel, ein majestätisches, ehrfurchtgebietendes Werk der Natur.

Ein hübscher Anblick und zu jeder anderen Zeit wunderbar und beruhigend, doch heute nicht.

Er atmete tief durch, um seiner Wut Herr zu werden. Er war Julianna gefolgt. Er wusste, wo und wann sie arbeitete und dass sie sich nicht mit den anderen Angestellten abgab. Er hatte erfahren, dass sie ein Mädchen zur Welt gebracht und zur Adoption freigegeben hatte. Und er wusste, an wen.

Ich weiß alles, dachte er und blickte zum blauen Himmel hinauf.

Julianna vögelte einen anderen. Seine Julianna, sein unschuldiges kleines Mädchen. Er stellte sich vor, wie sie sich unter den Händen eines anderen lustvoll wand, und krümmte vor Zorn die Finger. Endlich verstand er, was es mit der billigen Wäsche in ihrer Kommode auf sich hatte.

Sie war eine Hure geworden wie ihre Mutter. Sie hatte seine Lektionen über Liebe und Verantwortung vergessen.

Eine Hure.

Seine Wut drohte ihn zu ersticken. Er hatte geglaubt, sie sei anders, sei etwas Besonderes, etwas Wertvolles.

Das war sie auch gewesen, früher einmal.

Er stieß einen sonderbaren Klagelaut aus wie ein leidendes Tier. Darin kamen Kummer und Trauer um das Mädchen, das er einmal gekannt hatte, zum Ausdruck.

Die Augen geschlossen, sah er sie im Geiste vor sich, wie sie damals gewesen war, an jenem ersten Tag. Sie hatte so viel Gutes ausgestrahlt, eine Unschuld, die seine kalte Seele wärmte.

John legte die Hände vors Gesicht und erschrak über sein Zittern. Wie hatte er sich so in ihr täuschen können? Er ließ die Hände in den Schoß fallen. Und wie sollte er sich jetzt von ihr verabschieden?

Eine Mutter schlenderte mit ihrer Tochter vorbei. Die Kleine war etwa im Alter, in dem Julianna bei ihrer ersten Begegnung gewesen war. Sie blickte ihn im Vorbeigehen flirtend über die Schulter hinweg an, bereits kokett.

Er sah ihr ungerührt nach. Sie besaß nicht Juliannas inneres Leuchten, nicht die Schönheit des Geistes, die sie von anderen unterschied.

Ich habe mich in meiner Julianna nicht getäuscht!

John atmete tief durch. Sie war etwas Besonderes. Aber sie war auch jung, fast noch ein Kind – wenn nicht an Jahren, so doch im Herzen. Die Jugend machte sie sorglos und leicht beeinflussbar.

Sie war nicht dazu erzogen worden, auf sich selbst aufzupassen. In ihrer Verwirrung hatte sie sich an diesen Richard gewandt, diesen Niemand. Ohne seine, Johns, Anleitung würde sie der Lebensweise ihrer Mutter verfallen.

John stand auf. Über ihm kreischte eine Möwe, ehe sie auf Futtersuche ins Wasser stieß. Schuld hatten der Mann, das Baby und die Frau.

Aus einer einzigen Komplikation waren drei geworden. Sie mussten eliminiert werden. Wenn das erledigt war, würde er wissen, ob seine Julianna der wertvolle Mensch war, zu dem er sie gemacht hatte.

50. KAPITEL

Die nächsten Tage waren arbeitsreich und anstrengend für Kate. Nach so vielen Wochen wieder im „Uncommon Bean" zu sein, war eine große Umstellung, vor allem für Emma. Der Geräuschpegel und die vielen neuen Gesichter überforderten das Kind und führten zu großer Unruhe, besonders nachts.

Wenn sie sie endlich in den Schlaf gewiegt hatte, blieb ihr selbst nur noch die Kraft, das Nachthemd überzuziehen und ins Bett zu fallen.

Hinzu kamen einige kleine Ärgernisse an der Heimatfront, mit denen sie fertig werden musste. Ein Knacken in der Telefonleitung, das den Mann vom Reparaturdienst veranlasste, das gesamte Leitungssystem im Haus zu überprüfen. Regenmangel, der ein dauerndes Bewässern des Rasens und der Blumenbeete erforderte. Und ein Kühlschrank, der nach nur sechs Jahren seinen Dienst quittierte.

Trotz allem ging Kate etwas nicht aus dem Sinn, das Marilyn gesagt hatte: Es geht doch nichts über ein schlechtes Gewissen, um einem Mann den Kopf wieder gerade zu rücken.

Hat Richard ein schlechtes Gewissen? überlegte Kate, während sie die Tische des „Bean" in Ordnung brachte. War er deshalb so aufmerksam? Kam daher der ständige Strom an Geschenken?

Sie konnte verstehen, wenn er sich wegen der Dinge, die er über Luke und Emma gesagt hatte, schlecht fühlte. Und vermutlich wurde ihm ganz elend, wenn er daran dachte, wie er in jener Nacht versucht hatte, sich ihr aufzudrängen. Ihr wurde es jedenfalls.

Aber war da vielleicht noch etwas anderes?

Sie räumte die Tische ab, sammelte die benutzten Servietten, Zuckertütchen und Milchtöpfchen ein und wischte die Tischplatte mit einem feuchten Tuch ab. War das nicht paranoid, wenn sie ihrer Fantasie so die Zügel schießen ließ? Sie benahm sich so seit dem Tag, als der alte Joe ihr von dem Mädchen auf der Schaukel erzählt hatte. Sie wusste selbst nicht, warum, aber irgendwie kam sie immer wieder auf das Mädchen auf der Schaukel zurück.

Wie durch ihre Gedanken herbeizitiert, entdeckte Kate beim Aufblicken ihren Nachbarn, der seinen an der Leine zerrenden Hund ausführte.

Sie beschattete ihre Augen mit einer Hand und winkte ihm mit der anderen zu. „Joe!" rief sie. „Kommen Sie, trinken Sie einen Kaffee mit mir."

Er winkte zurück und kam herüber. Kurz darauf saßen sie, jeder einen Kaffee vor sich, an einem Tisch auf der Veranda. Auf dem Boden stand eine Schüssel Wasser für den keuchenden Beauregard.

Sie tauschten einige Freundlichkeiten aus, dann kam Kate zur Sache. „Ich habe noch mal an die junge Frau gedacht, die Sie auf unserer Schaukel entdeckt hatten. Wissen Sie noch, wie sie aussah?"

Joe schien die Frage zu erstaunen. Er kratzte sich am Kopf. „Lassen Sie mich nachdenken. Es ist eine Weile her, und ich habe sie nicht aus der Nähe gesehen." Er sah Kate versonnen an. „Sie hatte Ihre Haarfarbe und Ihre Frisur. Aber sie war jünger, wie eine Collegestudentin. Und sie trug einen kurzen Rock." Er schnaubte verächtlich. „In einem solchen Aufzug sollte man nicht schaukeln, wenn Sie verstehen, was ich meine."

Kate stimmte ihm zu. „Ist das alles, woran Sie sich erinnern, Joe? Gab es sonst etwas an ihrem Aussehen oder ihrem Verhalten, das Ihnen auffiel?"

Er dachte einen Moment nach und schüttelte den Kopf. „Tut mir Leid, Kate. Ich wünschte, ich könnte Ihnen weiterhelfen."

Sie plauderten noch einen Moment, dann dankte er ihr für den Kaffee und ging. Kate sah ihm nach und musste an seine Beschreibung denken.

Braunes Haar, mittellang, Pagenschnitt. Jung. Das passte auf viele Frauen in der Gegend von Mandeville. Und auch auf Emmas leibliche Mutter, laut Auskunft von Citywide.

Allmächtiger! Emmas leibliche Mutter!

Während Kate sich noch sagte, dass ihr wieder mal die Pferde durchgingen, sprang sie schon auf und eilte in ihr Büro. Sie nahm den Hörer auf und rief Ellen bei Citywide an. Sie wurde verbunden, und kurz darauf war Ellen am Apparat.

„Ellen", begann Kate atemlos, „hier spricht Kate Ryan."

„Kate", erwiderte sie freundlich. „Schön, von Ihnen zu hören. Wie geht's dem Baby?"

„Wunderbar. Sie ist sehr gewachsen. Sie würden sie nicht wieder erkennen. Gestern hat sie sich aus eigener Kraft herumgerollt und mich ganz stolz angestrahlt."

„Bringen Sie sie gelegentlich mal vorbei. Wir würden sie gerne sehen." Dann änderte die Sozialarbeiterin den Tonfall und wurde geschäftsmäßig. „Vermutlich haben Sie nicht angerufen, um über Emmas Fortschritte zu plaudern, richtig?"

„Richtig." Kate räusperte sich nervös. Sie wusste nicht recht, wie sie anfangen sollte. Ellen sollte sie keinesfalls für paranoid halten oder annehmen, ihre Ehe sei gefährdet. Aber sie musste sich Gewissheit verschaffen, ob Emmas leibliche Mutter es sich nicht vielleicht anders überlegt hatte mit der Adoption und ihnen nachspionierte. „Ich habe mich gefragt ... haben Sie vielleicht etwas von Emmas leiblicher Mutter gehört?"

„Nein. Gar nichts. Warum fragen Sie?“

„Ich möchte sie immer noch kennen lernen. Wir beide möchten das.“

„Tut mir Leid, aber sie bestand darauf, die Adoption absolut anonym ablaufen zu lassen.“

„Verstehe.“

„Ich weiß, Sie sind enttäuscht, aber haben Sie Geduld. Vielleicht ändert sie ihre Meinung.“

Kate war überzeugt, dass sie das nicht tun würde. Vielleicht sprach nur die Paranoia aus ihr, aber sie hatte das schreckliche Gefühl, diese Frau wollte sich nicht mit ihnen treffen, weil … ja warum eigentlich? Weil sie einen diabolischen Plan ausgeheckt hatte, ihr Leben zu ruinieren?

Solche Szenarien gab es bestenfalls in Hollywoodfilmen.

Obwohl Kate ihre Ahnung als Unsinn abtat, fragte sie: „Vielleicht klingt das verrückt, aber gibt es eine Möglichkeit, dass die leibliche Mutter ohne Ihr Wissen unsere Anschrift herausbekommt? Könnten unsere persönlichen Daten versehentlich in unsere Profilakte geraten sein?“

„Das ist ausgeschlossen.“ Ellen erkundigte sich vorsichtig: „Ist etwas nicht in Ordnung?“

Kate seufzte. „Es klingt unsinnig, aber ich habe dieses schreckliche Gefühl …“

„Dass Emmas leibliche Mutter ihre Meinung geändert hat und Ihnen Ihr Kind wegnehmen will.“

„Ja.“ Kate legte entsetzt und doch erleichtert eine Hand an die Brust. „Genau das ist es. Woher wissen Sie das?“

Ellen lachte leise. „Weil es eine ganz gewöhnliche Angst von Adoptiveltern ist, besonders, wenn die Adoption anonym verlief. Da bleiben für die neuen Eltern dann oft große Fragen offen. Sie verstehen nicht, warum die Mütter ihre Babys aufgegeben haben. Denn für sie ist dieser kleine Mensch etwas ganz Wunderbares, und sie können sich ein Leben ohne ihn nicht mehr vorstellen."

Kate musste daraufhin einräumen, dass das genau ihre Gedanken waren.

„Dass Sie fürchten, Emma zu verlieren, zeigt mir, wie fest die Bindung zwischen ihnen geworden ist", fuhr Ellen fort. „Sie sind jetzt eine Familie, und der Gedanke, dass jemand Anspruch auf einen Teil dieser Familie erheben könnte, ist, nun ja, beängstigend. Es wird besser mit der Zeit." Kate hörte an Ellens Stimme, dass sie lächelte. „Das verspreche ich Ihnen."

Kate lachte leicht verlegen. Zwar fühlte sie sich nun etwas getröstet, trotzdem wurde sie den Gedanken nicht los, dass Ellen auch nicht alles über Emmas leibliche Mutter wusste. „Sie hat nie Bedenken geäußert, nie angerufen und sich nie nach Emma erkundigt?"

„Nein, nie. Kate, ich versichere Ihnen, Emmas Mutter war sehr darauf bedacht, die Kleine wegzugeben. Sie war mit sich im Reinen wegen ihrer Entscheidung. Glauben Sie mir. Sie werden nichts von ihr hören."

Kurz danach legte Kate auf, die tröstenden Worte der Sozialarbeiterin noch im Ohr. Dennoch wurde sie den Verdacht nicht los, dass sie bereits von der Frau gehört hatten.

51. KAPITEL

Es dauerte nicht lange, und Kate lernte die neuen Stammgäste ihres Cafés kennen. Zuerst Mr. Militär, wie Blake ihn getauft hatte. Kate sah entsetzt, dass ihre melodramatischen Angestellten ausnahmsweise mal nicht übertrieben hatten. Der Mann war unheimlich und kalt wie Eis.

Sie stellte sich als Besitzerin des Cafés vor und hoffte zu erfahren, wie er hieß und was er in Mandeville tat. Ihr Kommunikationsversuch scheiterte kläglich. Mr. Militär machte ihr klar, dass er ihren exorbitanten Preis für einen Kaffee bezahlt hatte, um ihn in Ruhe zu genießen.

Das gestattete sie ihm natürlich, wenn auch widerwillig. Warum in aller Welt frequentierte ein solcher Mann ihr freundliches kleines Lokal?

Als sie am dritten Tag wieder im Dienst war, schlenderte der Jerry-Garcia-Fan herein, roch nach Weihrauch und sagte dauernd „cool“ und „erste Sahne“. Marilyn verwickelte ihn in eine lebhafte Anti-Atom-Debatte, und Tess machte eine Pause, um sich seine Erzählungen von den Reisen mit den „Dead“ anzuhören.

Nachdem Kate Emma gefüttert und zum Schlafen gelegt hatte, schlenderte sie ebenfalls zu ihnen. „Hallo, Steve“, sagte sie und gab ihm die Hand. „Ich bin Kate.“

Er schüttelte ihr lächelnd die Hand. Sie bemerkte, dass seine Haut für einen Mann ungewöhnlich weich war. „Habe ich mir schon gedacht“, erwiderte er. „Mir gefällt’s hier in deinem Laden. Hat tolle Vibrations.“

„Danke.“

„Die Glasbilder sind echt erste Sahne. Tess hat mir gesagt, dass du die Künstlerin bist.“

„Nochmals danke, und ja, ich habe sie gemacht." Sie betrachtete ihn nachdenklich aus leicht zusammengekniffenen Augen. Er kam ihr irgendwie bekannt vor. „Sind wir uns schon mal begegnet?"

„Glaube nicht." Er nippte an seinem Milchkaffee. „Bin noch nicht lange in der Stadt. Hast du die ‚Dead' mal im Konzert erlebt?"

„Nein, aber ich habe ein paar von ihren CDs."

Sie plauderten ein bisschen, meistens über die Grateful Dead. Nach einer Weile entschuldigte sie sich, um Blake am Tresen zu helfen, da eine Gruppe Studenten hereingekommen war. Nachdem die Gruppe bedient war, wandte sie sich an Blake. „An dem Typen stimmt was nicht", raunte sie ihm zu.

Er folgte stirnrunzelnd ihrer Blickrichtung. „Meinst du Steve?"

„Hm. Kennst du den Ausdruck, gerissen wie ein Fuchs?"

„Er?" Blake verzog das Gesicht. „Ausgeschlossen. Der Typ ist echt weich in der Birne."

„Das glaube ich nicht." Sie wandte rasch den Blick ab, da Steve plötzlich zu ihnen herübersah. „Achte mal auf seine Augen. Ich sage dir, dieses ganze Hippie-Getue ist Theater. Der Typ ist glasklar im Kopf."

„Nun mal halblang, Kate. Zunächst mal, warum sollte sich jemand freiwillig als Drogenopfer der Siebziger ausgeben? Und zum anderen ist der Typ schlicht und ergreifend immer stoned."

Kate ließ das Thema auf sich beruhen, war jedoch nicht überzeugt. Sie war sich immer noch sicher, Steve Byrd schon einmal begegnet zu sein, und beschloss, ihn ein wenig im Auge zu behalten.

Später an diesem Tag erschien auch der letzte Neue im Café.

Wenn Kate es nicht schon wegen des T-Shirts vom Cleveland State College geahnt hätte, wäre Tess' Ausruf: „O mein Gott, er ist es!" Bestätigung genug gewesen.

„Sie müssen Nick sein", sagte Kate und streckte ihm die Hand hin. „Willkommen im ‚Uncommon Bean'."

Er ignorierte Tess' Reaktion völlig und lächelte Kate an, wobei er die makellosesten und weißesten Zähne zeigte, die sie je gesehen hatte. Er hatte ein entwaffnendes Filmstarlächeln. Tess hatte Recht: Nick Winters war ein sehr attraktiver Mann. Sie wettete, dass vor allem die weiblichen Studenten am Cleveland State College Schlange gestanden hatten, um Philosophie bei ihm zu hören.

Er nahm ihre Hand. „Und Sie müssen Kate sein. Ihre Angestellten haben mir alles von Ihnen erzählt."

„Wirklich?" Sie lachte leicht verlegen und entzog ihm langsam ihre Hand. „Hoffentlich nur Gutes."

„Sie haben Ihr Lob in den höchsten Tönen gesungen." Lächelnd richtete er den Blick auf Emma. „Und sie haben mir alles über Ihr kleines Wunderbaby erzählt. Darf ich?" Er streckte die Hände aus. „Ich habe seit Ewigkeiten kein Baby mehr gehalten."

Kate zögerte nur kurz und übergab ihm ihre Tochter. Ihre Bedenken schwanden sofort, denn er handhabte Emma wie ein Profi. Er hielt sie hoch und bewunderte sie. „Sie ist bildhübsch."

„Danke." Kate lächelte. „Das finde ich auch."

Er sprach leise mit Emma, und sie lächelte und quiekte. Kate beobachtete die beiden. „Wie ich sehe, haben Sie viel Zeit mit Kindern verbracht."

„Ich war der Älteste aus einer Brut von sechs."

„Haben Sie eigene Kinder?"

„Nein. Mit der Verantwortung für fünf Geschwister aufzuwachsen, hat mir gereicht.“ Er deutete auf einen Tisch. „Kommen Sie, setzen Sie sich zu mir. Reden wir einen Augenblick, wenn Sie Zeit haben.“

Sie warf einen Blick auf Tess und Blake, die alles unter Kontrolle hatten. „In Ordnung, sehr gern.“

Sie setzte sich mit Nick Winters an einen Fenstertisch. Er wiegte Emma auf den Knien, während er seinen Cappuccino süßte. „Erzählen Sie mir von sich, Kate Ryan.“

„Was gibt es da zu erzählen?“ Sie hob kurz die Schultern. „Ich bin verheiratet und Mutter. Ich mache Glasbilder als Hobby, und ich bin süchtig nach Kaffee. So süchtig, dass ich mein eigenes Café eröffnet habe. Sehr normal also. Sie hingegen führen ein ungewöhnliches Leben. Wie ich gehört habe, sind Sie eine Art Nomade geworden.“

Er überhörte die Anspielung auf sein Leben. „Das klingt nach falscher Bescheidenheit, Kate. Ich schaue Sie an und sehe eine schöne, kompetente und talentierte Frau.“

Sein unverblümtes Kompliment verblüffte sie, und sie spürte sich erröten. Etwas, das sie seit Jahren nicht getan hatte. „Also, danke.“

„Nehmen wir mal die Glasbilder. Sie nennen das ein Hobby. Es ist jedoch offensichtlich, wie viel Liebe Sie in die Arbeit stecken. Die Bilder sind exzellent.“

Sie lachte leise. „Nochmals danke.“

Er ließ lächelnd einen Finger über Emmas samtige Wange gleiten. „Was ich nicht verstehe, ist, warum vergeuden Sie Ihre Zeit bloß mit einem Café? Sie sollten hauptberuflich Kunst machen.“

Sie sah ihn verunsichert an und wusste nicht, ob sie geschmeichelt oder beleidigt sein sollte. „Ich bin ein zu praktisch denkender Mensch, als dass ich mich darauf verlassen würde, allein mit dem Verkauf von Kunst meinen Lebensunterhalt zu bestreiten."

„Aber es gibt Wichtigeres als Geld. Sie haben ein Talent, das Sie vergeuden."

Sie zuckte fast zusammen. Teils wegen seiner kühnen Analyse, aber vor allem, weil er genau den Kampf ansprach, den sie seit Jahren innerlich ausfocht. „Natürlich haben Sie ein Anrecht auf Ihre Meinung."

„Jetzt habe ich Sie gekränkt. Das wollte ich nicht. Tut mir Leid."

„Nein, das haben Sie nicht. Aber die Pflicht ruft, ich muss wieder an die Arbeit."

Er stand mit ihr auf und übergab ihr Emma. Sie nahm das Kind und ging davon, blieb aber noch einmal stehen und sah zurück, als er ihren Namen rief. „Unser Gespräch hat mir sehr gefallen, Kate. Ich halte Sie für eine außergewöhnliche Frau."

Kate spürte sich wieder erröten. Sie wusste nicht, was sie darauf sagen sollte, deshalb lächelte sie nur und kehrte mit hochrotem Gesicht an den Tresen zurück.

„Was war das denn?" fragte Blake mit gesenkter Stimme.

„Was war was?"

„Du und Nick Winters?"

„Ich weiß nicht, was du meinst. Wir haben uns nur unterhalten."

„Du weißt nicht, was ich meine? Du bist ja immer noch rot. Ich glaube, der Typ hat 'ne Schwäche für dich."

„Sei nicht albern. Er kennt mich nicht mal. Außerdem bin ich eine verheiratete Frau."

„Was nichts damit zu tun hat, dass er eine Schwäche für dich haben kann."

Kate tat Blakes Bemerkung über Nick Winters als Unfug ab. Nach einer Woche fragte sie sich jedoch, ob Blake nicht Recht hatte. Nick bat sie jeden Tag zu sich an den Tisch und verwickelte sie in eine Unterhaltung. Sie tauschten ihre Ansichten über Ehe und Elternschaft aus, diskutierten so heiße Eisen wie die Todesstrafe und Gebete vor Unterrichtsbeginn in den Schulen, und er forderte sie auf, über Emma zu reden und ihre Gefühle als Adoptivmutter mitzuteilen.

Sie musste gestehen, dass sie sich geschmeichelt fühlte. Abgesehen von seiner Attraktivität war Nick Winters hoch intelligent, sehr belesen und weltgewandt.

Es war lange her, seit ein Mann außer Richard sie bewundert hatte. Und es war ein schönes Gefühl, bewundert zu werden, ein sehr schönes sogar.

52. KAPITEL

Kate nahm sich das nächste Wochenende frei, um sich von den ersten beiden vollen Arbeitswochen zu erholen. Auch Emma brauchte die Ruhe und schlief fast den ganzen Samstag und Sonntag.

Am Montagmorgen waren sie erfrischt und begierig, die neue Woche in Angriff zu nehmen. Kate trug Emma gleich in ihre Spielecke. Nach zwei Tagen Abwesenheit quiekte Emma vor Vergnügen, als sie ihre Spielsachen wieder sah.

„Morgen!“ rief Blake hinter ihr. „Hattest du ein schönes Wochenende?“

„Ein großartiges.“ Kate vergewisserte sich, dass Emma richtig saß, und wandte sich ihm zu. „Und wie war deines … O mein Gott, wo ist es?“ Ihr Lieblingsglasbild war weg. Es hatte Silberreiher auf den knorrigen Ästen einer jahrhundertealten Eiche gezeigt und war eigentlich zu groß für ein Fenster des Bean.

„Verkauft. Am Samstag.“

„Verkauft?“ wiederholte sie. Sie liebte dieses Bild und war überzeugt gewesen, es würde sich nie verkaufen – fünftausend Dollar waren ein stolzer Preis. „Wer hat es gekauft?“

„Nick Winters.“

Nick Winters hat fünftausend Dollar für eine meiner Arbeiten gezahlt?

Kate starrte Blake an und mochte ihren Ohren nicht trauen. Diese Wendung behagte ihr nicht. „Bist du sicher?“

Blake lachte. „Natürlich bin ich sicher. Ich habe den Scheck unter die Kassenschublade gelegt.“ Er ließ die Schublade aufspringen, griff darunter und überreichte ihr den Scheck.

„Das ist ein Barscheck“, stellte sie erstaunt fest.

„Ja, ich weiß. Ich dachte mir, die Kasse wäre der sicherste Ort dafür. Zum Glück wurden wir nicht ausgeraubt. Ich hätte ihm fast gesagt, er solle warten, bis du – wenn man vom Teufel spricht, da kommt er."

Kate drehte sich um. Nick Winters trat ein und sah sie an. Sie zwang sich zu einem schwachen Lächeln. „Hallo, Nick."

„Wie ich sehe, haben Sie das Geld bekommen." Er kam zu ihr und Blake an den Tresen.

„Ja." Sie sah kurz auf den Scheck, dann Nick ins Gesicht. „Ich bin überwältigt."

„Davon bin ich überzeugt." Er lächelte, bestellte einen doppelten Espresso und ging auf einen Tisch zu. „Setzen Sie sich zu mir."

Es schien Kate weniger eine Einladung als vielmehr ein Befehl zu sein. Hoffentlich bildete er sich nicht ein, mit dem Kunstwerk auch ein Stück von ihr erworben zu haben, so dass sie ihm nun womöglich etwas schuldete. Manche Menschen waren so. Wenn er zu denen gehörte, würde sie ihm ein paar Takte dazu sagen.

„Habe ich Sie überrascht?" fragte er, als sie saßen.

„Das kann man wohl sagen. Ich hatte fast einen Herzanfall, als ich aufblickte und das Bild fehlte. Es war immer mein Lieblingsstück."

„Kein Wunder, es war das Beste von allen." Er süßte seinen Espresso, führte die kleine Tasse an die Lippen und trank. „Wissen Sie, in manchen Kulturen glaubt man, dass der Künstler mit jedem seiner Werke ein Stück seiner Seele aufgibt."

Sie verengte die Augen ein wenig. „Nein, das wusste ich nicht."

„Interessant, finden Sie nicht? Dann werden Zeremonien abgehalten, um das Objekt von allen negativen geistigen Rückständen zu reinigen, als könnte ein unbelebtes Objekt eine Lebenskraft enthalten."

Die Unterhaltung wurde ihr unbehaglich, und sie spürte, dass er es wusste. Offenbar bereitete ihre Verunsicherung ihm Vergnügen. „Sie wissen, was das bedeutet, nicht wahr?"

Sie schüttelte den Kopf.

„Dass mir ein kleines Stück Ihrer Seele gehört."

Etwas im Ausdruck seiner Augen ließ sie frösteln. Sie hatte Mühe, es nicht zu zeigen. „Vorausgesetzt, man glaubt an solche Dinge."

„Genau." Er führte die kleine Tasse wieder an die Lippen und trank. Seine Bewegungen waren seltsam beunruhigend. Vorsichtig stellte er die Tasse wieder auf die Untertasse. „Es beweist, wie persönlich, privat und einzigartig der kreative Akt ist. Manche Künstler nennen ihn einen Aderlass, andere eine Tat des Unterbewussten, wieder andere des schieren Willens. Was bedeutet er denn für Sie, Kate? Wie würden Sie ihn beschreiben?"

Sie hatte nicht vor, mit diesem Mann darüber zu diskutieren, weder über die Freude und die Frustration noch die Angst und die Leidenschaft. Das ging ihn nichts an. Außerdem hatte sie den Verdacht, dass er ihre Antwort nach seinem Gusto verdrehen würde.

Wie hatte sie ihn je für attraktiv und interessant halten können? Wieso hatte sie sich geschmeichelt gefühlt durch seine Aufmerksamkeit?

„Ich finde es entspannend", erwiderte sie. „Vergnüglich."

„Sie sind eine schlechte Lügnerin."

„Die Sache ist die, Nick", begann sie und konnte nur mühsam eine gewisse Unbekümmertheit beibehalten, „ich möchte dieses Glasbild zurückkaufen. Ich komme mir ein wenig albern vor. Aber bei dem Preis war ich davon ausgegangen, dass es sich nie verkaufen würde. Es ist mir ans Herz gewachsen und …"

„Tut mir Leid, Kate, das ist nicht möglich."

„Darf ich fragen, warum nicht?"

„Es ist nicht mehr hier. Ich habe es einpacken und in mein Haus nach Ohio schicken lassen."

„Verstehe. Aber da Sie viel reisen und wenig zu Hause sind, um es zu betrachten …"

„Tut mir Leid, Kate." Er lächelte bedauernd. „Sie kommen zu spät."

53. KAPITEL

„Hallo Kate!“ rief der alte Joe und blieb an ihrem Gartentor stehen. „Ein schöner Abend, was?“

„Einfach herrlich.“ Kate drehte den Gartenschlauch zu und schlenderte zu ihrem Nachbarn hinüber, um mit ihm zu plaudern. „Es ist sehr trocken.“

„Gut, dass Sie Ihre Stiefmütterchen wässern. Ich dachte schon, die würden eingehen. Ich wollte Sie gestern bereits darauf aufmerksam machen.“ Er zwinkerte. „Ich dachte, Sie hätten es nicht bemerkt.“

Kate lächelte andeutungsweise. „Danke, dass Sie so besorgt sind, Joe. Im Moment ist es schwer, Zeit für alles zu finden, was getan werden muss. Ich wollte Sie fragen, ob Sie auch Probleme mit Ihrer Telefonleitung haben? Meine knackt immer noch.“

Er zog die Stirn in Falten. „Mit der Telefonleitung? Meine ist störungsfrei.“

Nun zog sie die Stirn kraus. „Ich habe schon seit einigen Wochen Probleme damit. Ein Typ von Bellsouth kam eines Morgens vorbei und hat sich die ganze Anlage angesehen. Er sagte, die gesamte Gegend hätte Probleme. Er sprach von irgendeinem Schaden, der vor zwei Jahren bei der Verbreiterung des Lakeshore Drive entstanden sein soll.“

„Da haben Sie es. Das Problem betrifft vermutlich nur die Anwohner des Lakeshore Drive.“

„Wahrscheinlich haben Sie Recht. Ich werde die Leute am Morgen noch mal anruf…“ Sie verstummte mitten im Satz und legte eine Hand an den Mund.

Steve Byrd! Daher kenne ich ihn. Er ist der Mann von der Telefongesellschaft, der die Anlage überprüft hat!

„Kate, alles in Ordnung mit Ihnen?“

Sie schreckte aus ihren Gedanken auf und errötete leicht. „Tut mir Leid, Joe. Die Sonne war wohl zu viel für mich.“

Er nickte und blinzelte zum Himmel. „Das Wetter ist wirklich komisch. Ich kann mich nicht erinnern, dass wir schon mal einen so trockenen Oktober hatten.“ Er blickte zu Emma hinüber, die im Schatten in ihrem Laufsitz saß. „Sie wird groß. Ein hübsches kleines Ding.“

„Danke.“ Kate blickte lächelnd zu ihrer Tochter. Die schwang die Arme und stieß gurgelnde Laute aus, als antworte sie. „Sie macht uns viel Freude, das ist mal sicher.“

„Übrigens, Kate, Ihr kleines Rätsel ist gelöst. Wie sich zeigte, ist sie wirklich eine Freundin von Ihnen.“

„Wie bitte?“

„Das Mädchen, nach dem Sie gefragt haben, das von der Schaukel. Ich sah sie heute Vormittag mit Richard. Beauregard und ich machten gerade unseren Mittagsspaziergang. Ich grüßte, und Richard winkte.“

Kate runzelte verwirrt die Stirn. „Sind Sie sicher, dass es dieselbe Frau war?“

„Sicher bin ich sicher.“ Beauregard zog an seiner Leine, blickte sein Herrchen an und bellte. Joe seufzte. „Er gibt keine Ruhe, fürchte ich. War schön, mit Ihnen zu plaudern, Kate.“

Kate sah ihren Nachbarn davongehen, ein beklommenes Gefühl in der Magengegend. Joe hatte also Richard mit der jungen Frau von der Schaukel gesehen? Wer konnte …

Julianna! Natürlich!

Warum war ihr das nicht früher aufgefallen? Julianna war jung wie eine Studentin. Sie hatte dieselbe Haarfarbe und Frisur wie sie.

Aber wenn ihr Nachbar sich nicht irrte und Julianna war

die Frau von der Schaukel, was hatte sie dann Wochen, bevor Richard sie einstellte, auf ihrem Grundstück zu suchen gehabt?

Und was hatte Richard mitten am Tag mit seiner Assistentin hier im Haus verloren? Kate lächelte Joe etwas gezwungen nach und winkte. Die Richtung ihrer Gedanken missfiel ihr außerordentlich.

Sicher hatte Richard, der gerade vorfuhr, eine vernünftige Erklärung für alles. Er stieg aus und kam über den Rasen auf sie zu. „Hallo, Schöne", grüßte er. „Was tust du?"

„Ich rette die Stiefmütterchen." Sie musste an Joes Bemerkung denken, und ihr Lächeln schwand. „Wie war dein Tag?"

„Hektisch." Er nahm Emma samt Sitz hoch, während Kate den Gartenschlauch aufrollte.

„Joe sagt, er hat dich gegen Mittag hier gesehen." Sie hängte den Schlauch auf die Halterung am Haus, und sie gingen zusammen um die Hausecke.

„Ich hatte meine Notizen zum Miller-Fall vergessen."

„Joe sagt, Julianna war bei dir."

„War sie. Wir waren auf dem Weg zum Lunch mit dem Verein Mütter gegen Trunkenheit am Steuer. Da wir hier vorbeikamen, hielt ich an, um meine Notizen zu holen."

Also war es wirklich Julianna. Was hat das zu bedeuten?

Kate hielt Richard die Tür auf. Er trug Emma in die Küche und stellte den Strampelsitz auf den Boden. Die Versuche der Kleinen, seine Aufmerksamkeit zu erringen, ignorierend, ging er zum Tresen und öffnete eine Flasche Wein. „Möchtest du ein Glas?" fragte er Kate.

„Nein, danke." Sie ging zu Emma, löste sie aus dem Sitzgeschirr und nahm sie hoch. „Könntest du mir stattdessen bitte einen Eistee machen?"

„Sicher." Während er sich Wein einschenkte, sagte er amüsiert: „Dieser neugierige alte Knabe. Man sollte meinen, er hätte Besseres zu tun, als seine Nachbarn zu bespitzeln."

„Er hat nicht bespitzelt, Richard. Er ging zufällig mit Beauregard vorbei und sah dich."

„Dann ist er gleich zu dir gelaufen und hat dir erzählt, was er gesehen hat. Das klingt für mich nach Bespitzeln."

Kate suchte in Emmas Windeltasche nach dem Schnuller. „Er hat es nur erwähnt, weil ich ihn vor einigen Wochen noch mal nach dem Mädchen auf unserer Schaukel gefragt habe."

Richard runzelte kurz die Stirn, als bemühe er sich, die Zusammenhänge zu verstehen. „Ach das. Aber was hat das mit seiner Beobachtung von heute zu tun?"

„Joe behauptet, das Mädchen, das er heute mit dir sah, sei die junge Frau, die damals auf unserer Schaukel war. Er ist sich dessen sicher." Als ihr Mann sie nur verständnislos ansah, fügte sie ungehalten hinzu: „Erkennst du denn nicht, wie sonderbar das alles ist? Warum war Julianna auf unserer Schaukel, und zwar Wochen, bevor du sie kennen lerntest?"

„Das ist doch lächerlich. Du hörst eher auf einen alten Kauz als auf deinen Mann?"

„Aber was hat das denn mit dir zu tun? Wir reden von Julianna!"

„Und ich sage dir, Joe irrt sich."

Als er mit seinem Wein weggehen wollte, vertrat sie ihm den Weg und sah ihn herausfordernd an. „Wie kannst du dir dessen so sicher sein? Ich habe dir schon mal gesagt, etwas stimmt nicht mit Julianna. Ich traue ihr nicht. Ich glaube, sie ist nicht ehrlich."

„Um Himmels willen, das ist doch verrückt. Sie ist klug und nett und eine verdammt emsige Arbeiterin. Ich vertraue ihr völlig und glaube, sie hat nicht den Funken Unehrlichkeit im Leib."

„Und wenn sie doch auf unserer Schaukel war? Warum verteidigst du sie überhaupt?"

„Warum denn nicht? Ich glaube, du bist nur eifersüchtig."

„Eifersüchtig!" wiederholte sie schockiert. „Warum sollte ich auf deine Assistentin eifersüchtig sein?"

„Warum wohl? Sie ist jung, attraktiv und ungebunden."

Kate stockte der Atem. Seine Erwiderung traf sie wie ein Schlag. „Ungebunden, Richard? Glaubst du, das wünsche ich mir zu sein?"

„So habe ich das nicht gemeint."

„Was hast du dann gemeint? Vielleicht bist du es, der sich danach sehnt, wieder ungebunden zu sein."

„Ich höre mir das keine Sekunde länger an." Er drängte sich an ihr vorbei. Etwas Wein schwappte über das Glas und klatschte auf den Dielenboden.

„Schuldbewusst, Richard?"

Er blieb stehen und drehte sich langsam zu ihr um. „Was soll das denn heißen?"

„Das, wonach es klingt." Sie atmete tief durch, um sich Mut zu machen. „Betrügst du mich mit Julianna? Gibt es deshalb so viele Blumen, Geschenke und Liebeserklärungen?"

„Vielen Dank", erwiderte er steif. „Es ist gut nach all den Jahren zu hören, was du wirklich von mir hältst."

Sie reckte trotzig das Kinn vor, nicht bereit, von ihrem schrecklichen Verdacht abzulassen, obwohl sie es gern getan hätte. „Betrügst du mich, Richard? Mit Julianna ... oder einer anderen?"

„Ich kann nicht glauben, was ich da höre. Ich kann nicht glauben, dass du mich das fragst." Er machte einen Schritt auf sie zu. „Was ist los mit dir? Seit wir Emma haben … hast du dich verändert."

„Habe ich nicht. Du hast dich …"

„Ich bin nicht der, der nicht mehr ausgehen mag. Ich bin nicht dauernd müde. Ich bilde mir auch nicht ein, jemand schleiche sich ins Haus, stehle Fotos und lasse den Schmuck unbeachtet zurück. Ich werfe nicht einem völlig ehrlichen und hart arbeitenden Mädchen vor, unehrlich und manipulativ zu sein. Und ich bin gewiss nicht der, der seinen Ehegatten nach zehn Jahren Ehe der Untreue bezichtigt."

Er ging weiter in den Wohnraum. Kate folgte ihm mit Tränen in den Augen. Sie erkannte, dass er Recht hatte. Sie benahm sich paranoid wie eine besitzergreifende, eifersüchtige Ehefrau. Sie benahm sich wie der Typ Frau, den sie immer verabscheut hatte.

„Richard!" Sie holte auf. „Warte bitte."

Er blieb stehen und drehte sich zu ihr um. „Es hat mal Spaß gemacht mit dir, Kate. Du warst zufrieden mit dir, mit unserem Leben und mit mir. Was ist nur passiert? Ich kenne dich nicht mehr wieder."

54. KAPITEL

Kate erwachte, als es donnerte. Regen klatschte an die Fenster und trommelte aufs Dach. Während sie sich zum Sitzen aufrichtete, erhellte ein Blitz das Halbdunkel.

Richard war bereits auf, wie sie merkte. Allerdings hatte sie nicht mitbekommen, dass er aufgestanden und gegangen war. Sie streckte die Hand aus und berührte sein Kissen. Es war kalt. Seufzend fragte sie sich, ob er heute überhaupt mit ihr reden würde, ob ihre Ehe noch eine Woche hielt, geschweige denn einen Monat.

Sie hatte schlecht geschlafen und spürte es. Der Streit mit Richard war ihr immer wieder durch den Kopf gegangen. Sie war entsetzt über ihre Vorwürfe und den Zustand ihrer Ehe.

In der Nacht hatte Richard starr neben ihr gelegen. Mehrfach hatte sie ihn zu berühren versucht und leise um Verzeihung gebeten. Doch jedes Mal hatte er sich ihr entzogen.

Das schmerzte mehr, als sie ertragen konnte.

Sie stieg aus dem Bett und ging ins Bad. Heute konnte sie nicht lang schlafen. Obwohl Emma nicht da war – Richards Mutter hatte darauf bestanden, sie zu nehmen, und hatte sie gestern Abend noch geholt – musste sie früh aufstehen, um das „Uncommon Bean" zu öffnen. Regentage zogen ihre Gäste geradezu magisch ins Café. Was gab es Schöneres, als einen verregneten Morgen mit einem Freund oder einem Buch bei einer guten Tasse Kaffee zu verbringen?

Kate fuhr sich müde mit einer Hand über die Augen. Ein Segen, dass sie heute nicht auch noch für Emma sorgen musste. Erschöpft und kummerbeladen, wie sie war, hätte sie kaum die Kraft für beides aufgebracht: Emma und den Samstagsandrang im Cafe.

Sie duschte, zog sich rasch an und ging hinunter, um einen Kaffee zu trinken. Dort entdeckte sie, dass Richard bereits gegangen war.

Er hatte keine Nachricht hinterlassen.

Dieses kleine Versäumnis sprach Bände. Tränen brannten ihr in den Augen. Plötzlich kam ihr das Haus zu still vor. Der Regen war enervierend anstatt beruhigend, und der Donner quälte sie.

Sie beschloss, ihren Kaffee erst im Bean zu trinken, schnappte sich Handtasche und Regenmantel und eilte ins Gewitter hinaus.

Minuten später hielt Kate hinter dem „Uncommon Bean" und blieb noch im Wagen sitzen, um eine Pause im Wolkenbruch abzuwarten. Die Wischer flogen auf höchster Stufe hin und her, trotzdem konnte sie kaum etwas sehen. Nicht mal die Hintertür des Bean, die fast auf ihrer Höhe lag.

Endlich ließ der Regen etwas nach. Sie stieß die Wagentür auf und eilte, Schlüssel in der Hand, zum Haus. Prompt landete sie mit einem Fuß in einer tiefen Pfütze. Ihr Schuh und der Saum ihres Hosenbeines waren nass. Schimpfend erreichte sie die Tür. Doch als sie gerade den Schlüssel ins Schloss stecken wollte, schwang sie nach innen auf.

Kate erschrak. Nicht nur, dass die Tür über Nacht unverschlossen gewesen war, sie war nur angelehnt. Stirnrunzelnd überlegte sie, wer gestern Abend zum Abschließen eingeteilt worden war.

Tess! Sie hatte sich noch am Nachmittag darüber beschwert und vergeblich versucht, Birne zu überreden, die Schicht mit ihr zu tauschen.

Leicht verärgert trat Kate ein. In ihrem Eifer, Freitagabend in die Disco zu kommen, hatte Tess ihre Pflichten vernachlässigt – auf Kosten der Sicherheit des Bean. Was, wenn jemand eingebrochen wäre oder der Wind die Tür aufgedrückt hätte? Bei diesem Unwetter hätte der ganze Lagerraum überflutet werden können.

Kate schloss die Tür hinter sich und schob den Riegel vor. Sie würde ein ernstes Wörtchen mit Tess reden müssen. Für gewöhnlich hielt sie ihre Umtriebigkeit im Zaum, aber das hier ging zu weit.

Auf ihrem weiteren Weg in den Lagerraum erschrak sie über den bestialischen Gestank. Als hätte jemand im Sonnenschein einen Abfalleimer offen stehen lassen.

Sie ging auf den Eingang des Cafés zu, und der Geruch wurde intensiver. Auf der Suche nach der Ursache warf sie einen Blick ins Bad und in ihr Büro, konnte jedoch nichts Ungewöhnliches feststellen.

Nachdenklich schob sie die Milchglastür auf, die den Speiseraum von den anderen Teilen des Cafés trennte, und verharrte erschrocken. Ihre Glasbilder waren ausnahmslos von den Fenstern gerissen und zertrümmert worden. Die bunten Splitter übersäten den Fliesenboden wie ein obszönes Mosaik.

Sie wollte hinlaufen, stolperte jedoch über ein Hindernis im Gang. Sie blickte nach unten und schrie auf. Tess lag zusammengesackt am Boden, halb hinter dem Tresen, ein Arm in den Gang ragend. Ihr Kopf war in einem unnatürlichen Winkel abgeknickt. Mund und Augen standen offen wie in Erstaunen oder Entsetzen.

Kate wurde übel. Sie hielt sich eine Hand vor den Mund, um sich nicht übergeben zu müssen. Plötzlich hörte sie Bewegung und Schritte hinter sich und fuhr entsetzt herum.

Es war Blake, Gott sei Dank.

Schluchzend fiel sie ihm in die Arme.

Die Polizei kam, dann der Gerichtsmediziner und das ganze Team der Spurensicherung. Kate, Blake und die übrigen Angestellten wurden befragt und schließlich auch die Stammgäste. Ein Raubüberfall wurde ausgeschlossen, da eine gründliche Suche zeigte, dass nichts fehlte, außer Kates Rolodex-Rollkartei.

Tess war das Genick gebrochen worden. Sie war auf der Stelle tot gewesen. Nach ihren Verletzungen und ihrer Lage am Boden zu urteilen, war der Angriff von hinten und überraschend erfolgt. Man vermutete, dass sie nicht einmal mitbekommen hatte, was ihr geschah.

Wenigstens hat sie nicht gelitten, dachte Kate und klammerte sich an diesen kleinen Trost. Wenigstens hat sie nicht allein und ängstlich sterbend am Boden gelegen und um Hilfe gefleht.

Die nächsten Stunden und Tage waren ein Albtraum für Kate. Sie schloss das Café auf unbestimmte Zeit und schaffte es irgendwie, alles Notwendige zu erledigen: Gespräche mit Polizei und Presse, Trost und Aufmunterung von Freunden entgegennehmen, für Emma sorgen und gelegentlich essen und schlafen.

Sie konnte nicht fassen, dass etwas so Schreckliches einem Menschen, den sie gekannt und gemocht hatte, in ihrem Café zugestoßen war. Dass solche Gewalt in ihrer unmittelbaren Umgebung geschah, nahm ihr jede Illusion von Sicherheit.

Während sie abends Emma in den Schlaf wiegte, betrachtete sie ihr süßes Gesicht und versuchte, das Geschehene zu verarbeiten. Sie sehnte sich nach dem Gefühl der Geborgenheit und der Unverletzbarkeit zurück.

In dieser Zeit war Richard der Fels in der Brandung, unbeirrt in seiner Unterstützung, seinem Mitgefühl und seinem Verständnis. Sie fühlte sich ihm so nah wie seit Monaten nicht mehr. Ihr Streit und ihre hässlichen Anschuldigungen waren inmitten dieser Tragödie vergessen.

Kate war erleichtert, als genau eine Woche nach der Tat Tess' ehemaliger Freund Matt wegen Mordes festgenommen wurde. Zeugen hatten in dieser Nacht beobachtet, wie sie erbittert miteinander stritten. Tess war zuletzt gesehen worden, als sie in seinen Wagen stieg. Der Gerichtsmediziner stellte fest, dass sie kurz vor ihrem Tod Geschlechtsverkehr gehabt hatte. Das Sperma stammte nach ersten Laboruntersuchungen höchstwahrscheinlich von Matt. Auch ohne abschließende DNA-Analyse war die Polizei überzeugt, genügend Beweise gegen ihn zu haben, und nahm ihn fest.

Erst nachdem der Täter einsaß, konnte Kate sich überwinden, das Bean wieder zu öffnen. Trotzdem blieb die Atmosphäre von Trauer geprägt. Jeder, der Tess gekannt hatte, war erschüttert von ihrem Tod. Die Stammgäste, die nicht wie Mr. Militär und Steve Byrd verschwunden waren, drückten ihre Bestürzung über den Verlust dieser strahlenden und lebhaften jungen Frau aus.

Alle, bis auf Nick Winters.

Er kam einige Tage, nachdem Kate wieder eröffnet hatte, bestellte seinen doppelten Espresso und trank ihn am Tresen. „Das Geschäft ist flau", kommentierte er.

„Das ist es", bestätigte Marilyn leise, „seit ... Sie wissen schon."

Er hob die Brauen. „Seit dem Mord?"

„Ja." Den Tränen nahe, sah Marilyn Kate an. „Entschuldige mich eine Minute."

Kate sah sie davoneilen und wandte sich Nick Winters zu. Sie erwartete, dass er sein Bedauern oder sein Beileid ausdrücken würde. Stattdessen stellte er die Tasse ab und sah Kate in die Augen. „Fühlen Sie sich geschändet, Kate?"

„Wie bitte?"

„Durch die Zerstörung Ihrer Arbeiten. Die waren ein so persönlicher, intimer Teil Ihrer selbst."

„An meine Arbeiten habe ich kaum gedacht", entgegnete sie steif.

„Wie ist das möglich? Ohne Ihre farbigen Bilder sieht es hier nackt aus."

„Verglichen mit dem Tod von Tess bedeutet der Verlust meiner Arbeiten gar nichts."

„Mir müssen Sie nichts vormachen, Kate. Wir sind Seelenverwandte. Ich kenne Sie." Er führte die Tasse an den Mund und trank. „Ich bin jedenfalls froh, dass ich mein Bild gekauft habe. Andernfalls wäre es jetzt auch zerstört."

Sie starrte ihn ungläubig an. Er hielt ihrem Blick stand, und ein Lächeln zuckte um seinen Mund. „Kommen Sie schon", sagte er leicht vorwurfsvoll. „Tess war ein hübsches Mädchen, aber sie war nicht wie wir."

„Was soll das heißen?"

„Sie hatte keine Ahnung von Loyalität, Verantwortung und Treue. Das wissen wir doch beide." Er beugte sich zu ihr vor, und sie wich instinktiv zurück. „Sie hatte die Loyalität einer Hure."

Kate japste empört. „Wie können Sie so etwas sagen? Tess hat Sie gemocht. Sie war nett zu Ihnen."

Er zuckte die Achseln. „Ich sage das, weil es stimmt. Sie wissen das, Kate, und könnten es ruhig zugeben."

„Ich weiß nichts dergleichen." Angewidert zog sie sich vom Tresen zurück. „Die Unterhaltung ist beendet, Nick. Ich empfehle, dass Sie sich wie alle anderen Gäste an einen der Tische setzen."

Er griff über den Tresen und packte ihren Arm. „Was würden Sie tun, Kate, wenn Sie entdeckten, dass Ihr Mann Sie betrügt? Würden Sie ihm verzeihen? Das möchte ich wirklich gerne wissen.“

Seine Worte trafen sie unvermutet heftig ins Herz. „Lassen Sie mich los, Nick!“

Er packte noch fester zu. „Ich bewundere Sie. Sie sind stark und ehrlich. Die meisten Menschen sind das nicht. Tess war es auch nicht.“

Seine Worte und sein Tonfall ließen sie schaudern. Aus den Augenwinkeln sah sie Marilyn durch die Milchglastür kommen und stehen bleiben. „Ich sagte, lassen Sie mich los!“

„Sie sind zu gut für ihn, Katherine McDowell Ryan.“ Er ließ sie los. „Es ist ein Jammer, ein verdammter Jammer.“

55. KAPITEL

Kate saß an ihrem Schreibtisch und starrte auf das Aquarell an der gegenüberliegenden Wand. Es zeigte ihr Haus im Frühling, der Garten in voller Blüte. Sie hatte anlässlich des ersten Jubiläums in ihrem Traumhaus einen ortsansässigen Künstler beauftragt, es zu malen.

Sie rieb sich mit einer Hand die schmerzende Schläfe. Seit der beunruhigenden Unterhaltung mit Nick Winters waren einige Stunden vergangen. Und so sehr sie sich auch bemühte, sie konnte nicht vergessen, was er gesagt hatte. Vor allem konnte sie die Gefühle nicht loswerden, die er heraufbeschworen hatte: Beunruhigung, Nervosität, Argwohn.

Und Zorn. Auf ihn wegen seiner Bemerkungen und auf sich selbst, weil sie sich davon beeindrucken ließ.

Sie riss den Blick von dem Bild los und sah zu der schlafenden Emma in ihrem Kinderbett hinüber. An der Unterlippe nagend, überlegte sie, dass Richard in letzter Zeit wirklich viel unterwegs gewesen war. Jedes Wochenende außerdem, mehrere Abende pro Woche.

Kam es wirklich häufiger vor als früher, wenn er viel zu tun gehabt hatte? Sie versuchte sich zu erinnern. Nein, so schlimm wie jetzt war es noch nie gewesen. Nicht mal vor dem Gary-Seneca-Prozess, und der hatte ihm wirklich einiges abverlangt bei dem großen öffentlichen Interesse, den viele Zeugen und der komplizierten medizinischen Beweisführung.

Andererseits hatte er noch nie zuvor eine Wahlkampagne vorbereitet.

Die eigentliche Wahl war allerdings erst in einem Jahr. Und er hatte sich bereits umfangreicher Unterstützung versichert, einschließlich der der *Times Picayune* und der Polizei von St.

Tammany Parish. Wie viel konnten er und Julianna noch zu tun haben?

Sie hasste sich selbst für ihren Argwohn, nahm dann jedoch entschlossen ihre Tasche, sah noch einmal kurz nach Emma und ging in den Vorraum. Sie würde sich jetzt ein für allemal Gewissheit verschaffen.

„Marilyn, Blake, ich habe etwas Dringendes zu erledigen. Könnt ihr bitte nach Emma sehen, bis ich zurück bin? Es ist wichtig."

„Kein Problem", erwiderte Marilyn. „Was ist los?"

„Ich kann es dir jetzt nicht sagen. Ich muss etwas überprüfen, und zwar sofort." Marilyn zog die Stirn kraus, und Kate ignorierte ihre fragende Miene. „Emma schläft und wird noch eine Weile nicht aufwachen. Es stehen zwei Flaschen Milch im Kühlschrank, und Windeln sind in der Tasche neben dem Bett." Sie stellte den Babymonitor auf den Tresen. „Ich komme so schnell wie möglich zurück."

Sie ging, ehe ihre Angestellten weiter fragen konnten, holte ihr Auto von zu Hause und fuhr zu Richards Kanzlei. Unterwegs sagte sie sich dauernd, Richard würde im Büro sein und über beide Ohren in Arbeit stecken, wie er gesagt hatte. Sie würde sich wie eine Idiotin vorkommen, irgendeine Entschuldigung erfinden, zurückfahren ins Café und sich schwören, ihrem Mann nie wieder zu misstrauen.

Richard war nicht in der Kanzlei. Einige seiner Partner waren anwesend, aber niemand hatte ihn gesehen. Von seinem Apparat aus rief sie zu Hause an, doch da meldete sich der Anrufbeantworter. Sie versuchte es in seinem Auto, dann im Club. Erfolglos.

Beunruhigt legte sie auf. Sie würde nach Hause fahren. Vielleicht machte er ein Nickerchen oder war im Garten. Sein

Auto war zwar nicht da gewesen, als sie ihres geholt hatte, aber sie hätten unterwegs aneinander vorbeifahren können.

Kate eilte in den Flur und stieß prompt mit einer der Sekretärinnen zusammen, die einen Stapel Kopien auf den Armen hatte. Die flogen durch die Luft.

Kate ging in die Hocke und half der jungen Frau, alles wieder aufzusammeln. „Tut mir Leid", entschuldigte sie sich. „Ich habe nicht aufgepasst, wohin ich ging."

„Schon okay, Mrs. Ryan, kann passieren."

„Kennen wir uns?"

Die junge Frau errötete. „Wir sind uns letztes Jahr begegnet, auf der Weihnachtsfeier. Sandy Derricks. Mr. Bedicos Assistentin."

Kate lächelte. „Natürlich, Sandy. Schön, Sie wieder zu sehen." Sie nahm das letzte Blatt auf und reichte es Sandy. „Schlimm genug, dass Sie an einem Samstag arbeiten müssen, und ich erschwere Ihnen auch noch die Arbeit."

„Nein, gar nicht. Ich arbeite jeden Samstag. Kann ich Ihnen irgendwie helfen?"

„Vielleicht. Ich suche meinen Mann. Haben Sie ihn heute schon gesehen? Ich muss ihn dringend sprechen."

Sandy sah sie einen Moment verständnislos an, dann verzog sie den Mund zu einem leichten Lächeln. „Heute nicht. Er ist in letzter Zeit sehr oft abwesend." Sie machte eine Pause, um ihre Worte wirken zu lassen. Ihr Lächeln wurde breiter, fast triumphierend, und Kate ahnte beklommen, was nun kam. „Wenn Sie seine Assistentin Julianna finden, finden Sie vielleicht auch Ihren Mann."

Kate begann zu zittern. Was Sandy da mit einem gewissen Vergnügen andeutete, war unmissverständlich.

Sie wich einen Schritt zurück, bemüht, ihre Gefühle nicht

zu zeigen. Instinktiv wollte sie ihren Mann heftig verteidigen. Stattdessen bat sie Sandy nur ruhig, ihr Juliannas Adresse zu geben.

Sie bekam sie, und nach einer knappen Viertelstunde hielt sie vor Juliannas Apartment. Richards Mercedes parkte in der Zufahrt hinter einem hellblauen Miata.

Kate blieb einen Moment sitzen und atmete tief durch, um ruhiger zu werden. Sie spannte und krümmte die Finger am Lenkrad und gestand sich ein, Angst zu haben. Sie könnte einfach feige wieder wegfahren, den Kopf in den Sand stecken und so tun, als wäre nichts geschehen, als hätte Richard ihr nicht gerade das Herz gebrochen.

Richard, wie konntest du nur? Sie legte die Stirn aufs Lenkrad, betäubt von der Wahrheit. *Wir hatten doch alles, wir hatten uns!*

Sie machte sich Mut, atmete noch einmal tief durch und stieg aus. Sie ging den kurzen Weg zu den Eingangsstufen, stieg hinauf zur Veranda und klopfte.

Als nach einigen Sekunden keine Antwort kam, schlug sie mit der Hand gegen die Tür.

Kurz darauf öffnete sich die Tür einen Spalt. Kate sah, dass Julianna einen dünnen, seidigen Morgenmantel trug. Ihr Haar war zerzaust, das Gesicht erhitzt.

Da flieht meine letzte Hoffnung, dass sie wirklich arbeiten. Ich Närrin, ich vertrauensselige Kuh.

„Ich möchte meinen Mann sprechen", sagte sie mit beben der Stimme. „Sofort!"

„Ich weiß nicht, was ..."

„Kommen Sie mir nicht so! Sein Auto steht draußen." Kate schob die Tür auf und drängte sich an Julianna vorbei.

„Wie können Sie es wagen!" schrie Julianna.

Richard erschien in der Schlafzimmertür und schloss eilig den Reißverschluss seiner Hose. „Julianna, ist alles in Ord…" Als er Kate entdeckte, blieb er wie angewurzelt stehen, die Gesichtszüge entgleisten. Wenn es nicht so tragisch gewesen wäre, wäre es komisch gewesen. „K…Kate", stammelte er, „was tust du denn hier?"

„Es wäre wohl wichtiger zu erfahren, was du hier tust?" fragte sie mit Tränen in den Augen.

„Es ist nicht so, wie es aussieht."

„Nein? Wie ist es dann?"

„Es …" Er blickte zu Julianna, die nur die Hände rang. Diese geheuchelte Unschuld verursachte Kate Übelkeit. „Ich hatte … mir Kaffee übers Hemd gegossen und … zog es aus …"

Er brachte den Satz nicht zu Ende. Wie Richard halb nackt dastand und lahm nach einer Ausrede dafür suchte, warum er sich am Samstagnachmittag im Schlafzimmer seiner Assistentin befand, raubte Kate die letzten Illusionen. Er war ein Schwächling, er war oberflächlich und vollkommen ichbezogen. Hatte der Mann, den sie so lange geliebt hatte, überhaupt jemals existiert?

„Kate", sagte er leise und streckte bittend eine Hand aus. „Ich kann es erklären."

Sie dachte an ihren Streit vor einigen Wochen und an seinen Versuch, ihr Schuldgefühle zu verursachen, weil sie durch ihr irrationales Verhalten ihre Ehe aufs Spiel setze. Sie verschränkte die Arme vor der Brust und rang um Fassung, da Zorn und Enttäuschung, sie zu zerreißen drohten. „Wie kannst du es erklären, Richard? Indem du mir sagst, ich sei eine eifersüchtige, besitzergreifende Schreckschraube. Oder indem du mir vorwirfst, ich würde nicht an dich glauben und habe keinen Humor mehr?"

Er sah sie nur an. Zum ersten Mal war der gewiefte Anwalt sprachlos. Sie wandte kurz den Blick ab, ehe sie ihn ein letztes Mal wütend anfuhr: „Du Mistkerl! Ich habe dir vertraut. Komm nicht nach Hause, Richard. Du bist dort nicht mehr erwünscht!“

56. KAPITEL

Am Abend stand Kate neben dem Kinderbett und betrachtete ihre Tochter. Die schlief den unbekümmerten Schlaf der ganz Jungen, Unschuldigen, die noch keine Ängste zu bewältigen und keinen Betrug zu verwinden hatten.

Kates Augen schwammen in Tränen. Sie hätte die Kleine jetzt gern gestreichelt, unterließ es jedoch. Sie wollte sie nicht aufwecken, nur weil ihre Mutter Trost brauchte.

Sie ist so hübsch, dachte sie, so süß und bezaubernd, und sie hat uns so viel Freude geschenkt. Nein, nicht uns, sondern nur mir. Richards Untreue bewies das. Wenn es ihm auch nur ansatzweise wichtig gewesen wäre, Emmas Vater zu sein, hätte er ihre Beziehung nicht weggeworfen.

Kate legte eine Hand vor den Mund, um nicht verzweifelt aufzuschluchzen. Wie hatte Richard das nur tun können?

Sie wandte sich vom Bett ab und verließ das Kinderzimmer. In den Stunden, seit sie von Juliannas Apartment zurück war, hatte sie abwechselnd gewütet und geheult. Sie war nicht ans Telefon gegangen, obwohl es ein Dutzend Mal geklingelt hatte. Nach dem ersten Läuten hatte sie den Stecker vom Anrufbeantworter herausgezogen, um Richards Stimme nicht hören zu müssen. Sie wollte ihn weder hören noch mit ihm reden. Nie mehr.

Wütend über ihre Tränen, presste sie die Handballen auf die Augen. Er verdiente keine Träne, dieser lügende, betrügende Mistkerl.

Sie sank auf die Couch und fragte sich, wie lange die Sache mit Julianna schon ging. Oder hatte er sie etwa aus Liebe eingestellt? Hatte es mehrere Juliannas gegeben?

Sie holte sich ein Papiertaschentuch, wischte sich die Augen, putzte sich die Nase und warf es in den Abfall. Hatte Richard sie überhaupt je geliebt, oder hatte er sie bloß geheiratet, damit Luke sie nicht bekam? Oder vielleicht, weil sie Idiotin ihm immer alles gegeben hatte, was er haben wollte?

Bevor Emma in ihr Leben getreten war, hatte sie sich hingebungsvoll in jeder Weise um seine Belange gekümmert. Sie war ja so dankbar gewesen, Mrs. Richard Ryan zu sein.

Dieser selbstsüchtige Schweinehund, wütete sie plötzlich. Richard hatte nicht mal mit Emma teilen können. Er musste stets die Nummer eins sein und im Mittelpunkt des Interesses stehen. Das hatte sie zwar immer gewusst, allerdings hatte sie geglaubt, er sei Mann genug und erwachsen genug, mit einem Kind zu teilen.

Offenbar hatte sie sich geirrt wie in so vielen Dingen.

Die Türglocke läutete. Verwundert blickte sie zur Haustür und erkannte durch den facettierten Glaseinsatz die Silhouette eines Mannes. Er drehte sich leicht in ihre Richtung, als habe er sie erkannt, und hob grüßend die Hand.

Nick Winters, dachte sie verwundert und zugleich entsetzt. Was wollte der denn hier? Sie nahm sich zusammen, ging zur Tür und öffnete sie einen Spalt.

„Hallo Kate", grüßte er lächelnd. „Tut mir Leid, dass ich Sie so spät noch störe. Aber ich wollte gern noch eines von Ihren Glasbildern kaufen."

Sie umfasste den Türgriff fester. „Tut mir Leid, Nick, aber heute Abend ist kein guter Zeitpunkt. Vielleicht morgen."

„Kate, bitte!" Er legte eine Hand gegen die Tür. „Es ist für meine Mutter. Sie hat übermorgen Geburtstag und ..." Er sah sie flehentlich an. „Bitte Kate. Ihre Arbeiten würden ihr so sehr gefallen."

Kate blickte kurz auf ihre Uhr. Das Letzte, was sie jetzt

brauchte, war Besuch. „Es ist wirklich kein günstiger Zeitpunkt. Kann das nicht warten?“

„Nein.“ Er senkte die Stimme. „Bitte Kate, es würde mir unendlich viel bedeuten.“

Nach kurzem Zögern öffnete sie ihm die Tür und ließ ihn eintreten. „Aber es muss schnell gehen. Ich fühle mich heute nicht besonders.“

Er trat näher und machte ein mitfühlendes Gesicht. „Verstehe. Tut mir Leid.“

Sie schluckte und hatte auf dem Weg hinunter in ihr Glasatelier das Gefühl, er wusste genau, warum sie sich nicht wohl fühlte. Ihre Arbeiten waren teils aufgehängt, teils lagerten sie in flachen Schüben. Nick sah sie kommentarlos durch.

Sein Schweigen machte sie nervös. Es wirkte unheimlich. Plötzlich wurde ihr bewusst, was sie getan hatte: Obwohl sie allein war, hatte sie einen Wildfremden ins Haus gelassen, der keinerlei Trauer über den Tod eines Mädchens geäußert hatte.

Sie bekam Gänsehaut und räusperte sich. „Gefällt Ihnen eines?“

Da er nicht antwortete, wich sie einen kleinen Schritt zurück und hoffte, er bemerke es nicht. Sie überlegte, wie weit sie kommen würde, falls sie flüchten musste. „Ich fühle mich wirklich nicht sehr wohl heute Abend. Könnten wir das bitte abkürzen?“

Er sah sie an, und in seinem Blick schien so etwas wie Bedauern zu liegen. „Ich weiß, wie das ist, betrogen zu werden, Kate. Zu erleben, wie einem Liebe und Vertrauen ins Gesicht geschleudert werden.“ Seine Stimme klang fast liebkosend, als er hinzufügte: „Ich weiß, wie sehr das schmerzt.“

Sie schluckte trocken, beunruhigt durch seinen vertraulichen Ton und sein Mienenspiel. „Es ist spät, Nick. Ich denke,

Sie gehen besser." Sie wich noch einen Schritt zurück – er folgte ihr. „Richard schläft, und ich habe ihm gesagt, dass ich gleich nachkomme. Er wird jeden Moment nach mir sehen."

Nick schüttelte bedauernd den Kopf. „Ich habe die zwei zusammen gesehen. Ich weiß es." Er nahm Kates Gesicht mit beiden Händen und zwang sie, ihn anzusehen. „Ich mag Sie, Kate, das tue ich wirklich. Und ich wünschte, die Dinge lägen anders." Sie wollte sich ihm entziehen, doch er hielt sie fest. Sie hatte das Gefühl, ihr Gesicht stecke in einer Klammer. „Denken Sie an Rache?" fragte er. „Wollen Sie ihn dafür zahlen lassen?"

Sie stieß einen leisen Laut des Entsetzens aus, was ihn offenbar amüsierte. Sein plötzliches Lächeln ließ sie frösteln.

„Loyalität ist alles, Kate Ryan. Sie und ich, wir wissen das. Wenn das Vertrauen gebrochen wird, bleibt nur noch Rache. ‚Denn mein ist die Rache, spricht der Herr'."

Er lockerte seinen Griff ein wenig und ließ einen Daumen geistesabwesend über ihre Lippen gleiten. Kate stand wie erstarrt, kaum fähig, ihr ängstliches Zittern zu unterdrücken. Wer war dieser Mann? Was war er?

Ein Monster, dachte sie entsetzt. Ich habe ein Monster in mein Haus gelassen.

Emma liegt allein und schutzlos in ihrem Bettchen.

Lieber Gott, lass nicht zu, dass er meinem Baby was antut! flehte sie im Stillen.

„Ich mag Sie", wiederholte er leise und bedauernd. Er beugte sich zu ihr vor, und sein Atem strich über ihr Ohr. „Bald ist alles vorbei. Schneller, als Sie es sich vorstellen können."

Er ließ die Hände sinken, wandte sich ab und ging davon. Kate sah ihm wie versteinert nach, am ganze Leibe zitternd. Er stieg die Treppe hinauf. Sie hörte ihn durch den Eingangsflur gehen und das Haus verlassen.

Das Zuschlagen der Tür wirkte wie ein Startschuss auf Kate. Sie lief ins Kinderzimmer im oberen Stockwerk. Emma lag schlafend in ihrem Bett, die kleine Brust hob und senkte sich regelmäßig. Kate sandte ein Dankgebet zum Himmel, lief zur Haustür, schloss sie ab und blickte durch den Glaseinsatz.

Nick stand neben seinem Wagen und schaute am Haus hinauf zu ihr. Kate legte zitternd eine Hand auf den Mund. Ihre Angst amüsierte ihn offenbar. Sie wusste, falls er ihr oder Emma etwas antun wollte, würde es ihm gelingen. Nichts würde ihn aufhalten.

Sie schaltete rasch das Licht aus, so dass sie im Dunkeln stand und er im Licht. Er hob eine Hand, als erkenne er ihre Angst an, stieg in seinen Wagen und fuhr davon.

Kate wandte sich ab und lief in wachsender Panik von Fenster zu Fenster und Tür zu Tür, um alles abzuschließen.

Schluchzend holte sie Richards Jagdgewehr aus dem Schrank und lud es. Dabei zitterten ihre Hände so heftig, dass sie drei Versuche brauchte, die Patronen in die Kammern zu legen. Mit Gewehr und Funktelefon ging sie in Emmas Zimmer und setzte sich neben dem Bett auf den Boden.

57. KAPITEL

Richard warf einen letzten Blick auf Juliannas Haustür, ehe er über die Veranda ging. Er hasste es, zu gehen, während Julianna schlief, aber er konnte nicht bleiben. Es wäre nicht in Ordnung, die ganze Nacht hier zu verbringen. Er musste an seinen Ruf denken, an die Kanzlei, an seinen Wahlkampf.

Ohnehin hatte er nicht schlafen können. Sobald er die Augen schloss, erschien Kates Gesicht vor ihm, und er sah, wie sie ihm tief verletzt sagte, er sei zu Hause nicht mehr erwünscht.

Der Himmel möge ihm verzeihen, dass er Kate nicht gefolgt war. Er war bei Julianna geblieben. Sie hatte ihn getröstet und seine Verwirrung und seinen Schmerz verstanden. Aus dem Trost war schnell heißes Begehren geworden. Sie hatte ihn mit Händen und Lippen liebkost, und als sie ihn schließlich in sich aufnahm, waren Kate und seine ruinierte Ehe völlig aus seinen Gedanken verschwunden gewesen.

Jetzt war das anders. Wie sollte er Kate gegenübertreten? Er blickte zum sternenlosen Himmel hinauf und fühlte sich klein und mutlos. Er hatte alles vermasselt, sein Leben und seine Ehe.

Unsinn, wenn er beides zurückhaben wollte, würde ihm das auch gelingen. Kate war seine Frau, sie würde ihm verzeihen. Er verdiente das. Nach allem, was er ihr gegeben hatte, und der Art, wie sehr sie ihn in den letzten Monaten vernachlässigt hatte, schuldete sie ihm diesen kleinen Fehltritt. Sie schuldete ihm Verzeihung.

Er nahm sein Funktelefon aus der Tasche und gab seine eigene Telefonnummer ein, während er über den schmalen Gartenweg zum Wagen ging. Kate antwortete nach dem ersten Klingeln, ihre Stimme rau von Schlaf oder Tränen.

„Kate, ich bin es. Häng nicht auf …“

„Ich habe dir nichts zu sagen.“

Die Leitung war tot. Kate hatte das Gespräch beendet. Er war erstaunt und zornig. Verdammt, sie war seine Frau, sie hatte mit ihm zu reden! Er betätigte die Wahlwiederholung, doch ehe er auf „Senden“ drücken konnte, löste sich eine Gestalt aus dem Schatten neben dem Haus.

„Du hast etwas genommen, was mir gehört“, sagte der Mann leise. „Und ich will es zurück.“

Richard bemühte sich, das Gesicht des Mannes zu erkennen, das immer noch im Dunkeln lag. Was er erkennen konnte, kam ihm nicht bekannt vor. „Sie verwechseln mich, mein Freund“, sagte er verärgert. „Verziehen Sie sich.“

Der Mann trat einen Schritt näher. „Du hast meine süße Blume genommen und sie verdorben. Dafür wirst du nun bezahlen.“

„Ich kenne Sie nicht. Ich habe keine ‚Blume‘ genommen. Ich schlage vor, Sie schlafen sich mal richtig aus. Und jetzt gehen Sie mir endlich aus dem Weg.“

Der Mann kam näher, seine Bewegungen waren fast geräuschlos. Richard sah, dass er helles Haar und helle Augen hatte, die kalt blickten wie der Tod.

Ein prickelndes Angstgefühl beschlich ihn. „Haben Sie mich nicht verstanden? Ich sagte, Sie sollen mir aus dem Weg gehen, ehe …“

„Ehe was?“ Der Mann lachte. „Ehe du die Polizei holst? Bevor die hier antanzen, ist alles erledigt.“ Er kam noch näher. „Lass mich eine Geschichte erzählen von einem jungen Mädchen und einem Mann, der sie liebte. Sie war seine Welt“, sagte er leise und blickte zu Juliannas Tür. „Sein Alles. Er behütete und beschützte sie. Er lehrte sie Loyalität und Vertrauen und gab ihr alles, was sie sich wünschte. Trotzdem war sie empfänglich für das Böse, für äußere Kräfte, die ihr klares helles Licht der Reinheit auslöschen wollten, damit sie zu einer gemeinen Hure wurde."

Richard erkannte, dass er von Julianna redete. Das musste der Mann aus ihrer Vergangenheit sein, vor dem sie sich so fürchtete. Er verengte leicht die Augen. „Wenn Sie von Julianna sprechen, kann ich Ihnen sagen, dass es aus ist zwischen Ihnen. Sie will Sie nicht mehr sehen. Nie mehr." Diesmal machte Richard einen Schritt auf ihn zu, in der Hoffnung, ihn einzuschüchtern. „Lassen Sie sie in Ruhe. Tun Sie das nicht, erwirken wir eine einstweilige Verfügung gegen Sie, sich von ihr fern zu halten. Haben Sie das verstanden, Sie Blödmann?"

John lächelte. „Du bist ein selbstgerechtes Arschloch, was? Ich sehe dich an und erkenne den Schleim der Welt, einen Mann ohne Ehre. Ohne Loyalität." Er maß Richard mit einem kalten, vernichtenden Blick. „Was ist mit Ihrer schönen Frau und dem Baby, die allein zu Hause sind? Wer beschützt sie, während Sie hier mit Julianna herumvögeln? Wer kümmert sich um sie?"

Richard stockte das Blut bei der angedeuteten Drohung gegen seine Familie. Dieser Mann wusste, wo seine Familie lebte und dass sie allein und verletzbar war.

Besorgt wich er einen Schritt zurück. „Ich rufe die Polizei." Er drückte die 911 auf seinem Handy. „Wenn ich Sie wäre …"

Richard hörte ein lautes Plop, als explodiere ein Feuerwerkskörper, dann spürte er den brennenden Schmerz in der Brust. Er fasste mit einer Hand danach und fühlte Feuchtigkeit.

Blut! Lieber Gott, Kate!

Benommen sah er den Fremden ungläubig an. Der lächelte und drückte ein zweites Mal ab.

58. KAPITEL

Kate öffnete langsam die Augen. Ihr Kopf schmerzte, ihre Augen brannten. Einen Moment desorientiert, sah sie sich um. Dann erinnerte sie sich. Richards Betrug, Nick Winters' beängstigender Besuch. Sie hatte sich neben dem Kinderbett zusammengerollt, das Gewehr an die Brust gepresst.

Das Klopfen in ihrem Kopf wurde lauter, intensiver. Bis sie merkte, dass jemand an die Tür klopfte. Sie stemmte sich hoch und stand langsam stöhnend auf, da ihre Muskeln und Gelenke protestierten. Ihr ganzer Körper schmerzte von der Nacht auf dem Kinderzimmerboden. Sie kam sich vor wie der Punching Ball eines Preisboxers.

„Ich komme", sagte sie leise vor sich hin, sah auf ihre Uhr und wunderte sich, wer sie so früh aufsuchte. Richard war es nicht, das wusste sie. Der besaß einen Schlüssel und außerdem die Unverschämtheit, ihn trotz allem noch zu benutzen.

Emma regte sich, wurde jedoch nicht wach. Gott sei Dank. Kate war entschlossen, ihren Besucher abzuwimmeln und sich erst mal einen starken Kaffee zu machen. Vielleicht fühlte sie sich danach wieder halbwegs menschlich.

Sie erreichte die Haustür und blickte durch den Glaseinsatz. Zwei ihr unbekannte Männer standen auf der Veranda. Beide trugen Jacketts und dunkle Sonnenbrillen. Wie ein paar Typen aus einem schlechten Krimi.

Sie öffnete die Tür einen Spalt. „Kann ich Ihnen helfen?"

„Mrs. Ryan?"

„Ja?"

„Polizei Mandeville." Der Mann zur Rechten hielt seine Marke hoch. „Ich bin Detective Owens. Das ist Detective Dober. Dürfen wir Ihre Zeit ein paar Minuten beanspruchen?"

Kate sah von einem zum anderen und bekam allmählich Angst. „Worum geht es?“

„Dürfen wir hereinkommen?“

Sie schüttelte den Kopf. „Nicht, ehe Sie mir gesagt haben, worum es geht.“

Die Männer tauschten Blicke. „Mrs. Ryan, wissen Sie, wo Ihr Mann sich aufhält?“

Eine halbe Stunde später war Kate auf dem Weg ins Leichenschauhaus, um dort ihren Mann zu identifizieren. Schweigend, die zitternden Hände im Schoß gefaltet, saß sie auf dem Rücksitz des Ford der beiden Detectives. Emma war bei ihrer Nachbarin untergebracht. Die Frau hatte nur einen Blick auf Kate geworfen und sich sofort dazu bereit erklärt, die Kleine zu beaufsichtigen.

Kate wandte das Gesicht dem Fenster zu, und sah die Welt draußen vorbeiziehen, vertraut und doch völlig fremd. Sie bemühte sich, nicht zusammenzubrechen und endlich zu begreifen, was die Detectives ihr erzählt hatten. Laut Polizei sah es nach einem Raubüberfall aus. Richards Brieftasche, Uhr und Ehering fehlten. Man hatte ihn neben seinem Mercedes gefunden, Funktelefon in der Hand. Jemand hatte zweimal aus kurzer Distanz auf ihn geschossen.

Die Polizei hatte sie eingehend verhört, wann sie ihren Mann das letzte Mal gesehen habe, wo er gewesen sei, und wie er die letzten Wochen verbracht habe. Man hatte sie gefragt, ob es jemand gäbe, der ihm den Tod wünsche.

So demütigend es war, sie hatte die ganze Wahrheit erzählt. Wie sie seine Untreue entdeckt und ihn gebeten hatte, nicht heimzukommen.

Sie hatte gemerkt, wie sich die Mienen der Detectives veränderten, während sie sprach. Ihr anfängliches Mitgefühl verwandelte sich in Argwohn. Sie merkte, dass sie ein Motiv gehabt hatte. Und sie hatte kein Alibi. Ein leises hysterisches Lachen kam ihr über die Lippen. Sie sah, dass der Detective am Steuer sie im Rückspiegel beobachtete. O Gott, ihr Mann war ermordet worden, und sie musste sich nach einem Anwalt umsehen.

Wie in einem wahrhaftigen Albtraum folgte sie den Detectives in die Leichenhalle. Ein starker Geruch schlug ihr entgegen, nach Äpfeln, die in einem Keller fermentieren. Ein Antiseptikum oder Formaldehyd, die den Geruch des Todes überdeckten oder sich mit ihm mischten.

Einer der Detectives zog das gekühlte Schubfach auf. Sie stand betäubt daneben und wartete, dass er das weiße Laken zurückschlug. Schweiß rann ihr zwischen den Brüsten und am Rücken hinab.

Er entblößte den Kopf der Leiche, und sie hätte am liebsten losgeschrien. Eine Hand vor den Mund, um ihre Übelkeit zu unterdrücken, nickte sie und wandte sich ab. Ihr Atem ging in kurzen keuchenden Stößen.

Der Detective mit der sanften Stimme führte sie hinaus in den hellen Herbsttag. Vor dem Gebäude sank sie auf eine Stufe nieder, legte den Kopf in die Hände und weinte.

Die nächsten achtundvierzig Stunden waren die Hölle für Kate. Sie musste es Richards Familie, Freunden und Kollegen mitteilen und mit deren Trauer und Schock fertig werden. Sie musste das „Uncommon Bean“ leiten und Beerdigungsvorbereitungen treffen. Bei alledem durfte sie auch Emma nicht vernachlässigen. Und immer noch lastete ein schlimmer Verdacht auf ihr.

Am Schwierigsten war es jedoch, die eigene Trauer und die Schuldgefühle zu verarbeiten. Immer wieder sagte sie sich, dass Richard noch am Leben wäre, wenn sie ihm gestattet hätte, nach Hause zu kommen.

Wie soll ich mit dieser Schuld leben?

Erst als die Polizei die Auflistung von Richards Handy-Telefonaten bekam, wurde sie als Verdächtige ausgeschlossen. Auch die Aussage vom alten Joe, der sie bei seinem mitternächtlichen Rundgang mit Beauregard gesehen hatte, entlastete sie.

Blake, Marilyn und Birne erwiesen sich als Gottesgeschenke. Sie übernahmen vollkommen die Leitung des Cafés, mit dem Kate, das gab sie ehrlich zu, momentan nichts zu tun haben wollte.

Zuerst Tess, jetzt Richard. Nichts schien ihr mehr eine Bedeutung zu haben. Ausgenommen Emma natürlich. Wäre sie nicht gewesen, Kate hätte ihren Lebensmut verloren. Deshalb lehnte sie auch die Angebote von Familie und Freunden ab, ihr die Kleine für eine Weile abzunehmen. Sie erklärte ihnen, ohne Emma würde man ihr den Boden unter den Füßen wegziehen. Emma war ihr Halt.

59. KAPITEL

Richard wurde in der Familiengruft in New Orleans beigesetzt. Es war ein kalter, feuchter Novembertag. Julianna stand außerhalb des Kreises aus Freunden und Familie, eine Außenseiterin, wie sie es immer gewesen war.

Ohne Richard war sie wieder allein. Ihre Augen brannten, doch sie unterdrückte ihre Tränen. Sie wollte nicht, dass man sie weinen sah. Keiner sollte sie bemitleiden, das tat sie selbst schon genug.

Die Kanzlei hatte für den Tag der Trauerfeier geschlossen, so dass alle ihre Angestellten an der Beisetzung teilnehmen konnten. Alle straften sie mit Verachtung. Irgendwie war inzwischen herausgekommen, wie Richard seine letzten Stunden verbracht hatte.

Julianna blickte zu Sandy hinüber, die mit den anderen Sekretärinnen zusammen stand, plötzlich eine von ihnen, plötzlich akzeptiert.

Zweifellos hatte sie bei der Offenlegung ihres Verhältnisses mit Richard ihre Hand im Spiel gehabt.

Am Tag nach dem Mord hatte Chas Bedico sie angerufen und kühl informiert, dass sie Richards Angestellte gewesen sei, nicht die der Kanzlei. Er hatte sie aufgefordert, ihre persönlichen Sachen vor Dienstbeginn am Montagmorgen aus der Kanzlei zu räumen. Als Geste gegenüber Kate werde man ihr zahlen, was ihr noch zustehe.

Offensichtlich war auch er über sie und Richard im Bilde gewesen.

In dem Moment blickte Sandy zu ihr hin. Die Andeutung eines triumphierenden Lächelns zuckte um ihren Mund. Julianna wusste, was sie bisher nur vermutet hatte. Sandy hatte ihre Affäre mit Richard herumposaunt und aus Rache vermutlich noch schmutzige Details dazu erfunden.

Sie schlang die Arme um sich, und die Tränen liefen ihr übers Gesicht. Sandy und all die anderen verstanden eben nicht, dass sie und Richard nicht nur eine Affäre gehabt hatten, sondern füreinander bestimmt gewesen waren. Seelenverwandte eben.

Um Fassung ringend, schlang sie die Arme noch fester um sich. Sie hatte nichts mehr, keinen Geliebten, keinen Job – ihr Blick wanderte zu Kate, die Emma auf dem Arm hielt – kein Baby.

In diesem Moment sehnte sie sich so sehr danach, ihr Kind zu halten, dass ihr Herz und Arme schmerzten. Wenn sie sie doch an sich drücken könnte, wie Kate es tat, die anscheinend Kraft und Trost aus ihrer Liebe zu dem kleinen Wesen schöpfte. Mit Emma wäre sie nie mehr allein und nie mehr ungeliebt gewesen. Doch sie hatte nichts und niemand.

Nein, das stimmte nicht. Irgendwo da draußen wartete John auf sie. Seit der obszönen Nachricht, die er in ihrem Bett hinterlassen hatte, wusste sie, dass er in der Nähe war und sie belauerte.

Nach der Beisetzung fand in Richards Elternhaus ein kleiner Empfang für Freunde und Verwandte statt. Julianna nahm daran nicht teil. Sie fuhr ziellos durch die Stadt und dann nach Mandeville zurück. Unterwegs überlegte sie, was sie jetzt tun sollte.

Sie hatte sich in falscher Sicherheit gewiegt, das war ihr inzwischen klar. Sie hatte geglaubt, Richard könne sie vor John beschützen, doch Richard war tot. Vor John gab es keinen Schutz, sondern nur die Flucht. Sie hätte längst abhauen müssen, aber sie war bis zur Beerdigung geblieben, weil sie glaubte, es Richard schuldig zu sein.

Als sie zu Hause ankam, sank die Sonne bereits. Die Feuchtigkeit des Tages verlieh der Abendkühle eine Schärfe, die ihr bis in die Knochen drang. Los Angeles, dachte sie, als sie aus dem Wagen stieg und zur Veranda ging. Palmen, Seewind, angenehme Temperaturen. Zweifellos konnte sie in einer Stadt von der Größe L.A.s untertauchen.

Sie schloss die Tür auf, trat in die Wohnung ein und blieb wie angewurzelt auf der Schwelle stehen. Der Schreckensschrei, den sie ausstoßen wollte, mutierte zu einem strangulierten Wimmern. John saß in einem Lehnstuhl gegenüber der Tür, eine Waffe im Schoß.

Er lächelte freudlos. In dem Moment wusste Julianna, dass er Richard umgebracht hatte, und dass sie sein nächstes Opfer werden würde.

„Hallo, Julianna."

Instinktiv wich sie einen Schritt zurück und griff hinter sich nach dem Türknauf. Ihr war jedoch klar, dass John sie niemals entkommen lassen würde.

Er wedelte mit der Waffe. „Geh bitte weg von der Tür. Schließlich wollen wir doch die Nachbarn nicht stören."

Sie tat, was er verlangte. Ihr Herz pochte so wild, dass sie kaum noch Luft bekam.

„Was ist, meine Süße? Bist du nicht froh, mich zu sehen?" Er lächelte wieder. „Du kannst nicht überrascht sein. Ich bin sicher, du hast mein Geschenk erhalten."

„Du … hast Richard … ermordet."

„Habe ich. Er hat genommen, was mir gehörte, Julianna. Das war inakzeptabel." Er winkte sie heran. „Komm her."

Sie folgte seiner Aufforderung mit tränenfeuchten Augen. Ihre Beine trugen sie kaum vorwärts vor Angst. Mit gesenktem Kopf blieb sie vor John stehen.

„Sieh mich an, Julianna." Sie hob den Blick. „Ich möchte, dass du dich hinkniest."

Die Tränen liefen ihr über die Wangen. Sie wollte nicht kniend sterben, tat aber wie befohlen und fragte sich, wann die Kugel sie treffen würde, ob der Tod gnädig rasch oder qualvoll langsam eintrat.

John stand auf. „Ich bin enttäuscht von dir, sehr enttäuscht." Er senkte die Stimme. „Nach allem, was ich dir über Liebe, Treue und Verantwortung beigebracht habe, tust du so etwas? Verrätst du mich so?"

„Tut mir Leid", flüsterte sie. „Es tut mir so Leid."

Er schüttelte den Kopf. „Das reicht nicht. Du warst ungehorsam. Du hast mir etwas gestohlen. Du hast mir meine Liebe vor die Füße geworfen. Was glaubst du wohl, wie ich mich dabei fühle?" Als sie nicht antwortete, stieß er sie mit der Waffe an. „Wie, Julianna?"

„Schlecht", erwiderte sie mit bebender Stimme. „Schrecklich."

„Das beschreibt es nicht mal andeutungsweise", sagte er bewegt. „Du hast mir das Herz gebrochen."

Sie schluckte, um den Kloß im Hals loszuwerden. „Verzeih mir, John. Ich habe das nicht gewollt. Bitte … tu mir nichts."

Er ignorierte ihre Bitte und trat hinter sie. „Ich könnte dich jetzt töten." Er beugte sich hinunter. Sie spürte seinen Atem im Nacken und seine Lippen an ihrem Ohr. „Es wäre leicht, und fast ein Vergnügen, so wie du mich betrogen hast."

Ein Schluchzer entrang sich ihrer Kehle.

„Allmählich begreifst du", raunte John, und seine Stimme wurde freundlicher. „Du begreifst meine Macht, die Macht des Rechtes und der Gerechtigkeit." Sein gnadenloses Lachen zerrte an ihren Nerven. „Die Verantwortlichen werden stets zur Rechenschaft gezogen. Probleme werden beseitigt. Wie bei Clark Russell. Wie bei deiner Mutter."

Sie blickte zu ihm auf, und er lachte wieder.

„Richtig, meine Süße. Sie haben sich in meine Angelegenheit eingemischt. Sie haben dir Dinge erzählt, die du nicht wissen solltest. Sie mussten bestraft werden."

„Nein", flüsterte sie, und ihre Stimme brach. „Nein!"

„Ich fürchte doch." Mit dem Lauf der Waffe hob er ihr Kinn an, und sie musste den Kopf so weit zurücklegen, dass ihr Genick schmerzte. „Es war nicht hübsch, Liebes, aber es ging schnell. Sie hat nicht gelitten."

Julianna begann in tiefen, herzzerreißenden Schluchzern der Verzweiflung zu weinen. Richard war ihretwegen umgebracht worden, ihre Mutter und Clark Russell ebenfalls. *Was habe ich getan?*

„Hör auf!" Stirnrunzelnd fügte er hinzu: „Sie hat deine Tränen nicht verdient. Sie war keine gute Mutter. Sie war nicht für dich da. Ich war für dich da. Um mich solltest du Tränen vergießen, und nur um mich."

Er steckte die Waffe in seinen Hosenbund und ging vor ihr in die Hocke. Er nahm ihr Gesicht fest zwischen beide Hände und presste die Finger in ihre Wangen. „Du bist jung und töricht und denen ausgeliefert, die dich zerstören wollen. Es ist nicht deine Schuld, ich weiß das." Er sprach langsam und geduldig wie zu einem Kind. „Wegen deiner Jugend gestatte ich dir diesen einen Fehler. Vielleicht. Aber nur diesen einen."

Julianna holte zittrig Atem. Er bot ihr eine Chance. Sie verdrängte Trauer und Angst und konzentrierte sich auf seine Worte und das darin enthaltene Angebot. „Wie ... wie kann ich meinen Fehler wieder gutmachen? Wie, John?" Sie legte ihre Hände auf seine. „Sag mir bitte, was ich tun soll."

Lächelnd ließ er seine Daumen zärtlich über ihre Wangen gleiten. „Ich will, dass du wieder mein kleines Mädchen wirst. Meine Einzige. Ich vermisse dich, Julianna.“ Er beugte sich vor und berührte ihre Lippen sacht mit seinen. „Ich will, dass es wieder so wird, wie es einmal war.“

Bei diesem Wunsch wurde ihr speiübel. Sie schluckte, um ihren Ekel zu unterdrücken. Großer Gott, wie sollte sie ihm geben, was er verlangte? Wie sollte sie wieder das unschuldige Mädchen spielen, das John Powers von ganzem Herzen liebte, da sie wusste, dass er ein Mörder war? Großer Gott, wie?

Einen Moment erwog sie, ihm die Wahrheit zu sagen, zu gestehen, dass sie ihn hasste und sich angeekelt fühlte. Dass sie lieber starb, als mit ihm zusammen zu sein.

Sie konnte nicht. Sie wollte nicht sterben. Sie wollte leben. Und ihm nachgeben war ihre einzige Chance.

Sie beugte sich vor und legte die Stirn gegen seine Brust. „Du hast mir so gefehlt.“ Die Lüge ging ihr glatt von den Lippen und klang nicht nur überzeugend, sondern auch bewegt. Sie hob den Kopf und lächelte schüchtern. „Es hat mir gefehlt, dein kleines Mädchen und etwas ganz Besonderes zu sein.“

Seine Hände zitterten unter ihren. Dieses Zeichen seiner Erregung machte sie schier krank. Trotzdem schaffte sie es, ihre wahren Gefühle zu verbergen, als er ihr aufhalf und sie ins Schlafzimmer führte. Ins Bett.

Mit zögernden Bewegungen zog er sie aus, ehe er sie hinlegte. Dann entkleidete er sich selbst und legte sich neben sie. Sie blieb reglos, während er sie streichelte und liebkoste. Sie wusste, was er erwartete, was ihn am meisten erregte. Falls sie aus der Rolle fiel, wenn auch nur für einen kurzen Moment, wäre das ihr Todesurteil.

Sie kniff die Augen fest zusammen, während seine Hände

über ihren Körper fuhren, und war unfähig die Schauder des Ekels zu unterdrücken oder die Tränen, die ihr aus den Augenwinkeln tropften.

Sie ist eine verirrte Seele, dachte John. Er fing eine Träne mit der Fingerspitze auf und führte sie zum Mund. „Hast du Angst, Julianna?"

„Ja", flüsterte sie zittrig.

„Das brauchst du nicht, meine Süße." Er hielt ihre Antwort, das Schaudern und die Tränen für einen Teil ihres Spiels. Sie wusste, dass es ihm gefiel. „Ich werde zärtlich sein, das weißt du. Sehr zärtlich."

Er legte ihre Hand an seine Erektion, wie er es so viele Male getan hatte, und unterwies sie, wie sie ihn zu halten und zu streicheln hatte. Während sie das tat, stieß er kehlige, eher tierische als menschliche Laute aus. Als Julianna das hörte, wurde ihr so schlecht, dass sie sich fragte, ob eine Kugel nicht die bessere Lösung gewesen wäre.

Er rollte sie auf den Rücken und drang in sie ein. Sie schrie auf vor Verzweiflung und Demütigung, was ihn noch mehr erregte. Mit einem triumphierenden Aufschrei drückte er den Rücken durch und erreichte den Höhepunkt.

Schwitzend und keuchend sackte er auf ihr zusammen. „Mein Engel", raunte er nach einem Moment an ihrer Halsbeuge. „Mein süßer Engel. Ich wusste, du würdest zu mir zurückkommen. Ich wusste es."

Da sie fürchtete, ihre wahren Gefühle zu offenbaren, sobald sie sprach, schwieg sie.

Ihr Schweigen veranlasste ihn, sich auf einen Ellbogen hochzustemmen und sie anzusehen. „Glücklich?"

Sie rang sich ein Lächeln ab und bestätigte, was er hören wollte. „Sehr glücklich. Ich liebe dich, John."

Er betrachtete sie forschend, wie um abzuschätzen, ob sie die Wahrheit sagte. Gelangte er zu dem Schluss, dass sie log, brachte er sie um, das war ihr klar.

Er betrachtete sie so eingehend, dass ihr Puls vor Angst zu rasen begann. Nach einigen Sekunden nickte John. „Ich vergebe dir. Aber du musst verstehen, dass ich dich für deinen Ungehorsam strafen muss. Es gibt nun einige Probleme, die beseitigt werden müssen."

Mutter war ein Problem, ebenso Clark und Richard. Wer ist jetzt noch übrig? Sie sah ihn fragend an, und ihr Magen zog sich vor Beklommenheit zusammen. „Ich verstehe nicht."

„Das Baby natürlich." Er strich ihr mit einem Finger über die Wange, der Bahn ihrer Tränen folgend. „Es muss sterben."

Julianna blieb das Herz stehen. *Nein! Nicht Emma!*

„Doch", sagte er, als hätte er ihre Gedanken gelesen, und schüttelte bedauernd den Kopf. „Du hättest sie loswerden sollen, als ich es dir sagte. Jetzt wird es schwieriger. Jetzt ist auch Kate betroffen."

Julianna fürchtete vor Entsetzen zu ersticken. Sie stellte sich Emma vor, wie sie gurgelnd lachte und strampelte, wie ihr Lächeln das ganze Gesicht erhellte und einen froh machte, am Leben zu sein. Und dann sah sie sie leblos in einer Blutlache liegen.

Ich muss ihn irgendwie aufhalten!

„Aber warum?" flüsterte sie. „Sie gehört jetzt zu Kate. Sie ist nicht mehr Teil meines Lebens."

Er legte ihr eine Hand auf den Mund. „Ungelöste Probleme bereiten einem immer wieder Schwierigkeiten."

John zog die Hand weg, schwang die Beine vom Bett und setzte sich. Er griff nach seiner Waffe, kontrollierte die Sicherung und legte sie neben sich. „Ich möchte Kate verschonen, aber das ist vielleicht nicht möglich."

Krank vor Abscheu, starrte Julianna auf seinen Rücken. Er sprach so emotionslos von Kates und Emmas Ermordung wie vom Wetter. Wieso hatte sie nicht eher erkannt, was für ein Ungeheuer er war? Wie hatte sie nur glauben können, ihn zu lieben?

Sie konnte nicht zulassen, dass er Emma umbrachte.

Sie sah sich im Zimmer nach einem Gegenstand um, mit dem sie sich aus dieser Situation befreien konnte. Eigentlich brauchte sie seine Waffe, aber die ließ er kaum aus den Augen. Ihr Blick blieb auf der hässlichen Keramiklampe auf dem Nachttisch haften. Die musste genügen.

Julianna stieg aus dem Bett, nahm T-Shirt und Shorts vom Boden auf und zog beides an. „Du hast natürlich Recht. Aber ich … ich sollte dir dabei helfen." Er stand auf und sah sie über die Schulter an. „Ich habe den Mist gebaut, ich sollte helfen, ihn wegzuräumen", fügte sie hinzu.

Er dachte einen Moment darüber nach und nickte. „Was schlägst du vor?"

Er nahm seine Hose vom Boden auf, zog sie an und griff nach der Waffe.

Julianna erkannte ihre Chance, vielleicht ihre letzte. Sie schnappte sich die Lampe und schlug zu. Mit einem dumpfen Geräusch prallte sie gegen seinen Hinterkopf. Die Waffe entglitt John.

Er richtete sich auf. Sein Blick verriet zunächst Verwunderung, dann dämmerndes Verstehen. Julianna schlug abermals heftig zu und stöhnte vor Anstrengung. Der Lampenfuß zersprang an seinem Kopf. Scherben und Blut spritzten in alle Richtungen.

Wie in Zeitlupe sackte John auf die Knie und fiel dann vornüber, direkt auf seine Waffe. Julianna stand zitternd daneben, die Reste der Lampe in der Hand. Sie konnte nicht sagen, ob John noch atmete, und sie wollte nicht näher gehen, um sich zu vergewissern. Sie ließ die Lampenreste fallen. „Das schlage ich vor, du kranker Bastard.“

60. KAPITEL

Kate wachte erschrocken auf, setzte sich hin und sah sich verwirrt um. Sie war nach der Beerdigung heimgekommen, hatte Emma zu Bett gebracht und sich mit einem Glas Wein auf die Couch im Wohnzimmer gesetzt. Sie musste eingeschlafen sein. Das rote Licht des Babymonitors war die einzige Beleuchtung im Raum. Sie lauschte einen Moment, doch aus dem Zimmer ihrer Tochter drang kein Laut. Beruhigt legte sie sich wieder in die Kissen und fuhr sich müde und verzweifelt mit beiden Händen übers Gesicht.

Es war vorbei. Die Beerdigung markierte nicht nur das Ende von Richards Leben, sondern auch ihres zehnjährigen Ehelebens, das sie als zufriedene glückliche Frau geführt hatte, in dem Glauben, geliebt zu werden.

Plötzlich wimmerte Emma hörbar und schrie dann plötzlich scharf und ängstlich auf. Der Monitor knackte und verstummte dann.

Erschrocken sprang Kate vom Sofa. Dabei stieß sie ihr Weinglas um, und die rote Flüssigkeit ergoss sich über den weißen Teppich.

Sie rannte ins Kinderzimmer hinauf und schrie auf, da sich eine Gestalt über das Kinderbett beugte, neben dem eine voll gestopfte Windeltasche stand.

„Hände weg von meinem Baby!"

Die Gestalt fuhr herum. Sie hatte Emma auf den Armen und hielt ihr eine Hand vor den Mund.

Selbst in der schwachen Beleuchtung durch das Nachtlicht erkannte Kate, wer das war. „Julianna? Was tun Sie da?"

Julianna nahm die Hand weg, und Emma schrie los. „Es ist nicht so, wie es aussieht, Kate."

Kate kam langsam näher, nicht sicher, was sie tun sollte, jedoch voller Sorge um Emma. „Geben Sie mir das Baby."

Die Kleine erkannte die Stimme ihrer Mutter und wandte sich ihr sofort zu. Zugleich wurde ihr Weinen ein frenetisches Brüllen.

Julianna wich kopfschüttelnd zurück. „Sie verstehen nicht. Er kommt! Er will …"

„Geben Sie mir Emma!" Kate blieb vor ihr stehen und streckte die Arme aus. „Sie machen ihr Angst."

Julianna zögerte. Kate sah, dass sie nicht mehr so fest zupackte, und entriss ihr Emma. Sie drückte die Kleine tröstend an sich, und aus dem lauten Schreien wurde allmählich ein leises Wimmern.

„Haben Sie noch nicht genug angerichtet?" fragte Kate mit bebender Stimme. „Sie haben mir meinen Mann genommen, und jetzt wollen Sie auch noch meine Tochter?"

„Sie verstehen nicht." Julianna rang die Hände und blickte nervös zur Kinderuhr an der Wand. „John kommt. Er …"

„Ich kenne keinen John. Wie sind Sie hier bitte hereingekommen?"

„Der Ersatzschlüssel in dem falschen Felsen, neben der Seitentür."

Du meine Güte, so ist sie auch damals schon hereingekommen! „Ich rufe die Polizei."

Julianna hielt sie am Arm zurück. „Tun Sie das nicht. Das dürfen Sie nicht! Sie müssen …"

„Mein Mann ist tot. Er würde noch leben, wenn er zu Hause gewesen wäre." Kate schüttelte ihre Hand ab. „Verlassen Sie mein Haus! Ich möchte Sie nicht in meiner oder Emmas Nähe haben."

Kate eilte ins Wohnzimmer und schaltete das Licht ein. Ihr

Funktelefon lag neben dem umgekippten Weinglas auf dem Boden.

„Emma ist in Lebensgefahr", beharrte Julianna.

Kate blieb stehen und sah Julianna an. Erst jetzt fielen ihr das tränenüberströmte Gesicht und die fleckige, zerknitterte Kleidung auf. Und sie erkannte, was das für Flecken waren. Blut. „Oh, mein Gott!"

„John kommt. Er will Emma töten."

Besorgt presste Kate Emma fester an sich. „Gehen Sie!"

Julianna streckte eine Hand aus, die ebenfalls mit Blut beschmiert war. „Ich muss Emma beschützen."

Kate schüttelte heftig den Kopf. „Sie sind verrückt, psychisch gestört. Sie ..."

„Ich bin Emmas leibliche Mutter!"

Die Worte wirkten auf Kate wie ein Schlag in die Magengrube. Wie betäubt starrte sie Julianna an. „Was sagen Sie da?"

„Ich bin Emmas ..."

„Halten Sie den Mund!" fuhr Kate sie an. „Sie lügen ..."

„Ich wollte seinerzeit eine Abtreibung", erklärte Julianna mit zitternder Stimme, „aber es war zu spät. Ich war anderthalb Wochen über die Zeit. Der Doktor zeigte mir Bilder von Babys im selben Entwicklungsstadium wie meines und schlug mir eine Adoption vor." Sie ging an Kate vorbei und sank auf die Couch. „Er erzählte mir von Citywide. Es schien die ideale Lösung zu sein."

Kate sah ihre Tochter mit Tränen in den Augen an. Richard hatte mit Emmas leiblicher Mutter geschlafen. Der Gedanke war ihr unerträglich. „Wusste Richard davon?" fragte sie mit brüchiger Stimme.

„Nein, ich habe es ihm nicht gesagt." Julianna betrachtete

einen Moment ihre Hände, ehe sie den Blick zu Kate hob. „Zuerst wollte ich Emma nur Citywide übergeben und dann verschwinden. Aber dann las ich Ihr Persönlichkeitsprofil, Ihres und Richards. Und da habe ich mich in ihn verliebt."

Kate fragte ungläubig: „Sie haben sich wegen dem, was er geschrieben hat, in meinen Mann verliebt?"

„Ja." Julianna schlang die Arme um sich. „Er war wie der Mann meiner Träume. Aber ich habe mich auch in Sie verliebt, in Ihre Ehe, in Ihr Leben."

„Also beschlossen Sie, uns beides zu stehlen. Anstatt sich ein eigenes Leben aufzubauen, haben Sie unseres zerstört."

Julianna senkte einen Moment den Kopf, hob ihn wieder und straffte die Schultern. „Ich habe Ihnen Emma gegeben. Wie ich aus Ihren Akten wusste, haben Sie sich mehr als alles gewünscht, Mutter zu sein. Als Gegenleistung für Richard gab ich Ihnen Emma."

Was sollte sie dieser jungen Frau antworten? Vielleicht danke? Julianna sah sie an, als müsste sie ihren Standpunkt nicht nur verstehen, sondern ihm auch zustimmen. „Wie haben Sie uns gefunden?" fragte Kate stattdessen. „Ellen versicherte uns, dass alle Daten, die uns identifizieren könnten, nur mit unserer Zustimmung weitergegeben würden."

„Ich habe Ihre Adresse aus einer Akte auf Ellens Schreibtisch. Sie weiß nichts davon."

Mein Gott, ich hatte Recht, dachte Kate. Der Einbruch, das fehlende Foto, das Mädchen auf der Schaukel, all das ging auf das Konto von Emmas leiblicher Mutter.

„Also sind Sie uns gefolgt, haben sich an Richard herangemacht und ihn verführt."

Julianna beugte sich vor und sagte ernst: „Er wollte Ihnen nicht untreu sein, Kate. So ein Mann war er nicht. Aber wir waren füreinander bestimmt. Einer war des anderen Schicksal. Wir waren Seelenverwandte."

Kate sah ihre Tochter an, die sich beruhigt hatte, und ihren Blick aus großen blauen Augen unschuldig erwiderte. Augen, die nur auf sie gerichtet waren, auf ihre Mutter. Kates Herz quoll über vor Liebe. Der Kummer der letzten Tage, ihr Zorn und der Schmerz über Richards Untreue, all das war in diesem Augenblick unwichtig.

„Gehen Sie bitte", forderte sie Julianna auf. „Wenn Sie jetzt mit Rücksicht auf Emma gehen, rufe ich nicht die Polizei."

„Das kann ich nicht. Ich muss Ihnen noch etwas erzählen, Kate!" Juliannas eindringlicher Ton machte ihr Angst. „Da gibt es einen Mann. Er hat Richard umgebracht ... und er will Emma umbringen."

„Warum sagen Sie das?" fuhr Kate sie erschrocken an. „Warum lassen Sie uns nicht einfach in Ruhe? Haben Sie uns nicht schon genug angetan?"

„Er ist Emmas Vater."

Kate war fassungslos. Der Albtraum nahm kein Ende. Sie ließ sich in den nächsten Sessel fallen. Offenbar war diese Julianna schwer gestört. Die Geschichte klang so unwahrscheinlich, dass sie schon lächerlich wirkte. Und doch ... irgendetwas daran war überzeugend. Und wenn sie nun doch stimmte, dann war Emma in höchster Gefahr. „Aber warum? Ich verstehe das nicht."

„Wegen mir. Weil er verrückt ist, geradezu besessen."

„Ich rufe die Polizei." Kate erhob sich.

„Nein!" Julianna sprang auf. „Die Polizei kann Sie nicht vor ihm schützen. Er ist ein Profikiller. Töten bedeutet ihm nichts. Es ist ein Job für ihn, eine Lebensart."

„Das ist doch unglaublich!"

„Sie müssen mir glauben! Die Polizei kann Ihnen nicht helfen. John wird einfach abwarten, bis man Sie nicht mehr bewacht. Oder er erwischt Sie, ohne dass die Polizei es merkt. Er gibt nicht auf. Emma ist für ihn ein Problem, das gelöst werden muss. Das hat er mir selbst gesagt."

Kate ging an ihr vorbei und nahm das Telefon vom Boden auf. Julianna packte heftig ihren Arm. „Ich habe Bilder gesehen von Menschen mit durchschnittener Kehle. Meine Mutter ..." Ihre Stimme brach. „Sie wusste alles über ihn. Ich habe ihr zuerst nicht geglaubt, deshalb bat sie einen Freund von der CIA, mir alles zu erzählen. Er hat mir diese Bilder gezeigt." Juliannas Augen schwammen in Tränen, als sic fortfuhr: „Dieser Mann von der CIA, er ist auch tot. Meine Mutter ebenfalls. Und alles ist meine Schuld. Verstehen Sie ... er wird auch Emma umbringen."

Kate sank in den Sessel zurück, und das Telefon entglitt ihren Fingern. „Mein Gott, wenn das wahr ist ... was soll ich bloß tun?"

Julianna ging vor ihr in die Hocke. „Wir müssen fliehen, sofort. Ich habe ihm mit einer Lampe auf den Kopf geschlagen, aber ich weiß nicht, ob ich ... ob ich ihn getötet habe. Ich fürchte, nein."

„Wir müssen fliehen?" wiederholte Kate ungläubig. „Lieber begleite ich eine Viper in die Schlangengrube, als mit Ihnen irgendwohin zu fliehen. Ich versuche mein Glück auf eigene Faust."

„Aber ich kenne ihn. Ich weiß, wie er arbeitet und wie er aussieht." Sie legte ihre Hand auf Kates. „Sie brauchen mich. Ohne mich sind Sie eine Zielscheibe."

„Ich brauche Sie nicht. Ich ..."

Das Telefon läutete. Beide blickten auf den Apparat, doch

keiner nahm den Hörer auf. Schließlich schaltete sich der Anrufbeantworter ein. Eine tiefe, einschmeichelnde Männerstimme sagte: „Hallo, Kate. Leite diese Nachricht bitte auch an Julianna weiter. Ich kenne jetzt deine Antwort. Du hast mich das letzte Mal betrogen.“ Er seufzte tief. „Du und Emma, ihr seid tot.“

61. KAPITEL

Der Highway erstreckte sich dunkel und endlos vor Kate. Die Nacht wurde nur durch ihre Scheinwerfer und die der entgegenkommenden Fahrzeuge erhellt, und auch die wurden immer weniger.

Sie fuhr schon seit Stunden, ohne genau zu wissen, wohin, nur getrieben von dem Wunsch, so viele Meilen wie möglich zwischen sich und John Powers zu bringen. Sie umklammerte das Lenkrad wie einen Rettungsring. Wenn sie nur einen Moment locker ließ, fürchtete sie, ihre Emotionen nicht mehr unter Kontrolle zu haben.

Zu Emmas Schutz musste sie wach, ruhig und konzentriert bleiben. Sie weigerte sich, daran zu denken, was geschähe, wenn dieser Mann, dieses Ungeheuer, sie erwischte.

Kate sah über die Schulter auf den Rücksitz. Emma schlief schon seit Stunden fest in ihrer Trage, eingelullt vom gleichmäßigen Surren des Motors. Julianna schlief auf dem Sitz neben ihr.

Die Stille war sowohl ein Segen wie ein Fluch. Ein Segen, weil sie weder die Energie noch die emotionalen Reserven hatte, sich mit einer ihrer Begleiterinnen zu befassen, ein Fluch, weil sie Zeit zum Nachdenken hatte und immer wieder an die Nachricht auf dem Anrufbeantworter und die Drohung gegen sie und Emma denken musste.

Kate atmete tief durch, und hielt die aufkommende Hysterie in Schach. Nach dem Anruf hatte sie mit Julianna schweigend das Wichtigste für Emma zusammengepackt, dann waren sie geflohen.

Stirnrunzelnd überlegte sie jetzt, ob sie in der Eile überhaupt die Haustür abgeschlossen hatte. Sie konnte sich nicht erinnern. In Panik waren sie zum Wagen gerannt. Sie hatte rückwärts aus der Einfahrt gesetzt und dabei noch fast den alten Joe und Beauregard überfahren. Zum Glück hatte sie daran gedacht, ihre Tasche mitzunehmen. Sie enthielt Kreditkarten, Schecks und hundert Dollar Bargeld.

Ihre Lider begannen sich zu senken, und sie riss sie wieder hoch. Ohne Pause und ohne etwas zu essen würde sie nicht mehr lange durchhalten. Emma regte sich hinten. Sie würde bald aufwachen und musste dann gefüttert und gewickelt werden. Außerdem musste sie sie eine Weile aus dem Autositz nehmen und mit ihr spielen.

Sie brauchten einen Platz zum Übernachten. Ein Motel würde für heute genügen, aber was war morgen oder übermorgen? Sie konnten unmöglich mit Emma auf der Flucht bleiben, tagsüber im Auto, nachts in kleinen Motelräumen. Das war kein Leben für ein Kind.

Sie hätte heulen mögen: um sich, um Emma, um das „Uncommon Bean“ und um ihr schönes Haus in Mandeville. Würde sie das alles je wieder sehen?

Sie unterdrückte die Tränen und umfasste das Lenkrad fester. Ziellos weiterzufahren brachte nichts und war deprimierend. Sie brauchte ein Ziel, auf das sie sich konzentrieren konnte.

In die liebenden Arme ihrer Familie zurückzukehren, war ausgeschlossen, so verlockend der Gedanke erschien. Dort würde John Powers zuallererst nach ihr suchen.

Ein Lkw fuhr so nah an ihr vorbei, dass ihr Jeep schwankte. Vor ihr scherte er wieder ein und fuhr vom Highway ab. Sie sah auf das Schild und erkannte, wo sie waren. Houston.

Luke! Natürlich!

Sie hatte in den letzten Jahren keine Verbindung zu Luke

gehabt. John Powers konnte nicht wissen, dass sie befreundet waren. Bei ihm würden sie sicher sein. Sie seufzte erleichtert. Luke würde sie aufnehmen, wenigstens für eine Nacht. Bestimmt hasste er sie nicht so sehr, dass er ihr in einer Notlage Hilfe verweigerte.

Sie nahm die nächste Ausfahrt und hielt vor einer Tankstelle. Als sie neben der Zapfsäule parkte und aussteigen wollte, öffnete Julianna schläfrig die Augen. „Wo sind wir?"

„Houston. Brauchen Sie etwas von drinnen?" Kate öffnete ihre Tür. „Ich will jemand anrufen."

62. *KAPITEL*

Luke saß auf den Verandastufen und wartete auf Kate. Er hatte kein Licht eingeschaltet. Nachtgeräusche umgaben ihn: das Summen der Insekten, das einsame Heulen eines Hundes und die fernen Geräusche der Stadt, die zu groß war, um jemals wirklich zu schlafen.

Er lehnte sich zurück und stützte sich auf die Ellbogen. Als Kate anrief, hatte er gerade fieberhaft gearbeitet und einer kreativen Phase nachgegeben, die seit Stunden anhielt. Er war so in die Welt seiner Romanfiguren eingetaucht, dass er dreimal nachfragen musste, wer am Apparat war, ehe er es begriff.

Kate! Meine schöne Kate.

Stirnrunzelnd hielt er sein Gesicht dem sternenlosen Himmel entgegen. Er hatte Müdigkeit und Verzweiflung in ihrer Stimme gehört. Sie hatte gesagt, sie stecke in Schwierigkeiten und brauche mit dem Baby und einer Freundin eine Bleibe, wenn auch nur für eine Nacht. Es sei ein Notfall. Eine Frage von Leben und Tod.

Er hatte ablehnen und viele Fragen stellen wollen, wo denn Richard sei und um was für Schwierigkeiten es sich handele. Stattdessen hatte er ihr jedoch den Weg zu seinem Haus beschrieben.

Luke strich sich mit einer Hand übers Gesicht, das rau war von Bartstoppeln. Kate neigte weder zu Übertreibungen, noch war sie melodramatisch. Was konnte sie also so bedrängen, dass es eine Frage von Leben und Tod war?

Er stand auf, da er einen Wagen in seine Straße biegen und langsam fahren sah, als suche jemand eine Hausnummer. Er schaltete die Verandabeleuchtung ein und stellte sich in den Lichtkegel.

Der Jeep Cherokee bog in seine Zufahrt und hielt. Die Fahrertür flog auf, und Kate stieg aus. Sie sahen sich in die Augen, und Kate lief auf ihn zu. Er kam ihr auf halbem Weg entgegen, schloss sie in die Arme und drückte sie an sich. Sie klammerte sich zitternd an ihn, die Wange an seiner Brust, die Schultern bebend, da sie schluchzte.

„Danke, Luke. Danke, dass du uns aufnimmst."

„Kate …" Er presste das Gesicht in ihr Haar und sog den vertrauten Duft ein. Dann legte er den Kopf ein wenig zurück, damit er ihr in die Augen sehen konnte. „Was ist los? Wo ist Richard?"

Die Beifahrertür ging auf, und eine junge Frau stieg aus. „Kate", sagte sie leise und zögernd, „das Baby ist wach."

Kate nickte und hielt Luke noch einen Moment fest, ehe sie sich von ihm löste, um Emma zu holen.

Die Kleine wirkte alles andere als glücklich. „Geht schon hinein", bat Luke, „ich bringe die Taschen."

„Wir haben keine."

„Kein Gepäck?" wunderte er sich.

„Nein, nur Emmas Windeltasche."

Er deutete aufs Haus. „Geh und bring Emma hinein." Er schnappte sich die Tasche, verschloss das Auto und folgte den Frauen ins Haus. Sie warteten im Foyer auf ihn. Beide wirkten erschöpft und verloren.

Emma wand sich auf den Armen ihrer Mutter und stieß hohe Protestlaute aus. „Ist alles in Ordnung mit ihr?" fragte Luke.

„Sie hat Hunger und braucht frische Windeln."

Luke nickte und führte sie in die Küche. Abgesehen von Schlafräumen und Bad gingen im Erdgeschoss alle Räume ineinander über. Ein Grund, weshalb er sich seinerzeit zum Kauf dieses Hauses entschlossen hatte. Der zweite Grund war das große Arbeitszimmer im Dachgeschoss mit seinen Bücherwänden und Panoramafenstern gewesen.

Emma auf der Hüfte, füllte Kate die Milchflasche und erwärmte sie in der Mikrowelle. Luke wandte sich lächelnd an die andere Frau. „Ich bin Luke."

Kate sagte: „Entschuldigung, das ist Julianna."

Ihr Tonfall ließ vermuten, dass Julianna nicht gerade ihre Freundin war. „Hallo, Julianna."

Luke gab ihr die Hand und bemerkte die Flecken auf ihrem T-Shirt und der Shorts. War das etwa Blut? Er sah ihr ins Gesicht, und in ihren Augen lag etwas wie Entsetzen. Sie kreuzte die Arme, wie um die verräterischen Flecken zu verbergen.

Das sind garantiert Blutflecken!

Er wandte sich an Kate. „Wir müssen miteinander reden."

Sie schüttelte den Kopf. „Später, okay?"

Es war nicht okay. Er fragte mit gesenkter Stimme: „Wo ist Richard?"

Kate sah Julianna an, dann Luke. „Tot. Er wurde vor vier Tagen ermordet. Heute war ... heute habe ich ihn beerdigt."

Luke starrte sie schockiert an. „Mein Gott, Kate ... ich weiß nicht, was ich sagen soll!"

„Ich muss ins Bad", sagte Julianna plötzlich, den Tränen nahe. „Könnten Sie mir bitte sagen, wo es ist?"

„Ich zeige es Ihnen." An Kate gerichtet fügte er hinzu: „Ich bringe Julianna oben unter. Mach du es dir unterdessen bequem. Ich komme gleich zurück."

Luke führte Julianna in eines der Gästezimmer. „Das Bad ist gleich nebenan. Wenn Sie duschen möchten, nur zu. Badetücher hängen auf der Stange, und Seife und Shampoo liegen im Korb auf der Ablage. Haben Sie Sachen zum Wechseln?"

Sie schüttelte den Kopf. „Das dachte ich mir. Ich gebe Ihnen eines von meinen T-Shirts und eine Trainingshose. Ich lege beides aufs Bett."

Er tat wie versprochen und kehrte zu Kate zurück, wobei er über die sonderbare Situation nachdachte. Kate tauchte mitten in der Nacht völlig verängstigt hier auf, begleitet von einer blutbespritzten Frau, die sie offenbar nicht mochte. Richard war tot und heute begraben worden. Wenn das nicht nach Erklärungen verlangte.

Kate saß im Wohnzimmer auf der Couch und fütterte ihre Tochter. Als er eintrat, hob sie den Blick. Luke sah, wie erledigt sie war, physisch und psychisch. Sie war blass mit tiefen Rändern unter den Augen, und wirkte, als könne ein Windhauch sie umwerfen.

„War schwer für dich, was?"

„Kann man wohl sagen", bestätigte sie mit Tränen in den Augen.

„Hungrig?" Da sie den Kopf schüttelte, fragte er: „Wie wäre es mit einem Glas Wein?"

„Das wäre ... ja. Danke, Luke."

Er brachte ihr das Glas, setzte sich neben sie und sah zu, wie sie ihrer Tochter die Flasche gab. Er drängte sie nicht zu einer Erklärung, sondern beobachtete zufrieden, wie liebevoll sie mit der Kleinen umging.

Die zwei könnten meine Familie sein. Emma könnte meine Tochter sein.

Der Gedanke weckte die unerwartete Sehnsucht in ihm, teilzuhaben an ihrer Vertrautheit – Vater zu sein. Er wandte den Blick ab, weil diese Sehnsucht ihm Unbehagen bereitete.

„Luke?"

Er merkte, dass Kate ihn ansah und räusperte sich. „Ja?"

„Danke, dass du uns nicht abgewiesen hast."

Julianna erschien, frisch geduscht und in den Sachen, die er ihr herausgelegt hatte. Sie aß ein Truthahnsandwich und ging zu Bett, ohne ein Wort zu sagen.

Luke fiel auf, dass die beiden Frauen sich nie ansahen. Julianna hielt deutliche Distanz zu Emma, und Kate forderte sie nie auf, ihr bei dem Baby zu helfen.

Sie benahmen sich wie Widersacher. Wie zwei Hunde, die denselben Knochen umkreisten. Doch wo er bei Julianna nur Vorsicht feststellte, sah er bei Kate Misstrauen und Zorn.

Sobald Julianna das Zimmer verlassen und Kate Emma schlafen gelegt hatte, reichte Luke ihr ein zweites Glas Rotwein. „Nun", begann er, „ich möchte wissen, was los ist."

Müde sank sie auf die Couch, die Hände um das Weinglas gelegt. „Ich weiß gar nicht, wo ich anfangen soll. Alles ist so schrecklich."

Das dürfte noch untertrieben sein, dachte er und half ihr auf die Sprünge. „Wer ist Julianna?"

Kate sah ihn an. „Sie ist Emmas leibliche Mutter, aber das weiß ich erst seit heute."

„Grundgütiger ..."

„Und das ist noch nicht mal die Hälfte."

„Erzähl."

Sie trank einen Schluck Wein, stellte das Glas auf den Couchtisch und lehnte sich zurück. Den Kopf auf der weichen Sofalehne, den Blick an die Decke gerichtet, begann sie ihren Bericht. „Richard war mir untreu."

„Das tut mir Leid."

„Aber es überrascht dich nicht."

„Nein." Er ahnte etwas. „War es Julianna ...?"

„Ja." Sie presste kurz die Handballen auf die Augen und ließ die Hände wieder in den Schoß fallen. „An dem Tag in Tulane, was du sagtest … du hattest Recht, glaube ich. Warum er …“ Ihre Stimme brach. „Warum Richard mich geheiratet hat.“

„Kate, ich habe das damals gesagt, weil ich zornig war. Ich war gekränkt und wollte dich kränken. Ich habe das nicht so gemeint.“

„Doch, das hast du. Und es steckte ein Körnchen Wahrheit in deinen Worten.“ Sie trank noch einen Schluck Wein. „Alles begann mit Emmas Adoption.“

Luke lauschte, während sie ihm von den letzten Monaten erzählte, wie sie von einer jungen Mutter als Emmas Eltern ausgesucht worden waren und wie sehr sie sich gefreut hatte, Mutter zu sein. „Ich war so glücklich und so verliebt in unser Baby, dass ich gar nicht gemerkt habe, was mit Richard passierte. Zuerst jedenfalls nicht.“ Sie stand auf und ging zum Fenster, das zu seinem Garten hinausführte. „Er war nicht glücklich. Er hat Emma nie auf den Arm genommen. Jedenfalls nicht freiwillig. Er hat sie nicht mal angesehen, geschweige denn mit ihr gespielt. Wie sich herausstellte, war er eifersüchtig auf die Zeit und die Aufmerksamkeit, die ich ihr widmete.“

Sie seufzte tief und fuhr fort: „Er hat nur mir zuliebe in die Adoption eingewilligt, das ist mir jetzt klar. Aber er hat sich nicht gut dabei gefühlt. Er konnte einfach kein fremdes Kind in unsere Familie oder gar in sein Herz aufnehmen. Ich hätte das durchschauen müssen. Doch ich wollte wohl nicht an ihn und seine Belange denken. Ich war zu sehr damit beschäftigt, Mutter zu sein.“

„Kate“, wandte Luke vorsichtig ein, „du weißt nicht, ob er sich anders verhalten hätte, wenn es euer leibliches Kind gewesen wäre. Manche Menschen sind nicht dazu bestimmt, Eltern zu sein.“

„Ich wünschte, das wäre mir klar gewesen."

„Wirklich? Hättest du sie denn zurückgegeben?"

„Nein." Sie lachte kurz auf. „Ich kann mir ein Leben ohne sie nicht mehr vorstellen. Mutter sein ist das Beste, was mir im Leben passiert ist."

„Na bitte, da hast du's."

Sie kehrte zur Couch zurück, setzte sich in eine Ecke und schlug die Beine unter. „Ich hätte Richards Untreue kommen sehen müssen. Wir begannen zu streiten. Er kam mir immer mehr wie der Junge vor, den ich im College gekannt hatte, und nicht mehr wie der Mann, mit dem ich seit zehn Jahren verheiratet war. Arrogant und selbstbezogen, beleidigt, wenn er seinen Kopf nicht durchsetzen konnte."

Sie berichtete weiter, wie ihre Beziehung langsam immer schwieriger wurde, wie man in ihr Haus einbrach und ihr Nachbar, der alte Joe, eine fremde Frau auf ihrer Schaukel entdeckte. Sie erzählte, wie sie von Richards Untreue erfuhr und wie man ihr einige Stunden später seine Ermordung mitteilte.

Sie schlang die Arme um sich. „Alles passierte so rasend schnell. Eben war ich noch eine glücklich verheiratete Frau und sonnte mich in meiner neuen Mutterrolle, und plötzlich bin ich Witwe." Sie kniff die Augen zusammen und hatte Mühe, die Fassung zu bewahren. „Wie wird man damit fertig? Wie soll ich verkraften, dass er tot ist? Ich habe immer noch nicht verwunden, dass ich ihn mit einer anderen im Bett erwischt habe."

Sie sah ihn durch einen Tränenschleier an und fügte hinzu: „Und ich fühle mich so schuldig. Ich denke immer, wenn ich nur etwas anders gemacht hätte, wäre er noch am Leben. Wenn ich mir nicht so sehr ein Kind gewünscht hätte. Wenn ich seine wahre Haltung zur Adoption durchschaut hätte. Wenn ich ihm gegeben hätte, was er brauchte, oder ihm verziehen hätte, wäre er jetzt nicht tot."

„Schicksalsschläge passieren nun mal, Kate", widersprach Luke sanft. „Jemand ist zur falschen Zeit am falschen Ort, das hat nichts damit zu tun, was du getan oder unterlassen hast."

„Das war kein unabwendbarer Schicksalsschlag. Und es war auch kein Raubüberfall. Richards Tod war geplant. Er wurde von einem Irren getötet wegen Julianna."

Luke zog nachdenklich die Stirn kraus und dachte an die Blutspritzer auf Juliannas Kleidung. „Wie meinst du das?"

Sie berichtete, was sie selbst heute erst erfahren hatte. Wie Julianna durch die Adoptions-Agentur auf sie gestoßen war, wie sie sich in Richard verliebt und sich dann systematisch an ihn herangemacht hatte.

„Sie hat uns verfolgt und alles über uns, vor allem über mich, in Erfahrung gebracht. Sie hat mich kopiert, um Richards Vertrauen zu gewinnen, damit er sich von ihr angezogen fühlte." Um Fassung bemüht, fügte sie hinzu: „Sie war wie ich, nur besser: jünger, sexier, ungebunden."

„Niemand ist wie du", tröstete Luke. „Glaubs's mir. Ich habe zehn Jahre lang gesucht."

Kate sah ihn einen Moment mit tränenfeuchten Augen stumm an. Dann fuhr sie fort: „Es kommt noch schlimmer." Sie berichtete, was Julianna ihr über John Powers erzählt hatte, dass er Richard, ihre Mutter und deren Freund von der CIA umgebracht hatte.

„Und du glaubst ihr, Kate? Komm schon. Diese junge Frau ist psychisch total labil. Sie hat das wahrscheinlich alles erfunden ..."

„Zuerst war ich auch skeptisch. Bis er anrief. Er sagte ... er sagte, sie und Emma seien so gut wie tot."

Luke war fassungslos. „Das hat er gesagt? Mit diesen Worten?“

„Ja. Und es gab keinen Zweifel an seiner Ernsthaftigkeit. Du siehst, es ist wirklich ein Verrückter hinter uns her, ein Profikiller. Er will Julianna und Emma umbringen, und wenn ich im Weg bin, mich vermutlich auch. Falls er herausfindet, dass du uns geholfen hast ...“ Ihr versagte die Stimme. „Ich hätte nicht herkommen sollen. Ich hätte dich da nicht mit hineinziehen dürfen.“

„Du hattest keine Wahl.“

„Doch, hatte ich. Ich hätte einfach weiterfahren können. Aber ich hatte Angst. Und ich wusste ... ich wusste, dass ich mich bei dir sicher fühlen würde.“ Sie begann zu weinen. „Und wegen mir bist du jetzt auch in Gefahr. Es tut mir so schrecklich Leid.“

Luke nahm sie in die Arme und hielt sie fest, während sie weinte. Sie presste das Gesicht an seine Schulter und schlang ihm beide Arme um die Taille.

Als ihre Tränen nach einer Weile versiegten, wich sie leicht zurück und versuchte sich wieder zu fassen und Entschlossenheit an den Tag zu legen. „Wir bleiben nicht lange.“ Sie wischte sich die feuchten Wangen. „Wir müssen weiter, damit wir ihm einen Schritt voraus bleiben. Ich brauche nur ein bisschen Zeit, um einen Plan zu machen.“

„Ihr könnt so lange bleiben, wie ihr wollt.“

„Nein.“ Sie schüttelte den Kopf. „Ich möchte dich da nicht weiter mit hineinziehen. Je schneller wir weg sind, desto sicherer für dich.“

„Ich kann auf mich aufpassen, Kate. Um dich und Emma mache ich mir Sorgen.“

Sie legte den Kopf wieder an seine Schulter. Er spürte ihre

Erschöpfung an der Art, wie sie sich an ihn lehnte, als hätte sie nicht mehr die Kraft, sich aufrecht zu halten.

„Wenn ich doch nur klar denken könnte", flüsterte sie. „Es muss eine Möglichkeit geben, John Powers zu überlisten. Es muss einfach."

Er drückte sie an sich. „Am Morgen reden wir weiter. Wir zwei finden schon einen Ausweg. Versprochen."

63. KAPITEL

Luke konnte nicht schlafen. Noch lange, nachdem er Kate eine gute Nacht gewünscht hatte, saß er an seinem Computer und starrte auf den beleuchteten Monitor. Er hatte gehofft, sein Roman würde ihn von Kate und ihrer Situation ablenken. Das Schreiben hatte ihn immer aus der Realität in seine Fantasiewelt geführt.

Heute jedoch nicht. Die letzten anderthalb Stunden waren völlig nutzlos gewesen. So sehr er sich auch bemühte, seine Geschichte kam nicht voran.

Luke schaltete den Computer aus, stand auf und ging zum Fenster. Er blickte auf die dunkle Straße und ließ sich noch einmal durch den Kopf gehen, was Kate ihm erzählt hatte. Ihre Geschichte klang mehr nach einem Drama, nach einem Roman, als nach realem Leben. Er zweifelte jedoch nicht an ihrer Glaubwürdigkeit und hatte Angst um sie.

Auf Grund der Recherchen für sein Buch kannte er Typen wie John Powers. Sie waren wie Condor. Bei dem Gedanken stutzte er. Er musste daran denken, wie liebevoll Condor an jenem Tag auf dem Schießstand die Waffe gehalten hatte. Und er dachte an seine Bemerkungen übers Töten.

John Powers war wie Condor, jedoch ohne dessen Moralvorstellungen und ohne Ehrenkodex. Powers war eine wandelnde Tötungsmaschine.

Angst schnürte ihm die Kehle zu, als er Kate vor seinem geistigen Auge in einer Blutlache liegen sah. Er sah Emma neben ihr, das kleine Gesicht im Tod verzerrt. Die Bilder ließen ihm schier das Blut in den Adern gerinnen.

Er wandte sich vom Fenster ab. John Powers konnte ihr hierher gefolgt sein. Nach allem, was sie erzählt hatte, hätte er

Zeit genug dazu gehabt. Er hätte vor ihrem Haus parken und von einer Telefonzelle aus anrufen können. Vielleicht hatte er auf sie gewartet und über ihren bemitleidenswerten Fluchtversuch nur gelacht.

Mit Herzklopfen holte er seine 44er Magnum aus der Schreibtischschublade und dachte an Condors Urteil über die Waffe. Grimmig lächelnd gestand er sich ein, froh zu sein über die Feuerkraft der Magnum. Gegen einen Mann wie John Powers konnte er von Glück sagen, wenn er überhaupt einen Schuss abfeuern konnte, und der musste möglichst viel Schaden anrichten.

Luke kontrollierte das gefüllte Magazin und ging die Treppe hinauf. Auf dem oberen Flur angelangt, verharrte er kurz, lauschte und ging weiter in Kates Zimmer am Ende des Korridors.

Neben ihrem Bett blieb er stehen. Kate lag auf der Seite und schlief, das Gesicht tief ins Federkissen gedrückt, ihre dunklen Wimpern ein deutlicher Kontrast zu ihrer blassen Haut.

Er streckte die Hand aus, um Kate zu streicheln, unterließ es jedoch und sah zu Emma hinüber. Sie schlief neben Kate in dem großen Bett in einer aus Kissen geformten Wiege. Er neigte den Kopf leicht zur Seite und betrachtete das niedliche Kind mit dem Engelsgesicht. Sie hatte die Ärmchen entspannt über den Kopf gelegt, und die kleine Brust hob und senkte sich gleichmäßig im Rhythmus der Atemzüge.

Kein Wunder, dass Kate sie bis zur Selbstaufopferung liebte. Stirnrunzelnd fragte er sich, wieso Richard der Kleinen keine Zuneigung schenken konnte? Emma Ryan war ein liebenswertes Geschöpf.

Ich muss den beiden helfen und diesen Wahnsinnigen aufhalten.

„Luke? Alles in Ordnung?“

Kate hatte die Augen halb geöffnet. Er bedauerte, sie geweckt zu haben. „Alles in Ordnung“, flüsterte er und zwang sich zu einem unbekümmerten Lächeln. „Ich wollte nur nach euch sehen. Schlaf weiter. Es wird alles gut.“

Ein schwaches Lächeln umspielte ihren Mund, doch ihre Lider sanken herab. Kate murmelte etwas Unverständliches und schlief wieder ein.

Er betrachtete sie noch einen Moment, ging dann hinaus und ließ die Tür angelehnt. Nachdem er überprüft hatte, ob alle Türen und Fenster verschlossen waren, machte er sich eine Kanne Kaffee, schenkte sich einen Becher ein und bezog Posten auf der Couch.

Jemand musste Wache halten, bis John Powers gestoppt war.

Und der einzige Kandidat für diese Aufgabe war er selbst.

64. KAPITEL

Kate erwachte zum Duft von Kaffee und Schinken. Sie streckte sich, atmete tief durch und genoss einen Moment das Gefühl, verwöhnt zu werden. Sie lächelte. Wie lange war es her, seit sie mit diesen Düften in der Nase erwacht war? Irgendwann im Laufe ihrer Ehe hatte Richard sich geweigert, Kaffee zu kochen, und Schinken hielt er für giftigen Abfall, ungeeignet für die menschliche Ernährung.

Die Gedanken an Richard brachten ihr die Geschehnisse der jüngsten Vergangenheit wieder voll zu Bewusstsein. Sie konnte noch nicht in der Vergangenheitsform an Richard denken. Ihr kamen wieder die Tränen, und sie presste die Augen fest zusammen, um sie zu unterdrücken. Die Erinnerung tat schrecklich weh.

Die Tränen rannen ihr aus den Augenwinkeln, übers Gesicht. Sie vermisste Richard sehr. Nicht den Mann, der er in den letzten Monaten geworden war, dessen Schwächen und Fehler seine vielen guten Eigenschaften überlagerten. Sie vermisste den Richard, der sie über die Schwelle getragen hatte, der sie ermutigte, ihr eigenes Geschäft zu eröffnen, der sie Liebe gelehrt hatte.

Dafür habe ich jetzt keine Zeit, dachte sie und wischte sich die Tränen ab. Sie konnte ihre Energie nicht der Trauer um Richard opfern. Sie musste ihre Tochter schützen und vor einem Wahnsinnigen fliehen.

Die Erkenntnis über den Ernst ihrer Lage traf sie mit Wucht. Sie blickte auf die Nachttischuhr, sah, dass es nach zehn war, und richtete sich mühsam auf. Sie rieb sich das Gesicht mit den Händen und nahm sich vor, stark zu sein und sich auf ihre Aufgabe zu konzentrieren. In wenigen Stunden würde sie mit

Emma und Julianna weiterfahren. Bis dahin musste sie einen Plan geschmiedet haben.

Plötzlich fiel ihr auf, wie ruhig es im Raum war. Außerdem war es spät. Sie sah zu der Schlafmulde, die sie mit Luke für Emma gemacht hatte. Leer.

Sie brauchte einen Moment, das zu begreifen. Dann sprang sie auf, eilte zur Tür, riss sie auf und stürzte geradezu in den Flur. „Luke! Luke, wo bist du?"

Er rief, dass er in der Küche sei, und sie lief, einer Hysterie nahe, zu ihm. Hatte John sie etwa gefunden und Emma mitten in der Nacht aus dem Bett geholt? Entsetzliche Bilder schossen ihr durch den Kopf.

Dann blieb sie wie angewurzelt in der Küchentür stehen. Luke saß am Küchentisch, Emma im Arm, und gab ihr seelenruhig die Flasche.

„Morgen Kate." Er blickte lächelnd auf.

„Was machst du da?"

Er sah lächelnd erst zu Emma, dann wieder zu Kate. „Ich gebe ihr die Flasche. Sie wachte auf und hatte Hunger. Und du brauchtest den Schlaf, das war ja offensichtlich. Das war übrigens gegen halb sieben. Das hier ist nun schon ihre zweite Flasche."

Er war in meinem Zimmer, hat Emma geholt, und ich habe nichts bemerkt! Kate kam in die Küche. „Aber wieso wusstest du, was zu tun ist?"

Er lächelte auf diese besondere Art mit leicht schiefem Mund, was ihren Puls stets schneller schlagen ließ. „So schwierig ist das nicht, Kate. Man nehme eine Flasche, fülle sie, erwärme den Inhalt und gebe sie dem Baby." Sie lachte, doch es klang nervös. Er betrachtete sie stirnrunzelnd. „Alles in Ordnung mit dir?"

„Ja, ich …“ Sie legte eine Hand auf die Brust und atmete tief durch. „Ich wachte auf und … die Kleine war weg.“

Sie ging zum Tisch und setzte sich, immer noch zitternd, auf den nächsten Stuhl. „Ich dachte … ich dachte das Schlimmste.“

„Tut mir Leid, Kate. Ich wollte dich nicht beunruhigen. Unter den gegebenen Umständen hielt ich es für das Beste …“

Sie brachte ihn mit erhobener Hand zum Schweigen. „Nein, entschuldige dich bitte nicht. Ich bin dir dankbar, dass du mich hast schlafen lassen. Richard hat nie …“ Sie verkniff sich den Rest des Satzes, zwang sich zu einem Lächeln und streckte die Arme aus. „Da ich auf bin, kann ich sie nehmen.“

„Ehrlich gesagt, macht es mir Spaß. Hast du etwas dagegen, wenn ich sie vorerst behalte?“

Sie verneinte und schluckte trocken. „Kaffee?“ fragte sie.

„In der Kanne. Tassen sind im Hängeschrank darüber.“

„Danke.“ Sie holte sich einen Becher aus dem Schrank, offenbar ein Werbeartikel für „Dead Drop“, denn der Henkel war wie eine Waffe geformt. Lukes Name, der Buchtitel und das Datum der Veröffentlichung waren in Rot auf den stahlgrauen Untergrund gedruckt. „Netter Becher.“

„Danke. Prämie des Verlages.“

Sie füllte den Becher mit Kaffee, gab Sahne hinzu und trank. „Mm, das ist Kona, oder?“

„Stimmt.“ Lächelnd erklärte er: „Ich wurde geradezu süchtig danach, als ich wegen der Recherchen für ‚Last Dance‘ auf Hawaii war. Unter der Serviette dort ist übrigens Schinken, und auf dem Schneidebrett liegt selbst gebackenes Rosinenbrot. Greif zu.“

Plötzlich hungrig, folgte sie seiner Aufforderung. „Wann hast du dich zum Koch entwickelt?“ Sie kam mit Becher und Teller an den Tisch zurück.

„Lebe nur lange genug allein, und Big Macs und Pizzas hängen dir zum Halse heraus.“ Wieder dieses schiefe Lächeln. „Mein Repertoire ist zwar begrenzt, aber ich habe mir gedacht, dass du Hunger hast.“

„Bis unter die Arme.“ Kate aß einen Bissen Brot. „Ich liebe selbst gebackenes Brot. Besitzt du eine Maschine?“

„Ja.“ Emma wand sich auf seinem Arm. Er zog ihr den Sauger aus dem Mund, hielt die Flasche hoch, um zu prüfen, ob sie leer war, und schob ihr den Sauger wieder in den Mund. Emma nuckelte gierig weiter. „Meine kleine Schwester hat sie mir letzte Weihnachten geschenkt.“

Kate mochte kaum glauben, dass sie hier saßen und über so banale Dinge wie Brotbackmaschinen und Kaffeebohnen redeten. Nur vor Minuten hatte sie entsetzt befürchtet, John Powers habe Emma entführt.

„Hast du gut geschlafen?“

„Erstaunlich gut.“ Irgendwann während der Nacht hatten die Albträume aufgehört, und sie hatte sich sicher und geborgen gefühlt. „Und du?“

„Großartig, wie ein Baby.“

Emma schlürfte lautstark den Rest aus der Flasche. Luke zog ihr den Sauger aus dem Mund, hielt die Kleine an die Schulter und begann ihr auf den Rücken zu klopfen. Kate beobachtet erstaunt, wie selbstverständlich er das alles machte, und sagte es ihm.

„Ich habe fünf jüngere Geschwister. Drei davon haben inzwischen eigene Kinder. Ich habe ein Gutteil meines Lebens damit verbracht, Babys zu füttern.“

„Ich hatte ganz vergessen, dass du aus einer großen Familie stammst.“

Emma machte ein lautes Bäuerchen, und Luke sah Kate lachend an. „Sehr ladylike“, spottete er.

Kate nahm ihm amüsiert die Kleine ab. „Das kann sie noch besser. Sie ist absolut schamlos. Ich werde ihr die Windeln wechseln, vermutlich ist sie pitschnass."

„Ist schon erledigt." Luke übergab ihr Emma. „Bevor du kamst, hat sie frische Windeln bekommen." Er schenkte sich an der Kanne seinen Becher wieder voll und drehte sich ernst zu Kate um. „Wir müssen reden, Kate. Ich habe über deine Situation nachgedacht, und ich meine, du und Julianna, ihr geht die Sache falsch an."

„Wieso?"

Er trank von seinem Kaffee und schien seine Gedanken zu ordnen. Kate wartete und hoffte, er habe über Nacht einen genialen Einfall gehabt, wie John Powers zu überlisten sei.

„Ich glaube, wenn ihr weiterhin flüchtet, hört ihr nie mehr auf damit. Es muss eine andere Möglichkeit geben."

„Und wie sollte die aussehen?"

„Das weiß ich noch nicht." Er setzte sich wieder an den Tisch und ließ sie nicht aus den Augen. „Ich kenne diesen Kerl, der hinter euch her ist, Kate. Nicht persönlich natürlich, aber aus den Recherchen zu meinem Buch. Er ist ein Jäger außerhalb des Gesetzes. Er hat keine Skrupel, Menschen zu töten. Der Akt des Tötens ist für ihn so selbstverständlich, wie den Müll nach draußen zu tragen."

„Danke für die Aufmunterung", flüsterte sie. „Das habe ich gebraucht."

„Ich muss noch deutlicher werden. Was du jetzt erlebst, ist keine vorübergehende heiße Phase, die sich irgendwann abkühlt. Das dauert nicht ein, zwei Monate, und dann kehrt dein Leben zur Normalität zurück. Das hört nie auf, Kate. Dieser Kerl ist auf einem persönlichen Rachefeldzug. Er wird euch hetzen. Und wenn es Jahre dauert. Und wenn er euch erwischt ..."

„Bringt er uns um.“

„Ja.“ Er ging vor ihr in die Hocke und sah ihr in die Augen. „Wir müssen einen Weg finden, ihn aufzuhalten. Andernfalls gibt es für euch keine Sicherheit.“

„Wir, Luke? Ausgeschlossen. Ich habe dich schon genug gefährdet, indem ich dich mit hineingezogen habe. Ich kann nicht …“

„Doch, du kannst. Ich werde dich und Emma nicht diesem Monster überlassen.“

Kate rang darum, ihre Angst nicht zu zeigen. Es war nicht fair von ihr gewesen, Luke in Gefahr zu bringen. Auch er könnte getötet werden.

„Ich kann das nicht zulassen, Luke. Du weißt nicht, auf was du dich da einlässt.“

„Doch, das weiß ich.“ Er legte ihr eine Hand an die Wange. „Du hast keine Mitsprache in dieser Sache. Ich bin jetzt beteiligt, Katie-Mädchen, jetzt wirst du mich nicht wieder los.“

Gerührt legte sie ihre Hand über seine. „Was sollen wir deiner Meinung nach tun?“

„Ich habe ein paar Kontakte in der Agency. Ich möchte mit den Leuten reden und mir Rat holen. Du und Julianna, ihr bleibt inzwischen hier und erholt euch.“

„Nein!“

Sie sahen auf und entdeckten Julianna an der Küchentür stehen. Ihre Miene verriet Panik. „Julianna …“

„Nein!“ wiederholte sie entschieden. „Sie wissen nicht, wozu er fähig ist. Sie verstehen nicht …“

„Ich verstehe sehr wohl, Julianna.“ Luke erhob sich. „Deshalb bin ich ja überzeugt, dass Weglaufen sinnlos ist.“

„Er hat Recht. Wir müssen einen Plan entwickeln, um ihn irgendwie aufzuhalten.“ Kate sah auf Emma, die in ihren Armen schlief, dann wieder zu Julianna. „Sie können tun, was Sie für richtig halten, aber ich bleibe bei Luke."

Julianna sah sie einen Moment stumm an, als erwäge sie die Möglichkeiten, wandte sich dann ab und ging. Nach einigen Sekunden kehrte sie mit ihrem kleinen Rucksack zurück. Sie stellte ihn auf den Tisch, holte einen verschließbaren Plastikbeutel heraus, der drei Dinge enthielt, und überreichte ihn Luke. „Vielleicht hilft das."

Luke holte ein kleines, ledergebundenes Notizbuch heraus, einen benutzten Umschlag und den Abschnitt eines Flugtickets.

„Was ist das?" fragte er.

„Die Sachen gehörten John. Ich habe sie an mich genommen, nachdem ich mit meiner Mutter gesprochen hatte. Ehe ich Washington verließ." Luke blätterte das Notizbuch durch. „Es ist in einer Art Code abgefasst", erklärte sie. „John hat nie erwähnt, womit er seinen Lebensunterhalt verdiente. Ich durfte ihn nie fragen. Da wurde ich neugierig."

„Und dann haben Sie herumgeschnüffelt."

„Ja." Sie zog sich einen Stuhl heran und setzte sich. Ihre Miene war sowohl trotzig als auch niedergeschlagen. „Das schwarze Buch war im Tiefkühler versteckt, zwischen gefrorenem Fleisch. Deshalb dachte ich mir, es könnte vielleicht wichtig sein."

„Das ist gut", sagte Luke leise. „Vielleicht sogar sehr gut."

Kate trat hinter ihn und sah sich die drei Dinge an. „Was bedeutet das?"

„Siehst du den Ticketabschnitt?" Er hielt ihn hoch. „Das Ticket war auf einen Wendell White ausgestellt." Er hielt den Umschlag hoch. „Der hier wurde an David Snow geschickt. Beides war jedoch im Besitz unseres Helden. Warum? Weil beides Decknamen von John Powers sind. Und diese Anschrift gehört zu einer seiner Scheinadressen."

Julianna fragte stirnrunzelnd. „Woher wissen Sie das?"

„Ich weiß es nicht. Aber ich verwette mein Geld, dass es so ist."

„Scheinadresse? Wie der Titel deines Buches?" fragte Kate, ebenfalls erstaunt, dass er sich mit derlei auskannte.

„Ja, richtig." Er lächelte schwach. „Ein ‚Dead Drop', also eine Scheinadresse, wird für Korrespondenz und Lieferungen benutzt, ist jedoch nicht mit einer Person, in diesem Fall John Powers, in Verbindung zu bringen. Ein Agent hat vielleicht ein Dutzend und mehr dann im ganzen Land oder in mehreren Ländern verteilt."

„Damit sie ihren Geschäften nachgehen können, ohne Gefahr zu laufen, entdeckt zu werden", sagte Kate leise.

„Genau. Ich kenne einen Privatermittler, einen sehr guten. Er hat mir vor einigen Jahren bei einer Recherche geholfen. Ich werde ihn anrufen. Mal sehen, was wir über diese Namen herausfinden können."

„Was ist mit diesem Notizbuch?" fragte Kate.

„John will es zurückhaben", erklärte Julianna. „Das hat er mir gesagt. Er war sehr zornig, weil ich es genommen habe."

„Das ist gut."

„Wie bitte?" Kate zog die Stirn kraus. „Das tröstet mich nun gar nicht."

Luke lächelte. „Sein Zorn bedeutet, dass das Buch wichtig ist. Es eröffnet uns vielleicht eine Möglichkeit, den Kerl zu schnappen."

„Aber wie?"

Luke rieb sich die Wange, die rau war von Bartstoppeln. „Ich weiß noch nicht. Ich treffe mich mit den Leuten von der

Agency und bitte um ihren Rat. Sie werden uns irgendwie weiterhelfen können, ganz bestimmt."

„Danke, Luke", sagte Kate mit bebender Stimme. „Ich weiß nicht, was wir ohne dich anfangen würden."

„Nicht so voreilig", wehrte er lächelnd ab. „Du kannst mir danken, wenn wir diesen Verrückten geschnappt haben."

65. KAPTEL

Condor reagierte innerhalb von achtundvierzig Stunden auf Lukes Nachricht. Er stimmte einem Treffen im Schnellrestaurant am Sportflughafen zu, das die ganze Nacht geöffnet hatte.

Luke kam früh und suchte sich einen Platz im hinteren Teil des Lokals. Er glitt auf die Bank mit Vinylsitzen, deren Risse und Brüche von durchsichtigem Klebeband zusammengehalten wurden.

Eine Kellnerin von mindestens sechzig nahm seine Bestellung auf – eine Tasse Kaffee.

Sie brachte den Kaffee umgehend, knallte die Tasse auf den Tisch und wandte sich wortlos ab. Ein verbrannter, bitterer Geruch entströmte der Tasse, und Luke fragte sich, wie lange der Kaffee wohl auf der Wärmeplatte gestanden hatte – eine Stunde oder drei?

Er ließ den Blick durch den Raum schweifen. Außer ihm waren nur noch ein untersetzter Mann im Overall und zwei Mädchen um die zwanzig anwesend, die sich an Fritten und Cola gütlich taten.

Condor erschien exakt zur verabredeten Zeit in der Tür. Er ging zu Lukes Nische, rutschte auf den Sitz ihm gegenüber, den Rücken schräg an die Wand gelehnt.

Sie tauschten einige Höflichkeiten aus, er bestellte auch eine Tasse von dem bitteren Gebräu, und dann kam Luke zur Sache. „Eine Freundin von mir steckt in Schwierigkeiten. Ich brauche Ihre Hilfe."

„Sie kennen das Geschäft, in dem ich tätig bin. Wie genau soll die Hilfe aussehen, die Sie erwarten?"

„Ich brauche einen Rat."

Ein schwaches Lächeln zuckte um Condors Mund. „Fahren Sie fort."

Luke erzählte ihm die ganze Geschichte. „Der Mann heißt John Powers", endete er. „Ist Ihnen der Name bekannt?"

Condor schwieg lange, und sein ruhiger Blick verriet nichts von seinen Gedanken. Endlich nickte er. „Ich weiß von ihm."

„Aber Sie sind ihm nie persönlich begegnet?"

„Nein." Er trank einen Schluck Kaffee und schien den Geschmack nicht zu bemerken. „Die versuchen, uns Typen voneinander fern zu halten." Wieder umspielte ein Lächeln seinen Mund. „Das Letzte, was die sich wünschen, ist, dass wir zusammen hocken und uns Geschichten erzählen. Aber ich habe von ihm gehört."

„Was haben Sie gehört?"

„Dass er einer der besten und tödlichsten Techniker der Agency war. Spezialisiert auf die delikatesten Aufgaben."

„Delikat?" wiederholte Luke. „Sie meinen, heikel, politisch brisant?"

„Ja. Der Mann ist Experte im Umgang mit allen möglichen Waffen, im Kampf Mann gegen Mann, mit Giften und Sprengstoff. Eine herausragende Karriere, bis er sich vor einigen Jahren selbstständig machte."

„Was meinen Sie damit?"

„Er ist ein Renegat. Er arbeitet jetzt auf eigene Faust. Er tötet für Geld, für verschiedene Auftraggeber, ungeachtet irgendwelcher politischer Ziele."

„Und die Agency gestattet das?"

„Bis zu einem gewissen Punkt."

„Und der wäre?"

Condor ignorierte die Frage und fuhr fort: „Sein Codename war Eis. Aus offensichtlichen Gründen. Gerüchten zufolge tötete er die sechs Kinder eines kolumbianischen Drogenbosses vor den Augen ihrer Mutter."

Luke wurde schlecht. „Und unsere Regierung sanktioniert so etwas?"

„Sagen wir, Eis wurde zu Verhandlungen hingeschickt. Er hatte freie Hand, alles Nötige zu tun, um unseren Standpunkt deutlich zu machen." Condor legte die Finger aneinander. „Natürlich ist das nur ein Gerücht."

Na klar, du Arsch. Es ist wahr, und du weißt es so gut wie ich.

Bis zu diesem Moment hatte Luke gehofft, Kate und Julianna hätten John Powers' Gefährlichkeit übertrieben. Er musste erkennen, dass dem nicht so war.

Die beiden angetrunkenen Mädchen standen auf und gingen zur Tür. Condor beobachtete sie, bis sie draußen waren, und wandte sich wieder Luke zu. „Ihre Freundin ist in einer sehr üblen Lage, und Sie sind das jetzt auch. Ich schlage vor, Sie steigen aus dieser Sache aus."

„Geht nicht."

„Es ist natürlich Ihre Entscheidung."

„Es muss eine Möglichkeit geben, ihn aufzuhalten. Und wenn wir zur Polizei gingen und alles erklärten ..."

Condor schüttelte den Kopf und bestätigte, was Luke bereits wusste. „Zur Polizei zu gehen macht Sie nur zur Zielscheibe. Sie wären schon tot, ehe die Jungs aus ihren Löchern kämen." Condor beugte sich leicht vor und sah ihn durchdringend an. „Die Polizei würde ihn nicht finden, geschweige denn ihm einen Mord nachweisen können. Sie wissen, wie das geht, Luke: keine Waffe, keine Zeugen, keine Verhaftung."

Er hatte Recht, Luke wusste das. Was sollte er nur Kate erzählen? Sie war so hoffnungsvoll gewesen, als er ging.

„Es gibt vielleicht doch einen Ausweg. Aber das wird nicht leicht werden.“

„Fahren Sie fort.“ Luke wartete gespannt. Eine kleine Chance war besser als gar keine.

„Für mich klingt das, als würde Powers durchdrehen. Er tötet aus persönlichen Motiven. Das ist gefährlich. Damit überschreitet er eine Grenze. Da ihm die Sache wichtig ist, wird er unvorsichtig und geht unnötige Risiken ein.“

„Und er wird zu vorher nicht gekannten Maßnahmen greifen“, fügte Luke leise hinzu.

„Stimmt. Aber darin liegt Ihre Chance.“ Condor senkte die Stimme. „Die Agency wird erst dann eingreifen, wenn Powers eine Gefahr für sie, ihre Operationen oder die nationale Sicherheit wird. Sie können ihn nicht durchs Land laufen und wahllos Leute umbringen lassen.“

Condor sprach vorsichtig und mit Bedacht. Luke versuchte zwischen den Zeilen zu lesen, da der Mann ihm irgendetwas mitzuteilen schien.

„Die würden nicht wollen, dass ihre Handarbeit publik wird, was?“

Condor überhörte die Spitze. „Wenn Sie beweisen können, dass Eis außer Kontrolle ist, dass er eine Gefahr für die Regierung der Vereinigten Staaten oder die CIA darstellt, wird die Agency ihn zur Strecke bringen.“ Condor verschränkte die Finger ineinander. „Aber die brauchen natürlich Beweise, hieb- und stichfeste. Namen, Daten. Wenn Sie anhand von Unterlagen eine überzeugende Spur zu Eis legen können, würde das genügen.“

Das Notizbuch. Mein Gott, wir haben den Beweis längst!

„Das kann ich“, sagte Luke ruhig. „Auf der Stelle. Ich habe den Beweis bereits.“

Condor straffte sich. „Erzählen Sie."

Luke berichtete von dem Notizbuch. „Es ist in einer Art Code abgefasst, aber ich bin sicher, es enthält die notwendigen Namen und Daten."

Condor fragte eindringlich: „Haben Sie den Code geknackt?"

„Nein." Luke beugte sich vor. „Helfen Sie uns dabei. Es ist unsere einzige Chance."

„Ich mag Sie, Dallas, aber das kann ich nicht machen." Sein Blick schweifte kurz zur Eingangstür. „Ich will nicht wissen, was in dem Buch steht. Andernfalls wäre auch ich eine Zielscheibe, vielleicht nicht heute oder morgen, aber irgendwann. Sich Powers' Notizen anzusehen, überschreitet ebenfalls eine Grenze. Das tue ich nicht."

„Dann sagen Sie mir, wie ich den Code knacken kann."

Condor zögerte einen Moment und nickte. „Nehmen Sie sich eine Eintragung vor, und benutzen Sie das, was sie über sie erfahren, um die anderen zu knacken. Treffen Sie sich mit Tom Morris. Er wird sich dumm stellen wegen Eis, aber er ist für alle Operationen zuständig, also kennt er Powers' Akten. Erzählen Sie ihm, was Sie mir erzählt haben. Dann holen Sie sich die Zusage der Agency, dass die Powers aus dem Verkehr ziehen als Gegenleistung für den Beweis seiner Aktivitäten. Es ist wichtig, dass Sie denen eine Zusage abluchsen."

„Andernfalls stecken wir tief im Dreck. Wollten Sie das sagen?"

„Das hier ist die harte Realität, Dallas. Nicht eine von Ihren Geschichten. Die Guten gewinnen nicht immer."

Luke lachte freudlos. „Und die Grenze zwischen Gut und Böse ist verschwommen."

„Ich habe die Regeln nicht gemacht, Dallas. Ich spiele nur

nach ihnen.“ Condor legte einige Dollarnoten auf den Tisch und stand auf. „Der Kaffee geht auf mich.“

Sie verließen das Restaurant. Draußen kroch die Kälte an ihnen hoch wie eine Schlange.

„Sie haben mich heute Abend nicht gesehen“, sagte Condor. „Ich bin raus aus dieser Sache.“

„Einverstanden.“

„Noch ein letzter Rat. Lassen Sie das Notizbuch nicht aus den Augen. Wenn Morris oder die Agency es in die Hände bekommen, brechen die den Code von Eis. Sobald denen das gelungen ist, lässt man Sie und Ihre Freunde im Regen stehen. Und wenn Powers es in die Hände bekommt, haben Sie kein Pfand mehr zum Handeln.“

„Und dann sind wir tot.“

„Ja.“ Condor wandte sich ihm zu und sah ihm in die Augen. Und wieder hatte Luke das Gefühl, der Mann sagte mehr, als seine Worte preisgaben. „Morris wird nach dem Buch fragen. Rechnen Sie damit. Aber geben Sie es ihm nicht, gleichgültig, was er dafür verspricht. Das ist wichtig, Luke. Geben Sie ihm nicht das Buch. Es ist Ihre Lebensversicherung. Haben Sie verstanden?“

Luke bejahte, und im nächsten Moment war Condor fort.

66. KAPITEL

Als Luke heimkam, waren Kate und Julianna noch wach und warteten auf ihn. Sie empfingen ihn an der Tür mit so hoffnungsvollen Mienen, dass es ihn schmerzte, es zu sehen. Falls sie ein Wunder erwarteten, würden sie enttäuscht werden.

„Wir haben eine Chance", erklärte er, „keine große und risikolose, aber immerhin eine Chance."

Sie gingen in die Küche. Kate kochte Kaffee, während Luke von seinem Gespräch mit Condor berichtete. Allmählich änderte sich ihr Mienenspiel von hoffnungsvoll nach unsicher.

„Eine der Eintragungen entziffern?" fragte sie, nachdem Luke geendet hatte. „Aber wie sollen wir das anstellen?"

„Ich habe schon ein bisschen darüber nachgedacht, und es ist vielleicht nicht so schwierig, wie es klingt." Luke stand auf, ging zur Kanne und schenkte sich Kaffee nach. „Die eingetragenen Daten sind ja nicht kodiert. Wir müssten etwas finden, das Powers an einem bestimmten Datum mit einem Mord in Verbindung bringt."

„Mit etwas Glück finden wir etwas", bestätigte Kate leise.

Luke sah ihr in die Augen. „Mit sehr viel Glück."

„Das wird nicht funktionieren", wandte Julianna ein und sah von Luke zu Kate. „Und was wird dann aus uns? Sind wir gefangen? Tot?"

„Was aus uns wird?" fragte Kate heftig. „Ich wusste genau, was aus mir wird, ehe Sie mir meinen Ehemann gestohlen und mein Leben ruiniert haben. Ehe Sie diesen … diesen Killer in mein Haus lockten."

„Aber das wusste ich doch nicht!" begehrte Julianna auf. „Ich hätte nie gedacht, dass er Ihnen, Emma oder Richard etwas antut. Mir ja, aber Ihnen doch nicht." Sie sah Kate mit tränenfeuchten Augen flehentlich an. „Warum sollte er? Sie haben ihm doch nichts getan."

„Das ist genau der Punkt!" schimpfte Kate. „Sie haben nicht nachgedacht. Sie haben an nichts und niemand gedacht, außer an sich selbst."

„Tut mir Leid", flüsterte sie, und Tränen rollten ihr über die Wangen. „Ich wusste es nicht." Sie legte verzweifelt die Hände vors Gesicht. „Ich habe solche Angst. Ich will einfach nur nach Hause."

„Denken Sie, ich nicht?" konterte Kate und zitterte vor Wut. „Ich würde gern nach Hause fahren, Julianna. Doch Ihretwegen kann ich das nicht. Ihretwegen ist mein Mann tot. Ihretwegen ist ein psychotischer Killer ..."

Luke legte ihr beschwichtigend eine Hand auf den Arm. „Ich weiß, dass du zornig bist, Kate, und du hast allen Grund dazu. Aber wenn wir jetzt miteinander streiten, bringt uns das nicht weiter. Wir müssen zusammenarbeiten, wenn wir ihn schlagen wollen. Das weißt du."

Sie wandte sich abrupt ab, ging zum Fenster und sah in den Innenhof. Sie stand steif da, die Arme um sich geschlungen. Luke merkte, welche Mühe sie hatte, ihre Emotionen zu beherrschen.

Nach einer Weile atmete sie tief durch und wandte sich Julianna zu. „Weglaufen kommt nicht mehr in Frage. Wir können nicht ewig auf der Flucht sein. Wenn Sie weiter flüchten wollen, können Sie das gerne tun. Ich gehe Lukes Weg mit."

„Wie entscheiden Sie sich, Julianna?" fragte Luke. „Bleiben Sie bei uns oder nicht?"

„Ich bleibe bei Ihnen", flüsterte sie und wischte sich die Tränen ab.

„Dann brauche ich Ihre Hilfe." Er ging zu ihr. „Gibt es noch etwas, das Sie uns nicht über Powers gesagt haben? Irgendetwas, das Sie vielleicht gehört haben, und nicht für wichtig hielten, etwas, das er im Schlaf gemurmelt hat?"

„Nein, ich habe Ihnen alles gesagt."

„Denken Sie nach, Julianna. Es ist wichtig."

„Nein, nichts. Wir hatten ein Abkommen. Er hat nie über seine Arbeit gesprochen, und ich durfte nicht fragen. Wenn er auf Reisen ging, sagte er nie, wohin. Lange Zeit hat es mich nicht gestört, nichts über ihn zu wissen. Erst am Schluss wurde ich neugierig, und so fand ich das Buch."

„Was ist mit Geschenken?" fragte Kate. „Hat er Ihnen von den Reisen etwas mitgebracht, was Ihnen auffiel: Schokolade aus der Schweiz oder Parfum aus Paris?"

Julianna fasste an ihre Diamantohrstecker. Sie waren Luke wegen der Größe der Steine schon früher aufgefallen. „Nichts wie das hier", erwiderte sie leise. „Die hat er mir mitgebracht. Sonst manchmal eine Puppe oder Bücher und Blumen vom Flughafen." Sie sah von Luke zu Kate. „Das müssen Sie mir glauben. Sogar seine Wohnung war ganz schlicht, ohne persönliche Dinge. Er hatte Möbel und Utensilien für Küche und Bad, aber sonst nichts. Verstehen Sie, was ich meine?"

Kate sah Luke an. „Denkst du, was ich denke?"

„Powers' Apartment." Als sie Zustimmung andeutete, wandte er sich wieder an Julianna. „Haben Sie immer noch einen Schlüssel zu seiner Wohnung?"

Sie nickte. „Obwohl ich nicht weiß, warum, denn ich gehe niemals dorthin zurück."

„Niemals ist eine lange Zeit, Kind." Luke rieb lächelnd die Hände aneinander. „Das Letzte, womit Powers rechnet, ist, dass wir in die Offensive gehen. Ich denke, wir haben einen Ort, wo wir beginnen können."

Julianna sah krank aus, Kate wirkte jedoch entschlossen. „Bist du sicher, dass die Agency sich verpflichten wird, Powers zur Strecke zu bringen?“ fragte sie.

„Mein Kontaktmann glaubt das jedenfalls. Vorausgesetzt, wir können Powers ans Messer liefern.“ Er blickte von Kate zu Julianna. „Außerdem sehe ich keine andere Möglichkeit.“

„Dann bin ich einverstanden.“ Kate wandte sich an Julianna. „Was ist mit Ihnen?“

Sie zögerte einen Moment und nickte dann. „Einverstanden.“

„Also gut.“ Luke sah auf seine Uhr. Zwei Uhr nachts. Er lächelte grimmig. „Wir fahren noch heute nach Washington.“

67. KAPITEL

Kate zwang sich zu ruhen, obwohl sie nicht genügend abschalten konnte, um zu schlafen. Sie lag im Bett, lauschte auf das gleichmäßige Atmen ihrer Tochter, betete, dass alles gut ging, und befürchtete das Schlimmste.

Manchmal fasste sie Mut, und dann war sie wieder völlig niedergeschlagen. In solchen Momenten der Angst stellte sie sich vor, wie Emma umgebracht wurde, hilflos nach ihr schriee und sie sie weder trösten noch retten konnte. Falls es so weit kam, würde sie Powers bitten, sie an Stelle der Kleinen zu töten.

Jemand klopfte leise an. Kate blickte zu Emma, stieg dann vorsichtig aus dem Bett und ging zur Tür. „Ja?“ flüsterte sie.

„Ich bin’s, Luke. Darf ich reinkommen?“

Sie öffnete die Tür und legte einen Finger an die Lippen. Er nickte und trat ein. „Ich wollte mich nur überzeugen, dass du und Emma … dass es euch gut geht.“

„Danke, alles in Ordnung.“ Sie blickte noch mal zu Emma hinüber. „Ich habe entsetzliche Angst, aber das ist ja nichts Neues.“

„Es wird alles wieder gut“, tröstete er leise. „Ich tue, was ich kann, um euch zu beschützen. Versprochen.“

Sie sah ihn forschend an und dachte an all die Schwüre und Versprechungen, die Richard ihr gegeben hatte. Und was waren sie am Ende wert gewesen?

„Ich bin nicht Richard“, sagte er, als lese er ihre Gedanken. „Ich bin wirklich nicht wie er, Kate.“

Das stimmte. Luke Dallas war so, wie Richard gern gewesen wäre. Diese Erkenntnis erklärte plötzlich vieles. Richards Konkurrenzverhalten, seine Abneigung gegen und die Eifersucht auf Luke. Offenbar hatte er Lukes Erfolg als sein eigenes Versagen eingestuft.

Als Luke ihr eine Hand an die Wange legte, presste sie ohne nachzudenken die Lippen hinein.

„Kate, ich …" Sehnsucht und Bedauern lagen in seinem Blick. Sie wollte etwas sagen, wusste jedoch nicht recht, was. Und ehe ihr etwas Passendes einfiel, ließ er die Hand sinken und wich einen Schritt zurück. „Versuch noch etwas zu schlafen", riet er ihr. „Morgen wird ein anstrengender Tag."

Damit ging er wieder.

Der nächste Tag wurde in der Tat anstrengend. Kate und Julianna brauchten Kleidung, Kosmetika und andere persönliche Dinge für die Reise, und Emma brauchte alles von Kleidung über Babynahrung zu Windeln. Einkaufsschlacht nannte Julianna es, als sie durch Drogerien und Kaufhäuser eilten und alles in ihre Wagen stopften.

Luke bestand darauf, bar zu bezahlen. Kreditkarten und Schecks hätten eine Spur gelegt, die jeder Amateurdetektiv verfolgen konnte. Und John Powers war schließlich alles andere als ein Amateur.

Aus demselben Grund schlug Luke vor, im Auto nach Washington zu fahren. Im Gegensatz zu den Versicherungen der Fluggesellschaften waren Passagierlisten leicht zu kontrollieren. Außerdem hätten sie nach dem Flug ein Auto mieten oder mit dem Taxi weiterfahren müssen. Da Geheimhaltung wichtig war, kam beides nicht in Frage.

Es war drei Uhr nachmittags, als Kate alle Sachen in Lukes Tahoe verstaute und Luke suchte. Sie fand ihn in seinem Büro am Telefon. Er winkte sie herein. „Mir geht's gut, Frank." Er bedeckte die Sprechmuschel. „Der Privatdetektiv", erklärte er und nahm die Hand wieder weg. „Danke. Schön, dass es dir gefallen hat. Frank, ich habe Arbeit für dich. Überprüfe bitte drei Namen für mich: John Powers, Wendell White und David Snow. Ich glaube, David Snow und Wendell White sind Decknamen von John Powers. Finde über alle drei so viel heraus, wie du kannst: Adressen, Kreditkartenaufstellungen, Telefonrechnungen und Reiseziele. Wenn einer von den dreien in den letzten Jahren auch nur ein Bäuerchen gemacht hat, möchte ich das wissen."

Luke lauschte einen Moment und nickte. „Zwei. Und den Namen einer Reiseagentur." Er nahm den Umschlag und das Ticket aus der Tasche und nannte dem Detektiv erst Johns Adresse in Washington, dann die Adresse auf dem Briefumschlag und schließlich Namen und Anschrift der Reiseagentur. „Das wäre alles, was ich habe." Er sah Kate lächelnd an, den Hörer am Ohr, und machte das Siegeszeichen mit dem Daumen nach oben. „Ich verlasse die Stadt für eine Weile. Ehe ich wegfahre, schicke ich dir den Scheck mit der Post." Er lachte. „Natürlich ist der gedeckt." Er wurde wieder ernst. „Nein, du kannst mich nicht erreichen. Ich rufe dich von unterwegs an." Er legte auf.

„Du erstaunst mich, Luke. Woher weißt du, wie man in solchen Fällen vorgeht? Ich komme mir vor, als wäre ich mit James Bond zusammen."

„Meine Arbeit", erklärte er lächelnd. „In den letzten zehn Jahren habe ich mich vorwiegend mit der Welt von Spionen, Kriminellen und Polizisten befasst. Ich habe mich in die Köpfe kaltblütiger Killer, Verrückter, Helden und manchmal einer Lady in Not versetzt."

„Dann bist du jetzt ein richtiger Held."

„Und du die Lady in Not."

„Sieht so aus." Sie wurde wieder ernst. „Auch Helden werden getötet, Luke. Ich möchte nicht ... ich könnte nicht ..."

Ich könnte es nicht ertragen, dich zu verlieren.

Sie räusperte sich. „Sei einfach vorsichtig, okay? Keine Heldentaten."

„Mach dir um mich keine Sorgen. Ich habe Typen wie John Powers Dutzende Male überlistet."

Ja, in deinen Romanen, wo du ein Ende nach deinen Wünschen erfinden kannst, wo das Gute das Böse besiegt und alle, die es verdienen, glücklich leben bis an ihr seliges Ende. Aber das hier ist Realität.

„Hör auf, dir Sorgen zu machen." Er hob ihr Kinn mit einem Finger an und sah ihr in die Augen. „Wir werden diesen Irren schlagen, davon bin ich überzeugt."

„Ich wünschte, ich hätte deine Zuversicht und nicht diese grässliche Angst."

Er zog sie an sich. Sie verhielt sich einen Moment abwartend, dann schlang sie ihm die Arme um die Taille und hielt ihn fest, als würde sie ohne diesen Halt umfallen.

Er streichelte ihr über das Haar. „Lehne dich ruhig an mich, Kate. Ich bin für dich da."

Sie atmete tief durch. Er roch nach würziger Seife und Sommertag. Es wäre leicht, sein Angebot anzunehmen, der eigenen Angst nachzugeben und sich völlig auf ihn zu verlassen.

Doch das war zu gefährlich. John Powers war zu klug und zu tödlich, um sich den Luxus der Nachlässigkeit zu gestatten.

Bedauernd entzog sie sich Luke. „Ich muss stark bleiben. Für Emma. Ich muss sie beschützen. Diese Aufgabe kann ich an niemand abtreten, nicht mal an dich."

Er sah sie einen Moment respektvoll an, dann neigte er den Kopf und presste die Lippen kurz auf ihre. „Zeit zu gehen."

Zwanzig Minuten später waren sie unterwegs. Kate gab sich Mühe, positiv zu denken, und klammerte sich an Lukes Zuversicht, dass sie John Powers überlisteten. Doch die Angst um sich und die anderen wurde sie nicht ganz los. Während sie Houston Meile um Meile hinter sich ließen, sah sie immer wieder besorgt über die Schulter. Jede Meile brachte sie der Konfrontation mit John Powers näher.

Mit Luke zu reisen war kein Problem. Ihr Zusammensein war so natürlich wie atmen. Sie redeten, lachten und spürten einer des anderen Wunsch nach einer Pause, nach Essen oder Ruhe.

Juliannas Gegenwart war schwerer zu ertragen. Kate konnte sie nicht ansehen, ohne Wut zu empfinden über ihr zerstörtes Leben. Ohne Gedanken an Richard.

Mehrfach hatte sie bemerkt, wie sehnsüchtig Julianna Emma ansah. In solchen Momenten bekam sie Angst, Julianna könnte Emma zurückverlangen. Sie traute ihr zu, dass sie sich die Kleine mitten in der Nacht schnappte und verschwand.

Folglich blieb Kate ständig in der Nähe ihrer Tochter. Auch gestattete sie Julianna nicht, die Kleine zu halten oder zu berühren. Sie wollte kein Risiko eingehen.

Am nächsten Tag erkannte Kate, dass ihre zweitägige Reise wegen Emma vermutlich dreitätig werden würde. Die Stunden, die sie festgeschnallt in ihrem Autositz verbrachte, forderten Tribut. Sie wurde unruhig, quengelig und war schließlich nicht mehr zu beruhigen.

„Wir müssen bald anhalten", erklärte Kate und hielt Emma die Lieblingsrassel vors Gesicht. Doch die Kleine drehte nur das Gesicht weg und schrie laut. Kate sah Luke im Rückspiegel an. „Emma hat genug. Wenn wir ihr nicht ein bisschen Zeit zum Ausruhen gönnen, macht sie uns das Leben sehr unangenehm."

Wie zur Unterstreichung des Gesagten brüllte Emma richtig los. Kate wiegte sie in ihrem Sitz und sang ihr leise etwas vor. Nach einiger Zeit beruhigte sich die Kleine wieder, und Kate steckte ihr einen Schnuller in den Mund.

„Wie machen Sie das?“ fragte Julianna plötzlich. „Ich meine, Sie kümmern sich um sie und bleiben dabei so … ruhig. Ich würde ’ne Krise kriegen.“

„Ich liebe sie, ich bin ihre Mutter“, erklärte Kate schlicht.

„Nächste Ausfahrt in zwei Meilen“, verkündete Luke und las das Schild am Rande des Highways. „Essen, Zimmer, Benzin. Klingt genau richtig.“

Sie schafften es zur Ausfahrt und zum nächsten Motel ohne Protestgeheul von Emma. Das Motel, ein sehr hübsches „La Quinta Inn“, hatte keine Suiten mit zwei Schlafräumen. Also buchten sie eine normale Suite mit Bar und Minikühlschrank. Julianna erbot sich, die Schlafcouch zu nehmen, während Luke, Kate und Emma sich das Schlafzimmer teilen sollten.

Das Motel besaß zu Kates Freude ein Hallenbad mit Kinderplanschbecken, und so verbrachten sie den Nachmittag zusammen im Wasser.

Die Entspannung tat allen gut, besonders Emma. Sie verwandelte sich wieder in den zufriedenen Sonnenschein, den Kate so liebte.

Am Abend kuschelte Kate sich in die Sofaecke und beobachtete, wie Luke mit Emma spielte. Julianna sah einen Film im Pay-TV. Luke lag am Boden flach auf dem Rücken und hob Emma hoch, die Arme und Beine ausstreckte.

„Flugzeug-Baby“, sagte er, machte Motorengeräusche und bewegte sie vor und zurück, bis sie vor Freude quiekte.

Ein Gefühl großer Zärtlichkeit durchströmte Kate. Sie musste lächeln. Ob es vielen Frauen so ging, dass sie Männer sexy fanden, die mit Babys spielten wie Luke mit Emma? Für sie war es unwiderstehlich, wenn sich männliche Stärke in liebevolles Spiel verwandelte. Sie sah, wie sich seine Armmuskeln spannten, als er Emma hochhob, bemerkte, wie flach sein Bauch war … und Verlangen regte sich.

Luke merkte, dass sie ihn anstarrte, und lächelte. „Was ist?"

Sie fühlte sich ertappt und errötete leicht. „Ich bin nur … froh."

„Froh?" wiederholte er skeptisch und hielt Emma weiter hoch. „Glühen deine Wangen deshalb so?"

Sie warf Julianna einen Blick zu, die völlig in den Film vertieft war und ihre Umgebung nicht wahrnahm. „Zu viel Sonne."

„Hallenbäder haben bekanntermaßen keine …" Genau in dem Moment spuckte Emma ihm einen dicken Speichelklecks auf Nase und Wange.

„Oh, Mann!" Er setzte sich und klemmte sich Emma unter einen Arm.

Kate ging lachend ins Bad und kam mit einem Handtuch zurück, das sie ihm zuwarf. „Manchmal sabbert sie wie ein Bernhardinerwelpe. Keine Bange, das ist nur Babyspucke, völlig harmlos."

„Du hast gut reden." Er wischte sich ab und warf das Handtuch zurück.

„Willst du das nicht behalten, du brauchst es bestimmt noch." Sie blickte nachdrücklich auf Emma, die Speichelblasen blies, die ihm auf die Shorts tropften.

„Du meine Güte." Er lachte. „Wirf mir das Handtuch noch mal zu."

Kate sah auf ihre Uhr. „Es ist Schlafenszeit. Ich stecke sie besser in ihren Pyjama und füttere sie. Jede Wette, sie ist eingeschlafen, ehe die Flasche leer ist."

Kate behielt Recht. Und als die Erwachsenen sich für die Nacht zurückzogen, schlief Emma bereits seit Stunden.

Luke half Julianna, die Schlafcouch auszuziehen. Unterdessen verschloss und verriegelte Kate die Tür und stellte zur Sicherheit noch einen Stuhl unter die Klinke.

„Gute Nacht, Julianna", sagte Luke. „Falls Sie etwas brauchen, wir sind gleich nebenan."

„Danke." Sie blickte zögernd zu Kate und schien ihr eine gute Nacht wünschen zu wollen, doch sie blieb stumm.

Luke schob die Tür zwischen beiden Räumen bis auf einen kleinen Spalt zu, damit sie hören konnten, falls nebenan etwas geschah. Dann wandte er sich an Kate. „Ich mache mir ein Bett auf dem Boden." Er ging zum Schrank und nahm sich die zusätzliche Decke vom oberen Regal.

„Sei nicht albern." Sie streckte die Arme nach der Decke aus. „Ich schlafe auf dem Boden."

„Ich bin kein bisschen albern. Ich schlafe auf dem Boden, Punkt."

Kate stemmte die Fäuste auf die Hüften. „Du fährst die meiste Zeit, du brauchst deine Ruhe."

„Du auch."

„Du willst nicht nachgeben, was?"

„Nein."

Kate schnaubte frustriert und warf die Hände hoch. „Das ist doch zu blöd. Das Bett ist groß genug. Wir teilen es uns." Als er etwas einwenden wollte, fuhr sie fort: „Vertraust du mir nicht? Fürchtest du, ich würde mich an dir vergreifen?"

„Du bist es wirklich nicht, der ich misstraue. Kannst du mit dieser Tatsache leben?"

„Natürlich“, sagte sie leichthin. „Schließlich sind wir alte Freunde.“

„Natürlich.“

Kate ignorierte seinen Sarkasmus und ging zu Bett. Zehn Minuten später lag sie steif neben Luke, lauschte auf sein Atmen, wusste, dass er ebenso wenig schlafen konnte wie sie, und warum.

Plötzlich und unerwartet begann sie leise zu lachen. Sie wollte es unterdrücken, doch es ging nicht.

Er wandte ihr das Gesicht zu. „Was ist so lustig?“

„Wir sind lustig.“ Sie sah ihn an. „Ein Profikiller ist hinter uns her, und wir machen uns Gedanken, wer auf dem Boden schläft und ob sich einer am anderen vergreift.“

Er lächelte. „Machst du dir wirklich Sorgen, ich könnte mich an dir vergreifen?“

Emma regte sich in ihrem Bett, und Kate senkte die Stimme noch mehr. „Sorgen mache ich mir nicht. Ich habe mich nur gefragt, ob du vielleicht …“

Er wandte sich ihr zu. „Und wenn ich es täte, wärst du empfänglich dafür?“

„Ich weiß nicht, vielleicht.“ Sie wandte kurz den Blick ab. „Luke?“

„Ja?“

„Damals, in jener Nacht in Tulane … als wir miteinander geschlafen haben … ich habe dich nicht benutzt. Ich hatte das nicht geplant.“ Sie streckte eine Hand aus und legte ihm die Finger an die Lippen. „Ich schwöre, es war nicht so.“

Er schloss seine Finger um ihre. „Ich weiß. Ich war verletzt und enttäuscht.“

„Tut mir Leid.“

„Das ist vergessen.“

„Wirklich?“ Sie betrachtete ihn forschend. „Ich weiß, wie schwer manche Wunden heilen.“

„Es war lange eine offene Wunde, aber sie heilt jetzt wirklich.“

Er ließ ihre Hand los, und Kate zog sie zurück. „Ich habe damals viele Fehler und einige Dummheiten gemacht.“ Sie seufzte. „Du hattest Recht mit dem, was du nach der Signierstunde über mich und Richard gesagt hast. Über meine Motive, ihn zu heiraten.“

„Und die waren?“

„Liebe.“ Auf seine skeptische Miene hin beteuerte sie: „Doch, ich habe ihn geliebt, aber aus den falschen Gründen. Er gab mir das Gefühl von Sicherheit, auch in finanzieller Hinsicht.“

„Und das gab ich dir nicht?“

„Kaum.“ Sie lächelte schwach. „Du gabst mir das Gefühl, außer Kontrolle zu geraten, ein Gefühl von Unsicherheit und einer ungewissen Zukunft.“ Sie blickte an die Zimmerdecke und erinnerte sich. „Bei dir hatte ich das Gefühl, alles erreichen zu können, wenn ich es nur versuchte.“

„Ich habe immer an dich geglaubt, Kate. Das tue ich heute noch.“

Gerührt überlegte sie, dass Richard ihr das in all den Jahren des Zusammenlebens nie gesagt hatte. „Das war der Punkt. Es lag nicht an dir, Luke. Ich habe immer an dich geglaubt, an deine Stärke, an deinen Charakter und an dein Talent. Nur an mich habe ich nicht geglaubt.“

Er wollte etwas erwidern, doch sie legte ihm sanft die Finger auf die Lippen. „Ich wollte Künstlerin werden, aber ich hatte Angst, wie meine Eltern zu enden, die Miete nicht zahlen zu können und die Zukunft meiner Kinder zu opfern. Ich ging zur Schule in den abgelegten Kleidern anderer und mit Schuhen, die mit Karton ausgestopft waren, damit man die Löcher in den Sohlen nicht so merkte. Ich hatte mir geschworen, so etwas weder mir noch meinen Kindern anzutun."

„Ach, Kate ..." Er ließ die Finger durch ihr Haar gleiten, das auf dem Kissen ausgebreitet war.

Sie ergriff seine Hand und führte sie an ihre Lippen. „Ich hatte Angst", flüsterte sie. „Zu viel Angst, das zu tun, was ich wirklich wollte, und meinen Gefühlen für dich eine Chance zu geben. Ich bedaure das. Und es tut mir Leid, dass ich dir weh getan habe."

Luke stützte sich auf einen Ellbogen, sah sie einen elektrisierenden Augenblick nur an, neigte den Kopf und küsste sie.

Seufzend erwiderte Kate den Druck seiner Lippen und die Erkundungen der Zunge. Ihr war, als stiege ihr schwerer Wein zu Kopf. Seine Zärtlichkeit ließ sie wieder lebendig werden. Sie fühlte sich als Frau – nicht als Mutter, Geschäftsfrau, betrogene Ehefrau oder Witwe, sondern als Frau. Das Gefühl war Schwindel erregend.

Sie schlang ihm die Arme um den Nacken und drückte ihn an sich. Er raunte ihren Namen, und sie spürte seine Erregung.

Doch plötzlich war da die Erinnerung an das letzte Mal, als sie mit Richard geschlafen hatte. Sie glaubte, seine Lippen zu spüren, hörte, wie er ihren Namen flüsterte.

Die eben noch genossenen Zärtlichkeiten kamen ihr plötzlich vor wie Ehebruch.

Schuldbewusst erstarrte sie geradezu in Lukes Armen, löste sich von ihm und schob ihn sacht zurück. „Tut mir Leid, Luke. Es ist ..."

„Zu früh."

„Ja." Sie spürte sein heftiges Herzklopfen unter ihren Fingern. Ihr Blick bat um Verständnis. „Richard und ich, wir waren so lange zusammen. Ich will dich, aber es kommt mir falsch vor, als würde ich Richard betrügen."

„Verstehe."

Sie bezweifelte, dass er es wirklich tat. „Ich möchte keine Gewissensbisse haben, wenn wir zusammen sind. Diesmal sollte keiner von uns etwas bedauern."

„Dass wir zusammengehören, Kate, habe ich immer als richtig empfunden." Er seufzte. „Für dich ist es zu früh, und ich habe über zehn Jahre gewartet."

Sie wusste darauf nichts zu antworten. Sie war versucht, sich über alle Skrupel hinwegzusetzen und sich der Leidenschaft hinzugeben, die er ihr anbot. Sie wollte mit ihm zusammen sein, und den Albtraum der letzten Monate, wenn auch nur für kurze Zeit, vergessen. Aber vor allem wollte sie ihn nicht verlieren.

„Sieh mich nicht so traurig an." Er nahm ihr Gesicht zwischen beide Hände, küsste sie innig und rollte sich seufzend auf den Rücken. „Ich habe zehn Jahre gewartet, da kann ich auch noch ein bisschen länger warten."

68. KAPITEL

Luke verlor keine Zeit. Sobald sie sich in Washington in einem Hotel einquartiert hatten, rief er Tom Morris an. Zum Glück war der in der Stadt und verfügbar. Sie verabredeten ein Treffen um vier Uhr nachmittags im Park eines benachbarten Vorortes, der in Virginia lag.

Luke ließ Morris absichtlich warten. Nicht so lange, dass es ihn hätte ärgern können, aber lange genug, um die Fronten zu klären. Er wollte dieses Treffen aus einer Position der Stärke heraus beginnen. Morris sollte auch ohne Worte begreifen, dass er derjenige war, der sagte, wo es langging, dass er sich in seinen Forderungen nicht würde herunterhandeln lassen.

Entschlossen ging Luke über den grünen Rasenteppich auf den dunklen Teich zu, an dem Morris wartete. Er saß auf einer Bank, warf Cracker ins Wasser und sah den Enten zu, die sich darum balgten.

„Hallo, Tom."

Er sah auf. „Luke. Schön, Sie wieder zu sehen."

„Danke, dass Sie sich Zeit für mich nehmen. Warum gehen wir nicht ein Stück?"

Morris zog leicht erstaunt die Brauen hoch, nickte aber, stand auf und stopfte sich die letzten Cracker in die Tasche.

Eine Weile gingen sie nun schweigend nebeneinander her. „Schöner Tag", sagte Morris schließlich. „Ich mag diese Jahreszeit, die kühle Luft, die nahen Feiertage. Gefällt mir auf jeden Fall wesentlich besser als die feuchte Hitze des Sommers." Er sah Luke an. „Aber ich denke, Sie sind nicht hier, um mit mir übers Wetter zu reden."

„Nein." Er kam direkt auf den Punkt. „Einer Ihrer Männer hat den Ehemann einer lieben Freundin von mir umgebracht. Und jetzt will er auch noch sie und ihre kleine Tochter umbringen."

„Das kann ich kaum glauben."

Tom Morris war gut informiert, und Luke spürte, dass er bereits wusste, worum es hier ging. „Tatsächlich? Jemals von einem Mann namens John Powers gehört?"

„John Powers", wiederholte er nachdenklich und schüttelte den Kopf. „Nein, ich glaube nicht."

„Hören wir auf mit dem Unsinn, Tom. Ich habe keine Zeit für solche Spielchen. Sein Codename ist Eis. Ein Mordspezialist der Agency. Ein Renegat."

Ein seltsamer Ausdruck huschte über Tom Morris' Gesicht. Überraschung vielleicht oder grollender Respekt. „Möglicherweise habe ich von ihm gehört, allerdings nicht in Verbindung mit der CIA."

„Bevor Sie sich entschließen, bei dieser Version der Wahrheit zu bleiben, möchte ich Ihnen eine Geschichte erzählen." Luke berichtete von der Kette der Ereignisse, beginnend bei Richards Ermordung bis zu Kate und Julianna vor seiner Haustür.

Tom Morris schob die Hände in die Taschen. „Angenommen, Ihre Geschichte stimmt – und ich muss gestehen, mir erscheint sie sehr unglaubwürdig – was wollen Sie dann von mir?"

Übernimm nur keine Verantwortung, du Arschloch!

„Ich will Ihre Garantie, dass Sie den Mann aus dem Verkehr ziehen, wenn ich Ihnen Beweise liefere, dass er eine Gefahr für die Agency darstellt."

„Aus dem Verkehr ziehen", wiederholte Morris. „Mein Gott, Dallas, Sie klingen ja schon wie eine Ihrer Romanfiguren."

„Tom, ich will nichts weiter als Ihre Zusicherung, dass Sie den Mann einkassieren."

„Aber wie wollen Sie diese bewussten Beweise beschaffen?“

„Ich habe Powers’ Notizbuch. Es enthält alle wichtigen Informationen. Namen, Daten, Orte.“

„Ich vermute, es ist kodiert.“

„Andernfalls würden wir uns gar nicht unterhalten. Ihre Vermutung stimmt.“

„Und Sie und Ihre Freundinnen wollen den Code knacken?“

„Wieder richtig.“

Morris verengte kaum merklich die Augen. „Sparen Sie sich die Mühe. Geben Sie uns das Buch. Wir haben Leute, die auf solche Sachen spezialisiert sind.“

„Da bin ich mir sicher, aber keine Chance. Sie bekommen das Buch, sobald Powers ausgeschaltet ist.“

„Woher wollen Sie überhaupt wissen, dass Sie etwas von Wert besitzen? Wenn Sie es uns aushändigen, könnte ich seinen Wert einschätzen. Unsere Leute könnten ...“

„Langsam machen Sie mich sauer.“ Luke blieb stehen und wandte sich Morris zu. „Ich bin vielleicht neu in diesem Geschäft, aber ich bin nicht blöd. Ohne dieses Buch haben wir gar nichts, das wissen wir so gut wie Sie. Und in diese Lage möchten wir uns keinesfalls begeben.“ Er streckte die Hand aus. „Machen wir den Deal?“

Tom Morris zögerte und nahm Lukes Hand. „Nicht dass ich zugeben würde, Kenntnis von diesem Mann und seinen Aktivitäten zu haben. Aber ja, Sie bringen mir solide Beweise, dass er eine Bedrohung für die Vereinigten Staaten oder die Agency ist, und wir holen ihn von der Straße. Das ist ein Versprechen.“

69. KAPITEL

„Einen Champagner zur Begrüßung, Mr. Winters?“

John lächelte der Stewardess zu. „Bitte nur Orangensaft.“

Sie nahm ein Glas von ihrem Wagen und schenkte ihm ein. Nachdem sie das Glas auf den Konsolentisch gestellt hatte, richtete sie sich auf. Da er einer von nur drei Passagieren in der ersten Klasse der 747 war, hatte sie es nicht eilig, weiterzugehen. „Reisen Sie geschäftlich oder zum Vergnügen nach Washington?“

„Von beidem ein wenig.“ Er lächelte wieder und trank einen Schluck Saft. „Um welche Zeit werden wir landen? Ich muss mich mit einigen Leuten treffen und möchte sie nicht verpassen.“

„Halb elf. Falls Sie noch etwas brauchen, Sir, rufen Sie mich.“

„Werde ich. Danke, Allison.“

Sie lächelte, da er sie beim Vornamen anredete, und ging davon. John sah ihr nach und legte den Kopf gegen die Lehne. Das Timing war perfekt, auch wenn er eigentlich keine Eile hatte. Ein Ziel zu verfolgen hatte nichts mit Geschwindigkeit, sondern mit Genauigkeit zu tun. Es ging um Präzision und Timing. Er würde sie finden und zum richtigen Zeitpunkt töten, sauber und schnell.

Das war besser, als sie es verdiente.

Er legte eine Hand an den Hinterkopf und spürte die fünfzehn Stiche, die er sich dank Juliannas Verrat eingehandelt hatte. Er atmete tief durch, um sich zu beruhigen. Seit jenem Vorfall hatte er all seine Selbstbeherrschung aufbieten und Wut und sogar Hass unterdrücken müssen, um sich auf seine Aufgabe zu konzentrieren.

Inzwischen hatte er Julianna und ihre Freunde bereits im Visier. Er lächelte amüsiert. Es war leicht gewesen, sie zu finden. Bedauernswert leicht. Sie waren zu Kates Freund nach Houston gefahren, dem Autor Luke Dallas. Dass die zwei Freunde waren, wusste er von den belauschten Gesprächen zwischen Blake und Marilyn im Bean. In Kates Rollkartei hatte er Lukes Adresse und Telefonnummer gefunden. Der Flug von New Orleans zum Sportflugplatz nach Houston hatte weniger als eine Stunde gedauert. Die Fahrt vom Flugplatz zu Lukes Adresse in Kingwood noch einmal fünfundvierzig Minuten, Automietung eingeschlossen.

Leider hatte er sie verpasst. John führte das Glas an seine Lippen. Kein Problem. Er hatte sich bei Lukes Verlegerin als Redakteur vom *People*-Magazin vorgestellt, der ein Interview mit Luke Dallas machen wollte, und sie hatte ihn freudig an Lukes Manager verwiesen. Dort hatte er dieselbe Masche abgezogen, und der Manager teilte ihm vertraulich mit, Luke sei auf Urlaub in Washington, werde sich aber melden.

Danach war es nur noch eine reine Fleißarbeit gewesen, um festzustellen, wo sie wohnten. Noch einige Anrufe, und das Holiday Inn, Capitol Hill, stand fest. Luke Dallas hatte die Zimmer unter seinem Namen gemietet.

John schüttelte verständnislos den Kopf. Die drei konnten einem Leid tun. Washington als Reiseziel hatte ihn zunächst erstaunt. Doch dann war es ihm wie eine perverse Gerechtigkeit erschienen, dass Juliannas Leben an dem Ort enden sollte, wo sie ihn zuerst hintergangen hatte.

John drehte das Gesicht zum Fenster und sah den blauen Himmel und die bauschigen weißen Wolken unter sich. Luke Dallas hätte sich besser nicht in diese Sache eingemischt, jetzt blieb ihm nichts anderes übrig, als auch ihn umzubringen.

Kates Einmischung konnte er verstehen. Sie beschützte ihr Kind, ungeachtet der Gefahren. Er bedauerte zutiefst, ihr Leben beenden zu müssen. Er bewunderte ihren Mut, ihre Loyalität, ihre Ehrlichkeit und ihr Verantwortungsgefühl.

Wenn sie sich unter anderen Umständen begegnet wären, hätte er sich vielleicht sogar in sie verliebt. Dafür würde er es ihr ersparen, ihr Kind sterben sehen zu müssen.

John nahm den letzten Schluck Saft und ließ ihn einen Moment auf der Zunge verweilen. Er genoss ihn, wie er es genießen würde, Julianna und ihre kleine Gruppe fehlgeleiteter Unterstützer umzubringen.

Er konnte es kaum erwarten, ihre entsetzten Gesichter zu sehen, wenn er auftauchte. Er freute sich auf Juliannas Schock. Mit geschlossenen Augen stellte er sich vor, wie eine Kugel ihr den Hinterkopf zerfetzte.

70. KAPITEL

Juliannas Beschreibung von Johns Apartment war beunruhigend exakt gewesen. Nackt, dachte Kate, und ging einen Schritt weiter, blutleer und kalt wie der Mann selbst. Sie ließ den Blick über Ledercouch, Stühle, ordentlich eingeräumtes Buchregal und Drucke an der Wand gleiten. John Powers lebte nicht hier. Das hier war eine Hülle, wie der Ausstellungsraum eines Möbelhauses, dekoriert mit teuren und gediegenen Stücken, jedoch ohne die persönliche Note, die aus einer Behausung ein Heim machte. Die einzige Ausnahme war ein gerahmtes Foto auf dem Sofatisch.

„Julianna, Sie haben das schon mal gemacht", wandte sich Luke an sie. „Irgendwelche Vorschläge, wo wir mit der Suche beginnen sollten?"

Sie stand noch an der Tür und schüttelte den Kopf.

„Nach was suchen wir denn?" fragte Kate und stellte die Trage mit der schlafenden Emma ab.

„Korrespondenz, Telefonrechnungen, Kreditkartenauflistungen, alles, was uns helfen könnte, ihn mit einem bestimmten Ort und Datum eines Verbrechens zu verbinden", erklärte Luke. „Der ganz große Fund wäre natürlich der Schlüssel zu seinem Code. Aber ich bin mir sicher, den hat er im Kopf." Er wandte sich an Kate. „Warum nimmst du dir mit Julianna nicht diesen Raum und die Küche vor? Ich beginne mit dem Schlafzimmer."

„Kate nickte. „Klingt gut." Sie sah zu Julianna, die ängstlich an der Tür stehen geblieben war und aussah, als wolle sie jeden Moment flüchten. „Sind Sie okay?"

Julianna sah Kate an. „Was?"

„Ob Sie okay sind?"

Sie wirkte wie aus einem Traum gerissen. „Ja, danke. Kann's losgehen?"

„Ich beginne hier. Sie sollten sich die Küche vornehmen."

Julianna nickte und ging davon. Kate sah ihr besorgt nach. Juliannas Bewegungen waren schleppend, als gehorchten ihre Gliedmaße nicht dem Gehirn. Und sie war blass, als würde sie jeden Moment in Ohnmacht fallen.

Vielleicht war es wirklich nicht gut für sie, hier zu sein. Kate sah zum Schlafzimmer und überlegte, ob sie mit Luke darüber sprechen sollte, entschied aber dagegen. Am besten war, wenn sie sich alle beeilten, damit sie möglichst schnell wieder verschwinden konnten. Sie war in dieser Umgebung auch ziemlich nervös.

Kate begann mit der Suche bei einem Lehnstuhl. Als sie unter den Sitzkissen nichts fand, nahm sie sich den nächsten vor und machte weiter beim Bücherregal.

Sie hörte Julianna in der Küche Schränke und Schubladen öffnen und durchsuchen. Dabei murmelte sie etwas vor sich hin, doch Kate konnte nicht verstehen, was.

Luke kam aus dem Schlafzimmer. „Sieh dir das an."

Es war eine zwei Monate alte Ausgabe der *Times Picayune.* Kate las, und ihr Magen zog sich zusammen. „Das heißt ..."

„Vor zwei Monaten entdeckte er Juliannas Aufenthaltsort und plante seine Reise nach New Orleans."

Wie lange hat er uns dort beobachtet und verfolgt? Wie lange hat er schon auf den richtigen Zeitpunkt gewartet, zuzuschlagen?

Sie bekam Gänsehaut und rieb sich die Arme. „Sonst noch was?"

„Leider nein. Und bei dir?"

„Nichts. Sehen wir nach Julianna."

Sie gingen nach nebenan, doch auch Julianna hatte nichts gefunden, nicht mal im Tiefkühler.

Kate sah sich in der Küche mit den weißen Möbeln, Wänden und Fliesen um. Alle Oberflächen waren so sauber, dass sie glänzten. „War das hier immer so?"

„Es war nicht so leer, aber ansonsten liebte John es aufgeräumt und sauber. Er verabscheut Schmutz und Unordnung."

„Sogar die Abfalleimer sind leer", sagte Luke vor sich hin, als er sich den unter dem Spülbecken ansah. „Ich frage mich, ob das etwas zu bedeuten hat." Luke dachte einen Moment darüber nach. „Möglicherweise ist es ein weiteres Zeichen, dass er langsam die Kontrolle über sich verliert und immer weiter Opfer seiner Zwanghaftigkeit wird."

„Interessant", überlegte Kate laut, „er kann Schmutz nicht ausstehen, verdient seinen Lebensunterhalt aber mit Mord. Was macht er, wenn er Blut an den Händen hat?"

Sekundenlang schwiegen alle drei. Dann seufzte Julianna. „Wir werden hier nichts finden, oder?"

„Das wissen wir noch nicht", erwiderte Luke. „Beenden wir, was wir angefangen haben." Er und Kate kehrte in ihre jeweiligen Zimmer zurück und suchten weiter.

Frustriert nahm Kate schließlich das gerahmte Foto vom Tisch. Vielleicht hatte John Powers etwas dahinter gesteckt. Es zeigte eine sehr viel jüngere Julianna neben einem Mann, der vermutlich John Powers war. Er trug eine Baseballkappe, die teilweise sein Gesicht beschattete. Trotzdem kam er ihr bekannt vor. Sie betrachtete das Bild genauer, und plötzlich hatte sie es.

John Powers und Nick Winters sind ein und dieselbe Person!

Kate wich unwillkürlich zurück, schwindelig vor Schock.

John hatte sich als Nick Winters wochenlang in ihrer und Emmas Nähe aufgehalten. Er hatte mit ihr geflirtet und Emma sogar auf den Knien gewiegt! Er war in ihrem Haus gewesen. Sie hatte ihn hereingelassen. In jener Nacht, als Richard ermordet wurde … als er Richard ermordete!

Plötzlich ergab alles einen Sinn. Sein Verhalten in jener Nacht, seine Äußerungen. Entsetzt legte sie eine Hand an den Mund.

Bald ist alles vorbei, Kate. Schneller, als du dir vorstellen kannst.

Er hätte sie und Emma mit Leichtigkeit umbringen können, sie waren ihm schutzlos ausgeliefert gewesen. Und das hatte er gewusst. Sie presste die Handballen auf die Augen und überlegte, warum er die Chance nicht genutzt hatte. Er hatte die Möglichkeit gehabt, die er brauchte.

Aber so arbeitet er nicht, erkannte sie und ließ die Hände sinken. Er ist ein methodisch arbeitender Bastard. Alles zu seiner Zeit und schön der Reihe nach. O ja, der John Powers, den sie als Nick Winters kannte, war ein sehr methodischer Irrer.

Mit zitternden Händen nahm sie das Foto wieder auf. Während sie ihn betrachtete, dachte sie daran, was er über Loyalität, Vertrauen und Ehre gesagt hatte.

Tess. Sie war nicht wie wir, Kate. Sie war nicht loyal.

Kate setzte sich auf die Couch. Tess' Freund hatte immer seine Unschuld beteuert. Sie hätten gestritten, und er hätte sie zu ihrem Auto auf dem Parkplatz hinter dem Bean gebracht. Wütend, wie er gewesen sei, hätte er nicht abgewartet, bis sie eingestiegen war, sondern hätte gleich wieder Gas gegeben. Er hatte geschworen, da habe er sie das letzte Mal gesehen.

Kate hielt ihn zwar für einen Lügner, allerdings war es ihr immer sonderbar erschienen, dass er ihre Glasbilder zerstört haben sollte. Das war eher ein persönlicher Racheakt gewesen, der sich gegen sie richtete und nicht gegen Tess.

Sie erinnerte sich plötzlich, dass sie Nick Winters gefragt hatte, ob sie ihr Glasbild zurückkaufen könne. Sie hatten über Künstler und den Akt der Kreativität geredet, und bei der Unterhaltung war ihr unheimlich geworden.

Wie fühlen Sie sich bei dem Gedanken, dass ich ein Stück Ihrer Seele besitze?

Er hatte Katz und Maus mit ihr gespielt und es genossen, weil die Maus nicht den Schimmer einer Ahnung hatte, dass sie bald gefressen wurde.

John hatte Tess umgebracht. Das war ihr jetzt auch ohne Beweise klar. Aber warum? Sie betrachtete das Foto, als könne es ihr einen Hinweis geben. Was konnte er gegen Tess gehabt haben, dass er ihr etwas antat?

Vielleicht war sie nur zur falschen Zeit am falschen Ort gewesen. Vielleicht hatte sie ihn beim Herumschnüffeln in ihrem Büro erwischt …

Du lieber Himmel, meine Rollkartei!

Kate sprang auf. Das Foto entglitt ihren Fingern, fiel zu Boden, und das Glas zerbrach.

Mit ihrer Rollkartei besaß John auch Namen, Anschrift und Telefonnummern all ihrer Bekannten. Und aus den Eintragungen daneben konnte er entnehmen, ob es sich um Freunde, Familie oder Geschäftspartner handelte.

Auch Lukes Adresse war verzeichnet. Panik ließ ihr geradezu den Atem stocken. John wusste von Luke. Und als Nick Winters hatte er sich zudem in das Vertrauen ihrer Angestellten geschlichen.

Sie versuchte sich zu erinnern, was genau sie Blake und Marilyn erzählt hatte, als sie sie am ersten Abend ihrer Flucht von Luke aus angerufen hatte. Sie hatte ihnen gesagt, dass sie bei Freunden in Houston sei. Dass sie mit Emma weggefahren sei, weil sie es zu Hause nicht aushielt. Sie hatte sie gebeten, mit niemand über ihren Aufenthaltsort zu sprechen.

Fast hätte sie hysterisch aufgelacht. Wann hätten Marilyn und Blake jemals über etwas schweigen können? Es war nur eine Frage der Zeit, wann John Powers sie aufstöberte. Oder war er schon hier? Beunruhigt wandte sie sich der Tür zu und erwartete fast, dass er hereinkam.

„Kate?“ Julianna kam aus der Küche und sah sie besorgt an. „Ist etwas nicht in Ordnung?“

Kate drehte sich zu ihr um. „Ich glaube, wir kriegen bald Probleme.“

„Wie meinen Sie das?“

„Er weiß vielleicht, wo wir sind, dass wir bei Luke sind.“

Julianna kam stirnrunzelnd um die Couch herum, sah das gerahmte Foto und blieb stehen. Aus ihrem Gesicht war alle Farbe gewichen.

„Wir müssen schnell hier weg.“ Kate fuhr sich zitternd mit einer Hand durchs Haar. „Sind Sie mit der Küche fertig?“

Julianna antwortete nicht. Kate fragte stirnrunzelnd: „Julianna? Alles in Ordnung?“

„Ich habe ihm das geschenkt“, murmelte sie nach einem Moment mit ausdrucksloser Stimme. „Ich wollte seine Wohnung verschönern.“

„Tut mir Leid“, entschuldigte sich Kate. „Ich wollte es nicht zerbrechen.“

Julianna kniete sich hin und fegte die Glasscherben mit bloßen Händen zusammen. Ihre Finger begannen zu bluten.

„Julianna, Sie verletzen sich!“

Sie schien sie nicht zu hören. „Er brachte mich immer hierher. Mama sagte, es wäre in Ordnung. Sie wusste es nicht." Kate ging neben ihr in die Hocke und nahm ihre Hände. „Julianna, hören Sie auf. Sie bluten."

Sie stieß Kate zurück und griff nach dem Kristallrahmen. Obwohl er zerbrochen war, öffnete sie die Rückseite, nahm das Foto heraus und stellte den Rahmen vorsichtig ab. Sie fuhr mit einer Hand über das Bild, um die Scherbenreste zu entfernen, und hinterließ eine blutige Spur.

Kate sprang auf und wich zurück. „Luke!" rief sie eindringlich, jedoch mit gesenkter Stimme. „Könntest du bitte herkommen?"

„Ich war hübsch, finden Sie nicht?" Julianna betrachtete das Bild mit leicht schief gelegtem Kopf, als versuche sie sich an etwas zu erinnern. „War ich hier zehn oder elf?" Sie hob den Blick zu Kate. „Wissen Sie das?"

Kate schüttelte den Kopf.

„Ist auch egal." Sie berührte das Foto mit den Fingerspitzen. „Ich war hübsch."

„Sie waren wunderschön." Kate presste beklommen eine Hand auf den Magen. Sie fürchtete, was sie jetzt zu hören bekam, offenbarte den wahren Charakter von Juliannas Beziehung zu John Powers. „Das sind Sie immer noch."

„Nein", widersprach Julianna in einem eigenartigen Singsang-Tonfall. „Mama ist wunderschön, Julianna ist hübsch. Sei ein liebes kleines Mädchen, vergiss das nicht. Sei Johns liebes kleines Mädchen." Ihre Stimme schwankte.

„Luke!" rief Kate etwas lauter, ohne Julianna aus den Augen zu lassen. „Du kommst besser her!"

„Bin schon da." Er kam zu ihnen geeilt, legte ihr eine Hand auf die Schulter und sagte nah an ihrem Ohr: „Bring Emma ins Schlafzimmer."

Kate sah ihn über die Schulter verunsichert an. „Warum? Was glaubst du …"

„Ich weiß nicht. Tu es nur für alle Fälle."

Sie nickte, nahm die Trage und machte mit Emma einen weiten Bogen um Julianna. Das war überflüssig, denn Julianna bemerkte sie nicht einmal.

Kate stellte die Trage ins Schlafzimmer und zog die Tür zu. Zwar wusste sie nicht, was Luke befürchtete, jedoch wollte sie jedes Risiko für Emma ausschließen.

Als sie ins Wohnzimmer zurückkehrte, drückte Julianna das Foto an die Brust. Ihre blutigen Hände waren mit Schnitten übersät. Blut besudelte auch ihr Gesicht und die Shorts. Sie summte leise vor sich hin und wiegte sich vor und zurück.

Kate sah Luke an. „Wir müssen etwas tun. Sie zerfetzt sich mit dem Glas die Hände."

Er nickte und ging neben Julianna in die Hocke. „Kommen Sie, meine Liebe, Sie verletzen sich."

„Das bin ich", erwiderte sie und zeigte ihm das Bild. „Und das ist John."

„Das sehe ich." Er nahm sie beim Ellbogen. „Sie können es mit ins Hotel nehmen, wenn Sie mögen."

„Ich verstehe nicht." Sie sah ihn mit tränenfeuchten Augen an. „Wie konnte er mir das antun? Ich war noch … ein Kind. Ein kleines Mädchen."

„Ich weiß, Kleines. Aber das ist lange her. Es spielt keine Rolle mehr."

Er zog sie hoch, doch sie schüttelte seine Hand ab und widmete sich wieder schluchzend dem Foto. Sie atmete tief ein, und als sie ausatmete, begann sie zu wimmern.

Die Arme um die angezogenen Knie geschlungen, begann sie schließlich zu weinen. Für eine Weile wurde ihr Körper von heftigen Schluchzern geschüttelt. Als sie sich ein wenig beruhigte, hob Luke sie auf. „Kommen Sie, Kleines. Sie verletzen sich."

Zuerst lag sie nur leise weinend, schlaff auf seinen Armen. Doch plötzlich begann sie sich mit einem lauten Schrei zu wehren, trat, kratzte und versuchte sich ihm zu entwinden. Er ließ sie los.

Mit lautem Wutgeheul schnappte sie sich die Lampe vom Tisch und warf sie gegen die Wand. Dort zerbrach sie. „Ich war noch ein Baby!" schrie sie, nahm das Telefon und riss es von der Wand. „Wie konnte er mir das antun? Wie? Ich habe ihn geliebt!"

Ihr Blick fiel auf das Foto. Sie stürzte sich darauf und zerriss es, bis die Stücke zu klein waren, sie weiter zu teilen. „Ich habe ihm vertraut!" Keuchend vor Anstrengung lief sie zum Bücherregal, riss sämtliche Bücher heraus und schleuderte sie so weit sie konnte.

So plötzlich der Wutanfall begonnen hatte, so plötzlich verebbte er. Julianna sackte auf den Boden und wimmerte wie ein verwundetes Tier.

Kate kniete sich neben sie, nahm sie in die Arme und wiegte sie tröstend, wie sie es mit Emma getan hätte.

Julianna klammerte sich an sie und presste das Gesicht an Kates Brust. „Ich war noch ein kleines Mädchen. Wie hat er mir das antun können? Wie?"

„Ich weiß es nicht, Kleines. Aber Sie sind jetzt in Sicherheit." Ihr brach schier das Herz vor Mitgefühl mit Julianna, und sie sah zu Luke auf. „Wir lassen nicht zu, dass er Ihnen noch einmal zu nahe kommt."

71. KAPITEL

Luke beendete die Suche, während Kate Julianna tröstete. Danach versorgte sie ihre Wunden, entfernte Glassplitter und desinfizierte die Schnitte mit dem Alkohol, den sie im Badezimmerschrank fand.

Julianna saß reglos auf der Couch, während Kate den Alkohol mit einem Wattebausch auftupfte. Sie zuckte nicht mal zusammen, obwohl es höllisch brennen musste. Fast so, als hätte sie ihre emotionalen Energien ausgeschöpft und hier säße nur noch die leere Hülle.

Kate hatte großes Mitgefühl mit ihr. Sie wünschte, etwas tun oder sagen zu können, um den Schmerz zu lindern, den John Powers der vertrauensvollen Mädchenseele zugefügt hatte. Doch gegen diesen Schmerz gab es kein Mittel, das wusste sie. Er war da und ging tief.

Sie verschloss den Alkohol und stellte die Flasche auf den Tisch. „Legen Sie sich einen Moment hin, Julianna. Ruhen Sie sich aus. Ich sehe mal nach Luke."

Julianna folgte ihrem Vorschlag, ohne jedoch die Augen zu schließen. Mit leerem Blick starrte sie emotionslos an die Decke. Kate beobachtete sie noch einen Moment und ging dann, um Luke zu suchen.

Sie fand ihn in der Küche. Als sie eintrat, sah er sie über die Schulter an. „Etwas entdeckt?"

„Nichts."

„Wir haben ein Problem." Sie erzählte ihm, wie sie auf dem Foto John Powers als ihren Gast Nick Winters aus dem Bean erkannt hatte. „Wenn er, wie ich vermute, Tess umgebracht hat, hat er meine Rollkartei. Du bist dort mit Namen und Adresse aufgeführt."

„Mist, verdammter! Er könnte also vermuten, dass wir zusammen sind.“

„Ja.“

„Dann haben wir wirklich ein Problem.“ Luke fluchte leise. „Das Motel, Kate. Ich habe uns unter meinem Namen eingetragen, weil ich annahm, er weiß nicht, dass wir uns kennen. Verdammt, das war dumm. Ich habe uns in Gefahr gebracht.“

„Ich habe auch nicht an so etwas gedacht. Ich hätte dich nie in diese Sache hineingezogen, wenn ich geahnt hätte, wer Nick Winters ist.“

„Ich bin froh, dass du es nicht gewusst hast.“

Sie sahen sich einen Moment in die Augen, ehe Luke den Blick senkte. „Wir werden so schnell wie möglich das Motel wechseln.“

„Ich weiß nicht, ob Julianna das schafft. Sie ist ziemlich traumatisiert.“

Wie aufs Stichwort begann Julianna nebenan wieder zu wimmern. Luke presste die Kiefer aufeinander. „Ich hasse diesen Kerl. Ich glaube, ich könnte ihn mit bloßen Händen umbringen, wenn er durch die Tür käme.“

Sie legte ihm eine Hand auf den Arm, und er bedeckte sie mit seiner. „Was glaubst du, wie alt sie war, als er anfing … sie zu missbrauchen?“

„Ich weiß nicht“, erwiderte er leise. „Sehr jung, denke ich.“

Sie dachte an ihre eigene Tochter und stellte sich Julianna als kleines Mädchen vor. Ihre Augen wurden feucht. „Glaubst du, dass sie es irgendwann überwindet? Sie hat viel durchgemacht.“

„Der menschliche Geist ist widerstandsfähig, Kate. Mit der richtigen Therapie hat sie vielleicht eine Chance.“

Kate blickte zur Wohnzimmertür und sah Julianna auf der Couch. „Sie tut mir schrecklich Leid. Vor vierundzwanzig Stunden hätte ich nicht geglaubt, das mal über sie zu sagen, nach allem, was sie Richard und mir angetan hat."

„Aber sie hat dir Emma gegeben."

„Ja."

Sie schwiegen einen Moment. Dann räusperte sich Kate und gestand: „Dafür war ich ihr trotz allem immer dankbar." Sie sah Luke verunsichert an. „Was sagt das über mich aus?"

„Dass du deine Tochter sehr liebst."

„Oder dass ich meinen Mann nicht genug geliebt habe?"

„Tu dir das nicht an, Kate. Solche Gedanken sind destruktiv und führen zu nichts. Lass es gut sein."

Er hatte natürlich Recht. Trotzdem konnte sie das Thema nicht ad acta legen. „Julianna sagte mir, dass ich als Gegenleistung für Richard das bekam, was ich mir am meisten wünschte auf der Welt. Ich habe mich schon hundertmal gefragt, ob ich ohne Rücksicht auf alles andere Mutter sein wollte. Ob ich Emma zurückgeben würde, wenn ich dafür Richard und unser früheres Leben zurückbekäme." Tränen der Schuld, Trauer und Scham liefen ihr über die Wangen. „Ich kann ehrlicherweise nicht sagen, dass ich das tun würde, Luke. Ich liebe sie zu sehr." Er zog sie in die Arme, und sie weinte an seiner Schulter. „Ich hasse mich dafür, Luke. Ich fühle mich so schuldig, so illoyal."

„Du bist nicht verantwortlich für Richards Tod, Kate. Du hast ihn nicht verschuldet. Und Julianna auch nicht. John Powers war der Mörder, niemand sonst. Nur er muss zur Verantwortung gezogen und bestraft werden."

„Ich hasse ihn!" stieß sie heftig hervor. „Er ist nicht nur ein Monster, er ist der Teufel selbst. Ich wünsche ihm die schlimmste Strafe."

„Die Agency wird dafür sorgen, Kate. Wir müssen uns darauf konzentrieren, die Beweise zu beschaffen, damit das geschieht.“

Sie nickte, löste sich von ihm und wischte sich die Wangen trocken. „Und was jetzt?“

„Lass uns den Bastard ein bisschen ärgern. Hast du einen Lippenstift?“

Sie nahm einen aus ihrer Tasche. Er zog die Hülle ab, drehte ihn hoch und begutachtete die Farbe. „Ideal.“

„Was machst du …?“

„Ich hinterlasse ihm eine Nachricht.“ Er ging zum weißen Schrank. „Mal sehen, wie es Mr. Powers gefällt, selbst gejagt zu werden.“

72. KAPITEL

John sah das Chaos und bebte vor Zorn. Wie konnten sie es wagen, seine heilige Privatsphäre zu verletzen? Wie konnten sie es wagen, seine Sachen anzufassen und zu ruinieren?

Wussten die nicht, mit wem sie es zu tun hatten?

John bahnte sich einen Weg durch den Schutt in seinem Wohnzimmer. Als er die Küche erreichte, blieb er wie angewurzelt stehen. Sie hatten ihm eine Nachricht hinterlassen, in Rot auf die jungfräulich weiße Schrankwand geschrieben. Es sah aus wie eine Wunde.

Wir kriegen dich, Arschloch.

John starrte auf die Worte, und der eigene Pulsschlag dröhnte ihm in den Ohren. Er begann zu zittern, und sein Atem ging in kurzen heftigen Stößen. Er spannte und entspannte die Finger, der letzte Rest von Selbstkontrolle war dahin. Hierfür würden sie zahlen, das schwor er sich. Sie würden leiden.

Und wenn es das Letzte war, was er tat, er würde dafür sorgen, dass sie jämmerlich krepierten.

73. KAPITEL

„Guten Morgen“, sagte Kate, als Julianna in der Verbindungstür zu ihrem Zimmer erschien. Es war kurz nach acht, und Julianna hatte die Nacht durchgeschlafen. Kate wusste es, weil sie ungefähr ein Dutzend Mal nach ihr gesehen hatte.

Julianna streifte Kate nur mit einem Blick und senkte ihn befangen. „Morgen.“

Kate hatte Emma die Windeln gewechselt, knöpfte ihr den Pyjama wieder zu und nahm sie hoch. Julianna blieb reglos im Türrahmen stehen. „Wie geht es Ihren Händen“, erkundigte sich Kate.

Julianna streckte sie aus. Sie sahen schrecklich aus, als wäre sie damit in einen Fleischwolf geraten. Sie versuchte die Finger zu beugen und stöhnte auf. „Es tut weh.“

Mit Emma auf ihrer Hüfte ging Kate zum Abfalleimer und entsorgte die benutzte Windel. Die Kleine begann zu quengeln, und Kate nahm sie an die Schulter hoch. Sie winkte Julianna herein. „Kommen Sie. Reden wir.“

Zögernd kam sie zum Doppelbett und setzte sich auf die Kante. „Wo ist Luke?“

„Er holt Kaffee und Brötchen.“ Emma greinte und wand sich auf Kates Armen, so dass sie ihr erneut eine andere Lage verschaffte. „Nach dem Essen ziehen wir aus.“

Julianna schlang die Arme um sich. „Hat er eine andere Bleibe für uns gefunden?“

„Heute Morgen. Ich fürchte nur, keine besonders hübsche. In den meisten Motels muss man aus Sicherheitsgründen zur Anmeldung die Kreditkarte vorlegen. Da Luke uns unter Falschnamen angemeldet hat, musste er ein bisschen herumtelefonieren.“

Julianna sah stirnrunzelnd zu Emma. „Was ist los mit ihr, ich habe noch nie gehört, dass sie so merkwürdige Töne von sich gibt."

Kate blickte auf die Kleine, die ihr im Arm lag, den Körper leicht zu ihr gedreht. Sie gab wirklich seltsame Laute von sich, eine Mischung aus Wimmern und Greinen. „Sie ist heute ein bisschen unleidlich. Sie hat nicht gut geschlafen. Babys sind manchmal so."

Es entstand ein sonderbares Schweigen, bis Julianna schließlich sagte: „Ich bin froh, dass ich sie Ihnen gegeben habe und dass es zu spät war für ..."

Für eine Abtreibung, dachte Kate schaudernd. „Ich bin auch froh. Sie ist ein ganz bezauberndes kleines Wesen."

Julianna strich Emma über den Haarflaum, Tränen in den Augen. „Tut mir Leid, dass ich gestern so ausgerastet bin."

„Sie müssen sich nicht entschuldigen."

Julianna senkte den Kopf. „Ich weiß nicht, warum ich nie zuvor erkannt habe ... Ich muss doch gewusst haben, wie falsch ... wie krankhaft ..." Sie hob den gequälten Blick zu Kate. „Ich habe es zugelassen. Mich trifft genauso viel Schuld wie ihn."

„Das ist nicht wahr." Kate ging zu ihr. „Sie waren noch ein Kind, und er war ein erwachsener Mann. Er nutzte Ihre Unschuld, Ihr Vertrauen und Ihre Hilflosigkeit aus. Was er Ihnen angetan hat, war ein Verbrechen, Julianna."

„Aber warum habe ich ihn nicht aufgehalten?" Sie ballte die Hände. „Warum habe ich mich nicht gewehrt oder es wenigstens jemand erzählt? Und warum bin ich bei ihm geblieben, als ich älter wurde? Ich denke immer darüber nach, und ich möchte mich vor Scham verkriechen und sterben." Julianna schwieg einen Moment und fuhr dann fort: „Tief im Innern ... deshalb ..."

Ihr brach die Stimme, und sie musste sich räuspern, um fortfahren zu können. „Deshalb wurde ich schwanger. Ich wollte eine normale Beziehung wie andere Frauen sie haben."

Eine normale Beziehung, wie Richard und ich sie hatten.

Trotz eines Anflugs von Zorn legte Kate Julianna tröstend eine Hand auf die Schulter. „Ein Psychiater kann Ihnen später helfen, mit alledem fertig zu werden. Sie werden lernen, Ihre Gefühle zu verstehen, und dann geht es Ihnen irgendwann wieder besser."

Kate sah, wie heftig sie um Fassung rang. „Ich gehe besser und packe meine Sachen zusammen. Luke wird jede Minute zurückkommen."

„Warten Sie, Julianna." Kate hielt sie am Handgelenk fest. „Versprechen Sie mir, dass Sie einen Psychiater aufsuchen, wenn das alles vorbei ist."

Julianna entzog sich ihr, und die Andeutung eines Lächelns huschte über ihr Gesicht. „In Ordnung, Kate, ich verspreche es Ihnen."

74. KAPITEL

Luke kehrte ins Motel zurück, als Julianna gerade mit gepackter Reisetasche über der Schulter aus ihrem Zimmer kam. Ihre Haare waren noch feucht vom Duschen, die Augen rot vom Weinen.

Luke bemerkte es, wie Kate sah, sagte jedoch nichts dazu. „Das war das Beste, was ich in der Eile auftreiben konnte." Damit stellte er McDonalds-Tüten und Getränke auf den Tisch. „Sandwiches und fettarme Muffins, nehmt euch, was ihr mögt."

Kate stemmte sich Emma auf die Hüfte und nahm sich einen Kaffee. Emma quiekte protestierend, und Kate fragte erbost: „Was ist denn heute bloß los mit dir?"

„Wenn Sie essen wollen, halte ich sie so lange", erbot sich Julianna. „Falls das okay ist."

Kate zögerte nur kurz. Sie brauchte eine Pause. Stundenlang hatte sie Emma auf dem Arm herumgetragen. „Okay. Aber sagen Sie nicht, ich hätte Sie nicht gewarnt."

Kate übergab ihr die Kleine, ohne Sorge, sie könnte mit ihr davonlaufen. Als Julianna Emma etwas ungeschickt nahm, wirkte sie sogar recht nervös.

Von jemand anderem gehalten zu werden, lenkte die Kleine einen Moment ab. Kate seufzte erleichtert und nahm sich Kaffee und Muffins.

„Ich habe den Privatdetektiv angerufen, während ich draußen war", erklärte Luke und öffnete den Plastikdeckel seines Kaffeebechers. „Von einem Münztelefon aus. Er hat Anschriften und Reiseunterlagen für Wendell White und David Snow gefunden. Die Adressen waren wertlos. Briefkästen und Anrufdienste. Aber die Reiseunterlagen könnten sich als Goldmine erweisen." Luke trank einen Schluck und fuhr lächelnd fort: „White und Snow haben in den letzten Jahren ein paar ziemlich exotische Gegenden aufgesucht. Kolumbien, Mexiko, Israel und Großbritannien. Ich habe den Detektiv angewiesen, auch über Nick Winters und andere Namen nachzuforschen."

Kate legte ihren Muffin beiseite. „Und wie kann uns das weiterhelfen?"

„Wir müssen beweisen, dass Powers eine Bombe ist, richtig?" Julianna und Kate nickten. „Das Buch wird uns die nötigen Informationen liefern. Wir knacken den Code mit Hilfe der Reisedaten." Da sich beide Frauen nur verständnislos ansahen, führte er aus: „Wenn wir eine Eintragung zuordnen können, hilft uns das, die anderen zu entziffern. Es ist wie ein Alphabet. Ich habe schon ein bisschen vorgearbeitet. Laut meinem Detektiv reiste David Snow am 4. Juni letztes Jahr nach Mexiko. Er kehrte am 15. zurück. In seinem Notizbuch steht eine kodierte Eintragung für den 14."

„Dann haben wir ihn", sagte Kate.

„Vielleicht. Vielleicht auch nicht. Was, wenn die Daten auch ein Code sind? Irgendwie verdreht. Oder wenn er in legalen Geschäften in Mexiko war? Wir müssen das richtig machen. Wir gehen einen Schritt weiter. Wir werden uns in der Bibliothek alte Zeitungen auf Mikrofilm ansehen und nach Todesfällen von Regierungsleuten oder anderen Prominenten suchen und sie mit den eingetragenen Daten in Verbindung bringen. Das ist langwierig, aber es ist unsere einzige Chance. Und es ist allemal besser, als herumzusitzen und darauf zu warten, dass Powers zuschlägt."

Die drei sahen einander an und rüsteten zum Aufbruch. Die Zeit drängte. John Powers würde ihnen keine Verschnaufpause gönnen.

Sie zogen in ein anderes Motel, eine elende Behausung im Stile einer mittelalterlichen Burg. Als wären mittelalterliche Burgen in Rot, Schwarz und mit Silberfolie und fleckiger Tapete dekoriert. Die Frau am Empfang hatte keine Ahnung, wo sich die nächste Bibliothek befand, bot aber die Gelben Seiten des Telefonbuchs an.

Die Martin-Luther-King-Jr.-Gedächtnisbibliothek lag 901 G Street, Nordwest, im alten Geschäftsbezirk. Dort hatte man sowohl die Washington Post als auch die New York Times auf Mikrofilm.

Der Tag war lang und ihre Suche anstrengend, erschöpfend und frustrierend. Je mehr Stunden verstrichen, desto überzeugter war Kate, dass sie sich auf einer falschen Fährte befanden. Und mit jeder Minute kam John Powers ihnen näher.

Ihre Fortschritte wurden durch Emma behindert, deren Quengeligkeit im Tagesverlauf immer schlimmer wurde. Kate und Julianna trugen sie abwechselnd über die Flure. Sie wiegten sie, sangen oder lasen ihr etwas vor, nichts wirkte. Manchmal schrie sie ununterbrochen.

Als sie um zwei Uhr nachmittags Schluss machten, hatte Kate rasende Kopfschmerzen. Augen und Schultern schmerzten ihr, und zum ersten Mal, seit sie bei Luke angekommen waren, fühlte sie sich hoffnungslos.

Dieses Gefühl belastete sie offenbar nicht allein. Als sie in ihr deprimierendes Motel zurück kamen, war Julianna gedämpft und in ihre eigene Welt versunken. Luke hingegen ging unruhig hin und her. Er war frustriert und ungewöhnlich unkommunikativ, und als Kate einmal versuchte, ihn anzusprechen, fuhr er sie heftig an.

Kate beobachtete ihn noch einen Moment und wandte sich dann Emma zu. „Was ist los, meine Süße?“ Sie rieb den Sauger der Flasche über Emmas Lippen. „Komm schon, du hast den ganzen Tag kaum etwas gegessen.“

Zu ihrer Erleichterung nahm Emma den Sauger und begann zu nuckeln. Einen Moment später drehte sie jedoch den Kopf zur Seite und begann laut und heftig zu schreien.

Kate erschrak. Mit Emma stimmte etwas nicht. Das war nicht nur eine leichte Quengeligkeit aus Schlafmangel, weil sie aus ihrem Tagesrhythmus gerissen war. Kate legte ihr eine Hand an die Stirn. Die war heiß.

Luke blieb stehen. „Was ist los?“

„Ich weiß nicht. Ich denke, sie hat Temperatur.“ Kate presste die Lippen auf Emmas Stirn. „Sie ist ganz heiß.“

„Lass sehen.“ Luke kam herbei und legte ihr ebenfalls eine Hand auf die Stirn. „Sie fühlt sich ein bisschen warm an. Aber vielleicht ist sie nur hungrig oder müde?“

„Ich wollte sie füttern, aber sie nimmt die Flasche nicht. Ich mache mir Sorgen, Luke. Ich glaube, dass sie krank ist. Sie war noch nie krank.“

„Du weißt nicht, ob sie wirklich krank ist, Kate. Sie ist vielleicht nur … unruhig.“

„Nein. Diese ganze Sache war zu viel für sie. Ich hätte ihr das nie zumuten dürfen.“

„Was hättest du denn anders tun können?“ fragte er ungeduldig. „In Mandeville bleiben und warten, bis sie in ihrem Bett umgebracht wird?“

Seine unwirsche Erwiderung trieb ihr Tränen in die Augen. Sie wandte sich ab, drückte Emma an sich und hatte Mühe, nicht zu weinen.

Luke legte von hinten beide Arme um sie und presste seine Wange auf ihr Haar. „Tut mir Leid, Kate. Ich hätte das nicht sagen sollen. Es war falsch.“

„Nein, du hast ja Recht. Wir werden eben nur später sterben anstatt früher."

Er drehte sie in seinen Armen, so dass sie sich ansahen. „Sag so etwas nicht. Wir haben …"

„Nichts, Luke. Wir haben gar nichts. Wir stehen jetzt nicht besser da als in Houston."

„Wir wussten von Anfang an, dass es nicht leicht sein würde. Wir brauchen nur ein bisschen mehr Zeit, das ist alles."

„Und Zeit ist genau das, was wir nicht haben." Sie unterdrückte ein Schluchzen. „Was wir vorhaben, ist so unmöglich wie das Finden der Nadel im Heuhaufen. Und jetzt ist Emma auch noch krank. Ich kann sie nicht weiter von einem Ort zum anderen schleppen. Das tut ihr nicht gut."

„Sieh mich an, Kate. Wir wissen nicht mal sicher, ob John die Verbindung zwischen uns hergestellt hat. Und selbst wenn, fast niemand weiß, dass wir in Washington sind."

„Er hat die Verbindung hergestellt, und er wird uns irgendwie finden." Sie entzog sich seinen Armen. Emma fing an zu weinen, und sie drückte sie an sich. „Ich spüre ihn, Luke. Er beobachtet uns, in dieser Minute. Er ist uns auf den Fersen und lacht über unsere Anstrengungen."

„Beruhige dich, Kate." Er ging zu ihr und nahm ihr Gesicht zwischen beide Hände. „Ich rufe den Empfang an, sie werden wissen, welcher Arzt Bereitschaft hat."

„Und was dann?" fragte sie, den Tränen nahe. „Wieder das Hotel wechseln? Auf ewig weglaufen? Du weißt so gut wie ich …"

„Aufhören!" Julianna sprang auf. „Ich kann das nicht mehr ertragen!"

Kate und Luke drehten sich erstaunt zu ihr um. Sogar Emma vergaß für einen Moment zu weinen.

„Verstehen Sie denn nicht", sagte sie eindringlich. „Wenn wir ihn schlagen wollen, müssen wir zusammenhalten. Wir müssen zuversichtlich bleiben ..." Sie verstummte und legte erstaunt eine Hand an den Mund. „Oh, mein Gott! Das ist es! Ich weiß, wie wir John kriegen. Dass ich nicht eher daran gedacht habe." Sie sah die beiden an. „Senator Jacobson. Clark Russell, wir hatten die Antworten die ganze Zeit."

„Senator William Jacobson?" fragte Kate und zog die Brauen zusammen. „Ist der nicht letztes Jahr gestorben? Wurde er nicht ermordet?"

Julianna nickte. „Ich habe in der Zeitung davon gelesen, aber die Sache ergab für mich damals keinen Sinn. Da stand, dass man ihn tot in seinem Washingtoner Hotelzimmer gefunden hatte. Aber wenn er in der Stadt war, blieb er immer bei meiner Mutter."

„Bei Ihrer Mutter?" wiederholte Luke verwundert.

„Sie war seine Geliebte."

„Ich verstehe, auf was Julianna hinaus will", wandte Kate sich an Luke. „John sagte Julianna, dass er ihre Mutter umgebracht hat. Falls sie in jener Nacht wie immer mit dem Senator zusammen war ..."

„Hat er den vermutlich auch umgebracht." Luke nickte. „Das bedeutet, die wahren Tatumstände wurden zum Schutz der Familie des Senators verschleiert. Das könnte sein. So etwas geschieht andauernd."

„Billy war verheiratet", fuhr Julianna fort. „Mutter erwähnte seine Frau etliche Male. Sie stammte aus einer sehr reichen Familie."

„Das stimmt." Kate nickte. „Ich habe darüber gelesen. Sie kam aus einer einflussreichen Washingtoner Familie mit vielen politischen Verbindungen."

„Ja, richtig“, pflichtete Luke bei, und die wachsende Erregung war ihm anzumerken. „Sie erwähnten einen zweiten Namen, Julianna. Der andere war?“

„Clark Russell. Er arbeitete für die CIA. Aufklärung, glaube ich. Er und Mutter waren mal ein Paar vor langer Zeit. Er hat ihr erzählt, wie John seinen Lebensunterhalt bestreitet. Bis dahin hatte sie keine Ahnung gehabt, obwohl sie jahrelang zusammen gewesen waren. Als ich ihr damals nicht glauben wollte, rief sie Clark an. Er zeigte mir geheime Fotos von … von Johns Opfern. Da musste ich ihm glauben, und ich lief weg.“

„Clark Russell hat die Sache zu einer persönlichen Angelegenheit gemacht“, sagte Luke leise vor sich hin. „Damit hat er die unsichtbare Grenze überschritten.“

Kate runzelte die Stirn, da ihr etwas einfiel. „Moment mal. Sie sagen uns, dass alle drei Männer zu irgendeinem Zeitpunkt die Liebhaber Ihrer Mutter waren?“

„Ja.“

„Und jetzt sind zwei der drei tot.“

„Ja. John hat mir gegenüber zugegeben, dass er Clark umgebracht hat.“

Luke setzte sich. „Wenn wir beweisen können, dass Powers einen Senator der Vereinigten Staaten und einen CIA-Mann umgebracht hat, haben wir ihn.“

„Reicht das denn noch nicht?“ fragte Kate atemlos. „Können wir damit nicht zu Morris gehen und ihm alles darlegen?“

„Ich glaube nicht. Wir haben nichts Solides, um John mit den Morden in Verbindung zu bringen.“

„Obwohl alle irgendwann Liebhaber von Sylvia Starr waren?“ fragte sie ungläubig. „Obwohl jetzt zwei von denen tot sind und John Powers hinter Sylvias Tochter her ist? Was wollen die denn noch? Ihn in Geschenkpapier eingewickelt?“

„Wenn möglich, ja. Bisher haben wir nur Spekulationen und Zufälle.“ Luke zog nachdenklich die Stirn kraus. „Wenn wir allerdings beweisen können, dass es eine Vertuschung um den Tod des Senators gab, sind wir vielleicht einen Schritt weiter. Es ist den Versuch wert. Beginnen wir bei der Polizei.“ Er blickte zu Emma, die unruhig in Kates Armen schlief. „Nachdem wir Emma zum Arzt gebracht haben.“

75. KAPITEL

Die Polizei der Hauptstadt, abgekürzt W.P.D., hatte ihr Morddezernat im Henry J. Daly Municipal Center im Innenstadtbereich. Außer dem Polizeihauptquartier waren hier noch die Zulassungsstelle und das Gremium für Bewährungsfälle untergebracht. Interessante Mischung, auf Bewährung Verurteilte und Polizisten im selben Gebäude unterzubringen. Luke fragte sich, welches Genie das ausgeheckt hatte.

In der Innenstadt zu parken war ein Albtraum, deshalb hatte Luke das Taxi genommen. Er bezahlte den Fahrer und ging ins Gebäude, vorbei an uniformierten Wachen und Metalldetektoren. Das Morddezernat lag in der dritten Etage, zugänglich nur über die Fahrstühle aus der Haupthalle. Jede Polizeibehörde, in der er gewesen war, besaß ihren eigenen Charakter. Einige wirkten rau, andere schick modern, wieder andere mehr schäbig.

Die Polizisten als Gruppe genommen unterschieden sich jedoch nur wenig. Ob Kleinstadtpolizist oder Großstadtcop, sie waren eine eigene Gattung, hart, aber nicht rücksichtslos und von starkem Zusammengehörigkeitsgefühl geprägt. Vermutlich lag es daran, dass sie anders lebten als der Rest der Bevölkerung. Ständig in Gefahr zu schweben, dem Tod zu begegnen, veränderte Menschen.

Er betrat den Fahrstuhl und sah auf seine Uhr. Fast fünf. Emmas Besuch beim Bereitschaftsarzt hatte nicht lange gedauert. Es war jedoch gut gewesen, dass sie hingefahren waren. Emma war glühend heiß gewesen. Kein Wunder, sie fieberte auf Grund einer beidseitigen Ohrinfektion. Der Doktor hatte Medikamente verordnet und viel Ruhe.

Der Fahrstuhl blieb stehen, die Türen glitten auf, und Luke

trat in den Flur hinaus. Das Morddezernat lag direkt vor ihm, hinter einigen Türen, die nur mit Codekarte geöffnet werden konnten.

Luke wandte sich nach rechts und ging den Flur hinunter zum Büro der Anmeldung. Neben einer Abfallklappe blieb er stehen. Auf dem Weg hierher hatte er ein Exemplar von „Dead Drop“ gekauft. Er entfernte die durchsichtige Folie, warf sie weg und klemmte sich das Buch unter den Arm.

Er hoffte, dass sein Status als Berühmtheit und ein Buch mit persönlicher Widmung jemand zum Reden brachte. Die Jungs von der Polizei in Houston hatten ihn in ihren Kreis aufgenommen. Sie informierten ihn über Fälle, über ihre Theorien und wie und warum etwas schief ging – sogar wenn sie falsch lagen. Sie taten das, weil sie wussten, dass sie ihm vertrauen konnten.

Allerdings bildete er sich nicht ein, bei der Polizei von Washington auf ähnliches Entgegenkommen zu stoßen.

Der Lieutenant am Empfang war eine Frau. Luke schenkte ihr ein gewinnendes Lächeln. „Hallo, ich bin Luke Dallas, der Autor.“ Ihre Miene veränderte sich nicht. „Ich bin in Washington, um für mein neues Buch zu recherchieren, und ich würde, wenn möglich, gern mit einem der Detectives sprechen.“

„Dann müssten Sie sich zu Detective Peterson in die Vierte begeben. Er ist für die Öffentlichkeitsarbeit zuständig.“

Der würde ihm nicht die Informationen geben, die er brauchte. Diese Typen hielten sich immer genau an die Vorschriften.

Luke versuchte es noch einmal. Er schenkte ihr wieder ein Lächeln, das sie genau so wenig beeindruckte. „Ich bin nur für einen Tag in der Stadt, und ich hatte gehofft, mit jemand reden zu können, der an einem aktuellen Fall arbeitet.“

„Bedaure." Sie legte die Stirn in Falten. „Es ist allgemeine Politik, dass wir keine Informationen herausgeben."

Er rückte das Buch unter seinem Arm ein wenig zurecht. Ihr Blick fiel darauf, dann sah sie ihn wieder an. „Wer sagten Sie sind Sie?"

„Luke Dallas. ‚Dead Drop'." Er hielt das Buch hoch, und ihr Gesicht hellte sich auf, da sie ihn erkannte.

„Ich habe Sie in der ‚Today Show' gesehen. Ist dieser Matt Lauer nicht hinreißend?"

Luke konnte sich ein ironisches Lächeln nicht verkneifen. Da versuchte er, sie zu beeindrucken, und sie himmelte den Moderator an. „Ich weiß nicht, ob er hinreißend ist, aber er ist ein großartiger Bursche. Ein guter Freund von mir." *Wenn alles andere versagt, lüg, dass sich die Balken biegen.* „Ich könnte Ihnen ein Autogramm besorgen."

„Wirklich?"

„Aber natürlich. Wir spielen jede Woche zusammen Tennis."

Sie dachte einen Moment darüber nach und beugte sich leicht zu ihm vor. „Wissen Sie was? Ich rede mal mit Detective Sims. Er kann Ihnen vielleicht weiterhelfen."

Fünf Minuten später saß Luke Detective Sims gegenüber, Lieutenant Arlene Larsons vollständige Adresse in der Tasche. Luke begriff sofort, warum der Lieutenant gerade diesen Detective ausgesucht hatte. Er war jung mit strahlenden Augen, ein adretter Typ, der sich an die Regeln hielt. Entschieden niemand, der sofort alle Geheimnisse ausplauderte.

„Sie sind also Autor", sagte der Detective.

„Richtig. Luke Dallas." Er gab ihm das Buch. „Für Sie. Signiert."

Der junge Beamte starrte das Buch an, und die Kinnlade

klappte ihm geradezu herunter. „Ich werd' verrückt. *Der* Luke Dallas?"

Luke lächelte und entspannte sich etwas. „Genau der."

„Ich liebe Ihre Bücher." Sims beugte sich vor und senkte die Stimme. „Ich schreibe auch. Natürlich habe ich noch nichts veröffentlicht, aber das werde ich irgendwann. Vielleicht könnten Sie mal einen Blick auf mein Manuskript werfen."

Erst Matt Lauer und nun das.

„Ich bin nur einen Tag in der Stadt", erwiderte Luke bedauernd. „Aber ich sage Ihnen was. Sie helfen mir bei meiner Sache weiter, und ich gebe Ihnen den Namen meines Agenten und lege ein gutes Wort für Sie ein. Einverstanden?"

„Einverstanden." Der Detective sah aus, als würde er jeden Moment vor Freude platzen. „Wollen Sie hören, worum es in meiner Geschichte geht? Sie ist wirklich gut. Temporeich, viel Action."

„Ich würde es mir gern anhören, wenn ich Zeit hätte. Ich verlasse mich einfach darauf, dass Sie gut ist."

Detective Sims wirkte enttäuscht, nickte aber. „Okay. Was wollen Sie also wissen?"

„Die Geschichte, an der ich gerade arbeite, schließt die Vertuschung des Mordes an einem einflussreichen Mann ein. Einem wichtigen Mann."

„Inwiefern einflussreich?"

„Er ist ein U.S. Senator."

Der Detective nickte. „Fahren Sie fort."

„Unser Senator ist ein respektabler verheirateter Mann. Er hat Kinder. Eine Stütze von Gemeinde, Land und Kirche. Und er hat eine Geliebte."

Sims nickte. „Das ist gut. Das gefällt mir."

„Er liegt mit seiner Geliebten im Bett. Ein Mörder kommt

und bringt beide um. Peng, ein Schuss in die Brust, und der Senator ist Geschichte."

„Klasse. Und wo ist der Haken? Ich kenne Ihre Geschichten, die haben immer einen Haken."

Luke lächelte. „Der Mörder ist nicht hinter dem Senator her, sondern hinter der Geliebten. Der Senator ist nur zur falschen Zeit am falschen Ort. Seine Frau hat familiäre Verbindungen bis hinauf zum Präsidenten."

„Die wahren Umstände der Ermordung werden vertuscht, um Frau, Kindern und Land die öffentliche Demütigung zu ersparen", mutmaßte Sims.

„Genau", bestätigte Luke lächelnd. „Ich sehe schon, Sie sind der geborene Autor." Der Detective strahlte ihn an, und Luke lehnte sich in seinem Stuhl zurück. „Ist Ihnen so etwas jemals untergekommen, Detective?"

„Mir persönlich noch nicht. Aber es könnte sich tatsächlich so zutragen."

„Was ist mit dem Mord an Senator Jacobson? Ähnelt er dem, was ich beschrieben habe?"

Der adrette Detective machte ein langes Gesicht. „Senator Jacobson?"

„Genau der." Luke beugte sich vor. „Ich habe Grund zu der Annahme, dass der Senator weder in seinem Hotelzimmer noch allein war, als er starb. Dafür brauche ich Bestätigung."

„Ich habe an dem Fall nicht gearbeitet."

„Sie könnten in den Akten nachsehen." Luke sah ihm in die Augen. „Es ist wichtig, Sims. Ich würde es für einen persönlichen Gefallen halten."

„Das ist nicht für eine Ihrer Geschichten, was?"

„Nein, Sims. Aber es geht um Leben und Tod, das versichere ich Ihnen."

Der junge Detective zögerte und sah sich nervös über die Schulter. „Sie haben es nicht von mir!"

„Ich habe es von niemand."

Er nickte, sah sich noch einmal um und sagte leise: „Ich muss nicht in den Akten nachsehen. Schließlich wird nicht jeden Tag ein Senator kalt gemacht. An Jacobsons Tod war entschieden was faul. An den Umständen." Sims rückte sich in seinem Sitz zurecht, und der Sessel quiekte. „Von Anfang an hieß es, Hände weg, nur Bundespolizei. Die nahmen alle Spuren am Tatort auf und sammelten und verarbeiteten die Beweise. Ein paar von den Jungs sind echt ausgerastet."

„Könnte es daran gelegen haben, dass ein Senator das Opfer war? Wie Sie schon sagten, das passiert nicht alle Tage."

„Könnte sein, aber das bezweifle ich." Sims lehnte sich vor. „Ich habe ein paar Gespräche aufgeschnappt. Spekulationen, dass die Sache anders lag, als offiziell bekannt gegeben wurde. Der Tatort sah nicht okay aus. Der Captain wies uns an, es unter der Decke zu halten."

„Was geschah dann?"

„Wir taten, wie befohlen. Wer hat schon Zeit, sich um die Toten von gestern zu kümmern. Wir haben mit denen von heute genug zu tun. Sie wissen, was ich meine."

Luke nickte. „Haben Sie je den Namen Sylvia Starr gehört?"

Sims dachte einen Moment nach und schüttelte den Kopf. „Wer ist das?"

„Ein Mordopfer. Könnten Sie unter dem Namen in den Akten nachsehen?"

„Sicher. Was müssen Sie wissen?"

„Datum des Todes und Todesumstände. Ob sie allein gefunden wurde."

Sims drehte sich zum PC um und tippte die notwendigen Daten ein. Kurz darauf erschien die Information auf dem Bildschirm. Sims überflog sie. „Ermordet am 16. November letztes Jahr. Geschätzte Todeszeit drei Uhr früh. Liebhaber neben ihr, ein John Doe. Schuss aus nächster Nähe in den Kopf. Blies ihr das Gehirn weg. Ungelöster Fall."

„Das ist alles?"

„Ja. Obwohl da noch mehr sein müsste." Stirnrunzelnd las er noch einmal die Informationen auf dem Bildschirm. „Ich sehe da nichts an Beweisaufnahme, Zeugenbefragung oder dass es ein noch laufender Fall ist. Der muss irgendwie durch die Ritzen gerutscht sein. Soll ich noch mal in den richtigen Akten nachsehen?"

„Nein, ist schon okay. Könnten Sie noch etwas für mich nachsehen?"

„Sicher. Schießen Sie los."

„Jacobson, Datum und Zeit seiner Ermordung."

Sims wandte sich wieder dem Computer zu und las stirnrunzelnd die Information. „16. November letztes Jahr. Geschätzte Todeszeit drei Uhr früh. Glauben Sie, dass es da eine Verbindung gibt?"

„Könnte sein."

„Die Geliebte, was?"

„Ja." Luke lächelte grimmig und stand auf. Er dachte bereits an die Unterhaltung mit Morris. „Haben Sie eine Karte, Sims?"

Der Detective gab ihm eine, und Luke schrieb auf die Rückseite Namen, Anschrift und Telefonnummer seines Agenten. „Schicken Sie ihm Ihr Manuskript, und sagen Sie ihm, ich hätte gesagt, er soll es lesen. Sobald ich nach Hause komme, rufe ich ihn an und lege ein gutes Wort für Sie ein."

Sims errötete vor Freude. „Danke, Mr. Dallas." Er gab ihm die Hand. „Vielen Dank."

„Ich danke Ihnen." Luke schüttelte ihm die Hand. „Ich weiß Ihre Hilfe zu schätzen." Er ging davon, blieb aber nach wenigen Schritten noch einmal stehen und drehte sich um. „Sims?" Der Detective sah auf. „Sie sagten eben, am Tatort wären nur Bundesbeamte zugelassen gewesen. Wissen Sie zufällig, von welcher Behörde?"

Er dachte einen Moment nach und schüttelte den Kopf. „Ich kann mich nicht erinnern. Möchten Sie, dass ich es herausfinde? Es dauert ein paar Minuten."

„Ja, das wäre nett." Luke kehrte an den Tisch zurück. „Ich warte."

76. KAPITEL

Kate saß neben Emmas Bett und sah ihr beim Schlafen zu. Sie war erschöpft und hatte Schuldgefühle. Wieso hatte sie nicht eher auf das veränderte Verhalten ihrer Tochter reagiert? Die Anzeichen einer Erkrankung waren deutlich gewesen: Quengeligkeit, Appetitverlust, Schlaflosigkeit. Stattdessen hatte sie gewartet, bis die Kleine hohes Fieber bekam. Was für eine Mutter war sie eigentlich?

Müde fuhr sie sich mit einer Hand über die Stirn. Der Doktor hatte die Ohrinfektion eine gewöhnliche Kinderkrankheit genannt. Wenn sie rasch und konsequent behandelt wurde, blieben keine Schäden zurück. Andernfalls konnte das Hörvermögen jedoch beeinträchtigt werden. Allerdings hatte er ihr versichert, dass nichts, was sie getan oder gelassen hatte, Ursache der Erkrankung sei.

Das konnte sie ihm nicht ganz glauben, so gern sie es auch wollte. Sechs Monate lang war Emma gesund gewesen, und kaum wurde sie aus ihrem normalen Lebensrhythmus gerissen, bekam sie Fieber und eine heftige Ohrinfektion. Kate presste die Augen zusammen und dachte: Bitte finde, was wir suchen, Luke. Bitte.

Das Telefon klingelte. Emma regte sich wimmernd und verzog als Reaktion auf den schrillen Ton das Gesicht. Kate hechtete nach dem Hörer und nahm ihn vor dem zweiten Klingelzeichen auf.

„Hallo?" sagte sie leise, mit Blick auf Emma.

„Kate, ich bin's, Luke."

„Luke?" Sie presste den Hörer fester ans Ohr, um trotz des Rauschens in der Leitung alles zu verstehen. „Ich kann dich kaum hören."

„Ich habe hier ein paar Probleme bekommen.“

„Probleme? Was …“ Es knackte in der Leitung, und die Stimme verschwand. Luke sagte etwas, aber sie konnte ihn nicht verstehen. „Luke, sprich lauter. Ich kann nicht hören, was du sagst.“

Julianna kam durch die Verbindungstür zwischen ihren Räumen. Als Kate zu ihr hinsah, formte sie mit den Lippen die Worte: Was ist los?

Kate zuckte die Achseln und wandte sich wieder dem Gespräch mit Luke zu.

„Ich denke, wir haben ihn, Kate“, sagte er am andren Ende der Leitung, und seine Stimme war mal lauter und dann wieder ganz leise. „Aber wir müssen rasch handeln. Wie schnell kannst du hier sein?“

„Wo ist hier?“ wiederholte sie mit Herzklopfen. „Ich verstehe nicht …“

„Kate, ich kann dich kaum verstehen.“ Die Leitung knackte wieder. „… brauche dich hier unten. Indiana Avenue 300, Nordwest. Das Henry J. Daly Gemeindecenter. Dritter Stock. Schnell. Hast du das, Kate?“

„Ich hab's. Aber, Luke, was …“

„Du wirst alles verstehen, wenn du herkommst. Beeil dich. Ich habe keine Minute zu verlieren.“

Die Leitung war tot.

Julianna kam weiter in den Raum, die Augen weit vor Sorge. „Was ist los?“

„Ich weiß nicht.“ Kate sah einen Moment den Hörer an, ehe sie ihn auf die Gabel legte. „Luke behauptet zu haben, was wir brauchen. Aber es hat irgendwelche Probleme gegeben, und wir müssen rasch handeln.“

„Er hat die Beweise?“

„Hat er jedenfalls gesagt. Er hat mich gebeten, in die Stadt zu kommen."

„Aber warum?"

„Ich weiß es nicht." Kate schnappte sich die Windeltasche und trug sie zum Kinderbett. „Es war eine schreckliche Verbindung. Ich konnte ihn kaum verstehen."

Sie blickte auf ihre Tochter. Die Medikamente hatten das Fieber gesenkt und die Schmerzen gedämpft, so dass die Kleine endlich schlief. „Ich wecke sie nur ungern auf", sagte sie leise. „Das arme kleine Ding ist gerade erst eingeschlafen."

„Dann lassen Sie sie schlafen." Julianna trat neben sie. „Gehen Sie nur, ich bleibe bei ihr. Sie sind schneller ohne die Kleine."

Kate zögerte, doch Julianna hatte Recht. Ohne Emma konnte sie sofort los, ohne erst Windeln zu wechseln, ein Fläschchen und die Medikamente mitzunehmen.

„Es geht ihr gut hier. Ich wette, sie wacht nicht mal auf."

Kate rang noch einen Moment mit sich. Es kam ihr nicht richtig vor, Emma hier zu lassen. Andererseits hatte Luke sehr eindringlich geklungen. Und Emma mochte es gar nicht, wenn sie im Schlaf gestört wurde. Wenn man sie jetzt weckte, würde sie zweifellos die nächste halbe Stunde schreien. Vermutlich wäre das nicht im Sinne des Arztes, der viel Ruhe verordnet hatte.

„Sie können mir vertrauen, Kate. Ich würde nichts tun, was Emma schadet."

Kate wusste das. Wenn Julianna nicht etwas für Emma empfinden würde, wäre sie aus Louisiana geflüchtet, nachdem sie Powers außer Gefecht gesetzt hatte. Stattdessen war sie ein hohes persönliches Risiko eingegangen, um Emma zu retten. Außerdem, wie lange würde sie schon fort sein? Sicher nicht länger als fünfundvierzig Minuten.

Kate stimmte zu, wenn auch widerwillig. „Okay, aber verschließen Sie die Tür. Öffnen Sie niemandem."

Julianna lachte. „Machen Sie Witze? Wahrscheinlich lasse ich nicht mal Sie beide wieder herein."

Kate umarmte Julianna kurz und impulsiv. „Ich melde mich, sobald ich dort bin. Sie wissen, wo die Babynahrung ist ..."

„Und wo Fläschchen, Windeln und alles andere ist, ja. Gehen Sie jetzt."

Kate griff sich ihren Mantel und ging hinaus in die kühle Abendluft. Sie blieb stehen und blickte noch einmal zu Julianna zurück, ein mulmiges Gefühl in der Magengegend. „Geben Sie auf mein Baby acht, ja?"

Als sie das sagte, merkte sie, wie sonderbar das klang, angesichts ihrer Beziehung. Eigentlich war es Julianna gewesen, die das Baby in ihre Obhut gegeben hatte.

„Das tue ich. Machen Sie sich keine Sorgen."

Mit einem letzten Blick zurück eilte Kate davon, um sich ein Taxi heranzuwinken.

77. KAPITEL

Zwanzig Minuten später setzte das Taxi Kate vor dem Daly-Gebäude ab. Sie zahlte und eilte hinein. In der belebten Halle sah sie sich nach Luke um. Als sie ihn nicht entdeckte, ging sie an den Metalldetektoren vorbei zum Lift.

Sie kam dort an, als gerade Leute aus der Kabine stiegen. Kate trat ein und drückte den Knopf für die dritte Etage. Während sie die angezeigten Etagennummern über der Tür beobachtete, atmete sie tief durch, zwischen Hoffen und Bangen schwankend.

Luke hatte zwar behauptet, zu haben, was sie brauchten, doch zugleich gab es offenbar irgendein Problem, und sie fragte sich, worum es dabei ging.

Der Lift hielt auf der Dritten, die Türen gingen auf. Der Flur war leer und die Tür zum Morddezernat abgeschlossen. Kate wandte sich nach rechts zum Büro des Empfangs.

Die dort tätige Beamtin, eine kompetent wirkende Brünette, blickte auf, als Kate eintrat. „Was kann ich für Sie tun?"

„Ich sollte hier einen Freund treffen, Luke Dallas. Er hat mit einem der Detectives gesprochen."

„Detective Sims." Sie nickte. „Aber ich fürchte, Sie haben ihn verpasst."

„Verpasst?" wiederholte Kate enttäuscht. „Sind Sie sicher?"

„Absolut. Detective Sims wurde vor etwa zehn Minuten abberufen."

Zehn Minuten. Eine Ewigkeit. Hier stimmt was nicht.

Kate zog sich mit Herzklopfen aus dem Büro zurück. „Wahrscheinlich wartet er in der Halle auf mich. Danke für Ihre Hilfe."

Sie drehte sich um und lief zum Lift zurück. Diesmal musste

sie warten, und jede Sekunde erschien ihr endlos lang. Als der Lift endlich kam und sie einstieg, waren bereits zwei uniformierte Beamte darin. Sie nahm deren Waffen, Handschellen und Funkgeräte wahr und fühlte sich gleich sicherer.

Der Größere der beiden bemerkte ihre Blicke und fragte: „Alles okay, Ma'am?“

Ich könnte ihnen die ganze Geschichte erzählen und um Hilfe bitten.

Sie entschied dagegen, als sie sich erinnerte, was Julianna über John und die Polizei gesagt hatte. Falls sie sich der Polizei anvertrauten, wurden sie zur Zielscheibe. John würde die Polizei leicht überlisten. Sie stellte sich vor, wie sie den Beamten die Geschichte erzählte und bei deren Vorgesetzten nur auf Skepsis stieß.

Bis ich jemand überzeugt habe, mich zum Hotel zurückzubegleiten, falls es mir überhaupt gelingt, sind Emma, Luke und Julianna vielleicht tot.

„Alles in Ordnung“, bestätigte sie, konnte jedoch nicht verbergen, dass sie deutlich nervös war.

„Sind Sie absolut sicher?“ Er sah sie forschend an, und sie spürte, wie ihr die Wangen warm wurden. „Sie wirken ein bisschen aufgebracht.“

„Danke, mir geht es gut.“ Sie räusperte sich und zwang sich zu lächeln. „Ich sollte hier einen Freund treffen und habe ihn verpasst. Das ist alles. Danke der Nachfrage.“

Sie erreichten die Lobby, und die Lifttüren öffneten sich. Kate eilte hinaus und ließ ihren Blick fieberhaft über die Menge wandern.

Luke war nicht da. Beunruhigt verließ sie das Gebäude, blieb mitten auf dem Gehweg stehen und blickte die Straße hinauf und hinab. Angst zog ihr den Magen zusammen. Sie fürchtete, Luke könnte etwas zugestoßen sein. Vielleicht war John ihm gefolgt und hatte ihn erwischt.

Sie trat an den Straßenrand und winkte einem Taxi. Das verursachte fast einen Unfall, als es zwei Fahrbahnen überquerte und neben ihr anhielt. Sie riss die Tür auf.

„Kate, warte!"

Sie fuhr herum. Luke kam aus dem Daly-Gebäude, und sie lief auf ihn zu. „Luke! Dem Himmel sei Dank!" Sie umschlang ihn mit beiden Armen. „Nach deinem Anruf bin ich so schnell wie möglich gekommen. Als ich dich nicht finden konnte, dachte ich das Schlimmste."

„Ich habe dich nicht angerufen, Kate."

Sie wich ein wenig zurück und sah ihn irritiert an. Dabei wartete sie auf das Erlösende: „War nur ein Scherz." Doch das kam nicht. „Was sagst du da, Luke?"

„Ich habe gerade mit Julianna gesprochen." Er hielt sie an den Armen fest und sah ihr in die Augen. „Das war nicht ich am Telefon. Ich wäre nicht mal mehr hier, wenn ich nicht gerade das Motel angerufen hätte."

Kate spürte, wie ihr das Blut aus den Wangen wich. Zugleich schien ihr eine eisige Hand ins Genick zu greifen.

John. Allmächtiger! Sie legte entsetzt eine Hand an die Kehle. *Und ich habe Emma zurückgelassen. Julianna kann sie nicht vor ihm schützen.*

Als lese er ihre Gedanken, hielt John sie auf Armlänge von sich ab und sah ihr in die Augen. „Jetzt nicht in Panik geraten, Kate. Ich habe gerade mit Julianna gesprochen. Es ist alles in Ordnung. Sie hat die Tür verschlossen und verriegelt und wird niemandem öffnen." Er senkte die Stimme. „Und ich habe ihr gesagt, wo meine Waffe liegt. Die ist geladen."

„Waffe?" fragte sie, schwindelig vor Angst.

„Damit sie sich und Emma beschützen kann, wenn es notwendig werden sollte."

Das Taxi, das sie angehalten hatte, hupte. „Brauchen Sie nun ein Taxi oder nicht?"

Luke nahm sie bei der Hand, und sie stiegen rasch ein. Der Verkehr zur Rush Hour war entsetzlich, und die Fahrt schien ewig zu dauern. Kate bemühte sich um Haltung. Ihre Gedanken kreisten um Emma und John, und was er ihr antun würde, falls er sie fand.

Sie machte sich Vorwürfe, dass sie so gutgläubig gewesen war. Obwohl sie Lukes Stimme wegen der schlechten Leitung nicht eindeutig erkannt hatte, war sie überzeugt gewesen, dass er es war.

John weiß alles, erkannte sie jetzt voller Verzweiflung. Er wusste, wohin Luke gegangen war und auch warum. Er wusste sogar von Emmas Arztbesuch, und dass sie jetzt allein bei Julianna war.

Die Augen wurden ihr feucht. Falls Emma etwas zustieß, würde sie sich das niemals verzeihen.

Luke langte über den Sitz und bedeckte ihre Hand mit seiner. Sie schlang die Finger fest um seine. „Halte durch, Kate. Mit Emma wird alles okay sein."

Sie sah kurz zu ihm hin, und die Tränen rollten ihr über die Wangen. „Ich versuch's ja, Luke."

„Ich habe gefunden, wonach wir suchten. Juliannas Mutter und Senator Jacobson wurden beide in derselben Nacht, um dieselbe Zeit getötet. Offenbar wurde die örtliche Polizei von Bundesbeamten, die das Kommando übernahmen, vom Tatort verdrängt. Etliche Polizisten waren echt sauer. Es gab Gerüchte über eine Vertuschung."

Kate konnte sich nur mühsam auf das Gesagte konzentrieren. „Also haben wir jetzt, was wir brauchen, und du kannst damit zu Morris gehen?"

„Es gibt noch zwei Probleme. Zum einen, John tötete den Senator, nachdem Julianna ihm das Buch gestohlen hatte. Also haben wir immer noch keine direkte Verbindung zwischen ihm und dem Senator. Zum anderen, Detective Sims hat für mich ein bisschen nachgeforscht. Rate mal, von welcher Behörde die Beamten am Tatort waren?"

Sie schluckte trocken. „CIA?"

„Bingo." Luke zog die Stirn kraus. „Ich fürchte, wir werden benutzt."

„Das verstehe ich nicht. Warum ..."

„Sie wissen bereits von Jacobson, Kate. Und Powers läuft trotzdem noch frei herum."

Sie sank niedergeschlagen gegen die Lehne. „Und was sollen wir jetzt tun? Wir haben keine Chance mehr."

„Doch, die haben wir. Wenn Morris mir verweigert, was ich haben will, wende ich mich an die Presse. Wir haben genügend Fakten, um in Langley ein paar Leute wachzurütteln. Denk nach: ein toter Senator, eine Vertuschung, ein Killer der Regierung, der Amok läuft. Dazu ein kleines schwarzes Buch mit hässlichen Geheimnissen. Zumindest können wir Morris das Leben verdammt unangenehm machen. Genau das versuchte Condor mir zu sagen. Die scheuen die öffentliche Aufmerksamkeit."

„Wer hat dir das gesagt?"

„Ein Kontaktmann. Nein, wohl eher ein Freund."

Das Taxi hielt endlich vor ihrem Motel an. Kate stieß die Tür auf und lief zur Treppe, die zu ihren Räumen in der ersten Etage führte, ohne auf Lukes Zuruf, sie solle warten, zu achten. Die Metallstufen schepperten, als sie hinaufrannte, Luke nur wenige Schritte hinter ihr.

Sie erreichten die obere Etage. Ihre nebeneinander liegenden Zimmer waren am Ende des Ganges. Die Tür zu ihrem stand halb offen. Kate blieb erschrocken stehen und sah vor ihrem geistigen Auge ihr Leben zerrinnen. Ehe sie aufschreien konnte, packte Luke sie am Arm und brachte sie zum Schweigen. Er flüsterte ihr zu: „Bleib hinter mir."

Sie nickte und blieb leicht zurück, damit er vorgehen konnte, obwohl jeder Instinkt in ihr dagegen protestierte. Langsam näherte er sich den beiden Türen. Er legte einen Finger auf die Lippen und schob die erste Tür auf.

Das Zimmer lag im Halbdunkel. Die Vorhänge waren zugezogen, und das Licht war aus. Luke ertastete an der Seitenwand den Lichtschalter und betätigte ihn. Helligkeit überflutete den Raum, doch der war leer.

Emma! Kate eilte zum Kinderbett. Ebenfalls leer. Einen Aufschrei unterdrückend, wandte sie sich ab und lief hinüber zu Julianna. Luke war bereits dort. Er kniete am Boden und beugte sich über etwas … oder jemand.

Er sah sie über die Schulter an, und seine Miene veranlasste sie, entsetzt an seine Seite zu eilen. Am Boden lag nicht Emma, sondern Julianna. Sie lag nackt, zusammengerollt da, der Körper übersät mit Prellungen. Blut rann ihr aus Nase und Mund.

Sie öffnete die Augen.

Gott sei Dank, sie lebt!

Kate kniete sich neben sie und nahm ihre Hand. Julianna sah sie an, bewegte die Lippen, doch kein Laut kam.

„Wann, Julianna?" Luke beugte sich zu ihr herunter. „Wann ist John gekommen?"

Sie richtete den Blick auf Luke. „War schon da … als Sie …" Ein schmerzhafter Krampf schüttelte sie, und sie verzerrte das

Gesicht, die Finger um Kates Hand gekrallt. „Ich … wehrte mich … zu … stark … ich …"

Kate bemühte sich, ihrer aufsteigenden Panik Herr zu werden. „Wo ist sie, Julianna? Wo ist Emma?"

Julianna hustete und spuckte Blut. „… möchte sein wie Sie. Wünschte ich …" Kate musste den Kopf nah an ihren Mund halten. „… bitte … verzeihen Sie …"

Sie hustete wieder. Es klang entsetzlich schwach. Offenbar hatte sie innere Blutungen. „Nicht sterben, Julianna", flüsterte Kate weinend. „Bitte, halte durch."

Ihr Körper bäumte sich auf, ein Schauer durchrann sie, als versuche die letzte Lebenskraft sich gegen alle Verwundungen durchzusetzen. Julianna schloss die Augen, und Kate nahm sie fest in den Arm. „Nein! Öffne die Augen! Du wirst nicht sterben, ich lasse das nicht zu! Öffne sie!"

Julianna tat wie befohlen. Das einst strahlende Blaue der Iris war blass, blind im herannahenden Tod. Kate sah, wie sie darum kämpfte, nicht ins Dunkel abzugleiten, das Bewusstsein zu behalten. Sie zog an Kates Bluse, ihr Mund bewegte sich. Kate beugte sich weiter hinunter.

„Bitte … glauben … ich … Retten Sie meine … Em …."

Ein letzter Atemzug kam ihr über die Lippen, ihre Muskeln wurden schlaff, und ihr Kopf sank schließlich hintenüber auf Kates Arm.

Wie betäubt hielt Kate sie einen Moment fest. Dann dachte sie an Juliannas Worte und hob den Blick zu Luke.

„Er darf Emma nicht haben, Luke. Er darf damit nicht durchkommen!"

Sie legte Julianna vorsichtig ab, stand auf und eilte mit tränenverschleiertem Blick ins Nachbarzimmer. Sie sah auf das leere Bett mit dem zerwühlten Laken und Emmas Lieblingsbären.

„Warum hat er ihr den nicht mitgenommen“, flüsterte sie. „An was soll Emma sich festhalten, wenn sie Angst hat?“

Kate nahm den Bären auf und drücke ihn ans Gesicht. Er roch nach Emma. Sie sog den Duft tief ein, und ihr Herz wollte vor Verzweiflung brechen.

Das Telefon läutete. Beide drehten sich danach um. Es läutete wieder, und Kate griff nach dem Hörer.

„Kate, meine Liebe, hier ist John. Oder wie du mich kennst, Nick.“

„Wo ist mein Baby?“

Er ignorierte die Frage. „Überrascht? Oder bist du selbst darauf gekommen?“ Er machte eine kurze Pause. „Bist du, glaube ich, als du das Foto gesehen hast.“ Wieder eine Pause. „Was du meiner Wohnung angetan hast, war nicht nett, Kate. Das hat mich sehr böse gemacht.“

„Sie kranker Mistkerl! Ich will meine Tochter!“

Luke trat dicht neben sie und hielt das Ohr an den Hörer, um zu verstehen, was John sagte. Aus den Augenwinkeln sah sie, dass er, während sie mit John Powers sprach, die Tagesdecke über die tote Julianna gebreitet hatte. Sie bemerkte auch, dass er inzwischen eine Waffe trug.

„Das mag ich so an dir, Kate, deine gradlinige Loyalität. Aber das habe ich dir schon mal gesagt.“ Er seufzte. „Tut mir Leid, dass ich dich und die Menschen, die du liebst, in diese Sache hineinziehen musste. Aber Julianna ließ mir keine Wahl. Sie war jung und impulsiv. Und wie die meisten ungehorsamen Kinder nahm sie meine Warnungen nicht ernst. Und du musstest darunter leiden.“

Kate fasste den Hörer fester. Sein Gerede verursachte ihr Übelkeit. „Was war mit Tess?“

„Sie war zur falschen Zeit am falschen Ort. Genau wie der

gute Senator. Sylvia hatte schon immer eine Neigung zu fetten alten Männern mit Macht. Verstehe das, wer will."

„Aber warum?" fragte Kate mit bebender Stimme. „Was hat Tess Ihnen getan?"

„Sie hat mich erwischt, wie ich deine Rollkartei stahl." Nach einer kurzen Pause gestand er: „Die Zerstörung deiner Glasarbeiten war ein Reflex. Einer, den ich sehr bedaure. Kunstwerke zu zerstören … das verfolgt mich, Kate."

Er ist ein psychopathisches Ungeheuer. Und er hat mein Baby! „Das ist mir völlig gleichgültig. Ich will nur meine Tochter zurückhaben."

„Sie ist bei mir. Bei ihrem Daddy." Dabei lachte er kalt und lieblos. Dass ein Mensch zu derart emotionslosen Lauten fähig war, erschütterte sie. Nur die Gewissheit, dass Emma sie brauchte, gab ihr die Kraft, Haltung zu bewahren.

„Es ist schade um Julianna", fuhr er fort. „Obwohl du mir beipflichten wirst, sie hat es wirklich verdient. Sie hat mich betrogen, Kate. *Mich.* Ich habe ihr alles gegeben, und sie betrügt mich."

„Sie haben ihr nicht alles gegeben", widersprach Kate und konnte ihren Abscheu nicht verhehlen. „Sie haben ihr alles genommen, Sie elender Schweinehund!"

„Was für eine Ausdrucksweise!" Er schnalzte tadelnd mit der Zunge. „Kate, gerade du solltest wissen, was Betrug bedeutet. Ich dachte, du würdest mir dankbar sein."

„Was haben Sie mit Emma gemacht? Ich will sie zurück!"

„Eigenartig, dass du das sagst. Denn du hast etwas, das mir gehört. Etwas, das ich zurückhaben möchte." Im Hintergrund hörte sie ein Baby weinen.

Emma! Kate legte zitternd eine Hand vor den Mund. Emmas Weinen würde sie überall erkennen. *Sie lebt!*

„Und nun habe ich etwas, das du zurückhaben willst, dringend sogar, wie ich glaube."

„Tun Sie ihr nichts!" flehte Kate. „Bitte, tun Sie ihr nichts! Ich tue alles, was Sie wollen. Alles!"

„Genau damit habe ich gerechnet, Liebes. Aber lassen wir das Betteln und Flehen. Das hier ist eine geschäftliche Vereinbarung. Wenn du deinen Besitz intakt zurückhaben willst, trefft ihr euch, du und Dallas, um zwei Uhr nachts im Bay Harbor Yacht Club mit mir. Annapolis, Pier zwölf. Informierst du die Cops oder die Bundesheinis, ist das Baby tot."

78. KAPITEL

Annapolis, Maryland, lag an der Chesapeake Bay, etwa eine Autostunde Fahrt von Washington, D.C., entfernt. 1646 gegründet, war die Stadt den meisten Amerikanern vor allem durch die Marineakademie gleichen Namens bekannt. Die historisch malerische Hauptstadt von Maryland war zugleich auch die Hauptstadt des Segelsports mit nicht weniger als vier Yachtclubs, Bay Harbor eingeschlossen.

Kate und Luke erreichten Bay Harbor zehn Minuten vor der Zeit. Luke fuhr den Wagen auf den leeren Parkplatz, brachte die Automatikschaltung in Parkstellung, ließ den Motor jedoch laufen. Hinter dem Parkplatz lag die Marina mit ihren wie Finger ins Wasser reichenden Bootsanlegeplätzen.

Die Winternacht war kalt, still und ungewöhnlich dunkel. Kate kuschelte sich tiefer in ihren Mantel. Sie fühlte sich klein und verwundbar, und sie hatte Angst. Die letzten Stunden waren einfach grauenvoll gewesen. Vor ihrem Auszug aus dem Motel hatten sie die 911 gewählt und den Mord an Julianna gemeldet. Dann waren sie trotz großer Skrupel gegangen, und zwar schnell und ohne zurückzublicken. Sie hatten keine Wahl gehabt.

Kate rieb sich die Arme. Sobald sie die Augen schloss, sah sie Julianna in den letzten Momenten ihres Lebens. Und sie musste daran denken, dass der Mann, der für Juliannas Tod verantwortlich war, ihre Tochter in seiner Gewalt hatte.

Emma ist in den Händen eines Verrückten!

Angst drohte ihr die Kehle abzuschnüren. Sie kniff die Augen zusammen und hoffte, die Bilder ihrer Fantasie einen Moment ausschalten zu können. Unwillkürlich stellte sie sich jedoch vor, wie Emma nach ihrer Mutter schrie, doch ihre Mutter kam nicht.

Falls Emma überhaupt noch lebt.

Der Gedanke allein war mehr als sie ertragen konnte. Sie schluchzte leise auf und legte eine Hand vor den Mund.

Luke wandte sich ihr zu, als lese er ihre Gedanken. „Sie lebt“, sagte er leise. „John will unbedingt dieses Buch haben. Er weiß, dass er es nicht bekommt, wenn er ihr etwas antut.“ Er langte über den Sitz und bedeckte ihre ineinander verschränkten Hände mit einer Hand. „Wir bekommen sie zurück, Kate. Bestimmt.“

Ihre Augen schwammen in Tränen. Sie konnte nichts erwidern und ihn auch nicht ansehen, denn tief im Innern glaubte sie nicht daran, so gern sie es auch getan hätte.

„Sieh mich an, Kate.“

Sie schüttelte den Kopf. „Ich kann nicht.“

„Du musst mich ansehen, wenn ich dir das jetzt sage. Es ist wichtig.“

Schließlich wandte sie ihm das tränenüberströmte Gesicht zu, und er nahm es zwischen beide Hände. „Ich liebe dich, Kate. Ich habe dich immer geliebt.“

Das klang nach Abschied, und sie spürte einen dicken Kloß im Hals. „Nein, bitte nicht, Luke ...“

Er legte ihr sacht eine Hand auf den Mund. „Wir wissen beide, dass dieser Kerl nicht die Absicht hat, uns leben zu lassen, ob er das Buch nun bekommt oder nicht. Aber ich verspreche dir, ich tue alles, um sie zu retten. Um euch zu retten.“

Auch wenn das bedeutet, mich selbst zu opfern.

Sie hörte die unausgesprochenen Worte so deutlich, als hätte er sie gesagt.

„Falls du die Chance bekommst wegzulaufen, dann tu es, Kate. Schnapp dir Emma und renn los. Und sieh nicht zurück. Versprich mir das.“

„Das kann ich nicht. Ich werde dich nicht allein zurücklassen, Luke. Und ich werde mich nicht verabschieden."

„Dann lass es." Er streichelte mit dem Daumen ihre Wange, und Kate lächelte unter Tränen. „Ich werde dich immer lieben, Kate. Daran wird sich nichts ändern."

Sie drehte das Gesicht zur Seite und presste schluchzend ihre Lippen in seine Handfläche. „Ich liebe dich auch, Luke."

„Komm her."

Er streckte die Arme aus. Sie rutschte hinüber und umschlang ihn fest, wohl wissend, dass ihre Zeit unaufhaltsam ablief. Und ihre Angst nahm mit jeder Sekunde zu.

„Es wird Zeit."

Er hatte Recht. Trotzdem klammerte sie sich noch einen Moment an ihn und an das Leben. Mit der realen Möglichkeit des Todes vor Augen merkte sie erst, wie wunderbar und wertvoll es war. Sie schloss die Augen und sandte ein stummes Dankgebet zum Himmel für alles, was sie gehabt hatte, und bat um den Schutz ihrer Tochter.

Danach war sie bereit. Sie sah Luke an. „Komm, holen wir Emma."

Sie stiegen aus, und der Klang der zuschlagenden Autotüren hallte überlaut durch die stille Nacht. Kate verharrte einen Moment, als ihre Sinne Gerüche und Geräusche des Hafens wahrnahmen. Fallseile schlugen klingend gegen Aluminiummasten. Wellen klatschten rhythmisch gegen Bootsrümpfe aus Holz und Fiberglas. Mastflaggen schlugen flatternd im Wind, und der Geruch nach Salz und Fisch wehte herüber.

Kate nahm alles sehr bewusst in sich auf. Die letzten Momente erlebte man vermutlich besonders, sogar übertrieben intensiv.

Luke nahm ihre Hand und verschränkte die Finger mit

ihren. „Pier zwölf", sagte er leise. Sie gingen langsam darauf zu und kamen an einer Reihe Lagerschuppen und Ruheräumen vorbei.

Sobald sie den Pier erreichten, rief John leise von hinten. Sie drehten sich um. Er trat kaum zehn Schritte entfernt aus dem Dunkel. Und er hatte Emma. Sie lag schlaff in seinen Armen, ein Stück silbriges Klebeband über dem Mund.

„Emma!" schrie Kate gequält auf und befürchtete das Schlimmste. Als sie die Stimme ihrer Mutter erkannte, begann die Kleine sich auf seinen Armen zu winden.

Sie lebt! Dem Himmel sei Dank!

Kate wollte sofort auf sie zustürzen, doch John Powers verhinderte das, indem er Emma seine Waffe an den Kopf drückte. „Ich glaube nicht, Kate." Er lächelte obszön und bleckte die Zähne. „Die Waffe ist hier entsichert. Es ist eine Halbautomatik. Ich könnte in zwölf Sekunden oder weniger zwölf Kugeln in deine kleine Prinzessin pumpen. Würde dir das gefallen?"

„Tun Sie ihr nichts, bitte!" schluchzte Kate. „Ich mache, was Sie wollen."

„Das weiß ich." Wieder schenkte er ihr dieses schreckliche Grinsen. „Und ich bewundere dich für deine große Liebe und Loyalität." Er schnalzte mit der Zunge. „Richard war ein Idiot, dass er das nicht zu würdigen wusste." Sein Blick glitt zu Luke. „Irgendwie vermute ich, dass Dallas hier nicht dasselbe Manko hat. Was für ein Jammer."

„Lassen Sie sie am Leben", bat sie erneut. „Bitte, Nick ... John. Ich bitte Sie. Sie ist doch unschuldig an alledem. Sie hat nicht darum gebeten, geboren zu werden."

Er ignorierte sie und wandte sich an Luke. „Wo ist denn mein Notizbuch?"

„Ich habe es", antwortete Luke. „Sie bekommen es, sobald Sie Emma übergeben."

John starrte ihn einen Moment an und lachte dann hohl und kalt. „Na, Sie Held, was hatten Sie denn mit dem Buch vor? Wollten Sie meinen Code knacken und einen Deal mit der Agency machen? Lassen Sie sich eines gesagt sein, mein Freund, die hätten Sie geleimt. Das ist nur ein Haufen illoyaler, unehrenhafter Arschlöcher."

„Lustig, mit genau denselben Ausdrücken hat man Sie belegt." Luke ließ den Blick aufmerksam zwischen Johns Gesicht und Emma hin und her wandern und wartete auf seine Chance. Er deutete auf ihre Umgebung. „Wie sieht Ihr Plan aus, Eis? Wollen Sie uns umbringen und dann in den Sonnenaufgang segeln?"

„Volltreffer."

„Sie glauben wirklich, Sie kämen damit durch?"

„Ich weiß es sogar sicher." Er lachte und deutete auf die schnittige Golfstar 54, die am zweiten Landesteg rechts lag. „Hübsch, was? Ich habe sie ‚Die Julianna' getauft."

Kate war entsetzt, dass der Mann keinerlei Reue zeigte, Julianna getötet zu haben. Ihm fehlte anscheinend jegliches Schuldbewusstsein. John Powers war kaum noch als menschlich zu bezeichnen.

„Sie haben Schlangen im Hirn, Powers, wissen Sie das? Sie sind bemitleidenswert."

Johns Miene wurde verkniffen. „Sie sollten mir ein wenig Respekt zollen, Dallas. Ich hätte Sie alle schon ein Dutzend Mal töten können, aber ich habe es nicht getan. Und wissen Sie, warum?"

„Sie werden mich sicher gleich aufklären."

„Ich wollte Ihnen in die Augen sehen, wenn ich es tue. Ich

wollte Ihre Angst riechen und Sie um Ihr Leben winseln hören." Er kam einige Schritte näher. „Erst dann konnte ich sicher sein, dass Sie für Ihre Taten die angemessene Strafe bekommen."

Luke lachte plötzlich verächtlich. „Dann sind Sie kein sehr professioneller Killer, was? Aus persönlichen Gründen zu töten, ist mehr etwas für Psychopathen und Straßenräuber. Der todbringende Eis ist also nichts weiter als ein mieser eifersüchtiger Mörder."

An Johns Kiefer begann ein Muskel zu zucken. Die Waffe rutschte ein wenig, als hielte er Emma nicht mehr so fest.

Kate stockte der Atem. Ihre Angst war nicht mehr zu steigern. Wenn Luke nur ein falsches Wort sagte, würde Emma sterben. Sie hielt jedoch den Mund. John aus der Fassung zu bringen, war vielleicht ihre einzige Überlebenschance.

„Haben Sie deshalb Senator Jacobson umgebracht?" fragte Luke. „In einem Anfall von Eifersucht? Oder Clark Russell?"

„Ich und eifersüchtig auf Jacobson oder Russell? Bleiben Sie ernst, Mann." John grinste geringschätzig. „Jacobson war halt zufällig da, als es passierte. Russell steckte seine Nase in meine Privatangelegenheiten. Er musste sterben. Er musste dafür bestraft werden."

„Das sagen Sie immer wieder. Wir alle müssen bestraft werden, richtig? Weil sich der kleine Johnny gekränkt fühlt? Weil seine Freundin ihn sitzen ließ, sobald sie alt genug war zu erkennen, dass er nichts weiter war als ein kranker Schweinehund und Kinderschänder?"

„Halten Sie die Klappe?" schrie John ihn mit wutverzerrtem Gesicht an. „Halten Sie verdammt noch mal die Schnauze, und geben Sie mir das gottverdammte Notizbuch!"

„Das hier?" fragte Luke und hielt es hoch. „Kein Problem. Geben Sie uns nur Emma."

„Sie wollen dieses kleine Miststück? Ist mir ein Vergnügen. Fast so ein großes, wie Ihnen eine Kugel zu verpassen.“

Kate verfolgte es wie in Zeitlupe, als John Emma in die Luft warf und Luke vorhechtete. Aufschreiend stürzte sie ebenfalls vor und hoffte, sich wenigstens zwischen Emma und den Boden werfen zu können.

Sie fing Emma auf und fiel hin, drehte sich jedoch im Fallen, um den Aufprall abzufangen, und schützte die Kleine. Sie rutschte dabei über den Kies und riss sich Arme, Ellbogen und Beine auf.

Ein Schuss zerriss die Nacht.

„Nein!“ schrie Kate, da Luke in der Bewegung verharrte, als die Kugel ihn traf, und dann zusammenklappte.

Plötzlich wurde die Nacht taghell. Ringsum wurden die Scheinwerfer der Boote eingeschaltet und hielten John Powers in ihren Lichtkegeln gefangen. Wie aus dem Nichts tauchten Männer mit Waffen auf, mindestens ein Dutzend, und alle zielten auf John.

„Lassen Sie die Waffe fallen, Powers! CIA...“

Mit einem Wutgeheul fuhr John zu Kate und Emma herum und bedrohte sie mit der Waffe.

Ihr Leben lief in Sekundenschnelle vor Kates innerem Auge ab. Sie rollte sich zur Seite, Emma an sich gepresst, um sie mit ihrem Körper zu schützen. Sie sandte ein letztes stummes Gebet aus, während sie auf den Anprall der Kugeln wartete.

Doch die Agenten hatten bereits das Feuer eröffnet. Johns Körper zuckte und drehte sich im Kugelhagel in einem grotesken Todestanz.

So plötzlich, wie es begonnen hatte, hörte es auf. John stand immer noch, Waffe in der Hand, den starren Blick auf Kate gerichtet. In diesem Moment fragte sie sich in Panik, ob

John Powers unverwundbar war. Vielleicht brauchte ein Monster wie er weder Fleisch noch Knochen, noch Blut oder Atem zum Überleben. Würde es jemals vorbei sein?

Doch dann, als würden bei einer Marionette plötzlich alle Fäden durchtrennt, sackte er in sich zusammen und fiel mit dumpfem Aufprall zu Boden.

79. KAPITEL

Luke öffnete langsam die Augen und blinzelte gegen das grelle Licht. Sein Mund war trocken, und sein Kopf fühlte sich an, als hätte ihn jemand als Rammbock benutzt. Er ließ den Blick schweifen und erkannte Tropf, Bettgestell und Fernseher an der Decke. Ein Krankenhaus also.

Er drehte den Kopf. Kate schlief in einem großen Sessel neben dem Bett, Emma schlummerte in ihren Armen.

Sie leben. Wir leben alle.

Er bewegte sich und stöhnte, als ein heftiger Schmerz seine Schulter durchzuckte. Mit dem Schmerz kehrten auch die Erinnerungen an den gestrigen Abend zurück, allerdings verwirrend und unzusammenhängend. Kates Schrei. Das heftige Brennen in der Schulter und das Gefühl, von einer Kraft, die er nicht beherrschen konnte, nach hinten geschleudert zu werden. Das warme, klebrige Blut, dann die Erkenntnis, dass er angeschossen war und wahrscheinlich sterben würde.

Aber sie hatten alle überlebt.

„Ich dachte, ich hätte dich verloren."

Er drehte Kate sein Gesicht zu und lächelte. „Das dachte ich auch. Mit dir zusammen zu sein ist ziemlich gefährlich, Lady."

Sie lächelte unter Tränen. „Tut mir Leid, Luke."

„Das muss es nicht." Er blickte auf Emma und erkannte die roten Flecken vom Klebeband auf ihren Wangen und um den Mund. Wütend ballte er unwillkürlich die Hände. „Dieser Mistkerl, wie hat er ihr das nur antun können?"

„Das heilt wieder", beschwichtigte Kate leise. „Sie lebt, und darauf kommt es an."

„Dem Himmel sei Dank für die Kavallerie. Wenn sie nicht gekommen wäre …"

Er ließ den Satz unbeendet. Sie wussten beide, wo sie jetzt ohne Tom Morris und seine Männer wären. Lukes Ahnung war richtig gewesen. Die CIA hatte schon lange einen Verdacht gegen John Powers gehabt und hatte Luke und Kate benutzt, ihn zu bestätigen.

Kate schob sich Emma in eine Armbeuge und ergriff seine Hand. „Nein", flüsterte sie. „Dem Himmel sei Dank für dich."

„Für mich?" Er schüttelte den Kopf. „Ich bin vielleicht ein Held. Ich habe nicht mal die Waffe aus meiner Hose ziehen können."

Kate führte lachend seine Hand an ihren Mund und küsste sie. „Ohne dich wären Emma und ich jetzt tot. Das glaube ich, und ich bin dir für immer dankbar."

Er verschränkte seine Finger mit ihren. „Es ist vorbei, Liebes. Ihr seid in Sicherheit."

„Ich weiß. Aber ich fühle mich noch nicht sicher. Wenn ich ihn nicht mit eigenen Augen hätte sterben sehen …"

„Ich weiß." Er drückte ihre Hand. „Aber wir waren beide Augenzeugen. Er kann dir nichts mehr tun."

Die Tür zum Krankenzimmer schwang auf, und ein Mann im Chirurgenkittel kam herein. „Morgen, Leute." Er ging zum Fußende des Bettes, nahm Lukes Krankenkartei, überflog sie und wandte sich ihm lächelnd zu. „Wie fühlen Sie sich heute Morgen, Mr. Dallas?"

Condor! Luke sah ihn forschend an. Er musste die ganze Zeit in den Plan der Agency eingeweiht gewesen sein. „Beschissen, und Sie?"

Kate stieß einen Laut des Erstaunens aus. Luke sah sie an und bemerkte, wie entgeistert sie Condor anstarrte.

„Und ich dachte, Sie wären glücklich, am Leben zu sein?"

„Bin ich auch." Luke winkte ihn näher heran, als habe er

ihm etwas zu sagen, das Kate nicht zu hören brauchte. Condor beugte sich leicht hinunter. Luke packte ihn am Kittel und zog ihn so weit zu sich hinunter, dass sie sich Auge in Auge gegenüber waren.

„Sie Bastard! Sie hätten uns helfen können. Stattdessen haben Sie aus dem Hintergrund zugesehen, wie Morris uns als Lockvögel missbrauchte, um Powers zu schnappen."

Condor schloss eine Hand um Lukes Handgelenk. Sein Griff war aus Stahl. „Ich hatte einen Auftrag zu erledigen, Dallas. Das war nichts Persönliches. Wir brauchten die Bestätigung, dass Powers Russell und Jacobson getötet hatte, und wir brauchten das Motiv. Das haben Sie uns verschafft. Wir brauchten sein Notizbuch, um seine Verwicklung in andere Taten zu beweisen. Auch dazu haben Sie uns verholfen. Wir danken Ihnen."

„Und ich vermute, ihr Kerle habt gewusst, wo wir uns mit Powers treffen, weil ihr unser Telefon angezapft habt."

„So funktioniert das in der Regel."

Luke sah Condor forschend an. Der zeigte keine Reue, sie auf diese Weise benutzt und Gefahren ausgesetzt zu haben. Er fühlte sich nicht schuldig, er bedauerte nichts.

Angewidert stieß er ihn zurück. „Zum Teufel mit Ihnen!"

„Ich habe Ihnen geholfen, wo ich konnte." Condor richtete sich auf und glättete automatisch seinen Kittel. „Ich habe Sie gewarnt, Powers' Notizbuch nicht aus der Hand zu geben. Zum Teufel, Dallas, ich hätte es Ihnen an dem Tag wegnehmen können. Sie hätten es mir einfach überlassen."

„Und dafür soll ich dankbar sein?"

„Ehrlich gesagt, ja. Ich hätte Sie sterben lassen können."

„Und was ist mit Julianna? Sie hätten ihren Tod verhindern können."

Seine Miene blieb unbewegt. „Meine Loyalität gehört der

Agency, Luke, und meinem Land. Für mich gab es nie die Frage, wessen Interessen an erster Stelle stehen. Sicher können Sie das begreifen."

„Powers redete auch über Loyalität, über Ehre und Verantwortung, und er war ein Psychopath."

Condor lächelte freudlos. „Wir alle wandeln auf einem schmalen Grat, nicht wahr, mein Freund?"

Er ging zur Tür, blieb aber stehen und sah Kate an. „Bis irgendwann mal, Kate."

Als sich die Tür hinter ihm schloss, wandte Kate sich ungläubig Luke zu.

„Der Mann war Kunde in meinem Café. Aber jetzt sieht er völlig anders aus. Ich habe ihn nur an seinen Augen erkannt." Sie runzelte die Stirn. „Das Telefon. Der Mann vom Reparaturdienst. Dieser Mann war in meinem Haus!"

„Er arbeitet für die Agency, Kate. Wahrscheinlich wurde er geschickt, um Powers im Auge zu behalten und ihn notfalls auszuschalten, wenn es nötig wurde. Wahrscheinlich hat er dein Telefon angezapft und das im Café auch."

Sie fröstelte. Emma stöhnte und bewegte sich im Schlaf. Kate sah kurz zu ihr hin, dann wieder zu Luke. „Ich will nicht mehr über die Agency oder Powers reden." Lächelnd ergriff sie wieder seine Hand. „Sondern über dich."

„Über mich?"

„Mm. Der Doktor hält dich für einen Glückspilz. Die Kugel hat nur eine Fleischwunde in deine Schulter gerissen. Ein kleines Stück weiter rechts oder links, und der Schaden wäre beträchtlich größer gewesen. Aber weißt du was?" Sie umklammerte seine Finger. „Ich glaube, der Glückspilz bin ich."

– ENDE –

Erica Spindler
Gefangene des Ruhms
Band-Nr. 25151
7,95 € (D)
ISBN: 3-89941-190-0

Erica Spindler
Im Schatten des
Mörders
Band-Nr. 25129
7,95 € (D)
ISBN: 3-89941-168-4

Tess Gerritsen
Gefährliche Begierde
Band-Nr. 25150
7,95 € (D)
ISBN: 3-89941-189-7

Tess Gerritsen
Verrat in Paris
Band-Nr. 25135
6,95 € (D)
ISBN: 3-89941-174-9

Deutsche Erstveröffentlichung

Heather Graham

Unter tausend Monden

Band-Nr. 25166

7,95 € (D)

ISBN: 3-89941-208-7

Deutsche Erstveröffentlichung

Heather Graham

Ihr letzter Tanz

Band-Nr. 25130

7,95 € (D)

ISBN: 3-89941-169-2

Vorschau

Dieser Roman erscheint im Mai 2006

Heather Graham

Das Geheimnis von Melody House

Band-Nr. 25176

7,95 € (D)

ISBN: 3-89941-234-6